Renate Klöppel
Stumme Augen

Wellhöfer Verlag
Ulrich Wellhöfer
Weinbergstraße 26
68259 Mannheim
Tel. 0621/7188167

info@wellhoefer-verlag.de
www.wellhoefer-verlag.de

Titelgestaltung: Uwe Schnieders, Fa. Pixelhall, Mühlhausen
Satz: FFW Verlagsdienstleistungen, Mannheim
www.ffw-verlagsdienstleistungen.de

ISBN 978-3-95428-165-7

Renate Klöppel

Stumme Augen

wellhöfer VERLAG

Für Carolin,

die mir Einblicke in die Welt

eines nicht sprechenden Menschen gewährt hat

Wir sehen uns jeden Tag. Er hält meinem Blick stand und weicht mir nicht aus, so wie es die meisten Menschen tun. Sie machen einen Bogen um mich, als ginge eine Gefahr von mir aus. Nur die Kinder sind anders. Sie bleiben stehen und glotzen mich an, als wäre ich ein Ungeheuer aus ihren Märchen, sie verharren mit offenen Mündern, bis jemand kommt und sie fortzieht.

Es ist furchtbar, in das Gesicht eines Mörders zu blicken, von dessen Tat niemand weiß. Es ist unerträglich, ihn täglich zu sehen und doch nichts tun zu können als zu warten, bis er auch mein Leben auslöscht. Mein Körper ist ein Kerker, der meinen Geist und meinen Willen gefangen hält. Hätte ich einen Wunsch frei – nur einen einzigen Wunsch – so würde ich nicht einen Moment zögern und mir wünschen sprechen zu können, sei es auch nur für einen Tag, ja, nur für eine Stunde.

*

Die Möbel, die drei kräftige Männer aus dem Wagen luden, sahen schäbig aus. Alle Möbel sehen schäbig aus, wenn sie auf der Straße stehen, dachte Manuel, wie Sperrmüll, den niemand mehr haben will. Auch seine eigenen. Er sollte sie bald ersetzen, jetzt, wo er der Besitzer eines Einfamilienhauses war. Einfamilienhaus klang gut, fand er, doch dies war ein dehnbarer Begriff. Seines war ein winziges Häuschen mit steilen Treppen und kleinen Fenstern, die nur wenig Licht in die nicht gerade großen Zimmer ließen. Es war auch keines von diesen bunt angestrichenen Schmuckkästen, die es in der Nachbarschaft gab, sondern lehnte wie ein Anhängsel an einem größeren Haus, als könnte es nicht mehr aus eigener Kraft aufrecht stehen. Trotzdem war er stolz darauf und jetzt, wo die Renovierung abgeschlossen war, fühlte er sich stark und erfolgreich wie schon seit langer Zeit nicht mehr. Jahrelang hatte das Häuschen leer gestanden – wegen Erbstreitigkeiten, hatte die Bank gesagt, in deren Besitz es zwischenzeitlich gelangt war.

Cornelia hatte das heruntergekommene Gebäude vor einem halben Jahr entdeckt und die Besitzerin ausfindig gemacht. Ihre

Zuversicht, aus der Bruchbude ein schönes Haus in guter Lage für ein gemeinsames Leben auferstehen zu lassen, hatte ihn angesteckt. Der erste Anblick des Hauses von innen war allerdings selbst für Cornelias Optimismus ein Schock gewesen. Zwei Obdachlose hatten sich hier für Monate eingenistet. Ohne Strom, Wasser oder Heizung hatten sie im Erdgeschoss gehaust und den Müll von Monaten zurückgelassen. Auf der Rückseite hatten sie ein Fenster eingeschlagen und durch die mit Pappe zugeklebte Öffnung ein Ofenrohr nach draußen geführt. Die letzten Reste des verheizten Treppengeländers waren zerschlagen neben dem alten Kanonenofen zurückgeblieben, zu dem das Rohr gehörte. Die Toilette war schwarz von Kot gewesen und der Wasserkanister, der wohl einmal zum Spülen gedacht war, leer.

Manuel freute sich darauf, sein Leben als überarbeiteter Junggeselle aufzugeben, um mit Cornelia, ihrer bald neunjährigen Tochter Pauline und dem hinkenden Kater Herbert wie eine richtige Familie unter einem Dach zu leben. Pauline ließ allerdings keinen Zweifel daran, dass sie am liebsten mit ihrer Mutter allein geblieben wäre. Kurz nach ihrem ersten Zusammentreffen hatte er noch gehofft, dass sie eines Tages Papa zu ihm sagen würde. Später war er froh gewesen, wenn sie überhaupt ein paar Worte mit ihm wechselte. Jetzt war ihr größtes Entgegenkommen, ihn mit Manuel anzureden und nicht nur in der dritten Person über ihn zu sprechen.

Mit Cornelia hingegen hatte er Glück gehabt, ein unerwartetes Glück. Eine Frau, die bereit war, seine im langen Junggesellendasein erworbenen Eigenarten zu ertragen, war schon für sich gesehen ein Glücksfall. Eine, die seine Liebe zu Opern teilte, dabei auch noch hübsch und klug und trotzdem liebevoll war, grenzte schon an ein Wunder. Dass sie ausgerechnet für ihn ihr Leben als unabhängige alleinerziehende Mutter aufgab, war die größte Überraschung.

Bislang war jede seiner Beziehungen nach ein paar Jahren gescheitert. Wahrscheinlich war er immer an die falschen Frauen geraten – oder er hatte schlichtweg keine Zeit für die richtige Frau gehabt. Dabei hatte er bis vor Kurzem geglaubt, ein besonders attraktiver Mann zu sein: gleichmäßiges Gesicht mit einer geraden Nase und einem kräftigen Kinn, volles, leicht gewelltes dunkelbraunes Haar, blaue lebhafte Augen mit Lachfalten in den Augenwinkeln. Eine gewisse Ähnlichkeit mit Hugh Grant war unübersehbar. – Den leichten Bauchansatz hatte er sich erst in den letzten Jahren zugelegt. Luisa, seine letzte Freundin vor Cornelia, hatte ihn jedoch darüber aufgeklärt, dass ihm schöne Frauen nicht deswegen lange Blicke zuwarfen, weil sie ihn attraktiv fanden, sondern weil sie seine bewundernden Blicke suchten. Attraktiv oder nicht, Cornelia hatte sich jedenfalls in ihn verliebt.

Die Beziehung zu Luisa hatte immerhin sechs Jahre gehalten. Sie endete, weil Luisa eines Tages während seiner Abwesenheit alles, was ihr gehörte, abgeholt hatte, außerdem eine alte silberne Zuckerdose und eine Designerblumenvase, die noch von ihrer Vorgängerin in Manuels Wohnung zurückgeblieben war. Luisas einzige Hinterlassenschaft war ein Zettel auf dem Küchentisch:

»Ich bin gespannt, wann du merkst, dass ich weg bin.«

Offenbar spielte sie darauf an, dass er ohnehin nur selten zu Hause war und wenn er da war, Dinge tat, bei denen sie nur störte. Opern im Fernsehen ansehen oder auf CD anhören zum Beispiel. Voller Wut über ihr demütigendes Verhalten hatte er alle Fotos von ihr zerrissen und vom Computer gelöscht. Er fühlte sich ungerecht behandelt. Anders als seinen früheren Bekanntschaften war er Luisa treu gewesen – bis auf ein einziges Mal, von dem sie nichts wusste. Trotzdem hatte sie die fixe Idee gehabt, er habe ein Verhältnis mit einer Sängerin an der Basler Oper, nur weil er einmal über Umwege eine Freikarte bekommen hatte und ohnehin täglich in der Nähe von Basel war. Luisas Neuer war Immobilienmakler und besaß ein Haus mit Garten am Kaiserstuhl, was ihr Häuslichkeit zu versprechen schien. Der Sprengstoff, den seine Mitgliedschaft in der Narrenzunft, bei der freiwilligen Feuerwehr und als Basstubaspieler im örtlichen Musikverein barg, schien ihr vorerst entgangen zu sein.

Nach Luisas Abgang hatte Manuel beschlossen ein anderer Mensch zu werden – ein Neuanfang, allerdings nicht der erste in seinem Leben, aber der radikalste: Dr. Manuel Fechner, neunundvierzig Jahre, Immunbiologe, bislang alleinstehender gut bezahlter Drug Regulatory Affairs Director einer großen Pharmafirma in der Nähe von Basel. Jetzt war er Familienvater in einer Patchwork-Familie, hatte ein eigenes Haus und war Inhaber einer aufstrebenden, wenn auch verschuldeten Firma in Freiburg. Statt als Gruppenleiter mit einem halben Dutzend Mitarbeitern für die Zulassungsverfahren von neuen Medikamenten im In- und Ausland zuständig zu sein, verließ er sich jetzt auf die Fähigkeiten eines Kompagnons, der hektische Bewegungen hatte und fast pausenlos rauchte. Dafür konnte er sich jetzt seine Zeit einteilen wie er wollte, ohne die hohen Erwartungen eines mächtigen Arbeitgebers hinsichtlich ständiger Bereitschaft weit über seine vertraglich festgelegte Wochenarbeitszeit hinaus.

Über seine Möbel hinweg fiel Manuels Blick auf die Einfahrt neben dem gegenüberliegenden Haus. Dort bewegte sich etwas. Von irgendetwas Unsichtbarem gesteuert fuhr ein Mann mit seinem Rollstuhl zielsicher aus einer Einfahrt heraus auf die schmale Straße. Jemand hatte ihn im Rollstuhl festgebunden und die Oberarme mit einem breiten Gurt neben dem Oberkörper fixiert. Der rechte Unterarm war verdreht und zur Seite ausgestreckt, während der linke vor der Brust gebeugt war. Beide Arme waren trotz ihrer Fesseln in fortwährender Bewegung. Auch die Hände bewegten sich, jeder einzelne Finger vollführte einen langsamen bizarren Tanz. Über die Oberschenkel war ein breiter Riemen gespannt. Selbst der Kopf des Mannes war über der Stirn mit einem Gurt fixiert und lehnte an einer Kopfstütze, die vom Hinterkopf bis zu den Schläfen reichte und die Rückenlehne des Rollstuhls überragte. Das ausgezehrte Gesicht unter den dunklen strähnigen Haaren verzerrte sich zu wilden Grimassen. Das Alter des Mannes? Seine ungezügelte Mimik hatte tiefe Spuren hinterlassen. Er konnte fünfzig sein, vielleicht aber auch zehn oder zwanzig Jahre jünger.

Manuel trat einen Schritt zurück und ließ den Mann in dem schmalen Durchlass passieren, der zwischen den Häusern und einem Möbelwagen frei geblieben war. Als sie auf einer Höhe waren, bewegten sich die Arme des Mannes heftiger, und für einen Moment schienen sich ihre Blicke zu begegnen. Vielleicht versuchte der Mann zu sprechen, aber es drangen nur unverständliche gurgelnde Laute aus seinem Mund. Dann war der Kranke vorüber. Mehr verwundert als entsetzt sah ihm Manuel nach, wie er an den niedrigen Häusern vorbei in Richtung der Kirche St. Urban weiterrollte. Erst als Autos den Mann verdeckten, wandte er sich dem Haus zu, aus dem der Behinderte gekommen war. Dort hielt an einem Fenster im ersten Stock eine magere Hand die Gardine ein Stück zur Seite. In dem Spalt erschien mit langsamen und eckigen Bewegungen eine gebeugte Gestalt mit kahlem Schädel. Das Gesicht eines Greises näherte sich der Fensterscheibe. Reglos starrte der Alte zu Manuel hinunter. Als sich ihre Blicke kreuzten, ließ der Alte die Gardine los, die sich sofort wieder schloss.

Manuel drehte dem nun hinter der Gardine lauernden Alten den Rücken zu. Keine Frage, Herdern war eng hier, ein Dorf in der Stadt Freiburg, in dem früher Winzer und Bauern lebten, mit Dorfbach, Kirchplatz und ein paar wenigen dem Bauboom trotzenden kleinen Häuschen. Achtzehntes Jahrhundert schätzte er deren Alter. An dieser Stelle gab es keine noblen Anwesen wie die Häuser in Hanglage, keine Jugendstilvillen wie anderswo in Herdern. Aber immerhin war das hier ein Einfamilienhaus, was im Stadtgebiet von Freiburg eine Seltenheit war.

»Manuel, willst du nicht raufkommen und den Möbelpackern zeigen, wo sie deine Sachen hinstellen sollen?«

Er blickte zum ersten Stock hinauf, wo sich ein blau gestrichenes Fenster geöffnet hatte und Cornelias Gesicht erschienen war. Die blaue Farbe für Fensterrahmen, Türen und Fensterläden war ihr Wunsch gewesen. Eine rötliche oder braune Farbe wäre besser gewesen, dachte er, als er sie dort oben sah.

Zu ihren kurzgeschnittenen braunen Haaren mit den rötlichen Strähnchen passte das kalte Blau nicht, auch nicht zu ihrer Kleidung und ihrem Gesicht. Cornelia war ein Typ für warme Farben. Die blaue Farbe erinnere sie an griechische Inseln, an Retsina, an Urlaub und Meer, hatte sie gemeint. – Aber wozu brauchte sie die Erinnerung an Griechenland, wenn sie es hier so schön hatten? Er warf noch einen letzten Blick auf die Einfahrt, aus der der Behinderte gekommen war. Er hätte gern gewusst, wie er das machte, so allein im Straßenverkehr zu fahren. Mit den Händen sicher nicht. Mit den Füßen?

»Ich komme«, rief er.

Eigentlich wollte er nicht. Ohne Möbel hatten die frisch gestrichenen Zimmer geräumig ausgesehen. Mit Cornelias Möbeln waren sie winzig geworden, mit seinen würde das Haus vollgestellt sein wie ein billiges Möbelhaus. In dem hundert Jahre alten Stadthaus in der Oberau zwischen Hirzberg und Dreisam war sein Wohnzimmer doppelt so groß gewesen wie jetzt und die Decke einen ganzen Meter höher. Immerhin standen alle seine Möbel schon nach drei Stunden dort, wo er es nach einigem Hin und Her für gut befunden hatte. Cornelia wäre wahrscheinlich zu einem anderen Ergebnis gekommen, wahrscheinlich zu einem besseren, aber sie war mittlerweile fort. Sie holte Pauline von einer seit dem Umzug nach Herdern weit entfernten Freundin ab.

Die Möbel standen zwar, aber das Schlimmste kam noch. Die Umzugskartons waren noch nicht ausgeräumt, die Stereoanlage noch nicht angeschlossen und die Lampen fehlten. Und dann noch die Bilder. Und die Gardinen, die würden sie hier brauchen. Die Fenster des Hauses auf der anderen Straßenseite waren so nah, dass die Leute dort sonst sehen konnten, welche Marmelade er sich morgens aufs Frühstücksbrötchen schmierte. Heute waren in dem gegenüberliegenden Haus alle Fenster geschlossen. Bei offenen Fenstern würden die Leute drüben vermutlich sogar jedes Wort verstehen. Vielleicht hätten sie doch warten sollen, bis eine der Villen weiter oben am Hang frei geworden wäre. Von dort ging der Blick auf die Häuser und Türme der Stadt und an klaren Tagen bis hin zu den Vogesen, die dem Kaiserstuhl einen würdevollen Hintergrund gaben. Doch so ein Haus hätten sie sich vermutlich niemals leisten können.

Die Möbelpacker wollten wegfahren, aber ein großer dunkelblauer Lieferwagen versperrte den Weg. Manuel sah vom Fenster aus zu, wie der Transporter zurücksetzte und der Möbelwagen langsam aus der engen Straße hinausrangierte. Gleich darauf kehrte der Lieferwagen zurück und hielt vor einem kleinen Mehrfamilienhaus, von dem er nur den Eingang sehen konnte. Der Fahrer stieg aus und klingelte. Er drückte die Tür auf und verschwand im Haus. Wenig später kam er mit zwei anderen Männern wieder heraus. Der Typ, der gefahren war, hatte einen kahlen Schädel und die Statur eines Gewichthebers, der zweite Mann war groß und dünn. Seine langen dunkelblonden Haare hatte er zu einem Pferdeschwanz zusammengebunden. Der dritte war ein dicklicher junger Mann, dessen X-Beine in einer bis in die Kniekehlen hängenden Hose steckten. Darüber trug er einen hellgrauen Kapuzensweater. Alle drei mochten Anfang zwanzig sein.

Wenn seine Möbel schon schäbig aussahen, war das, was die Typen aus dem Lieferwagen luden, der reine Müll. Das meiste waren einfache Bretter, dazu ein schäbiger Tisch, vier alte Stühle, Unmengen von Kissen, ein paar rote Mauersteine, ein Mülleimer, allerlei undefinierbares Gerümpel: die Wohnungseinrichtung der neuen Nachbarn offenbar. Manuel war nicht der Einzige, der die Männer beobachtete, die so wenig hierher passten wie eine Grundschulklasse auf den Presseball. Auch der Greis am Fenster gegenüber hatte wieder seinen Beobachtungsposten bezogen.

Manuel zog sich vom Fenster zurück, als er Cornelias roten MINI one mit dem schwarzen Dach und den schwarzen Kotflügeln die Straße heraufkommen sah. Im nächsten Augenblick polterte Pauline an ihm vorbei die Treppe hinauf, ohne ihn auch nur eines Blickes zu würdigen. »Herbert«, rief sie. »Wo ist Herbert?«

Sie fand den Kater auf der Fensterbank vor einem offenen Fenster im Treppenhaus, von wo er ebenfalls die Straße beobachtete. Pauline stürzte sich auf ihn und streichelte heftig sein schwarzes glänzendes Fell, was er mit zuckender Schwanzspitze, aber im übrigen geduldig über sich ergehen ließ. Nach Paulines Überzeugung brauchte Herbert besonders viel Liebe, weil er in seinem Leben Schlimmes erlitten hatte. Mit einem steifen, weil mehrfach gebrochenen und ohne medizinische Behandlung zusammengewachsenen Bein war er im Tierheim gelandet, von wo ihn Cornelia und Pauline abgeholt hatten. Pauline fand, er sei ein ganz besonders hübsches Tier mit seinem weißen Gesicht, einem kleinen weißen Lätzchen und der weißen Schwanzspitze. Um die Augen herum war das Fell schwarz, sodass es aussah, als habe ihm jemand eine dunkle Brille aufgesetzt.

»Was ist denn das für einer?«, rief Pauline plötzlich mit ihrer viel zu lauten Kinderstimme und zeigte nach draußen. »Wohnt der etwa auch hier?«

Manuel sah ihr über die Schulter. Unten fuhr der Behinderte vorüber.

»Psst«, machte Cornelia in diesem Augenblick. »Nicht so laut.«

Pauline zog sich vom Fenster zurück und stöhnte, als wäre ihr etwas Schreckliches zugestoßen, dann verschwand sie mit Herbert in ihrem Zimmer.

Cornelia sah dem Mann im Rollstuhl nach. »Armer Kerl«, sagte sie, als er in der Einfahrt verschwunden war. Dann drehte sie sich zu Manuel um. »Ich bin so froh, dass wir jetzt eine eigene Wohnung haben!«

»Sogar ein ganzes Haus«, korrigierte er, als sei Cornelia der Umstand bislang entgangen, und atmete tief durch die Nase ein. Er genoss den Geruch von frischem Putz und Farbe. Es roch wie in einem richtigen Neubau.

Cornelia lehnte sich weit aus dem Fenster und betrachtete von hier die neue Umgebung. »Manuel. Komm doch mal.«

Manuel blickte nun ebenfalls nach draußen. Unten schleppten die drei Männer immer noch ihr Zeug ins Haus. Umzugskartons hatten sie offenbar für überflüssig gehalten.

»Sind das etwa Lautsprecherboxen?« Cornelia zeigte auf zwei gewaltige schwarze Kästen, die neben dem Eingang auf dem Boden standen.

»Ich glaube schon. Was soll das sonst sein?«

»Die Typen gefallen mir nicht, vor allem dieser Bulle mit dem kahlen Schädel.«

Er legte seinen Arm um ihre Hüften. »So sehen viele junge Männer heute nun einmal aus.«

»Aber nicht in Freiburg und schon gar nicht in Herdern.«

Manuel setzte ein unbekümmertes Lächeln auf. »Der dünne Langhaarige passt sowieso nicht in dieselbe Szene wie der Glatzkopf und die anderen beiden sehen aus wie die Typen, die nachts im Stadtgarten saufen und herumgrölen, ohne deswegen gleich Neonazis zu sein.« Er küsste Cornelia auf den Scheitel. »Komm. Die drei gehen uns nichts an.«

Sie hatten in der Zürcher Oper zufällig nebeneinander gesessen, Cornelia und er, als ihr Handy plötzlich vibrierte, laut genug, um den Kunstgenuss jäh zu stören. Es geschah in Rigolettos Auftritt, als er seine Tochter Gilda im Palast des Herzogs von Mantua sucht. In das von Pausen unterbrochene La-rà, La-rà, La-rà, in diesen Schmerz des Vaters, der seine geliebte Tochter im Bett des Lüstlings weiß, tönte unüberhörbar das wiederkehrende Summen des Handys seiner Nachbarin. Mit dem Nesteln in ihrer Handtasche machte sie die Sache noch schlimmer. Wütende Blicke von allen Seiten. Die Frau war Manuel schon aufgefallen, als sie mit einem Lächeln den Platz neben ihm eingenommen hatte. Sie war ihm sofort sympathisch gewesen und ihr Missgeschick tat ihm leid. Am Ende der Szene raunte er ihr zu, dass ihm dasselbe auch schon passiert war.

In der Pause lud sie ihn – zur Entschuldigung oder aus Dankbarkeit für seine Bemerkung – zu einem Glas Sekt ein. Sie stellten überrascht fest, dass sie beide aus Freiburg kamen. Sie wohnte in der Dreikönigstraße in der Oberwiehre, Manuel nicht weit entfernt in der Oberau. Seine neue Bekanntschaft war freie Journalistin und schrieb für verschiedene Kulturredaktionen. Den Vater ihrer Tochter hatte sie nach drei konfliktreichen

Jahren leichten Herzens nach Südafrika ziehen lassen, wo er Strauße züchten wollte. Angeblich hatte er dabei sein ganzes Geld verloren, was zur Folge hatte, dass er die Unterhaltszahlungen bald eingestellt hatte. Ihre Tochter Pauline, die beim Verschwinden ihres Vaters zwei Jahre alt war, hatte sich schnell daran gewöhnt, ihre Mutter für sich allein zu haben.

Als sie am Ende der Pause wieder ihre Plätze einnahmen, kannte Manuel zwar den Vornamen ihrer Tochter und den ihres Ex, aber ihren genauso wenig wie sie seinen. Nach der Vorstellung hatte sie, ohne Manuel auch nur im Geringsten zu beachten, ihren Mantel an der Garderobe abgeholt und war einfach verschwunden, obwohl er nicht den geringsten Zweifel hatte, dass er ihr ebenfalls gefallen hatte.

Als er in der Tiefgarage in sein Auto stieg, hatte sich Manuel gefühlt, als habe er die Chance seines Lebens verpasst. Ausgerechnet jetzt, wo Luisa ihn verlassen hatte, lief ihm diese sympathische Frau, die seit sechs Jahren allein mit ihrer Tochter lebte und sich obendrein noch für Opern interessierte, über den Weg. Luisa hatte keine Kinder haben wollen und mittlerweile fühlte er sich zu alt für eigenen Nachwuchs. Und dann begegnete er dieser alleinerziehende Mutter! Deren Tochter brauchte einen Vater und die Sicherheit einer intakten Familie. Das hatte er deutlich aus den Erzählungen herausgehört. Während er mit 120 Stundenkilometern über die Schweizer Autobahnen fuhr, stellte er sich vor, was er mit dieser Pauline, die wahrscheinlich ebenso hübsch war wie ihre Mutter, alles hätte unternehmen können. Radtouren zum Beispiel, es musste ja nicht gleich das Mountainbike sein. Vielleicht war sie schon groß genug, um mit ihm in den Waldklettergarten bei Kenzingen zu gehen. Auf einem Segelboot war sie wahrscheinlich auch noch nie gewesen. Auch Mädchen brauchten Abenteuer! Pauline würde begeistert von ihrem neuen Papa sein. – Den Rest der Fahrt stellte er sich vor, was er mit der Mutter alles tun würde, und spürte wie ihm warm dabei wurde.

Er hatte sie sofort wiedererkannt, als er drei Wochen später nach einer Aufführung von Wagners Tannhäuser im Freiburger Stadttheater das Theatercafé betrat. Sie war nicht allein, sondern in Begleitung einer Frau. Alle Tische waren besetzt, und der einzige freie Stuhl stand neben den beiden. Nichts lag näher als zu fragen, ob er sich dort setzen dürfe. Die Frau, an die er so oft gedacht hatte, erhob sich überrascht, als sie ihn sah, errötete und begrüßte ihn so herzlich, als wären sie hier für ein langersehntes Treffen verabredet. Eine Viertelstunde später waren sie allein an dem Tisch. Sie blieben, bis um ein Uhr das Café geschlossen wurde. Als sie sich mit einem langen Kuss vor dem Cafe verabschiedeten, war Manuel sicher, dass er endlich die Frau seines Lebens gefunden hatte.

Bis zum Nachmittag hatte Manuel seine mehr als tausend CDs nach Komponist und Musikgattung geordnet im Regal einsortiert und seine Kleidung und Wäsche in den Schrank geräumt, dann hatte er keine Lust mehr. »Ich gehe zum Bäcker«, sagte er. »Soll ich euch etwas mitbringen?«

Cornelia wünschte Zwetschgenkuchen. Pauline sah ihn mit offenem Mund an, als sei sie überrascht, dass der Freund ihrer Mutter zu irgendetwas nützlich sein konnte. »Einen Berliner«, sagte sie und blickte dann wieder an ihm vorbei.

Als Manuel aus der Haustür trat, stand draußen am Zaun ein großer dünner Mann, die Finger beider Hände in den rostigen Maschendraht gehakt. Er trug ein schwarzes T-Shirt, eine dreiviertellange Hose und auf dem Kopf eine graue Wollmütze, obwohl es nicht kalt war. Auf den ersten Blick sah es aus, als trüge er unter dem schwarzen Hemd noch ein enges blau, grün und rot gemustertes Trikot, das bis zu seinen Fingerspitzen reichte. Auf den zweiten Blick erkannte Manuel, dass die Haut an Armen und Beinen vollständig mit Tätowierungen bedeckt war. Der Kerl stand nur ein paar Meter von ihm entfernt und spähte angestrengt durch den Draht. Irgendetwas schien ihn besonders zu interessieren und Manuel war sich nicht sicher, ob es der verwilderte Garten war oder das Gartenhäuschen, vielleicht auch etwas ganz anderes. Der Mann ließ den Zaun los, machte ein paar Schritte nach rechts, dann nach links, ohne auf die wuchernden Brennnesseln zu achten, so als suche er eine günstige Position für irgendetwas. Jetzt bemerkte er, dass er beobachtet wurde, und wandte sich mit einer hastigen Bewegung um. Manuel fror plötzlich, als habe ihn ein eisiger Windhauch getroffen. Das Gesicht des Mannes war eingefallen wie bei einem Verhungernden und die großen dunklen Augen lagen tief in ihren Höhlen. Unter seinen kantig vorstehenden Wangenknochen wanden sich zwei blaue Schlangen, und nach seiner Stirn griff etwas, das aussah wie die Hand eines Monsters oder ein abgerissenes Stück vom Flügel einer Fledermaus. Am Hals des Mannes hockte vom Ohr bis zum Kehlkopf eine dicke behaarte Spinne umgeben von Honigwaben statt eines Spinnennetzes. Der Schöpfer der Tattoos musste ein Meister seines Fachs sein.

»Schon gut«, sagte der Tätowierte, als müsste er Manuel beschwichtigen. Er drehte sich um und ging mit schlenkernden Armen so rasch davon, als hätte er ein Ziel, das er schnell erreichen musste.

Manuel ging zu der Stelle, wo eben noch der Tätowierte gestanden hatte, und versuchte vergeblich zu erkennen, was den an ihrem Garten so interessiert haben konnte. – Der Garten, so nannte jedenfalls Cornelia das kleine Grundstück auf der Rückseite des Hauses. Er hingegen fand, zu einem Garten gehörten Blumen und Sträucher oder Rasen oder wenigstens eine Blumenwiese. Aber nichts von alledem gab es hier. Trümmergrundstück wäre der passende Ausdruck gewesen. Oder Schutthaufen. Dort, wo das Grundstück nach wenigen Metern an dem steiler ansteigenden Hang endete, lagen von Gestrüpp überwucherte bemooste Sandsteine, die einmal zu einer Begrenzungsmauer gehört haben mochten. Daneben vermoderten Teile eines alten Bretterzauns und allerlei Gerümpel, das irgendjemand hier abgeladen hatte, als sollte es dem übrigen Unrat Gesellschaft leisten. In der hinteren Ecke des verwilderten Grundstücks stand ein windschiefes Gartenhäuschen, dessen Tür mit einem Vorhängeschloss gesichert war. Durch die schmutzigen Scheiben hatte er gesehen, dass dort Gartenstühle standen, deren Polsterauflagen grau vom Schimmel waren.

»Den Garten bepflanzen wir erst im Herbst«, hatte Cornelia gesagt, als die Handwerker das Haus in Angriff nahmen. Jetzt war Herbst, aber pflanzen konnte man hier noch lange nicht. Man brauchte Leute, die zupacken konnten und die sich mit der Anlage eines Gartens auskannten, aber die kosteten Geld. Doch zum ersten Mal seit dreißig Jahren reichte seines nicht einmal für einen Gärtner. Diese Erkenntnis war niederschmetternd.

Zwei Stunden später standen die restlichen Umzugskartons noch immer unverändert in dem Raum, der einmal Manuels Arbeitszimmer sein sollte. Die vielen Ordner darin, die er schon seit Jahren nicht mehr gebraucht hatte, lähmten ihn. Zum Wegwerfen war es noch zu früh, also musste er eine andere Lösung finden.

»Was machst du mit den Kartons?« Cornelia stand plötzlich hinter ihm, als er den ersten Umzugskarton aus dem Zimmer trug. Sie hatte die Augenbrauen hochgezogen und ihr Blick erinnerte ihn an den seiner Mutter, wenn sie seine schlampig erledigten Hausaufgaben entdeckte.

»Die kommen in den Keller.«

»In den Keller? Der stinkt doch.«

»Der riecht wie alte Keller immer riechen.«

Cornelia rümpfte die Nase. »Andere Keller stinken nicht so widerlich.«

Kopfschüttelnd folgte sie ihm die steile Kellertreppe hinunter. »Wir hätten den Keller doch streichen lassen sollen«, stellte sie fest.

Und bei der Gelegenheit hier unten einen Stall für einen Dukatenesel einrichten lassen, dachte er. Natürlich war es leichtsinnig gewesen, ein renovierungsbedürftiges Haus zu kaufen und kurz darauf einen gutbezahlten Job zu kündigen. Andererseits würde er mit seiner neu gegründeten Firma vielleicht eines Tages mehr Geld verdienen, als er es als Angestellter bis zum Rentenalter getan hätte. – Vielleicht.

Er stellte den Umzugskarton zögernd auf dem Boden ab. »Ich sollte wohl besser etwas unterlegen«, überlegte er laut mit Blick auf die Flecken am Boden, über die er bislang lieber hinweggesehen hatte. »Vielleicht ein Brett.«

»Wie wäre es mit dem Regal?«, schlug Cornelia vor und zeigte auf die Einzelteile eines Kellerregals am Boden. Sie bückte sich. »Was sind das eigentlich für Flecken? Waren die schon immer hier?«

Manuel fuhr mit der Fußspitze über den Boden. Er war sich nicht sicher, ob die dunklen Stellen schon immer so deutlich gewesen waren. Ein paar Flecken mehr oder weniger hatten in dem heruntergekommenen Haus keine Rolle gespielt. »Altes Öl vielleicht, damit müssen wir jetzt leben«, stellte er fest. »Der Boden ist aus festgestampftem Lehm, den kann man nicht einfach streichen.«

»Kein Öl«, sagte Cornelia mit dem dunklen Klang in der Stimme, der einer Katastrophe angemessen war. »Das sieht aus wie Blut.« Sie sah ihn mit weit offenen Augen an. »Blut von einer Gewalttat.«

Einen Augenblick wurde Manuel unsicher. »Wenn du meinst«, sagte er dann leichthin. Er wollte nicht an eine schreckliche Erklärung denken. Er war ohnehin davon überzeugt, dass mehr Menschen durch ihre Furcht vor etwas unglücklich wurden als durch die Tatsachen selbst. Er ging nach oben, um den nächsten Karton zu holen. Als er zurückkam, hatte Cornelia die Teile des Regals geordnet. Die Flecken erwähnte sie nicht mehr.

»Wir sollten das Regal nicht an eine Außenwand stellen«, sagte sie.

In der Tat, der Keller war der Schwachpunkt des Hauses: alle Außenwände waren feucht, aber das war bei alten Kellern nun mal die Regel. Putz und Farbe hatten sich im unteren Bereich gelöst und an mehreren Stellen die Mauersteine freigelegt. Dort, wo der Putz nicht abgefallen war, blühten Kristalle und überzogen die Wände mit glitzernden Girlanden. Er hätte sich über die Kunstwerke gefreut, wären sie nicht die unübersehbaren Zeichen des Zerfalls. An anderen Stellen hingen Farbreste, verbogen wie verwelkte Blätter. Als Manuel sie berührte, zerbröckelten sie und rieselten zu Boden. Gemeinsam bauten sie das Regal auf, dann ließ Cornelia ihn wieder allein in dem nach Moder stinkenden Keller. Er untersuchte noch einmal die Flecken am Boden. Und wenn ihre schaurigen Phantasien wirklich zutrafen? Wenn hier kein Öl am Boden klebte, sondern Blut? Die Vorstellung war entsetzlich.

Er hatte das Haus aufwendig renovieren lassen: Wärmedämmung außen, Dachisolierung, neue Fenster, Pelletheizung und was man zum Klimaschutz sonst noch so brauchte. Vor Paulines Zimmer hatte er einen kleinen Balkon anbauen lassen, von dem eine Katzentreppe für Herbert nach unten führte. Nur die Kellerräume hatten sie gelassen, wie sie waren. Aus Nostalgie: damit hatte er Cornelia überzeugt. Aus Geldmangel, das war die Wahrheit, der er höchst ungern ins Auge sah. Die feuchten Wände hätten sich sowieso nur mit großem Aufwand sanieren lassen und ein dauerhafter Erfolg wäre fraglich gewesen. Auch deswegen hatte er nichts unternommen, denn was er tat, musste Hand und Fuß haben – oder er ließ es bleiben. Ohnehin maß er dem Zustand des Kellers keine große Bedeutung zu. Hauptsache, die Wohnräume vermittelten die Geborgenheit, die er Cornelia und Pauline geben wollte.

Nachdem er weitere fünf Kartons in den Keller geschleppt hatte, kehrte er zu Cornelia zurück. Sie stand an einem der Fenster im ersten Stock, von denen alles zu überblicken war, was sich in der Nachbarschaft abspielte. Die Enge zwischen den Häusern lud offenbar dazu ein. Cornelia zeigte zu dem Haus gegenüber, wo vorhin im ersten Stock das Gesicht des Greises erschienen war. Auch jetzt glaubte Manuel die Silhouette des Alten hinter der Gardine zu erkennen. Im Erdgeschoss war nun die Gardine an einem Fenster zur Seite gezogen. Im Halbdunkel des Raumes sah man eine dunkle Gestalt sitzen, die aus dem Fenster zu blicken schien. Der Behinderte?

»Haben die schon so gegafft, als unsere Möbel kamen?«, fragte Cornelia.

»Vermutlich. Der Möbelwagen war ja nicht zu übersehen.« Am späten Abend ging Manuel wieder in den Keller, um noch ein paar von den vollen Kartons verschwinden zu lassen. Im

Kellerregal war kein Platz mehr. Er durchsuchte den Keller nach einer Möglichkeit, den Karton hier unten zu lassen, ohne ihn auf den feuchten und fleckigen Boden zu stellen. Er hätte sich die Zeit nehmen müssen, um die verkommene Unterwelt des Hauses zu entrümpeln, dachte er, wenigstens das, wenn schon die Wände feucht blieben und der Boden fleckig. Aber wann hätte er das tun sollen? Eine Firmengründung nahm nun einmal den ganzen Mann in Anspruch. Außerdem hatte er schlichtweg keine Lust zu der Drecksarbeit gehabt und Cornelia ebenfalls nicht. Überall hatten ihre Vorgänger nicht mehr benötigte Dinge zurückgelassen, wahrscheinlich seit Generationen. Auf einem niedrigen Schuhregal aus rohem Holz, auf dem zwei Paar schmutzige Gummistiefel und etliche verschimmelte, längst aus der Mode gekommene Damenschuhe zurückgeblieben waren, stellte er den Karton ab und sah sich um. Hier unten gab es Ecken und Durchlässe, die ihm bei den ersten Besichtigungen der dunklen Kellerräume nicht aufgefallen waren. Als sein Haus an das Nachbarhaus angebaut wurde, waren die Keller der beiden Gebäude aus irgendwelchen Gründen offenbar verbunden worden. In einer Wand war einen halben Meter über dem Boden eine Öffnung wie für eine Tür, aber viel niedriger. Von oben wurde der Durchlass weiter eingeengt durch Rohre, die hier horizontal entlang der Wand verliefen. Er kletterte durch die Öffnung und gelangte in einen etwas höher gelegenen Keller, in dem er nur tief gebückt stehen konnte. Die Höhe des Raumes hätte vielleicht für Pauline gereicht, aber selbst Cornelia hätte nicht aufrecht stehen können. Er betastete die Wand neben dem Durchlass. Genau wie in den anderen Kellerräumen fand er hier eine dieser schwarzen Bakelitdosen mit einem Schalter zum Drehen, wie es sie schon vor einem halben Jahrhundert im Keller seines Elternhauses gegeben hatte. Eine mit einem Drahtkorb geschützte und von staubigen Spinnweben eingehüllte Lampe erleuchtete notdürftig den niedrigen Raum. Dieser Keller war leer und die Wände waren weniger feucht als in den vorderen Räumen. Er wunderte sich, wie groß und verwinkelt das Untergeschoss war. Spätestens hier konnte er nicht mehr unter seinem eigenen Haus sein. Vielleicht war er schon bei den quer verlaufenden Rohren unter das Nachbarhaus gelangt. Tief gebückt durchquerte er den niedrigen Raum und kam zu einer Lattentür, deren Scharniere aus der Wand herausgebrochen waren. Offenbar war die Tür gewaltsam geöffnet worden. Auch hier fand er einen Lichtschalter. Er drehte ihn, aber das Licht funktionierte nicht. Im Halbdunkel erkannte er eine massive Kommode von ungewöhnlichen Ausmaßen: fast zwei Meter breit und einen Meter tief mochte sie sein, somit nahezu so groß wie ein Bett. Sie musste hier unten aufgebaut worden sein, ein Transport über eine Kellertreppe und durch die Türen wäre unmöglich gewesen. Er tastete nach den Beschlägen und versuchte, das oberste Schubfach ein Stück herauszuziehen, aber es klemmte. Auch sonst war der Keller nicht leer. Weiter hinten lehnten Bretter oder ein zerlegtes Möbelstück an der Wand, daneben schien ein raumhoher Schrank zu stehen. Er forschte nicht weiter, wohin ihn der nächste Durchlass führen würde, und trat den Rückweg an. In der Stille der Nacht hatten die dunklen Räume etwas Gespenstisches. Hier unten fühlte er sich bedroht, ohne eine Erklärung dafür zu haben.

Ehe er seinen Platz im breiten Doppelbett einnahm, öffnete er leise die Tür zu Paulines Kinderzimmer. Ihr Nachtlicht, ein leuchtender Bär aus Kunststoff, tauchte den Raum in ein bläuliches Licht. Pauline schlief hinter einem kleinen Gebirge, das sich vor ihrem Bett auftürmte: mindestens ein Dutzend Kuscheltiere, Stapel von Comics, etliche Puppen, ein Lerncomputer und was sie noch in ihrer Nähe brauchte. Wahrscheinlich half ihr das, die fremde Umgebung vertrauter zu machen. Am Boden neben dem Kopfende des Bettes saß weiß wie ein Gespenst ein riesiger Plüschbär, den sie im vergangenen Frühjahr beim Jahrmarkt gewonnen hatte, und natürlich war Herbert bei ihr. Zusammengerollt lag er am Fußende und ließ ein leises Schnarchen hören, das kaum anders klang als sein Schnurren bei Tag. Manuel betrachtete das ruhig schlafende Kind und plötzlich überfiel ihn ein solches Vorgefühl eines Unglücks, dass sich eine Gänsehaut vom Rücken über den ganzen Körper ausbreitete. Er lauschte auf Paulines ruhige Atemzüge, und wie eben im Keller fragte er sich vergeblich, was ihn so ängstigen mochte. Als er die Tür leise wieder schloss, spürte er sein Herz, das wie ein Hammer in seiner Brust schlug. Draußen fiel eine Autotür mit einem Knall ins Schloss. Er fuhr zusammen und hätte fast aufgeschrien. Er schüttelte verwundert den Kopf. Was war los mit ihm, dass er plötzlich so empfindlich war? War es die neue Verantwortung, die er übernommen hatte, oder lag es an diesem Haus? – Wahrscheinlich hatte er heute nur zu viel gearbeitet.

Am nächsten Morgen stieg Manuel um Punkt acht Uhr auf sein Fahrrad. Als selbstständiger Unternehmer konnte er sich keinen weiteren freien Tag leisten. Früher hatte er mit dem Auto fast eine Stunde für den Weg zur Arbeit gebraucht, jetzt konnte er die Strecke in die Unterwiehre bis zum Technologiezentrum in der Wippertstraße mit dem Fahrrad in einer Viertelstunde zurücklegen. Er versorgte sein noch ziemlich neues Rad an dem überdachten Fahrradständer, wo drei Mountainbikes, ein Rennrad und ein knappes Dutzend von den betagten Drahteseln standen, die es in Freiburg zu Tausenden gab. Das Gebäude selbst – nur ein Stockwerk höher als die Bungalows ringsum – passte weniger zu den Mountainbikes und Rennrädern als zu den bescheidenen Rädern. Die Waschbeton-Fassade aus den achtziger Jahren war ernüchternd, nur der rotgestrichene Rahmen der gläsernen Eingangstür, der rote Papierkorb vor dem Haus und die roten Fensterrahmen verbreiteten den Optimismus, auf den ein Firmengründer nicht verzichten konnte. Die Autos vor dem Haus waren durchweg bescheiden, eben die Fahrzeuge von Unternehmern bei den ersten Gehversuchen. Anders als an seinem früheren Arbeitsplatz wurde in diesem Haus noch auf den großen Erfolg gewartet. Manuel warf einen irritierten Blick auf sein Spiegelbild, das ihm in der Glastür entgegenkam. Er hatte sich immer noch nicht daran gewöhnt, statt im Sakko und mit Krawatte jetzt mit Jeans und Pullover bei der Arbeit zu erscheinen. Er schloss die Tür auf und trat in das Treppenhaus. Durch große Fenster drang selbst an diesem trüben Tag genug Licht. Sein Weg jedoch führte abwärts, was er nicht als böses Omen werten wollte. Unten endete das Treppenhaus vor drei schmalen Toilettentüren. Daneben begann ein enger abschüssiger Kellergang, in den durch ein paar aus der Mode gekommene Glasbausteine ein Rest des Tageslichts fiel. An seinem Ende waren zwei Türen. Manuel öffnete die eine der beiden und stand in seinem neuen Reich.

In dem kleinen Büroraum hinter der Tür saß ein magereres Männchen in einem ausgeleierten Pullover vor einem weißen Laptop und tippte mit rasender Geschwindigkeit auf der Tastatur. Es war Ralf Hartung, sein Kompagnon und Mitbegründer der gemeinsamen Firma.

»Bin gleich fertig«, sagte Hartung, als er Manuel bemerkte. Augenblicke später hörte er mit dem Tippen auf. Er speicherte die Seite und unter dem sich schließenden Textprogramm erschien eine Internetseite mit dem Foto einer üppigen Schwarzhaarigen mit rotem Tangaslip und entblößtem Busen. Hartung klappte den Computer zu und wandte sich mit einer raschen Bewegung um. Er hatte ein Gesicht, das genauso gut zu einem alten Chinesen wie zu einem alten Leistungssportler passen konnte: das Gesicht eines in die Jahre gekommenen Kettenrauchers.

»Bist du wieder mit dem Fahrrad gekommen?« Seine Frage hatte etwas Vorwurfsvolles.

Manuel nickte. »Natürlich. Das gehört zu meinem neuen Lebensstil.«

Hartung fuhr sich mit einer fahrigen Bewegung durch die aschblonden Haare, die wie ein ausgefranster Belag die bräunliche Haut des Scheitels bedeckten. »Wenigstens einer von uns sollte mit dem Auto kommen. Oder sollen sich unsere potenziellen Kunden darüber mokieren, dass der eine Firmenchef mit dem Fahrrad und der andere mit der Straßenbahn kommt?«

Manuel sah seinen Kompagnon überrascht an. Er schien die Bemerkung ernst zu meinen. »Wie wäre es mit dir?«, konterte er.

»Du weißt, dass ich kein Auto besitze.«

»An meinem Fahrrad werden wir nicht scheitern.«

Hartung zog die Mundwinkel herunter und schwieg.

»Wenn in Freiburg Bürgermeister, Stadträte, Professoren und ein Bundestagsabgeordneter mit dem Fahrrad fahren, kann ich das als selbstständiger Unternehmer schon lange«, dozierte Manuel und dachte an seinen in die Jahre gekommenen BMW Cabrio, der noch weniger zum Chef einer erfolgreichen Firma passte als in Freiburg ein Fahrrad. »Unsere potenziellen Kunden interessieren sich einzig und allein für unsere Produkte, sonst dürften wir auch nicht in diesen Kellerräumen hausen.«

Hartungs Gesicht blieb zerknittert. »Ich hoffe, dass du recht hast.«

Manuel zog sich in den danebenliegenden Büroraum in der Größe einer kleinen Gefängniszelle zurück, den er für sich in Anspruch genommen hatte, und fuhr seinen Computer hoch. Zwölf Wochen lag es mittlerweile zurück, dass er das hochmoderne Großraumbüro im sechsten Stock eines Gebäudes, in dem die sorgfältig durchdachte Einrichtung Teil der preisgekrönten Architektur war, für immer verlassen hatte. Er hatte die Augen nicht mehr davor verschließen können, dass er genau das geworden war, was er niemals in seinem Leben hatte werden wollen: ein in der täglichen Routine erstarrter Schreibtischmensch. Man muss handeln anstatt zu jammern, war eine seiner liebsten Parolen gewesen. Aber was hatte er selbst getan? Gejammert hatte er, sobald sich eine Gelegenheit geboten hatte. Über die Bürokratie und die vielen Auflagen seitens der Behörden, die jede Zulassung eines neuen Medikamentes zu einem Hürdenlauf machten, über immer höhere Erwartungen seines Arbeitgebers, über die Berichte, die zu schreiben waren, über neue Richtlinien, die er lesen und berücksichtigen musste. Und trotz aller Sorgfalt und Mühe hatte er manchmal vor der Katastrophe gestanden, dass ein Produkt letztendlich nicht von der Behörde zugelassen wurde. Seine Erwartung, an der Forschung teilzuhaben, war ohnehin von Anfang an restlos enttäuscht worden. Jetzt hatte er gehandelt und damit war alles anders geworden: keine nervtötende Tretmühle mehr, keine langweiligen Termine, aber auch kein festes Gehalt und auch kein Ausblick durch große Fenster auf die Anhöhen des Südschwarzwalds. Ausblick gab es nur noch aus der Maulwurfsperspektive, das hatten die meisten Kellerräume so an sich. Immerhin gab es auch hier einen Baum vor den doch recht großen Fenstern, aber von seinem Schreibtisch sah er nur den Stamm und die Wurzeln. Das also war der Neuanfang, dem er gespannt und voller Freude entgegengesehen hatte.

Manuel rief das Bankkonto ihrer Firma auf. Die Zahlen stiegen bereits in abenteuerliche Bereiche – leider nicht in der Rubrik »Haben« sondern in der Rubrik »Soll«. Sechstausend Euro für das Serum von Kälbern war gestern abgebucht worden. Sechstausend Euro für etwas, was letztlich im Abfall landen würde. Er druckte den Kontoauszug aus und eilte damit zu Hartung. »Willst du uns arm machen?«

Sein Kompagnon grinste. »Nein, reich natürlich.«

»Würdest du mir das bitte erklären?«

Hartung wurde ernst. »Ein Liter von dem Serum kostet vierhundert Euro. Bei fünfzehn Litern sind das sechstausend. Du weißt so gut wie ich, dass unsere Zellkulturen ohne dieses teure Zeug nicht wachsen würden.«

Manuel nickte zerknirscht. In der Tat wusste er das.

Bis vor einem halben Jahr war Geld kein Thema gewesen, das ihn sonderlich interessiert hatte. Es hatte immer gereicht, schon deswegen, weil Luisa mehr als genug als erfolgreiche Anlageberaterin bei einer Freiburger Bank verdient hatte und ihre Ausgaben selbst bestreiten konnte. Nicht dass er knauserig gewesen wäre, aber es hatte sich einfach nicht ergeben, dass er viel Geld ausgegeben hatte. Außerdem hatte ihm für umfangreiche Einkäufe schlichtweg die Zeit gefehlt. Deswegen hatte er gemeint, er käme fast ohne Geld aus. Jetzt war das Missverhältnis zwischen Schulden und Einkommen dramatisch geworden und schon drehten sich seine Gedanken doch ständig ums Geld. Leichten Herzens konnte man offenbar nur auf das verzichten, was einem unwichtig war oder was man nicht brauchte. Diese Erkenntnis hatte ihn kürzlich eine halbe Nacht wach gehalten. Der Schlaf der anderen Nachthälfte war dem Grübeln darüber zum Opfer gefallen, ob er seine Schulden überhaupt jemals würde abtragen können. Von Cornelia war in der Hinsicht nicht viel zu erwarten. Als freie Journalistin waren ihre Einnahmen vergleichsweise dürftig.

Um eine Biotechnologiefirma zu gründen reichte leider nicht ein Schreibtisch mit einem schlichten Computer. Sie brauchten Geräte wie Zentrifugen und Brutschränke, sie brauchten einen sterilen Arbeitsplatz, einen kleinen Raum mit Lüftung und Klimaanlage für ein gutes Dutzend Mäuse, auf die sie nicht verzichten konnten, außerdem diverse Kleinteile wie Pipetten, Kunststoffplatten mit Löchern für kleinste Flüssigkeitsmengen, Chemikalien und vieles andere mehr, und sie mussten Miete bezahlen. Die günstige Staffelmiete hatte sie in diese Räume geführt, die mit ihrem Einzug wieder zu dem geworden waren, was sie vor gut zwanzig Jahren schon einmal gewesen waren: Laborräume mit der Sicherheitsstufe 1 für gentechnische Arbeiten.

Manuel starrte noch eine Weile auf die deprimierenden Zahlen, zu denen er die Schulden für die Renovierung des Hauses noch dazuaddieren musste, dann ging er durch eine in der oberen Hälfte verglaste Tür hinüber in das Labor. Es war ein großer übersichtlicher und trotz der Lage im Kellergeschoss heller Raum. Hier fehlte nicht mehr viel. Auch der Sterilblock war in der vergangenen Woche geliefert worden. Der Anblick des fast vollständig eingerichteten Labors besserte seine Stimmung sofort. Hier war er sein eigener Herr und alles, was hier stand, gehörte nicht der Uni oder dem Land, sondern war sein Eigentum, jedenfalls zur Hälfte – theoretisch zumindest, wenn man in Hartung und ihm gleichberechtigte Partner sah und nicht danach fragte, wer das meiste Geld beigesteuert hatte. Er atmete tief ein und wieder aus: Genau genommen gehörte der größte Teil der Bank.

Als er vorgestern gegangen war, hatte noch ein Homogenisator gefehlt. Zu seiner Überraschung stand heute ein solches

Gerät auf dem Platz, der dafür vorgesehen war. Er betrachtete den formschönen Apparat genauer. Auf seinem Deckel war ein deutlich sichtbarer grauer Aufkleber mit der Aufschrift »Albert-Ludwigs-Universität, Landeseigentum« sowie einem Strichcode.

»Geklaut?«, rief er Hartung entsetzt durch die offene Tür zu.

»Nein, geliehen«, rief der zurück. »Dauerleihgabe bis an das Ende unserer Tage.«

Manuel presste die Lippen zusammen und nickte mehrmals heftig, als könne er sich damit Mut machen. Er konnte sich nicht vorstellen, dass die Universität ihre Geräte bis zum Sankt Nimmerleinstag verleihen würde. Außerdem schien das Gerät ziemlich neu zu sein.

»Wann kommt unser eigenes?« rief er.

Hartung zuckte mit den Schultern. »Weiß nicht. Vielleicht nie.«

Am frühen Nachmittag war er wieder zu Hause, viel früher als es seiner Vorstellung von einem erfolgreichen Firmengründer entsprach und auch früher, als er es sich als Angestellter in einer großen Firma jemals erlaubt hatte.

»Wir sollten die Nachbarn einladen«, begrüßte ihn Cornelia schon im Treppenhaus. »Wir wohnen hier so dicht beieinander, da sollte man sich kennen.«

Er nickte leicht. Eine vage Zustimmung war immer besser, als sofort zu protestieren. Das hatte er in den Auseinandersetzungen mit Luisa gelernt. »Aber was machen wir mit dem Mann im Rollstuhl?«

»Kein Problem«, sagte Cornelia ohne nachzudenken. Offenbar hatte sie sich schon Gedanken darüber gemacht. »Der wiegt nicht viel. Über die drei Stufen am Eingang werden wir ihn irgendwie tragen können.«

»Und was ist mit dem Alten, der im Stock darüber wohnt?«

»Auch kein Problem.«

Manuel wunderte sich.

»Und die drei Männer, die gestern hier eingezogen sind?«

Cornelia schwieg und sah aus, als hätte sie plötzlich einen schlechten Geschmack im Mund – oder einen üblen Geruch in der Nase. »Ich werde es mir überlegen.«

»Und die Leute vom Nebenhaus?«

»Unbedingt! Die gerade. Die haben wir überhaupt noch nicht gesehen, obwohl wir Wand an Wand wohnen.«

»Kein Wunder. Sie sind die einzigen, die uns nicht in die Fenster sehen können. Kennst du überhaupt die Namen von den Nachbarn?«

»Die stehen an der Tür.«

Cornelia schien es tatsächlich ernst zu meinen. Eigentlich kein Wunder bei ihrem üblichen Bestreben, den Dingen auf den Grund zu gehen.

»Wer soll sonst noch kommen?«, fragte er matt.

»Die Familie mit dem Kind im Kinderwagen, die uns ins Küchenfenster sehen kann.«

»Und noch?«

»Mehr nicht.«

Cornelia verschwand in dem Zimmer, das sie sich im ersten Stock als Arbeitszimmer eingerichtet hatte, während Manuel unschlüssig am Fenster im Treppenhaus stehenblieb. Auf dem Gehweg vor dem Haus näherten sich zwei dürre Gestalten. Im nächsten Moment klingelte es an der Haustür.

»Es hat geklingelt!«, rief Cornelia.

Manuel tat, als hätte er es nicht gehört.

»Machst du bitte auf?« Cornelias Stimme klang, als versuchte sie, sich ohne Mikrofon einer Menschenmenge verständlich zu machen, dabei stand sie in der offenen Tür ihres Zimmers und er nur ein paar Meter von ihr entfernt.

»Ja«, sagte er.

»Du hast es nicht so weit bis zur Tür.«

Womit sie zweifellos recht hatte.

Ohne Cornelias lautes Rufen hätte er getan, als wäre niemand zu Hause. Er hatte keine Lust auf Besuch und auf das seltsame Pärchen schon gar nicht.

Manuel öffnete die Tür und roch ein aufdringliches Parfüm, vermutlich das der Frau. Die beiden mochten an die

Siebzig sein. Die Frau, die den Mann um einen halben Kopf überragte, hatte schwarze, offenbar gefärbte Haare, die sich wie bei einer jungen Frau in langen Locken bis über die Schultern kringelten. Darüber hatte sie ein Tuch aus durchsichtiger schwarzer Spitze gelegt. In dem fast weißen faltigen Gesicht war der Mund leuchtend rot geschminkt, die Augen waren mit schwarzem Lidstrich betont. Sie trug einen schwarzen Pullover mit gewaltigen Puffärmeln, die sich über den Unterarmen wieder verengten. Über die Handgelenke hatte sie graue Stulpen gezogen. Sie waren buschig wie Straußenfedern und mit kleinen roten Kugeln verziert, die ihn an Himbeeren erinnerten. Dazu trug sie einen hellen Rock aus einem mit Noppen verzierten Stoff, schwarze Strümpfe und schwarze Stiefeletten. Auf einer Hand balancierte sie eine offene braune Papiertüte. Der kleine Mann in ihrem Schlepptau hatte sein graues, ebenfalls gewelltes Haar zurückgekämmt. Er trug eine dunkelbraune Hose und ein Flanellhemd in einem helleren Braun, darüber eine beigefarbene Strickweste mit V-Ausschnitt, aus der sein nach vorn gereckter Kopf hervorschaute wie der einer Schildkröte aus ihrem Panzer. Der Mann war klein und zierlich, nur sein spitzer Bauch in der Größe eines Fußballs ragte weit aus dem schmächtigen Körper hervor.

»Guten Tag«, sagte die Frau und für einen Augenblick hoben sich ihre Mundwinkel ein wenig, um gleich darauf wieder in ihre hängende Position zurückzukehren. Manuel musste an einen Smiley denken, einen mit heruntergezogenen Mundwinkeln. Jetzt sah er, dass ihre Lippen genauso schmal waren wie die zu Strichen gezupften Augenbrauen, nur die sorgfältig breiter gezogene Kontur des Lippenstifts ließ sie voller erscheinen. Die Haut sah aus, als besuche die Dame regelmäßig eine Kosmetikerin, was jedoch nicht die Verbrauchtheit verbergen konnte.

»Guten Tag«, sagte nun auch der Mann. Sein kleiner Mund öffnete sich nur eine Winzigkeit, vielleicht um seine schiefen Zähne zu verbergen, vielleicht, weil er schüchtern war. Seine wild wuchernden Augenbrauen hatten Ähnlichkeit mit den Pinseln an den Ohren eines Luchses und aus seiner Nase wuchsen struppige graue Haare.

Die Frau hielt Manuel die Tüte entgegen. »Wir möchten Sie hiermit in Ihrem neuen Haus begrüßen.« Sie senkte den Kopf ein wenig und Manuel sah das nachwachsende Grau ihrer schwarz gefärbten Haare. Sie zog die Mundwinkel auseinander. Wieder schien sie ein Lächeln zu versuchen, doch es misslang wie beim ersten Mal. Sie schien aus der Übung gekommen zu sein. Manuel blickte in die Tüte: Weintrauben, winzig klein und grün.

»Vom Herdemer Bauernmarkt«, sagte der kleine Mann und sein Mund blieb wie zugeschnürt.

»Ach so«, sagte Manuel.

»Die Trauben sind für Sie und Ihre Familie«, sagte die Frau.

»Danke«, sagte Manuel, lächelte pflichtschuldig und nahm die Tüte.

»Wir wohnen im Nebenhaus«, bemerkte nun der Mann.

»Ach so.«

»Manuel«, rief Cornelia von oben. »Bitte unsere Nachbarn doch herein.«

»Möchten Sie hereinkommen?«, fragte Manuel und fühlte sich wie ein artiges Kind, das gehorcht, obwohl es eigentlich andere Pläne hat.

Die Frau nickte als Erste, dann der Mann, und sein Nicken war wie ein Echo. Manuel blieb nichts anderes übrig, als die beiden ins Wohnzimmer zu leiten.

»Bitte nehmen Sie doch Platz.«

»Wir haben uns noch gar nicht vorgestellt«, sagte die Frau ohne sich zu setzen. »Hornberger, wie das Schießen. Herr und Frau Hornberger.«

Cornelia war nun auch hereingekommen und begrüßte die Nachbarn. »Möchten Sie etwas trinken?«

»Wenn Sie vielleicht einen kleinen Prosecco hätten?«, sagte Frau Hornberger.

Cornelia sah Manuel hilfesuchend an. Der zuckte bedauernd mit den Schultern.

Herr Hornberger neigte den Kopf ein wenig zur Seite. »Sie brauchen unseretwegen keine Umstände zu machen«, sagte er mit einem bescheidenen Augenaufschlag, und am Ende des Satzes wurde sein winziger Mund noch eine Spur kleiner. Irgendwie erinnerte er Manuel an eine schlecht geschnitzte Holzfigur, eine mit einem schief aufgesetzten drehbaren Kopf. Der Kopf war jedenfalls das einzige, was sich an Herrn Hornberger nennenswert bewegte.

»Wie wäre es mit ...«

»Ach nein, danke«, unterbrach Frau Hornberger, ehe Cornelia etwas anderes vorgeschlagen hatte. Mit einer geradezu unverschämten Direktheit musterte sie nun das Wohnzimmer.

»Sehr geschmackvoll«, sagte sie mit Blick auf Cornelias himmelblaue Sessel. Dabei veränderte sich ihr mürrisches Gesicht überhaupt nicht.

»Darf ich Ihnen nicht doch ...«, setzte Cornelia noch einmal an, aber wieder wurde sie von Frau Hornberger unterbrochen. »Nein, wirklich nicht. Wir wollen Ihnen keine Mühe machen.« Wieder so ein Lächeln wie Leute es aufsetzen, die genau das Gegenteil von dem sagen, was sie denken.

Manuel lächelte in der gleichen süßlichen Weise zurück, jedenfalls versuchte er es. »Aber nein, wir freuen uns, dass Sie den Weg zu uns gefunden haben.«

Dann wurde es still.

»Setzen Sie sich doch«, wiederholte Cornelia.

Herr Hornberger kam der Aufforderung nach, aus purem Gehorsam wie es schien, und hockte sich auf die Kante von Cornelias zu den himmelblauen Sesseln passendem Sofa, während Manuel und Cornelia auf den Sesseln Platz nahmen. Frau Hornberger, die sich nun neben ihren Mann setzte, hörte nicht auf, das Wohnzimmer zu mustern. »Hübsch ist es geworden«, sagte sie, »und wir hatten gedacht, dass dieses Haus abgerissen werden sollte.«

Der Ton, mit dem sie dies sagte, irritierte Manuel. Etwas Lauerndes lag in ihrer Bemerkung, geradeso als wäre über den Bestand seines Hauses noch lange nicht entschieden. »Aber jetzt freuen wir uns, dass wir so nette Nachbarn bekommen haben«, fuhr sie fort.

Nette Nachbarn, dachte Manuel. Wie wollte die alte Schachtel das jetzt schon wissen?

»Wenn man älter wird, ist es wichtig, dass man eine gute Nachbarschaft pflegt«, ergänzte Herr Hornberger, der eine Hand auf die Armlehne gelegt hatte, im Übrigen jedoch bewegungslos auf der Vorderkante des Sofas klebte. Vor irgendetwas schien er Angst zu haben, vielleicht vor seiner Frau. Die Ähnlichkeit zwischen den beiden war trotz des unterschiedlichen Auftretens verblüffend und betraf nicht nur die Locken, die auf Herrn Hornbergers Kopf etwas kürzer, aber keineswegs spärlicher als auf dem seiner Frau wucherten. Beide hatten eine auffallend spitze Nase, ein schmales Gesicht und dünne Lippen.

»Sie sind noch jung«, sagte Hornberger mit einem vorsichtigen Seitenblick auf seine Frau und kratzte sich mit einer sparsamen Bewegung an der Backe. »Vielleicht dürfen wir Sie gelegentlich um einen Gefallen bitten.«

»Sicher«, sagte Manuel und überlegte, wonach der Alte eigentlich roch: nach abgestandenem Bier? Oder nur nach ungewaschener Kleidung und säuerlichem Schweiß? Muffig jedenfalls.

»Man kann ja nicht jeden bitten«, mischte sich nun Frau Hornberger ein.

»Man muss aufpassen, wem man vertrauen kann«, ergänzte Herr Hornberger und sah nun wieder Manuel an, als fürchte er eine Tracht Prügel.

»Sicher«, sagte Manuel wieder und fragte sich, worauf die beiden hinauswollten. Im Winter Schneeschippen vielleicht? Lampen aufhängen? Oder einkaufen?

»Die Verbrecher haben es ja besonders auf uns alte Menschen abgesehen«, fuhr Herr Hornberger fort und legte die Hände auf seine dünnen Beinchen.

»Das Böse ist immer und überall«, bemerkte Manuel lakonisch, woraufhin Frau Hornberger ernsthaft nickte und sich anbiedernd vorbeugte: »Haben Sie diesen schrecklichen Mann an Ihrem Gartenzaun gesehen? Den Tätowierten? Der schleicht hier schon seit ein paar Tagen herum. Vielleicht könnten Sie ihn mal ansprechen und ...«

»Und ...?«

»Und fragen was er hier will«, sagte Herr Hornberger leise und sackte ein wenig in das Sofa hinein.

»... ihm Beine machen, dass er für alle Zeiten verschwindet«, zischte sie.

»Natürlich«, sagte Manuel, ohne von seiner Mission überzeugt zu sein.

»Mein Bruder ist schon alt und er ist nie der Stärkste gewesen. Er traut sich nicht, mit dem Mann zu reden. Aber Sie sind groß und kräftig.«

»Ich werde sehen, was ich machen kann.«

»Der war bestimmt im Knast, so wie der aussieht.« Nach dieser Bemerkung huschte Hornbergers Blick durch den Raum, suchte den von Cornelia, blieb dann an ihren Schuhspitzen hängen. Dann sah er seine Schwester an, als warte er auf ein Lob für seine Bemerkung.

Cornelia, die teilnahmslos geradeaus geblickt hatte, war plötzlich hellwach. »Wohnt der Mann hier in der Nähe?«

Die Hornbergers zuckten mit den Schultern, erst sie, dann er, wieder als wäre er ihr Echo.

»Sehen Sie«, sagte Frau Hornberger mit unüberhörbarem Triumph in der Stimme. »Auch für Ihre Frau ist dieser Mann eine Bedrohung.«

»Und erst recht für Ihre Tochter«, ergänzte der Alte.

Eine Weile war es still und Manuel spürte Cornelias Blick. Er lächelte ihr zuversichtlich zu, als könnte er tatsächlich den Mann für alle Zeiten vom Zaun vertreiben.

»Wir wollten ja gar nicht so lange bleiben«, sagte nun die Alte, die zu Manuels Überraschung nicht Hornbergers Frau, sondern seine Schwester war. Sie stemmte sich mühsam von Cornelias gar nicht so niedrigem Sofa hoch und brauchte eine Weile, um die steifen Glieder wieder in die Senkrechte zu bringen. »Die Hüften«, sagte sie. »Ich sollte sie operieren lassen.« Sie reichte Manuel ihre knochige Hand, die er halb erleichtert, halb widerwillig ergriff. »Aber ich habe kein Vertrauen zu den Ärzten.«

Auch Herr Hornberger, der eben noch die zu langen Augenbrauen über seinem rechten Auge gezwirbelt hatte, erhob sich. »Es hat mich gefreut, Sie kennengelernt zu haben«, nuschelte er. Wieder ein Seitenblick auf seine Schwester, als müsste er sich vergewissern, ob sie mit seinen Worten einverstanden war.

»Ganz meinerseits«, gab Manuel mit zusammengepressten Kiefern zurück und begleitete sie zur Haustür. Ein bunter aufdringlicher Vogel und sein unscheinbarer Schatten, dachte er, als er ihnen nachsah. Und das waren nun ihre Nachbarn.

In dem Augenblick, als er die beiden an der Haustür entlassen hatte, kam der Behinderte die Straße entlanggerollt und stoppte neben Manuel. Er war unglaublich mager und sein Gesicht glich einem Totenschädel, in dessen Mundhöhle sich eine Zunge unaufhörlich bewegte.

»Hallo«, sagte Manuel.

Der Mann öffnete den Mund noch weiter und sein Gesicht verzog sich in wilden Grimassen. Sein rechter Arm streckte sich seltsam verdreht nach hinten, als wollte er dort nach etwas greifen, bis ein Sturm heftiger Bewegungen den ganzen ausgemergelten Körper schüttelte. Vielleicht wollte er Manuel etwas mitteilen, doch was er hervorbrachte, war nicht zu verstehen.

»Guten Tag«, sagte Manuel jetzt und unterdrückte den Impuls, sich von der mitleiderregenden Gestalt wortlos abzuwenden. »Wir sind die neuen Nachbarn.«

Wieder stieß der Behinderte ein paar Laute aus, ein Knurren und Grunzen, vielleicht sollte es eine Begrüßung sein. Mit einem heftigen Ruck setzte sich der Rollstuhl in Bewegung und der Mann verschwand in der Einfahrt, aus der Manuel ihn gestern hatte kommen sehen. Irritiert durch die Begegnung kehrte Manuel ins Haus zurück.

Er fand Cornelia in der Küche. Sie stand mitten im Raum mit Herbert auf dem Arm und presste das haarige Bündel an sich, als könnte es ihr Halt geben. Als Manuel eintrat, sprang der Kater zu Boden und stelzte mit hoch erhobenem Schwanz davon.

Cornelia sah ängstlich und bedrückt aus, nicht einfach nur neugierig, wie es ihm zunächst erschienen war. »Dieser Mann am Zaun macht mir Angst«, stieß sie hervor.

Er wusste nichts darauf zu sagen, was sie beruhigt hätte, aber er nahm sie in den Arm und streichelte sie wie ein Kind, das getröstet werden will. Bei Luisa hatte er schlechte Erfahrungen gemacht, wenn er nicht auf ihre Ängste eingegangen war. Je sorgloser er eine Begebenheit hingenommen hatte, umso ängstlicher war sie geworden, und am Ende wütend auf ihn, weil er sie nicht ernst nahm. Heute, dem ersten Tag des gemeinsamen Lebens mit Cornelia, sollte ihm das nicht passieren. Hoffentlich taucht der Typ nie wieder auf, dachte er. Es würde kaum möglich sein, etwas gegen ihn zu unternehmen, solange er nicht in das Haus oder den Garten eindrang.

»Willst du eigentlich noch immer die Nachbarn einladen?«, fragte Manuel, als sie später gemeinsam mit Pauline beim Abendbrot saßen.

Cornelia zog die Augenbrauen hoch und schien ernsthaft zu überlegen.

»Etwa auch den Typ im Rollstuhl?«, platzte Pauline dazwischen. »Der ist doch bescheuert.«

»Ich glaube, der ist normaler als die Hornbergers aus dem Nebenhaus«, stellte Manuel fest. »Wenn er geistig behindert wäre, würde er vermutlich nicht allein durch die Gegend fahren.«

»Ist doch bescheuert«, beharrte Pauline.

»Pauline!«

*

Nicht sprechen können heißt nicht, unfähig zum Denken zu sein. Eines Tages wird das der Mörder begreifen, und er wird wissen, was das für ihn bedeutet. Ich habe Angst vor diesem Tag. Ich möchte handeln, aber meine Hände sind gebunden und mein Mund ist stumm. Mein Vater hält den Schlüssel in der Hand, doch er gibt ihn nicht heraus. Er lässt nicht davon ab, über mein Leben zu entscheiden. Vor ein paar Tagen hat er Farbe gekauft, schwarze Farbe. Er hat damit eine Wand in meinem Wohnzimmer gestrichen. Warum tut er das? Warum quält er mich? Schwarz ist die Verzweiflung. Schwarz ist die Trauer. Schwarz ist der Tod.

*

Am nächsten Tag regnete es in Strömen. Also doch mit dem Auto zur Arbeit fahren? Manuel entschied sich dagegen. Regenhose, Regenjacke, Kapuze: Auf diese Weise so gut wie möglich gegen den strömenden Regen geschützt, erreichte er das TZF.

Hartung stand unter dem Vordach vor der Eingangstür und sog hastig an einer Zigarette. »Warst du Schwimmen?«, begrüßte er seinen Kompagnon.

Manuel machte eine Bemerkung über die erfrischende Wirkung des Regens, die selbst in seinen eigenen Ohren wenig überzeugend klang, dann verschwand er im Haus. Er zog die Regenkleidung aus und trocknete sich das Gesicht ab. Schuhe und Strümpfe waren nass und würden es die nächsten Stunden wohl auch bleiben. Er zog sie aus, legte ein paar Papiertücher unter den Schreibtisch, setzte sich und wartete vergeblich auf warme Füße. Der Schreibtisch roch, wie neue Möbel riechen sollen. Es war ein angenehmer Geruch, den er mit Aufbruch und Fortschritt verband. Das Möbelstück war zwar nur von IKEA, aber der Preis für das Modell Micke in der Luxusbreite von 142 cm war unschlagbar günstig gewesen. Er klappte seinen Laptop auf, um sich an die Arbeit zu machen. Kundenwerbung, das war seine Aufgabe in dieser ersten Phase. Von Anfang an hatte er den Verdacht gehabt, Hartung habe ihn vor allem deswegen mit ins Boot geholt, weil er mit seinen guten Beziehungen Kunden ködern konnte. Bislang hatte sich diese Vermutung leider noch nicht als falsch erwiesen. Was brauchte man denn, um eine Firma zu gründen: Natürlich brauchte man eine Idee, was diese Firma anbieten soll, dafür war Hartung zuständig gewesen. Dann wurde jemand gebraucht, der diese Idee in die Praxis umsetzte. Auch das konnte Hartung mindestens ebenso gut wie er leisten. Und schließlich musste die Idee noch an den Mann gebracht werden, denn ohne Kunden funktionierte die beste Firma nicht. Genau das war jetzt seine Aufgabe. Man brauchte für die Gründung einer Firma natürlich auch das nötige Startkapital, aber das war kein Problem gewesen. 400.000 Euro hatte Hartung eingebracht, 300.000 Euro waren von ihm. Ein weiterer großer Teil kam von der Bank. Wahrscheinlich verdankten sie diese Großzügigkeit bei Risikokapital nicht nur ihrem Firmenkonzept, sondern ebenso sehr seiner Person. Für die Hälfte des geliehenen Geldes haftete er persönlich. Wenn die ganze Geschichte ein Flop war, fiel die Firma mit allem, was dazu gehörte, eines Tages an die Bank und sein Häuschen wahrscheinlich ebenfalls. – Er richtete sich auf seinem Stuhl auf und nahm eine zuversichtliche Haltung an. Natürlich würden sie nicht scheitern, aber so eine Firmengründung war eben nichts für Feiglinge.

Er betrachtete auf dem Bildschirm die Vorlage für einen Hochglanzprospekt, den ein Freund von Hartung entworfen hatte. Auf der ersten Seite waren die Fotos der beiden Firmeninhaber abgedruckt, die auch ihre Homepage zierten: Dr. rer. nat. Manuel Fechner als erfolgreicher Unternehmer mit dezent gemusterter hellblauer Krawatte und hellgrauem, etwas glänzendem Anzug, den kühnen und zuversichtlichen Blick nach vorn gerichtet und die Lippen leicht zusammengepresst, was Entschlossenheit signalisieren sollte. Er betrachtete sein Foto genauer. Er hätte es Cornelia zeigen sollen, dachte er. Ihr wäre seine schiefe Krawatte rechtzeitig aufgefallen. Das Bild von Hartung war entweder nachträglich bearbeitet worden oder so unscharf, dass man weder die tiefen Falten des Kettenrauchers noch die graue Haut sah. Auch er mit Krawatte und Anzug. Der Ausschnitt auf dem Foto war so gewählt, dass der völlig aus der Mode gekommenen Schnitt seines Jacketts nicht zu sehen war.

Manuels Aufgabe war es nun, sich um das Vervielfältigen dieser Werbebroschüre zu kümmern und dafür zu sorgen, dass sie bei den richtigen Leuten ankam. Also noch immer keine Forschung, stattdessen weiterhin Papierkram. Doch Werbung und die richtige Marketingstrategie waren ebenso wichtig wie ihre Produkte. Es lag in seiner Hand, ob sie scheiterten oder nicht.

Er druckte die Vorlage aus und stellte sich vor, wie das Ganze auf Hochglanzpapier wirken würde. Sehr gut, fand er, einfach großartig. Dann dachte er daran, wie er diese bunt bebilderten Machwerke in die Hand genommen hatte, wenn sie sich einmal auf seinen Schreibtisch verirrt hatten: bestenfalls gleichgültig, wenn nicht sogar abgestoßen von den sich immer ähnelnden schönen und optimistischen Gesichtern, die ihm in der Wirklichkeit der Arbeitswelt kaum einmal begegnet waren. Und wenn er tatsächlich ein paar Zeilen des Textes gelesen hatte, war ihm schleierhaft gewesen, was er mit dem Angebot hätte anfangen sollen. Jetzt erkannte er den Haken an der Sache: Auch ihr Prospekt würde von der gleichermaßen professionellen wie nichtssagenden Sorte sein, wie es Hunderte andere waren. Produziert für den Papierkorb. So ging das nicht, wenn sie Erfolg haben wollten. Schließlich waren sie beileibe nicht die einzigen, die mit therapeutisch nutzbaren Antikörpern ihr Geld verdienen wollten. Er musste sich um erfolgversprechendere Wege kümmern, ihren Auftritt bei der Biotechnica in Hannover zum Beispiel. Rund fünftausend Euro würde ihr zwölf-Quadratmeter-Stand als Komplettangebot in der Basic-Version kosten, fünftausend Euro, die erst einmal wieder reinkommen mussten.

Manuel saß noch immer mit nackten Füßen am Schreibtisch, als sein Kompagnon den Kopf zur Tür hereinsteckte. Er wedelte mit einem Prospekt. »Mit diesem Durchflusszytometer können wir viel Geld sparen und auch Zeit.«

»Geld sparen ist immer gut.«

Hartung breitete das Faltblatt auf dem Schreibtisch aus. »Wir können dann endlich selbst messen, wie sich die Antikörper an die Zelloberflächen binden, und brauchen dafür keine anderen Firmen mehr zu bezahlen.«

Manuels Blick fiel auf den Preis: 120.000 Euro. Er schüttelte heftig den Kopf. »Damit steuern wir direkt auf unseren Untergang zu.«

Sein Kompagnon verschwand wortlos und kehrte Augenblicke später mit einem Blatt zurück, auf dem Schaubilder abgedruckt waren. »Das müsstest du doch wissen: Der Markt für Biopharmazeutika wächst doppelt so schnell wie der Gesamtmarkt der Pharmazeutika. Allein in Deutschland macht die Branche jedes Jahr einen Umsatz von 8,5 Milliarden Euro. Hast du gehört: 8,5 Milliarden!«

»Und eine davon ist für unsere Antikörper«, meinte Manuel lakonisch.

»Mindestens«, sagte Hartung in einem Ton, als zweifelte er nicht im Geringsten daran. »Du weißt ja, wie viel allein die Schweizer Firma Roche mit einem einzigen Antikörper-Medikament gegen Krebs erwirtschaftet.«

»Natürlich weiß ich das. Es sind mehrere Milliarden Jahr für Jahr, kein Wunder, wenn die Behandlung eines einzigen Patienten mit diesem Avastin fünfzigtausend Euro oder noch mehr kostet.«

»Nur schade, dass sie vielen Patienten nicht einmal nützt«, fuhr sein Kompagnon fort. Er räusperte sich umständlich. »Apropos Milliarden. Wann ist eigentlich unser Prospekt fertig?«

»Nie«, antwortete Manuel düster.

Hartungs Gesicht verzog sich, als habe er in eine Zitrone gebissen. »Wieso nie?«

»Ich werde ihn nicht drucken lassen.«

Hartung presste die Lippen zusammen und zog die zerknitterte Zigarettenschachtel aus der Tasche, in der er die selbstgedrehten Zigaretten für den Notfall aufbewahrte. Jetzt war offenbar ein solcher Augenblick gekommen.

Manuel hob abwehrend die Hände. »Doch nicht hier«, rief er aus. »Lass uns nach draußen gehen, wenn du unbedingt rauchen musst.«

Er stand auf und ging vor Hartung durch den engen Kellergang. »So eine allgemeine Broschüre kannst du vergessen, genau wie das Angebot auf unserer Homepage. Dadurch wird niemand auf unsere Produkte aufmerksam«, rief er seinem Kompagnon über die Schulter zu. Draußen wartete er, bis

Hartung die ersten hastigen Züge getan hatte, dann setzte er eine betont siegessichere Miene auf. »Nur der direkte Kontakt zu den richtigen Firmen ist Erfolg versprechend. Dort müssen wir deutlich machen, welche einzigartigen therapeutischen oder diagnostischen Möglichkeiten ein bestimmtes Produkt bietet. Einzigartig, ist das Schlagwort.« Er kam ins Schwärmen. »Wie einen ganz besonderen Edelstein müssen wir unser Angebot überreichen. Schließlich verhandeln wir nicht mit einer Behörde, sondern mit Menschen.«

Hartung rauchte, hielt inne und schien nachzudenken, rauchte wieder. »Du sprichst immer von wir.«

»Ist doch egal. Es geht um das Prinzip.«

Hartung drückte die Zigarette auf dem Rand des Aschenbechers aus, in dem schon ein Dutzend filterlose Kippen lagen. »Den Prospekt brauchen wir trotzdem. Auf unserem Stand auf der Biotechnica stehst du ohne Hochglanzbroschüre da wie ein Bäcker ohne Brötchen.«

Der Vergleich hinkte, schließlich wollte Manuel keine Broschüren verkaufen. Sein Kompagnon hatte trotzdem recht. Ein Wirtschaftsunternehmen ohne Hochglanzprospekt war wenig überzeugend.

Manuel kehrte an seinen Schreibtisch zurück, stützte die Ellenbogen auf die Schreibtischplatte und legte das Kinn auf die gefalteten Hände. Vor ein paar Monaten hatte er beschlossen ein anderer Mensch zu werden, und jeden Tag wartete er gespannt darauf, wie es diesem neuen Manuel Fechner als selbstständigem Unternehmer ergehen würde. Einem, der nicht den größten Teil seiner Zeit damit verbrachte, Richtlinien zu lesen und zu befolgen. Noch hielten sich Zuversicht für das Kommende und ein leises Bedauern über die mit der Selbstständigkeit verbundenen Verluste die Waage. Aber nicht dem sicheren Job und dem regelmäßigen Gehalt trauerte er nach, eher schon seinen Mitarbeitern, denen er manche Aufgabe hätte übertragen können: Als Bittsteller Firmen anrufen, Ansprechpartner erfragen, Termine vereinbaren: sie wären aufgegangen in der Aufgabe, während er sich darin untergehen sah. – Der Internetauftritt ihrer Firma war auch noch nicht überzeugend. Er hätte diese Aufgabe am liebsten einem professionellen Anbieter überlassen, aber das hätte ein paar tausend Euro gekostet, viel zu viel in Anbetracht ihrer Schulden. Stattdessen bastelte er gemeinsam mit einem Studenten an der Homepage herum.

Als Manuel nach Hause kam, traf er weder Pauline noch Cornelia an. Das hatte er sich in einer gemeinsamen Wohnung anders vorgestellt. Kater Herbert lag in Paulines Bett und blinzelte ihn träge an. Mittlerweile hatte er sich an diesen Anblick gewöhnt. Als er – noch vor ihrem Umzug in dieses Haus – das Tier zum ersten Mal in Paulines Bett gesehen hatte, war er ärgerlich gewesen. »Katzen gehören nicht ins Bett.«

»Die Mama hat es erlaubt«, hatte Pauline betont gelangweilt und von oben herab geantwortet. »Außerdem ist Herbert ein Kater.«

»Aber ich möchte das nicht«, hatte er antworten wollen, doch er hatte den Satz nicht zu Ende gebracht. Sein Widerspruch hätte nur zu ihrer üblichen Bemerkung geführt, dass er ihr gar nichts zu sagen habe. Schließlich sei er nicht ihr Vater.

Heute war es ihm recht, dass außer Herbert niemand zu Hause war. Was er plante, passte nicht zu seinem Bild von einem vernünftigen und vorbildlichen Familienvater. Normalerweise war es Cornelias Eigenart, den Dingen auf den Grund zu gehen, aber sie würde niemals in den Keller ihrer Nachbarn eindringen. Also musste er das tun, wenn er das Geheimnis der Kommode lüften wollte, deren Schubfächer so riesig waren, dass man sich darin verstecken konnte. Er suchte nach seiner Taschenlampe, stieg die Kellertreppe hinunter und durchquerte die vorderen Kellerräume. Dann zwängte er sich unter den waagerecht verlaufenden Rohren durch, um in den niedrigen Keller zu gelangen. Tief gebückt kam er wieder zu der Lattentür, die von irgendjemandem gewaltsam geöffnet worden war. Gleich darauf stand er zum zweiten Mal in dem lichtlosen Verlies, in dem er das gewaltige Möbelstück entdeckt hatte. Im Schein seiner Taschenlampe sah er, dass an der Wand dahinter keine rohen Bretter lehnten, sondern ein zerlegtes Bett aus Mahagoni sowie ein verrosteter Rahmen für die Matratze. Auch der raumhohe Schrank daneben war aus Mahagoni. Manuel wandte sich der Kommode zu. Die Beschläge an den Schubfächern waren aus Messing und im Lauf der Zeit stumpf geworden. Wieder versuchte er vergeblich, das obere Schubfach ein Stück herauszuziehen. Er zog an dem mittleren, das sich mit einem hässlichen Quietschen ein winziges Stück bewegte. Er brauchte lange, bis er das Fach – mal auf der einen, dann auf der anderen Seite ziehend – so weit geöffnet hatte, dass er hineinsehen konnte. Auf den ersten Blick schien es leer zu sein. Auf den zweiten erkannte er eine große mit Bleistift gezeichnete Skizze, wahrscheinlich die Zeichnung eines Architekten. Er zog weiter, bis er in das Schubfach hineingreifen konnte, und angelte vorsichtig das oberste Blatt hervor. Es war tatsächlich eine mit Stockflecken übersäte und vergilbte Bauzeichnung von einem Architekten, dessen Name unten auf dem Rand stand. Vielleicht war es der Plan des Hauses, unter dem er sich befand, vielleicht war es der eines anderen Hauses. Enttäuscht schloss er das Schubfach wieder. Er hatte etwas Geheimnisvolleres erhofft. Das unterste Schubfach ließ sich besser bewegen als die beiden darüber, aber es war leer bis auf das vergilbte Schrankpapier. Noch einmal versuchte er, das oberste Schubfach zu öffnen. Auch jetzt bewegte es sich nicht. Er gab auf und öffnete die linke Tür des großen Mahagonischrankes. Alle Böden waren vollgestopft mit sorgfältig zusammengelegter Wäsche, Bettwäsche zumeist, aber auch Handtüchern und ein paar Dutzend Servietten. Er nahm eine davon heraus. Mit großen geschwungenen Buchstaben waren die Initialen SH eingestickt. Offenbar war er auf die Aussteuer von Frau Hornberger gestoßen, auf der sie als alte Jungfer immer noch saß. Wahrscheinlich war sie nie verheiratet gewesen. Eine glückliche Ehe hätte ihn bei dieser Frau jedenfalls gewundert. Das Licht seiner Taschenlampe war schwächer geworden. Er schaltete sie aus und wartete eine Weile. Für kurze Zeit leuchtete sie wieder hell genug. Er öffnete die rechte Schranktür. Die Böden dahinter bogen sich unter grauen Aktenordnern.

Manuel hielt mit seinen Erkundigungen inne. Er hatte etwas gehört, ein Kratzen, das von einem sich drehenden Schlüssel stammen konnte, dann ein Quietschen, wie wenn sich eine Tür in rostigen Angeln dreht, vielleicht eine Kellertür. Im nächsten Augenblick spürte er einen Luftzug. Er hielt den Atem an. Nicht weit von ihm entfernt wurde eine Tür ins Schloss gezogen. Gleich darauf hörte er, wie etwas zu Boden fiel. Das ist Cornelia, beruhigte er sich. Sie suchte nach ihm. Er schloss den Schrank und wollte ihr entgegengehen. Sie brauchte nicht zu sehen, dass er in fremden Schränken stöberte. Er lauschte wieder. Cornelia konnte es nicht sein. Die Geräusche kamen aus der entgegengesetzten Richtung. Hornberger, schoss es ihm durch den Kopf, oder war es dessen Schwester? Er löschte die Taschenlampe, doch das Licht im Keller, den er vorhin gebückt durchquert hatte, war bis hier zu sehen und würde verraten, dass sich jemand hier unten herumtrieb. Leise zog sich Manuel zurück und schaltete das Licht aus. Noch immer fiel ein schwacher Schimmer durch die Öffnung unter den Rohren, doch er kümmerte sich nicht darum. Schließlich brannte das Licht in seinem eigenen Keller. Jetzt wäre es das Vernünftigste gewesen, einfach in seine Wohnung zurückzukehren und sich nicht um den Menschen zu kümmern, dessen Schritte nun zu hören waren, doch seine Neugierde war stärker als seine Vernunft. Tief gebückt wartete er in dem niedrigen Keller und lauschte. Als die Schmerzen im Nacken und Rücken seine Neugierde besiegten und er sich eben zurückziehen wollte, sah er den hellen Schein einer starken Taschenlampe über den großen Mahagonischrank huschen. Der Lichtkegel streifte ausgetretene Trainingsschuhe des Mannes, der die Taschenlampe hielt. Sie hatten neongrüne Schnürbänder und ebenso leuchtende Streifen an den Rändern der Sohlen. Hornberger mit bunten Schuhen? Unwahrscheinlich. Hornberger kleidete sich beige und braun. Außerdem waren die Füße zu groß für seinen kleinen Nachbarn. Jetzt sah Manuel die ganze Gestalt. Sie war vollständig schwarz gekleidet und die Kapuze eines Sweatshirts war tief ins Gesicht gezogen. Mit laut klopfendem Herzen beobachtete Manuel, wie der Mann nun die Taschenlampe auf der Kommode so ablegte, dass sie den Schrank beleuchtete. Er öffnete die rechte Schranktür. Mit einem Ordner ging er zur Kommode und blätterte. Jede einzelne Seite prüfte er im Schein der Taschenlampe. Von Zeit zu Zeit räusperte er sich oder ließ ein unzufriedenes Knurren hören. Es waren nicht Hornbergers Füße und es war auch nicht die Stimme eines alten Mannes. Nein, jemand anders machte sich am Schrank zu schaffen. Ein Hausbewohner, von dem sie nichts wussten? Denkbar war es. Das Haus über diesem Keller war bis auf die Geschwister unbekanntes Terrain. Aber der Mann sah aus, als täte er etwas Verbotenes. Nach etlichen Minuten, in denen der Schwarzgekleidete nichts anderes tat, als eine Seite nach der anderen umzublättern, zog sich Manuel zurück. Er konnte die Schmerzen im Rücken nicht länger ignorieren.

Bevor er in den Keller gegangen war, hatte die Küche noch ordentlich ausgesehen. Jetzt, kaum eine Viertelstunde später, standen sämtliche Schranktüren offen und alle Schränke waren wieder leer. Ihr Inhalt war auf dem Tisch oder den Arbeitsplatten gestrandet. Cornelia, die eben erst zurückgekehrt sein konnte, stand mit geröteten Wangen mitten in der Unordnung.

»Suchst du etwas?«

»Ich suche nicht, ich finde.«

Er blickte staunend auf das Chaos. »Was findest du?«

»Eine neue Ordnung.«

»Aha. Ich verstehe.«

Gerade erst waren sie eingezogen, da war Cornelia schon bei ihrer Lieblingsbeschäftigung: eine optimale Ordnung für die Dinge des Alltags zu finden. Darüber hatte sie bereits mehrere Artikel und sogar ein Buch geschrieben: Wie richtiges Aufräumen Ihr Leben verändert. Es verkaufte sich bestens, wie alle Bücher, die ein besseres Leben versprachen. Wahrscheinlich würde sie die Küche noch ein paar Mal umräumen, bis sie zumindest vorübergehend mit dem Ergebnis zufrieden war. Und nicht nur die Küche. Manuel sah ihr eine Weile zu.

Sie steuerte mit einem Stapel Teller auf ihn zu. »Du stehst genau vor dem Schrank, in den ich die Teller stellen wollte«, stellte sie fest.

Er trat ein Stück zur Seite. »Kann ich dir helfen?«, fragte er.

Wie zu erwarten konnte er nicht.

Seine Frage, ob sie Lust auf einen Spaziergang hätte, verneinte sie, was ihn ebenfalls nicht überraschte.

»Du brauchst dich nicht zu beeilen«, rief sie ihm nach, als er die Küche schon verlassen hatte.

Als er eben sein Mountainbike auf die Straße schob, kam ihm eine junge Frau mit einem Kinderwagen entgegen. Seine Nachbarin, in deren Wohnung sie von den Fenstern der Giebelseite hineinsahen und deren Kind sie schon weinen gehört hatten? Er hatte sie bislang noch nicht aus der Nähe gesehen. Braune Haare, schlanke Taille: das hatte er schon bemerkt, aber die braunen Augen, die Grübchen in den Wangen und die etwas zu große Nase waren ihm bislang entgangen.

»Ich bin Sibylle«, sagte sie. »Willkommen in Alt-Herdern.«

»Manuel«, stellte er sich vor. Ob sie vorhatte, ihn gleich zu duzen? Bei dem großen Altersunterschied wunderte ihn das.

»Schön, dass ihr das Häuschen nicht einfach abgerissen habt. Wir hatten schon Angst, hier würde auch so ein moderner Kasten mit Flachdach entstehen wie drüben die Häuser auf dem Anwesen von St. Urban.«

»Bislang hat uns noch niemand gelobt, weil wir das Häuschen erhalten haben.«

Ihre Augen weiteten sich. »Hat meine Mutter etwas Schlechtes gesagt?«

Jetzt musste er sich entscheiden: Du oder Sie?

»Deine Mutter?«, entschied er sich. Die meisten Freiburger waren großzügig mit dem Du, vor allem die jungen Leute. »Nein. Wieso fragst du?«

»Ich dachte, sie hätte euch vielleicht mit ihren absurden Phantasien überfallen.«

»Absurde Fantasien?«

Sibylle lächelte verlegen. »Sie meint, in eurem Haus spuke es. Das sei der Grund dafür, dass es niemand haben wollte und es so lange leer stand.«

»Die Spukgeschichten wundern mich nicht, so wie das Haus vorher aussah. Vielleicht hat deine Mutter das Klappern der kaputten Fensterläden gehört.«

»Sie glaubt, sie habe eine weiße Gestalt hinter den Fenstern gesehen.«

»Wahrscheinlich einen von den Obdachlosen, die hier gehaust haben.«

Sibylle schüttelte den Kopf. »Damals wohnte dort niemand mehr.« Sie lachte. »Alte Leute werden ja manchmal seltsam.«

Sie drehte den Kinderwagen so, dass er hineinsehen konnte. Ein blasses, pummeliges Kind mit einem großen rosafarbenen Schnuller schlief darin. »Ein Mädchen«, stellte er fest, stolz auf seinen Scharfblick.

Wieder schüttelte Sibylle den Kopf. Sie lachte. »Nein, es ist ein Junge, Fabian. Er ist gestern vier Monate alt geworden.«

Sie wurde plötzlich wieder ernst. »Es war kurz nach seiner Geburt. Meine Mutter stürzte zitternd in unser Schlafzimmer. Sie glaubte fürchterliche Schreie aus eurem Haus gehört zu haben. Sie war so außer sich, dass Holger aufgestanden ist und nachgesehen hat, aber das Haus war finster und kein Mensch war zu sehen.«

Der Kinderwagen wackelte. Sibylle warf einen Blick hinein und begann, den Wagen langsam hin und her zu schieben. »Danach hatte meine Mutter tagelang panische Angst um den kleinen Fabian. Sie wollte ihn am liebsten keine Sekunde aus den Augen lassen.« Sie sah plötzlich besorgt aus. »Ja, und ich hatte auch Angst um ihn. Er war doch noch so klein.«

»Kommt es öfter vor, dass deine Mutter Gespenster sieht?«

Sibylle lachte wieder. »Oh ja. Sie steigert sich in jeden Aberglauben, von dem sie hört. Glücklicherweise ist ihr eure schwarze Katze noch nicht von links nach rechts über den Weg gelaufen. Sie wäre sonst den Rest des Tages nicht mehr aus dem Haus gegangen und hätte sich im Bett verkrochen.«

»Warum nicht, wenn die Katze von rechts gekommen wäre?«

»Weil sich *nach rechts* auf *was schlecht's* reimt und *nach links* auf *Glück bringt's.*«

»Aha«, sagte er und lachte nun ebenfalls. »Wenn das so ist, brauchen wir uns ja keine Gedanken über die Gespenster in unserem Haus zu machen.«

Sibylle sah ihn stumm an, und er spürte, dass sie noch nicht alles gesagt hatte, was sie auf dem Herzen hatte.

»Oder gibt es doch noch echte Gespenster?«

Das Baby im Wagen ruderte mit den Armen. Es drehte den Kopf hin und her und verlor seinen Schnuller. Sibylle schob ihn zurück und schaukelte den Wagen heftiger.

»In dem Mehrfamilienhaus neben uns wohnen drei Männer in einer WG. Jetzt fürchtet sie, es könnten Terroristen sein.«

»Meint sie etwa die Männer, von denen einer am selben Tag wie wir eingezogen ist?«

Sie nickte.

»Warum vermutet sie Terroristen?«

»Sie meint, die drei könnten zu einer Terrorzelle gehören, die sich hinter der gutbürgerlichen Umgebung von Alt-Herdern versteckt.«

»Meint sie Rechtsradikale?«

»Rechsradikale oder autonome Linke, vielleicht auch Islamisten, das unterscheidet sie nicht so genau. Hauptsache Terroristen.« Sibylle lachte schon wieder und zeigte ihre weißen und unglaublich gleichmäßigen Zähne.

»Wie kommt deine Mutter auf solche Gedanken?«

»Sie beobachtet die Männer, sooft sie nur kann. Es ist ein ewiges Kommen und Gehen. Mal ist einer für ein paar Stunden weg, dann ein anderer. Es gehen Fremde ein und aus und manchmal sind ganz viele in der Wohnung. Sie meint, dann hecken sie etwas aus. Sie wollte schon die Polizei alarmieren, aber mein Mann hat es ihr wieder ausgeredet.«

Manuel umklammerte die Bremshebel seines Mountainbikes, als würde es sonst durchgehen wie ein temperamentvolles Pferd. »Ich weiß nicht«, wiegelte er ab. »Ich finde die drei nicht so verdächtig. Ein Kahlköpfiger, ein Langhaariger und einer mit einer Hose, die im Schritt bis zu den Kniekehlen hängt: In jeden von ihnen phantasieren wir schlimme Absichten hinein, einfach nur deswegen, weil er anders ist als wir und wir nichts über ihn wissen.«

Er hatte die Bemerkung ernst gemeint, doch Sibylle lachte laut auf. Aus dem Kinderwagen tönte ein erster Schrei. »Oh, ich muss weiter«, sagte sie. »Sonst wacht Fabian vollends auf und ich kann nicht mehr in Ruhe einkaufen.« Sie lächelte noch einmal und ließ ihn stehen.

Manuel sah ihr nach, bis sie hinter parkenden Autos verschwand, dann nahm er sein Ziel in Angriff, den Rosskopf, diesen bewaldeten Berg, der Freiburg im Nordosten um vierhundert Meter überragt. Vielleicht war Cornelias Idee mit der Einladung der Nachbarn doch nicht so schlecht, dachte er. Man konnte die Hornbergers ja ausklammern, schließlich hatten sie die beiden schon begrüßt. Wahrscheinlich würden sich die drei Männer dann als das entpuppen, was sie wirklich waren, nämlich ganz normale junge Leute. – Oder sollten sie die Einladung nicht besser gleich auf die hübsche Nachbarin beschränken? Er dachte an die Gespensteroma und stellte sich vor, wie sie Cornelia mit ihren Geschichten Angst machen würde. Erst jetzt fiel ihm auf, dass er den Mann im Keller bislang mit keinem Wort erwähnt hatte.

Er fuhr die steil ansteigende Hauptstraße bis zum Ende und bog dann in den Jägerhäusleweg. Weiter oben am Berg stieß er auf den Weg, über den er schon früher auf den Rosskopf gefahren war. Nach dem gewohnten Kampf gegen Matsch, Steine und Wurzeln erreichte er eine halbe Stunde später den Gipfel. Er stellte sein Rad neben der kleinen Schutzhütte beim Aussichtsturm ab und setzte sich auf eine Bank, auf der schon ein hagerer Mann mit grauem Dreitagebart und kurzgeschnittenen Haaren neben seinem von Lehm verdreckten Mountainbike saß.

»Und?«, fragte der Mann. »Wie fühlen Sie sich als Firmengründer?«

Manuel sah ihn irritiert an. »Kennen wir uns?«

Der Mann schüttelte den Kopf. »Nein«, sagte er. »Aber ich bin gut informiert. Herr Hartung ist mein Nachbar.«

»Ach so.«

»Er scheint ja die Hoffnung zu haben, mit Ihren Verbindungen als selbstständiger Unternehmer Fuß fassen zu können.«

Manuel nickte.

»Auch wenn es nicht einfach sein wird«, setzte der Mann seinen Satz fort.

»Was ist schon einfach?«, erwiderte Manuel. »Was im Leben fällt einem schon in den Schoß?«

Der Mountainbiker zeigte auf die stählerne Spitze des Aussichtsturms. »Haben Sie schon einmal darüber nachgedacht, wie lange Sie brauchen um hinaufzusteigen und wie viel schneller Sie bei einem Absturz wieder unten sind?«

Nach diesen Worten stand er auf und sah Manuel an, wobei er kaum merklich seinen Kopf schüttelte. »Schönen Tag noch«, sagte er. Dann setzte er seinen Helm auf, zog die Handschuhe an und fuhr davon.

Manuel blieb noch sitzen und fragte sich, was der Typ ihm hatte sagen wollen. Er betrachtete den Aussichtsturm. Zweifellos hatte der Mann recht. Wie lange mochte es dauern, bis ein herunterstürzender Mensch unten aufschlagen würde? Wenige Sekunden wahrscheinlich. Bei diesem Gedanken lief ihm eine Gänsehaut über den Rücken.

Den Anstoß für die Firma hatte er selbst gegeben. »Man müsste ...«, hatte er mal wieder gesagt, als er auf dem Freiburger Weihnachtsmarkt an einem nasskalten und windigen Dezemberabend vor neun Monaten sich die Finger an einem Glühweinglas gewärmt hatte. »Man müsste sich mit einer eigenen Firma selbstständig machen.« Das war alles. Außer Cornelia und ein paar Leuten, die er bislang nur genauso flüchtig kannte wie sie, hatte Ralf Hartung neben ihm gestanden, ein Biologe, den Manuel aus der Zeit kannte, als er noch als Postdoc an der Uni gearbeitet hatte. Hartung hatte in sein Glühweinglas gestarrt und nichts zu dem Thema gesagt. Seine Zukunft bis zur Pensionierung schien ohnehin vorgezeichnet zu sein. Seine Habilitation an der Fakultät für Biologie der Freiburger Universität lag schon etliche Jahre zurück. Anstatt damals mit den akademischen Würden in der Tasche bis an sein Lebensende vergeblich auf eine Professur zu warten, hatte er Freiburg verlassen, um im Amazonas-Ursprungsgebiet mit einer jungen Argentinierin ein alternatives Leben zu zelebrieren. Von Malaria und Würmern geplagt und ohne die Frau, die schon nach ein paar Wochen ihr Stadtleben in Buenos Aires wieder aufgenommen hatte, war er schneller als geplant in die Zivilisation zurückgekehrt. Nach einem Jahr in Biopolis, dem aus dem Boden gestampften Forschungszentrum in Singapur, war er wieder in Freiburg aufgetaucht. Er ergatterte die unbefristete Stelle eines akademischen Rats, forschte auf dieser still vor sich hin und schien im Übrigen seine Aktivitäten auf die Freiburger Kneipenszene zu begrenzen. Nach Manuels Bemerkung über eine eigene Firma hatte er seinen Glühwein mit einer Geste abgestellt, als sei er beleidigt worden, und war wortlos im Gedränge zwischen den Buden verschwunden.

Zwei Monate später hatte er Manuel angerufen, den er in den letzten Jahren nur bei zufälligen Treffen gesehen hatte. Er hatte wissen wollen, was er tun würde, wenn er plötzlich eine Million im Lotto gewinnen würde.

Manuel hatte an Cornelia und Pauline gedacht. »Ich würde ein Haus kaufen«, hatte er gesagt ohne lange nachdenken zu müssen.

Eine Weile war es still geblieben. »Keine Firma gründen?«

»Auch kein schlechter Gedanke.« Und nach einer Weile: »Ja, warum nicht mit dem Geld eine eigene Firma gründen und mit dem, was übrig bleibt, ein Haus kaufen?«

»Wunderbar«, hatte Hartung gesagt und seinen Plan noch am Telefon unterbreitet. Eine Woche später waren sie sich einig gewesen.

Cornelia hatte ihn nur mit gerunzelter Stirn angesehen, als er ihr von seinem weiteren Leben als Existenzgründer vorgeschwärmt hatte. Sie war keine Frau, die versuchte, ihm etwas ein- oder auszureden, wie es Luisa getan hätte.

Nach einer Weile nickte sie wie eine weise alte Frau, die in die Zukunft sieht. »Der eine verliert sein Geld mit einer Straußenfarm, der andere riskiert den Ruin mit irgendwelchen Antikörpern.« Und nach einer bedeutungsvollen Pause: »Wo ist da der Unterschied?"

Manuel lachte, als habe sie einen Witz gemacht. »Unsere Firma ist in Freiburg, dein Ex hat sich für seine Straußen auf Nimmerwiedersehen nach Südafrika davongemacht", beruhigte er sie. »Außerdem setzen wir kein Geld in den Sand.«

Er erklärte ihr, wie sie das Unternehmen vor allem mit Hartungs Geld finanzieren würden und dass für ihn überhaupt nichts schief gehen konnte.

»Wozu braucht der dich überhaupt, wenn er genug Geld hat?«

Genau diese Frage hatte sich Manuel schon selbst gestellt und die Antwort lag auf der Hand. Hartung mochte ein genialer Wissenschaftler sein, aber ein überzeugender Auftritt als Geschäftsmann würde ihm nie gelingen. Hartungs Erwartungen hinsichtlich seiner Verbindungen zur Industrie hatte er allerdings gleich enttäuschen müssen. Sein früherer Arbeitgeber war auf Magen-Darm-Medikamente spezialisiert und alle seine Kontakte waren hierauf beschränkt.

»Vor allem, weil ich mich in der Pharmabranche auskenne«, antwortete er.

Cornelia zog die Augenbrauen hoch, bis sich ihre Stirn kräuselte. »Bist du sicher, dass der Hartung wirklich eine halbe Million im Lotto gewonnen hat?«

Manuel machte eine wegwerfende Handbewegung, als sei Sibylles Frage völlig belanglos. »Vielleicht hat er das Geld geerbt und findet die Geschichte vom Lottogewinn spannender.«

»Glaube ich nicht. Er sieht nicht aus wie der Sohn von betuchten Eltern.«

Damit hatte Cornelia allerdings recht. Vielleicht war das Flair eines begüterten Elternhauses mit den Jahren und vielen tausend gerauchten Zigaretten verloren gegangen. In der Tat war dieser Ralf Hartung nicht als Aushängeschild für eine seriöse Firma zu gebrauchen. Er war genau das Gegenteil davon.

Und wenn er einmal statt des ausgeleierten Pullovers und der verschlissenen Jeans Anzug und Krawatte trug, sah er immer noch aus wie ein verkleideter Landstreicher.

Als Manuels Blick wieder auf den Aussichtsturm fiel, war der um etliche Meter geschrumpft. Die tief hängenden Wolken hatten seine Spitze verschluckt. Manuel fröstelte auf der Bank. Er schwang sich wieder auf sein Mountainbike und rollte in Gedanken versunken auf dem Fahrweg abwärts. Monoklonale Antikörper, das waren die Goldesel, auf die sie wie viele andere in der Branche setzten. Seit einigen Jahren bescherten diese ganz unterschiedlichen Eiweißkörper aus der Retorte der Gentechniker ihren geistigen Vätern und den Herstellern gewaltige Gewinne. Den größten Anteil schöpfte die pharmazeutische Industrie ab, und genau an die wollten sie ihre Produkte für die Weiterentwicklung zu Medikamenten verkaufen.

Doch es war nicht vorrangig das Geld, das ihn reizte. Er würde glücklicher sein, wenn er seine Arbeit noch einmal als Berufung ansehen könnte und sich nicht bis zur Rente einem mächtigen Arbeitgeber und irgendwelchen Behörden unterwerfen müsste, deren Richtlinien und Entscheidungen er oftmals nicht nachvollziehen konnte. Er hatte die Vision, gemeinsam mit Hartung etwas zu schaffen, das weit über das Alltägliche hinausgehen würde, zum Beispiel Antikörper, die die gefährlichen Kalkablagerungen in den Blutgefäßen verhindern konnten: ein Mittel gegen Arteriosklerose für eine Welt ohne Herzinfarkte und ohne Schlaganfälle. Leider gab es unzählige Forscher mit solch hochfliegenden Visionen und die allermeisten beerdigten sie eines Tages wieder.

Manuel musste plötzlich stark bremsen und wäre beinahe gestürzt. Vor ihm schlängelte sich eine in der Kälte träge Ringelnatter über den Weg.

Als die Kirche von Herdern unter ihm auftauchte, wurde es bereits dunkel. Auf einem Balkon des Mehrfamilienhauses, in dem die Gespensteroma die Terrorzelle vermutete, standen zwei Männer und rauchten. Einer von ihnen konnte der Kahlköpfige sein. Manuel fuhr an dem Haus vorbei, stellte sein Rad ab und ging langsam unter dem Balkon vorüber. Die beiden schwiegen, aber hinter der offenen Balkontür hörte er Musik und das Gewirr von aufgeregten Männerstimmen, die nicht zu verstehen waren. Ohne zu wissen, was ihn plötzlich so beunruhigte, kehrte er um. Hinter einem offenen Fenster im Nebenhaus hörte er Sibylle mit klarer Stimme ein Kinderlied singen: »Weißt du, wie viel Sternlein stehen …?«

Er sah zum sternlosen Himmel hinauf und hoffte, seiner Nachbarin bald wieder zu begegnen. – Das Haus, in dem der Behinderte wohnte, lag in völliger Finsternis. Im Schein der Straßenlaterne konnte er erkennen, dass an einem Fenster im Erdgeschoss die Gardine zur Seite gezogen war. Dahinter glaubte Manuel wieder eine dunkle Gestalt sitzen zu sehen, die auf die einsame Straße blickte.

Pünktlich um 8.30 Uhr saß Manuel am nächsten Morgen an seinem Schreibtisch. Wenn er erfolgreich sein wollte, musste er morgens früh anfangen, das hatte ihm schon sein Vater beigebracht. »Morgenstund hat Gold im Mund.« Er glaubte bei dem Gedanken an das Sprichwort sogar seine Stimme noch zu hören. Alle anderen Worte seines Vaters waren in seiner Erinnerung nach und nach verloren gegangen. Sie waren gleichsam zu diesem einen Satz zusammengeschrumpft, was ihn jedes Mal, wenn er daran dachte, sehr traurig machte. Er hatte sich oft gefragt, ob andere Menschen, die ihren Vater so früh wie er verloren hatten, sich später ebenfalls kaum noch daran erinnerten, was er gesagt oder wie seine Stimme geklungen hatte. Er war sieben Jahre alt gewesen, als sich sein Vater – Urenkel eines Kuckucksuhrenschnitzers – aus Verzweiflung über den Niedergang seiner traditionsreichen Uhrenfabrik auf dem Dachboden erhängt hatte. Viele Jahre später, als seine Mutter wusste, dass sie bald sterben würde, hatte sie ihm erzählen wollen, wie sie seinen Vater mit einem Weidedraht um den Hals gefunden hatte. »Ich will das nicht hören«, hatte er geschrien, und seine Mutter hatte die Hand vor den Mund geschlagen und war verstummt. Er hatte nicht wissen wollen, wie das entstellte Gesicht seines Vaters ausgesehen hatte. Er wollte ihn in Erinnerung behalten, wie er ihn gekannt hatte, als einen untersetzten Mann mit gutmütigem Gesicht und einer altmodischen Uhrenkette in der Weste eines graubraunen Dreiteilers. Später hatte ihn das schlechte Gewissen gequält, weil er nicht bereit gewesen war, die Last der furchtbaren Erinnerung mit seiner Mutter zu teilen. Stattdessen hatte er sie gezwungen, den Schrecken mit sich ins Grab zu nehmen.

Statt nun nach potenziellen Geschäftspartnern zu suchen, dachte Manuel über den Satz seines Vaters nach. Wenn er weiterhin so früh am Schreibtisch säße wie heute und in der ersten Stunde jedes Arbeitstages fünf Ansprechpartner herausfände, wären das fünfundzwanzig in einer Woche, dachte er. Wenn er jeweils in der zweiten Stunde seines Arbeitstages versuchte, mit jedem von ihnen einen Termin zu vereinbaren und bei der Hälfte erfolgreich wäre, ergäben sich etwa zwölf Gespräche pro Woche. Er versuchte, den Faden weiter zu spinnen, scheiterte aber an der nächsten Überlegung. Wie viele der Ansprechpartner an ihren patentierten Antikörpern überhaupt interessiert sein würden und wie viele zahlende Kunden er letztendlich gewinnen würde, entzog sich gänzlich seiner Vorstellung. Keinen einzigen womöglich. Da nützte auch das Gold im Mund der Morgenstunde nichts. Er fuhr sich durch die Haare und seufzte. Im Grunde genommen saßen sie alle in demselben Boot: Die Besitzerin einer Boutique, in die sich kein Kunde verirrte, der Gastwirt, der sein Bier alleine trinken musste, der Autor, dessen Bücher in keiner Buchhandlung standen, und der Firmengründer, für dessen Produkte sich niemand interessierte.

Gegen zehn Uhr hatte er die Namen von zwei möglichen Ansprechpartnern über das Internet und sieben Namen durch Telefonate herausgefunden. Einen Termin zu vereinbaren hatte er noch gar nicht versucht. Erst musste er sich sorgfältig vorbereiten und ganz konkrete und auf den Gesprächspartner zugeschnittene Angebote vorlegen können. Er speicherte die Liste mit den Namen auf dem Computer und einen USB-Stick und beendete die Aktion. Fast nichts erreicht zu haben, machte ihn unzufrieden. Während Hartung sofort wieder das tat, wovon er selbst geträumt hatte, nämlich selbst zu forschen, hockte er in diesem Kellerraum und führte Telefonate von der Art, die er schon früher gehasst hatte wie der Teufel das Weihwasser. Warum tat er das überhaupt? Warum ging er das Risiko ein, das diese Firma mit sich brachte? Vielleicht war das Entscheidende sogar die Lust am Neuanfang gewesen. »Jedem Anfang wohnt ein Zauber inne«: Diesen Satz von Herrmann Hesse hatte er schon damals rot angestrichen, als er zur Pharmaindustrie gewechselt war. Das Dornengestrüpp, durch das er sich jetzt kämpfen musste, um dem Zauber näher zu kommen, hatte er unterschätzt. Er sehnte sich nach einer Tasse Kaffee aus einer der hochmodernen Kaffeemaschinen, die es auf jedem Stockwerk in seiner alten Firma gegeben hatte, aber auch dieser Kaffee war dem Neuanfang zum Opfer gefallen.

Hartung steckte den Kopf zur Tür herein. »Wie sieht es bei dir aus? Kommst du voran?«, fragte er.

»Wunderbar«, sagte Manuel betont munter und nannte ein paar kleine Firmen, in denen er die Ansprechpartner ausfindig gemacht hatte.

Hartungs Gesicht wurde missmutig. »Warum nicht Roche?«, fragte er. »Novartis, Pfizer? Die anderen haben ohnehin nicht das Geld, unsere Antikörper bis zur Marktreife zu führen.«

Manuel seufzte. Hartungs Schwäche für große Träume übertraf seine eigenen noch um einiges.

»Du nimmst uns nicht ernst«, sagte Hartung gekränkt. »Du müsstest doch genug von der Sache verstehen, um das Potenzial unserer Produkte zu erkennen.«

»Potenzial ist das eine«, stelle Manuel fest. »Und ich glaube daran, sonst säße ich nicht hier. Die potenziellen Kunden davon zu überzeugen ist das andere.«

»Das schaffst du nur, wenn du von deinem Erfolg überzeugt bist.«

Womit Hartung wieder einmal recht hatte. Er musste jeden Zweifel am Erfolg seiner Gespräche unterbinden. Wenn er selbst zweifelte, würden das auch die Kunden tun.

»Ich koche mir einen Kaffee«, sagte Hartung. »Willst du auch einen?«

»Du hast meinen geheimen Wunsch erraten.«

Er folgte Hartung in dessen Büro, wo die Kaffeemaschine aufgestellt war, darauf gefasst, auch auf ihr ebenso einen verräterischen Aufkleber der Universität Freiburg zu entdecken wie auf dem Homogenisator. Seine Sorge war unbegründet. Hartungs Kaffeemaschine war es wert, in einem Technikmuseum ausgestellt zu werden. In der Abteilung für die siebziger Jahre. Der Kaffee schmeckte entsprechend.

»Wunderbarer Kaffee. Da kommen Erinnerungen auf«, stellte Manuel fest.

»So eine gute Kaffeemaschine kannst du heute gar nicht mehr kaufen«, bestätigte Hartung ernsthaft.

»Apropos kaufen. Kannst du mir erklären, was es mit dem Homogenisator wirklich auf sich hat?«

Hartung grinste. »Mein altes Labor hatte seinen wegen eines Defektes eingeschickt. Dann hieß es, eine Reparatur sei nicht mehr möglich und wir haben einen neuen bekommen. Ein paar Monate später kam doch der alte zurück. Jetzt stell dir vor, da stehen plötzlich zwei Homogenisatoren, wo nur einer hingehört.«

»Damit müssen die fertigwerden.«

»Sind sie auch. Mit meiner Unterstützung.«

Am Nachmittag stellte Manuel die zu den jeweiligen Firmenprofilen passenden Anschreiben fertig. Auch mit den Firmen Roche, Novartis und Pfizer würde er Kontakt aufnehmen. Wenn er tatsächlich mit einer dieser Firmen ins Geschäft kommen würde und Hartungs Gewinnprophezeiungen eintrafen, brauchte er sich für den Rest seines Lebens keine Sorgen mehr zu machen. Im nächsten Augenblick fiel ihm ein, dass gesicherte finanzielle Verhältnisse nur einen kleinen Teil des menschlichen Daseins ausmachten, nämlich den Teil, der früher für ihn ohnehin selbstverständlich gewesen war. Alle übrigen Bedrohungen blieben, die Flecken im Keller zum Beispiel und ein fürchterlicher Mann am Zaun.

Auf dem Rückweg von der Arbeit radelte er trotz des strömenden Regens zur Hauptpost, um Briefmarken zu kaufen. Am Stadttheater fiel sein Blick auf ein großes Plakat oben am Gebäude: DU MUSST DEIN ... Er stutzte, begann noch einmal von vorn. DU MUSST DEIN ÄNDERN LEBEN stand dort tatsächlich. Ein Versehen? Wohl kaum. Als er Herdern erreichte, ging ihm der Satz noch immer durch den Kopf: Du musst dein Ändern leben. Als sei er für ihn geschrieben.

Zu Hause erwartete ihn die nächste Veränderung. Auf der obersten Stufe, genau vor der Mitte der Eingangstür, saß Herbert. Er hatte den Schwanz um die Vorderpfoten gelegt und verharrte mit aufmerksam erhobenem Kopf, als müsse er das Haus bewachen. Vor Herbert auf der mittleren der drei Stufen und kaum vor dem Regen geschützt hockte eine junge Frau. Unter dem knallroten streichholzkurzen Haar erschien ihm ihr bleiches Gesicht wie aus Wachs. Beide Augenbrauen und die Lippen waren mit silbernen Ringen durchbohrt und in jedem Nasenloch blinkte eine silberne Perle. Sie trug grün-schwarz gemusterte Leggins, die über den Oberschenkeln zerfetzt waren, und eine enge schwarze Lederjacke. Sie schien zu frieren und sah müde aus. Neben ihr stand ein großer verschlissener Rucksack, der sie um etliche Zentimeter überragte.

»Warten Sie auf mich?«, sprach Manuel sie an und versuchte vergeblich, unter dem zu kleinen Vordach etwas Schutz vor dem Regen zu finden.

Sie zuckte mit den Schultern und sah mit gleichgültigem Gesicht an ihm vorbei. Er wiederholte seine Frage auf Englisch.

Jetzt schüttelte sie den Kopf und starrte auf ihre Füße, die in knöchelhohen durchnässten Stiefeln steckten. Er schien sie nicht zu interessieren.

»Sondern?«, fragte er ungeduldig. Er wollte endlich ins Haus.

Sie antwortete noch immer nicht. Überhaupt schien sie nicht zu meinen, dass ihre Anwesenheit ihn etwas anginge. Herbert saß nicht mehr völlig reglos. Die weiße Spitze seines Schwanzes bewegte sich jetzt hin und her, als würde sie von einem eigenen kleinen Motor angetrieben.

»Sie sitzen vor meinem Haus und ich würde jetzt gern hineingehen«, stellte er fest.

Endlich sah sie ihn an. »Ich warte auf Carlos Ornedo«, sagte sie auf Englisch mit einem Akzent, der wie der Name des Mannes zu einer Spanierin passen konnte.

»Den Namen habe ich nie gehört.«

»Aber er wohnt hier.« In ihrer Stimme lag der ganze Unmut einer Reisenden, die am endlich erreichten Ziel abgewiesen wird. Herbert legte den Kopf schief, sah die Frau vorwurfsvoll an und hinkte mit hoch erhobenem Schwanz durch den Regen davon. Der anklagende Ton schien ihn zu stören.

»Der Name sagt mir wirklich nichts. Sind Sie sicher, dass Sie vor dem richtigen Haus sitzen?«

Die Frau kniff die Augen zusammen und sah ihn ärgerlich an. »Carlos hat mir die Adresse geschickt.«

Sie zog einen Briefumschlag aus einem Seitenfach ihres Rucksacks und wedelte damit vor seinen Augen, als könnte sie mit diesem Beweis ihren Carlos herbeiholen.

Manuel ärgerte sich, dass er mittlerweile ohne Lesebrille Straße und Hausnummer des Absenders kaum entziffern konnte. Nummer 6 stand da. Ein A hinter der 6 war mit Bleistift wieder ausgestrichen. »Nummer 6 oder 6 A?«

Sie hob die Schultern. »Das ist doch gleichgültig.« Ihr Ton war unverändert patzig.

»6 A ist unsere Hausnummer, aber hier wohnt dieser Carlos sicher nicht«, sagte er ruhig.

»Ich habe auch im Nebenhaus geklingelt.«

»Und?«

»Scheißvolk.«

Bei dem Urteil über seine Nachbarn spürte Manuel sofort eine gewisse Genugtuung und sogar einen Hauch von Sympathie für die junge Frau.

»Die alte Ziege hat mir die Tür vor der Nase zugeschlagen. Ihr Mann stand daneben und hat keinen Ton gesagt«, schimpfte sie.

»Ihr Bruder«, korrigierte er unnötigerweise.

»Aber Carlos muss hier wohnen!«

Manuel schüttelte bedauernd den Kopf, während sie weitersprach, als wäre ein Irrtum ausgeschlossen und er ein dummer Junge, der nichts begriff. »Er ist vor ein paar Monaten nach Deutschland gereist und das hier ist seine Adresse.«

»Ihr Freund?«

»Das geht Sie nichts an.«

Jetzt ärgerte sich Manuel wieder über diese Frau, die ihn zwang, im Regen zu stehen. »Sie blockieren meine Haustür«, sagte er. »Entweder Sie erzählen mir, worum es überhaupt geht, oder Sie verschwinden sofort von meiner Treppe.«

Ihr Mund öffnete sich und sie sah ihn verständnislos an. Sie schien nicht gemerkt zu haben, wie sie sich aufführte.

»Ich habe Carlos kurz vor seiner Abreise nach Deutschland in einer Espresso-Bar in Madrid kennengelernt«, antwortete sie nun mit dem Ton eines gehorsamen Kindes. »Ich habe ihm erzählt, dass ich nach Freiburg reisen will. Da hat er gesagt, ich könne eine Zeitlang bei ihm wohnen.«

»Das wollten Sie annehmen, obwohl Sie ihn kaum kannten?«, fragte Manuel verwundert.

Sie sah ihn geringschätzig an. »Carlos ist alt«, sagte sie in einem Ton, als seien alte Menschen grundsätzlich vertrauenswürdig. »Noch älter als Sie.«

Vielleicht hätte er sich weniger über die Bemerkung geärgert, wenn er sich nicht tatsächlich erste Gedanken über das unaufhörliche Fortschreiten seiner Lebenszeit gemacht hätte.

Er überlegte. »Wie sieht dieser Carlos denn aus?«

Sie musterte Manuel, als würde sie Maß an ihm nehmen. »Er ist viel kleiner als Sie, einen ganzen Kopf kleiner, und er hat graue Haare. Außerdem hat er schiefe Zähne. Die Augen?« Jetzt sah sie ihm zum ersten Mal in die Augen, ein langer prüfender Blick, vor dessen Direktheit er auswich ohne es zu wollen. »Ach, ich weiß nicht«, sagte sie wegwerfend.

Wie Hornberger selbst, dachte er. War Hornberger vielleicht in Madrid gewesen und hatte dort das Mädchen kennengelernt, dessen Bekanntschaft er in Gegenwart seiner Schwester geleugnet hatte? Der alte Mann mit diesem bunten

Vogel in einer Bar: diese Wahrheit konnte er seiner Schwester nicht zumuten.

»Kann sich nicht mein Nachbar in Madrid als Carlos ausgegeben haben?«

Sie zog die Augenbrauen zusammen und sah für einen Augenblick verwirrt aus. Dann schüttelte sie unsicher den Kopf. »Dieser Typ nebenan ist ...«, sie suchte nach dem passenden Wort. »... ist ein Jammerlappen.«

Der Blick der jungen Frau ging wieder an ihm vorbei und blieb dort an irgendetwas hängen. Er drehte sich um. Im ersten Stock des gegenüberliegenden Hauses hatte sich das Gesicht des alten Mannes der Fensterscheibe genähert. Im Erdgeschoss war auch heute der Vorhang zur Seite gezogen und wie am Abend zuvor glaubte Manuel in dem Zimmer eine Gestalt mit Blick zum Fenster sitzen zu sehen. Verbrachte der Behinderte auf diese Weise seine Tage? Die heftigen Bewegungen, die den Mann auf der Straße geschüttelt hatten, waren nicht zu erkennen. Vielleicht saß er zu Hause ganz ruhig in seinem Rollstuhl, vielleicht saß dort ein anderer Mensch.

»Vielleicht ist die Hausnummer falsch«, meinte Manuel nun, »vielleicht wohnt Carlos in einem anderen Haus in dieser Straße.«

»Ich kann doch nicht an allen Haustüren klingeln«, sagte sie in einem Ton, als sei ihr Unglück seine Schuld.

Manuel zwängte sich zwischen dem Rucksack und der Frau hindurch auf die oberste Stufe. Hier stand er wenigstens im Trockenen. Jetzt sah er auf sie hinunter. »Dann weiß ich auch nicht«, stellte er fest.

Die neue Perspektive schien ihr zu missfallen. Sie erhob sich. »Können Sie mir wenigstens sagen, wo ich hier pennen kann?«

»Das Mercure in der Wintererstraße ist nicht weit von hier.«

»Ich will kein Hotel, ich suche etwas, wo ich umsonst oder ganz billig pennen kann. Vielleicht gibt es irgendwo in der Nähe eine WG.«

»Tut mir leid. Ich kenne mich hier noch nicht aus.«

Sie öffnete den Rucksack, wühlte darin herum, bis sie schließlich eine abgegriffene Geldbörse hervorzog. Sie sah hinein und presste die Lippen aufeinander.

»Könnten Sie mir wohl zehn Euro leihen?«

Manuel gab ihr zwanzig. Er wollte sie endlich loswerden. Ohne ein Wort darüber zu verlieren, wie er es zurückbekommen könnte, steckte sie das Geld ein. Sie hob ihren Rucksack mühsam an und Manuel half ihr, ihn auf ihren Rücken zu wuchten. Sie wankte unter dem Gewicht. Ohne ein Wort des Dankes trat sie in den Regen. Er sah ihr nach, wie sie langsam zum Nachbarhaus ging, in dem Sibylle mit ihrem Kind und ihrer Mutter wohnte, eine dünne, schwankende Gestalt, die unter dem Gewicht ihres Rucksacks noch kleiner zu werden schien. Wie ein Rucksack auf zwei grün-schwarzen Spinnenbeinen sieht das aus, dachte Manuel. Sie tat ihm leid, wie sie so schleppte, trotzdem war er froh, dass sie ihn endlich in Ruhe ließ.

Er trug sein Rad, das noch immer im Regen stand, die enge Kellertreppe hinunter. Ich sollte den Schuppen im Garten wieder herrichten, dachte er. Auch für Cornelia und Pauline wäre es besser, wenn sie ihre Räder dort abstellen konnten. Als er aus dem Keller zurück war und wieder zum Nachbarhaus hinübersah, war die junge Frau verschwunden. Eine Weile wartete er noch, aber sie tauchte nicht wieder auf. Erst als er auf die Straße trat, entdeckte er sie. Sie lehnte neben der Tür des Mehrfamilienhauses an der Hauswand. Der Rucksack stand neben ihr. Sie fuhr sich mit den gespreizten Fingern durch die nassen Haare und lachte. Ihr gegenüber stand der Kahlköpfige. Er hob ihren Rucksack hoch, dann verschwanden beide im Haus. Im selben Augenblick schoss Sibylle mit wehendem Fahrradcape die Straße hinunter. Sie winkte ihm zu und fuhr beinahe eine kleine Frau nieder, die mit einem schwarzen Regenschirm in der Hand über die Straße humpelte.

Manuel ging in die Küche. Er hatte Hunger und war unzufrieden, weil wieder einmal niemand zu Hause war. Sibylles Anblick hatte nicht ausgereicht, um ihn jetzt über das leere Haus hinwegzutrösten. Anstatt sich etwas zu essen zu holen, setzte er sich ans Küchenfenster und schaute zu, wie der Regen gegen die Scheibe schlug. Eigentlich wollte er die fehlenden Lampen im Haus anbringen, aber nach zehn Minuten hatte er sich noch immer nicht von der Stelle gerührt. Er gab dem schlechten Wetter die Schuld. Es verführte ihn zum Nichtstun. Schließlich stand er auf und schob Monteverdis L'Orfeo in den CD-Player. Er fand, die alte Musik passte zum Wetter, ohne traurig zu sein.

Beim Aufruf der Nymphen und Hirten, niemand solle in Verzweiflung fallen, weil auf Dunkelheit, Schmerz und Kälte stets auch wieder bessere Zeiten folgen, ließ der Regen nach und draußen wurde es etwas heller. Er holte den großen Schlüsselbund, den sie beim Kauf des Hauses überreicht bekommen hatten. Mindestens dreißig Schlüssel hatten die früheren Bewohner im Lauf der Jahrzehnte gehortet, und nur für die wenigsten hatte Manuel ein passendes Schloss gefunden. Unkraut und Gestrüpp trieften noch vor Nässe, als er zum Gartenhäuschen ging. Das Schlüsselloch des Vorhängeschlosses war rund und sehr groß und er fand den passenden Schlüssel viel schneller als er gefürchtet hatte. Die Tür war verzogen und schleifte mit lautem Quietschen über den rot gestrichenen Estrich. Im Schuppen roch es nach feuchtem Holz, Fäulnis und Schimmel. Er ließ die Tür offen und versuchte vergeblich, das Fenster zu öffnen. Es war so verrottet wie alles hier. In diesem von dicken behaarten Spinnen bevölkerten Raum Ordnung zu schaffen würde keinen Spaß machen, aber die Arbeit war überschaubar. Die breite Harke, den verrosteten Spaten, eine altmodische Hacke und einen Reisigbesen würde er aufheben. Drei Paar verschimmelte Gartenschuhe, ein paar Dutzend aufgerissene fleckige Tütchen mit Samen von Möhren, Salat, Radieschen und Sommerblumen, eine Kiste mit braunen Äpfeln, die ihn an die Gesichter von Mumien erinnerten, und die mit schwarzen Spinnennetzen überzogenen und verdreckten Tontöpfe würde er in den Müll werfen, dafür brauchte er keine Hilfe. Die alte Kommode hingegen war für ihn allein zu schwer und Cornelia bekam schon vom Anblick einer einzigen behaarten

Spinne Albträume. Glücklicherweise gab es Florian. Die Welt wäre dunkler ohne Freunde wie ihn.

Als er den Schuppen wieder verließ, sah er Frau Hornberger. Sie trug ein weißes, bis zu den Waden reichendes Spitzenkleidchen und dazu eine Kette aus dicken roten Kugeln, farblich genau passend zu ihrem knalligen Lippenstift, dazu ebenso rote High Heels, die gar nicht zu einer Frau in ihrem Alter passten. Sie stand mit einem zusammengeklappten weißen Schirm in der Hand am Maschendrahtzaun, der die beiden Grundstücke trennte.

Manuel hob kurz die Hand zum Gruß.

Frau Hornberger hob ebenfalls eine Hand, grüßte aber nicht, sondern machte Zeichen, dass Manuel zu ihr kommen solle. Wie die Hexe im Märchen von Hänsel und Gretel, dachte er und übersah die Geste.

»Hallo«, rief die Hornberger nun. »Kommen Sie doch bitte mal rüber.«

Wenn du zu den Nachbarn freundlich bist, sind sie es auch zu dir, hatte Cornelia vorgestern verkündet. Das war vor der Begegnung mit dem Geschwisterpaar. Normalerweise hatte Cornelia sicher recht, aber manchmal gab es Ausnahmen. Sie hatte es ja selbst ausprobiert. Da konnte man so viel lächeln, wie man wollte: Diese griesgrämige Frau würde nie ein freundliches Gesicht bekommen, dafür hatte sie schon viel zu lange ihre mürrische Miene durch die Welt getragen. Mit dem verhutzelten und eingeschüchterten Bruder hingegen würde er sich arrangieren können. Widerwillig ging Manuel zum Zaun hinüber.

»Wer war denn dieses Flittchen?«, fragte Frau Hornberger.

»Welches?«

»Das bei Ihnen vor der Haustür saß.«

»Ich weiß es nicht.«

Sie stutzte. »Die suchte eine Bleibe, nicht wahr?«

»Das tat sie«, sagte er knapp.

Frau Hornbergers Unterkiefer begann sich zu bewegen, als müsse sie etwas Hartes zerkleinern. Nach einer Weile hörte das Kauen auf. »So ein Gartenhäuschen ist praktisch, nicht wahr?«

»Nun ja«, sagte Manuel.

Sie schien nachzudenken. »Kein schönes Wetter heute«, sagte sie.

»Nun ja«, antwortete Manuel wieder, »wie man es nimmt.«

»Sie waren trotzdem im Gartenhaus.«

Manuel hatte keine Lust, die versteckte Frage nach dem Grund wahrheitsgemäß zu beantworten.

»Warum sollte ich nicht?«

Wieder begann Frau Hornberger zu kauen, heftiger jetzt als beim ersten Mal. Schließlich schluckte sie den imaginären Bissen hinunter. Jetzt gab sie sich keine Mühe mehr, ihre Neugierde zu verbergen.

»Waren sie dort wegen der Frau?«

»Meinen Sie, ich hätte sie im Gartenhaus einquartiert?«

Die Hornberger kniff die Augen zusammen und sah ärgerlich aus. »Falls Sie diese Frau noch einmal sehen, schicken Sie sie doch bitte zu mir.« Sie verzog ihren Mund in ihrer besonderen süßsauren Weise. »Vielleicht kann ich ihr ja doch weiterhelfen.«

Oben in ihrem Haus stand ein Fenster offen. Im Hintergrund sah Manuel den grauen Lockenkopf von Herrn Hornberger.

»Kennen Sie denn einen Carlos Ornedo?«, fragte er jetzt so laut, dass es der Bruder verstehen musste.

Sie legte den Kopf schief und schien zu überlegen. »Nein«, sagte sie plötzlich schroff. »Den Namen habe ich noch nie gehört.«

Manuel blickte nach oben. Der graue Kopf am Fenster bewegte sich ganz langsam von rechts nach links, genau im Takt der Glocke im Turm der nahen Kirche St. Urban, die in diesem Augenblick zu schlagen begonnen hatte. Manuel zählte die Schläge. Erst achtzehn Uhr, aber unter den tief hängenden Wolken war es dunkel wie am späten Abend. Manuel wünschte seiner Nachbarin noch einen schönen Abend und kehrte zum Haus zurück. Darüber, dass dieser Carlos wohl genauso aussah wie ihr Bruder, verlor er kein Wort. Oder wusste sie das ohnehin? Er hätte sie fragen sollen, ob ihr Bruder schon einmal in Madrid war, aber für dieses Mal war es zu spät.

Manuel war froh, dass sich Florian sofort meldete, als er ihn anrief. Die Auseinandersetzung mit der jungen Frau und ihr ungewisses Schicksal hatten ihn unzufrieden gemacht und das Gespräch mit der neugierigen Nachbarin wütend. Dazu kam der deprimierende Regen und das Gerümpel im Garten, das er allein kaum wegschaffen konnte. Er brauchte dringend eine Perspektive, dass sich etwas zum Besseren wenden würde. Das Komplettangebot eines Gartenbaubetriebes für die Anlage des Gartens hatte er schon vor ein paar Wochen eingeholt – und sofort in einem Ordner abgeheftet, wo es vielleicht bis an das Ende seiner Tage schlummern würde. In Anbetracht seiner Schulden war Eigeninitiative gefragt. Der fünfzehn Jahre jüngere Florian war der einzige, den er um Hilfe bei einer solchen Arbeit bitten konnte. Das lag nicht so sehr daran, dass er ihm das Leben gerettet hatte, es war vor allem eine Frage der Mentalität. Florian, der Zupacker. Im Frühjahr vor sechs Jahren hatte er ihn nach einer Kenterung mit seinem Katamaran aus dem eiskalten Wasser des Schluchsees gezogen. Manuel war mit Luisa auf einem kleinen Kajütboot unterwegs gewesen, als sie sahen, wie sich vor ihnen in einer Böe eine Kufe des Katamarans aus dem Wasser hob. Anstatt mit seinem Gewicht die Schräglage auszugleichen oder mit dem Segel nachzugeben, rutschte der junge Segler nach Lee, fiel ins Wasser und geriet unter das Segel des kenternden Bootes. Als die beiden mit ihrer weniger kippeligen Dehlya 25 die Unglücksstelle erreichten, hatte sich Florian aus der misslichen Lage selbst befreit, war jedoch steif vor Kälte und unfähig, sein Boot wieder aufzurichten oder sich sonst irgendwie in Sicherheit zu bringen. Sie brachten den völlig Unterkühlten ans Ufer, von wo ihn der Rettungshubschrauber in die Uniklinik Freiburg brachte. Zwei Tage später war Florian mit sechs Flaschen Wein und einem Präsentkorb bei seinem Retter aufgekreuzt und hatte gefragt, ob er nicht auch einmal mit dem Katamaran segeln wolle. Manuel hatte abgelehnt – das Ding war ihm zu aufregend – aber es war der Beginn ihrer Freundschaft gewesen.

Im Jahr vor seiner Rettung aus dem Schluchsee hatte Florian an der Hochschule für Polizei in Villingen-Schwenningen die Staatsprüfung mit Bravour bestanden und eine Stelle bei der Freiburger Kripo als Kriminalkommissar ergattert. Mittlerweile war er zum Kriminaloberkommissar aufgestiegen, hatte geheiratet und war Vater eines quirligen Sohnes, dessen Patenonkel Manuel war. Als der kleine Max ein Baby war, hatte Florian stundenlang mit ihm in einer Jogging-Karre durch den Wald rennen können. Das war vorbei, weil der nun Zweijährige keine fünf Minuten stillsitzen wollte, und sein Vater suchte nach anderen anstrengenden Tätigkeiten. Er willigte sofort ein, am Samstagvormittag beim Entrümpeln des Gartens zu helfen.

*

Ich schaue aus dem Fenster, ich habe nichts anderes zu tun. Gegenüber stehen Häuser. Sie sind nicht hässlich, sind auch nicht hoch, aber sie sind eine Wand, die verbirgt, was dahinter ist. Ich sehe Menschen hineingehen und wieder herauskommen. Ich sehe Menschen zwischen den Häusern verschwinden. Ich habe die beiden Schlangen gesehen. Sie verunstalten das magere Gesicht. Was hat der Mann am Hals? Eine dicke behaarte Spinne? Was will er damit sagen?

Das Zimmer, in dem ich meine Tage verbringe, ist so winzig und kahl, wie ich mir eine Zelle im Gefängnis vorstelle. Seit die Wand neben mir schwarz ist, bedrängt sie mich. Ich fühle, wie sie mich erschlägt, nicht körperlich, sie erschlägt meine Seele.

Draußen ist es grau, wie fast jeden Tag in diesem September. Der Regen hängt wie ein Vorhang vor meinem Fenster. Ich höre ein Plätschern. Das ist das Wasser, das aus der Dachrinne auf den Asphalt stürzt. Der Regen macht mich zu einem Gefangenen. Vater lässt mich nicht raus, wenn es regnet.

Ich möchte leben, wo es Menschen gibt, die lachen, die zu mir sprechen, die jung sind. Ich wünsche mir Menschen, die erkennen, dass in meinem hässlichen Körper ein lebendiges menschliches Wesen mit wachen Sinnen lebt. Ich wünsche mir eine eigene Wohnung in einem Haus, in dem ich wie ein fühlender und denkender Mensch behandelt werde.

Vater hat Grablichter in mein Fenster gestellt. Dieses Haus ist ein Friedhof, meine Wohnung ein Grab, das Zimmer mein Sarg. Mein Vater ist mein Tod und mein Totengräber zugleich.

Vater ist gestern in die Stadt gegangen und hat ein Radio gekauft. Er hat es mir gezeigt und ich glaubte, es wäre für mich, doch er hat es mit in seine Wohnung genommen. Aber Vater ist taub. Vater spricht auch nicht mehr, nicht mit mir und nicht mit anderen. Ich teile mein Leben mit einem Stummen. – Ist mein Vater wirklich taub?

Ich warte darauf, dass die Kirchturmglocke schlägt. Tag für Tag höre ich diese Glocke. Die Glocke zerteilt den Tag, und die Tage zerteilen mein Leben. Das Leben ist das, was ich mir vorstelle. Es ist etwas anderes als das, was ich lebe.

Wenn sich die Nacht über Freiburg senkt, leuchten die Lichter in den Häusern auf der anderen Straßenseite und dann sehe ich, dass die Welt jenseits der Mauern noch nicht zu Ende ist. Ich beobachte die Menschen hinter den Fenstern, aber ich höre sie nicht. Sie nehmen mich nicht wahr, wenn ich im Dunkeln sitze. Sie wissen nicht, was ich weiß.

*

Als Manuel am nächsten Tag von der Arbeit kam, schien zur Abwechslung die Sonne von einem wolkenlosen Himmel. Er ging in die Küche und trug einen Stuhl auf die zerbrochenen und von Gras und Moos überwucherten Steinplatten, die einmal ihre Terrasse sein sollten. Er setzte sich, stand aber gleich wieder auf. Mitten auf der ansonsten leeren Terrasse fühlte er sich nicht wohl. Da hätte er sich gleich auf den Gehweg setzen können, wo jeder ihn begaffen konnte. Er rückte den Stuhl mal hierhin, mal dorthin. Erst als dieser direkt an der

Hauswand stand, ließ er sich nieder. Aus keinem der Nachbarhäuser war er hier zu sehen. Mit einem Mal war er sehr zufrieden. Glück war ein flatterhaftes Gefühl. Kaum besserte sich das Wetter, besserte sich seine Stimmung und er dachte nicht mehr an seine Sorgen. Sogar seine Schulden schmolzen zu unbedeutenden Summen zusammen. Hier in der warmen Herbstsonne war er sich sicher, dass ihre Firma ein Erfolg sein würde. Auch mit den Hornbergers würde er sich arrangieren. Wie immer kam es nur darauf an, etwas wirklich zu wollen. Er lehnte sich zurück und legte den Kopf in den Nacken. Zwei Kondensstreifen kreuzten sich neben der Sonne und zerflossen im Blau. Das nächste Flugzeug zog seine Spur. Er kniff die Augen zusammen und sah zu, wie ein anderes Flugzeug seinen Kondensstreifen durch die Kreuzung zog. Aus den Streifen wurde ein sechsstrahliger Stern. Als Manuel den Blick wieder senkte, tanzten vor seinen Augen schwarze Punkte.

Jetzt hörte er vom Nachbargrundstück Stimmen. Wahrscheinlich saßen auch die Geschwister in ihrem Garten. Manuel lauschte.

»Wie sitzt du denn?«, vernahm er die Stimme der Alten. »Willst du deinen Rücken ganz kaputt machen?«

Hornberger murmelte irgendetwas.

»In der Sonne sitzt du nicht gut«, ermahnte ihn seine Schwester. »Komm lieber zu mir in den Schatten.«

Manuel hörte, wie nebenan ein Stuhl über die Terrasse gezogen wurde. Offenbar gehorchte der Mann. »Zieh die Schuhe aus«, hörte er sie sagen. »Beweg die Zehen, das ist gut für die Durchblutung.«

Manuel ging ins Haus. Mit der Stimme der alten Hornberger im Ohr sah die Welt gleich wieder ganz anders aus. Ihr Bruder hingegen, so seltsam er auch war, tat ihm leid. Wahrscheinlich musste er diese Schwester ertragen, seit er auf der Welt war. Er selbst konnte sich nicht vorstellen, auch nur ein paar Stunden mit der Stimme dieser Frau zu leben, da halfen alle guten Vorsätze zur Toleranz nicht weiter. Eine Mauer zum Nachbargrundstück musste her. Dann würde ihn die Alte auch nicht mehr mit ihrer Neugierde überfallen können, sobald er den Garten betrat.

Er stand auf. Er musste noch einen Platz für den Sperrmüllcontainer suchen. Der Maschendraht war zu hoch, um das Gerümpel aus dem Garten ohne große Mühe hinüberwerfen zu können. Er entschied sich für den Platz vor der verrosteten Gartenpforte. Dann holte er einen Besen aus dem Gartenhäuschen und fegte das erste Herbstlaub vor der Haustür beiseite. Hier vorn war es still bis auf das leise Rauschen des Glasbachs, ein beruhigendes, ein freundliches Geräusch. Die Stimmen der Geschwister waren nicht zu hören. Jetzt fiel ihm zum ersten Mal eine Kellertreppe neben der Haustür der Nachbarn auf. Sie war sehr schmal und steil, und die feuchte Hauswand neben den Stufen war grün von Moos und Algen. Vielleicht war dies der einzige Zugang zum Keller, vielleicht gab es im Haus noch einen zweiten. Als er vor ein paar Tagen in den Keller der Hornbergers eingedrungen war, hatte es sich angehört, als sei eine Tür innerhalb des Hauses ins Schloss gefallen. Genauso gut hatte es aber auch die sein können, vor der er jetzt stand.

Er hoffte, dass sich die beiden Alten noch im Garten aufhielten und stieg die wenigen Stufen hinunter. Die Kellertür war einmal dunkelblau gestrichen worden, doch das lag wahrscheinlich schon Jahrzehnte zurück. Unter der schwarzen Klinke war ein großes längliches Schlüsselloch. Das alte Türschloss schien eines von der Sorte zu sein, die sie als Kinder mit einem Dietrich geöffnet hatten, wenn sie Detektiv gespielt hatten. Wenn nicht Hornberger selbst im Keller aufgetaucht war, hier war eine Tür, durch die ein Fremder leicht eindringen konnte. – Aber warum war die Lattentür zwischen ihren beiden Kellern aufgebrochen worden? War der schwarzgekleidete Eindringling auch in ihrem Keller gewesen? Die Vorstellung machte ihm Angst, und er versuchte sie beiseite zu schieben. Schwarze Gedanken waren zu nichts nutze.

Die Hornbergers waren weder zu sehen noch zu hören, als er wieder auf der Straße stand. Jetzt, wo er den Gedanken mit der Mauer als Abgrenzung zum Nachbargrundstück hatte, schien ihm ein schöner, vor Blicken weitgehend geschützter Garten keine Utopie mehr. Dort, wo der Maschendrahtzaun war, durch den der Tätowierte gestarrt hatte, würden sie immergrüne Sträucher pflanzen. Noch fühlte er sich umzingelt. Auf der einen Seite der Greis hinter der Gardine, am Fenster darunter der Rollstuhlfahrer, im Haus neben seinem eine Großmutter, die argwöhnisch herübersah, weil sie Spuk und Gespenster hinter ihren Mauern vermutete. Auch der Gedanke an den Glatzköpfigen mit seinen obskuren Freunden war nicht beruhigend. Am Schlimmsten aber war die Frau Hornberger.

DU MUSST DEIN ÄNDERN LEBEN. Er formulierte den Satz ein bisschen um: Du musst die Veränderung leben. Noch immer hatte er es geschafft, das Beste aus einer schwierigen Situation zu machen, also würde es ihm auch dieses Mal gelingen. Morgen würde er mit Florian ans Werk gehen. Ein Garten: Cornelia hatte es ja gleich erkannt, welches Potenzial in dem Dreckhaufen steckte. Er freute sich jetzt schon bei dem Gedanken an das vollendete Werk. Etwas Neues und Schönes zu schaffen, machte ihn immer glücklich.

Cornelia und Pauline kamen vom Einkaufen zurück, kaum dass er wieder im Haus war. Paulines Mundwinkel hatten einmal mehr eine beeindruckende Tiefe erreicht. Seine Laune begab sich sofort wieder auf Talfahrt. Mürrische Mienen waren noch ansteckender als fröhliche.

»Ich will hier nicht wohnen«, maulte sie. »Hier gibt es überhaupt keine Kinder in meinem Alter.«

»Das kannst du doch noch gar nicht wissen.«

»Zeig sie mir doch, wenn hier welche sind.«

»Vielleicht sind sie jetzt während der Ferien verreist.«

Auch Cornelias Laune schien heute gelitten zu haben, und er wartete vergeblich auf ein Lob für seine Mühe mit dem Laub.

»Hast du nicht gesehen, dass ich vor der Haustür gefegt habe?«, fragte er.

»Du hast gefegt? Das ist mir nicht aufgefallen.«

Er war enttäuscht. Es machte wenig Freude Gutes zu tun, wenn es niemand bemerkte. Seine Stimmung besserte sich erst wieder, als Cornelia, ohne es vorher angekündigt zu haben, ihn und Pauline am Abend mit einem Steinpilzragout zu Serviettenknödeln und einem Apfel-Crumble mit Vanilleeis an einem festlich gedeckten Tisch überraschte. Er hatte sofort gefürchtet, einen besonderen Anlass vergessen zu haben, aber seine Sorge war unbegründet gewesen. Cornelia hatte nur die umgeräumte Küche eingeweiht.

»Ich glaube, unser Nachbar führt ein Doppelleben«, sagte er, als Pauline in ihrem Zimmer verschwunden war.

»Unser Nachbar?«

Manuel erzählte von dem Mädchen und seiner Suche nach einem Mann, der aussah wie Hornberger selbst, nur nicht so jämmerlich aufgetreten war.

»Vielleicht war er in Spanien und sie hat ihn in einer Bar in Madrid angebaggert«, vermutete Cornelia.

»Ich wundere mich nur, dass die Hornberger ihren Bruder allein nach Spanien reisen lässt.«

»Wieso allein? Das schwarze Tuch, das sie neulich trug, war eine spanische Mantilla. Die waren beide dort. Vielleicht war sie gerade auf dem Klo, als er seine Adresse weitergegeben hat«, erwiderte Cornelia mit dem feinen Lächeln der Besserwisserin.

»Ist ja auch egal.«

»Wo ist das Mädchen dann geblieben?«

»Keine Ahnung. Ich habe es zuletzt gesehen, als es bei den obskuren Typen im Mehrfamilienhaus verschwunden ist.«

»Ausgerechnet bei denen! Ich möchte nur wissen, was sie dort tut.«

Manuel zuckte mit den Schultern und suchte vergeblich nach einer klugen Antwort.

»Pfui«, rief Manuel und »lass das«, aber der kleine Hund, der sich in seinem Arm verbissen hatte, ließ nicht los. »Pfui«, rief er noch einmal und zu seiner Verwunderung klang seine Stimme wie Cornelias.

»Wach doch endlich auf!« Wieder Cornelias Stimme. Der Hund riss noch immer an seinem Arm. Er drehte sich auf die andere Seite, ohne die Augen zu öffnen.

»Wach doch auf!«

Jetzt öffnete er die Augen. Die Nachttischlampe brannte. Cornelia sah zu Tode erschrocken aus. Sie hatte sich im Bett aufgesetzt und zog an seinem Arm. »Um Himmelswillen, was ist das?«

»Was ist los?«

»Hörst du das nicht?«

Er wollte jetzt nichts hören, er wollte weiterschlafen. Gestern war es spät geworden. Cornelia in seinen Armen wie seit Wochen nicht mehr. Die Aufregung um das Haus und um die neue Firma mochten Schuld gewesen sein, dass sie zuletzt nebeneinander eingeschlafen waren wie ein altes Ehepaar, das sich fremd geworden war. Ein flüchtiger Kuss, dann hatte sich Cornelia zur Seite gedreht und zu einem Buch gegriffen. Er hatte nicht darüber nachgedacht, ob sie etwas vermisste. Seine neu gegründete Firma und das Haus hatten alle Gedanken aufgesogen. Damit war nun Schluss. Mit Ende Vierzig war er noch lange kein alter Mann. Aber jetzt wollte er schlafen.

»Manuel! Hörst du denn nichts?«

Er fühlte, wie sein Herz ein paar heftige Schläge tat, ehe es zu rasen begann. Das Rumpeln und Poltern, das er für den Lärm umfallender Stühle auf seiner Flucht vor dem angriffslustigen Hund gehalten hatte, war Wirklichkeit. Er hielt den Atem an und versuchte herauszuhören, woher die Geräusche kamen, doch schon im nächsten Augenblick waren sie nicht mehr zu vernehmen. Waren sie vielleicht von der Straße gekommen? Oder aus ihrem Haus? Hatte Pauline den Lärm gemacht oder vielleicht Herbert? Die Geräusche schienen nicht in dem Stockwerk entstanden zu sein, in dem sie schliefen.

Als es still blieb, drehte er sich mit immer noch heftig schlagendem Herzen zur Seite, um weiterzuschlafen.

Cornelia zog schon wieder an seinem Arm. »Was war das denn?«

»Pauline«, sagte er, »wahrscheinlich wollte sie aufs Klo und ist irgendwo dagegengelaufen.«

An die Erklärung glaubte er selbst nicht, aber er war einfach zu müde, um mitten in der Nacht aufzustehen und nach der Ursache eines Geräusches zu forschen, welches ohnehin nicht mehr zu hören war.

»Ich habe Angst!«

Er öffnete wieder die Augen. Cornelia saß noch immer mit aufgerissenen Augen aufrecht im Bett.

»Meinst du Einbrecher?«, fragte er und spürte wie sich etwas in ihm zusammenkrampfte.

»Was denn sonst!«

Jetzt hörten sie etwas anderes. Es war ein kaum wahrnehmbares Klopfen, zwei, drei leichte Schläge, dann war für eine Weile Ruhe. Das Geräusch war jetzt viel leiser als das, was er beim Aufwachen gehört hatte.

»Der Klabautermann«, versuchte er zu scherzen, obwohl ihm nicht danach zumute war. »Wahrscheinlich heißt es deswegen, im Haus habe es gespukt.«

»Gespukt?«

Er ärgerte sich über seine Bemerkung. Cornelia wusste ja gar nichts von den Schreien und den Gestalten, von denen die Großmutter gesprochen hatte.

»War nur ein Scherz.«

Er lauschte wieder auf die Geräusche, die nur noch hin und wieder und ganz leise zu hören waren.

»Wahrscheinlich knackt die Heizung«, sagte er, als könnte er sich selbst damit beruhigen. »Heute ist die bislang kälteste Nacht in diesem Herbst.«

Er hielt wieder den Atem an. Was sie jetzt hörten, war ein leises Schaben. Kein Klopfen mehr. Die Geräusche kamen nicht von der Heizung. Da war etwas, wofür er keine Erklärung hatte.

»Was soll ich tun«, fragte er, nun selbst voller Sorge. »Nachsehen oder die Polizei rufen?«

»Ich weiß nicht.« Cornelias Stimme war heiser vor Angst.

Genau diese Antwort hatte er befürchtet. Die Polizei wegen ein paar seltsamer Geräusche zu rufen wäre lächerlich, aber wenn er selbst nachsehen würde, musste er Cornelia allein im Schlafzimmer zurücklassen. Er versuchte seine eigene Angst zu verbergen.

»Willst du mitkommen?«

»Dann wäre Pauline allein hier oben.«

»Ich sehe nach, was da los ist«, entschied er. Es blieb ihm gar nichts anderes übrig. Er konnte nicht so tun, als wäre da nichts. Er konnte sich ja nicht einmal selbst beruhigen, noch viel weniger Cornelia. Er zog sich einen Pullover und seine Jeans an und nahm die Taschenlampe mit, die wegen der noch fehlenden Nachttischlampen ohnehin neben seinem Bett lag. Dann lauschte er wieder. Es war auch jetzt nicht völlig still im Haus. Das Schaben hörte er nicht mehr, stattdessen wieder für zwei oder drei Sekunden mehrere langsam aufeinanderfolgende dumpfe Klopfgeräusche, eine Pause, dann erneut das leise unregelmäßige Klopfen. Vielleicht hatte sich ein Tier im Haus eingenistet, versuchte er sich einzureden, ein Waschbär vielleicht oder ein Siebenschläfer. Vielleicht hatte das Tier vorhin irgendetwas umgestoßen, wodurch Cornelia aufgewacht war. Eines war sicher: In dem Stockwerk, in dem sie schliefen, war es totenstill.

Er schlich die Treppe hinunter und durchsuchte Küche, Wohnzimmer und Esszimmer. Herbert sah er nicht. Sein Körbchen war leer. Sicher schlief er wieder in Paulines Bett und war nicht verantwortlich für den Lärm. Manuel öffnete das Küchenfenster und hörte ein leises Rauschen. Das ist der Regen oder der Wind, dachte er zunächst, aber das Rauschen schien vom Glasbach zu kommen, der nicht weit von ihrem Haus entfernt auf die Elz zufloss. Der Regen war zu einem feinen Nieseln geworden. Kein Stern am Himmel, kein Mond. Er starrte auf die Straßenlaterne. An ihrem Rand sammelten sich große leuchtende Tropfen, bis sie wie glühendes Metall zu Boden fielen. In seiner alten Wohnung hatte er bei Sturm das Tosen in den alten Bäumen am Hirzberg gehört, ein Geräusch wie ein Wasserfall oder wie das wilde Rauschen der Dreisam bei Hochwasser. Hier hatten sie noch keinen starken Wind erlebt und er wusste nicht, wie er sich bemerkbar machen würde.

Dann sah er die drei Lichter. Rot glühend leuchteten sie durch die Nacht – Grablichter. Sie standen im Fenster, hinter dem er den Behinderten hatte sitzen sehen. Er erschrak noch mehr. War der Mann tot? Hatte deswegen dort jemand die Lichter hingestellt? Der Alte aus dem Stockwerk darüber vielleicht? Eiskalt schien ihm plötzlich der Windhauch, der durch das Fenster strich.

Jetzt hörte Manuel das Schaben wieder. Es klang viel näher als oben im Schlafzimmer. Kein Zweifel, die Geräusche kamen aus dem Keller. Sein Herz schlug heftig, als er die steile Kellertreppe hinunterstieg, und in seinen Ohren rauschte das Blut. Vielleicht hätte er etwas mitnehmen sollen, was ihm als Waffe dienen konnte, einen Hammer oder etwas Ähnliches. Nicht zu ändern, jetzt kehrte er nicht wieder um.

Es mochte an der feuchten Luft liegen, dass ihm der widerliche Geruch im Keller noch intensiver erschien als sonst. Es war nun wieder völlig still. Er schaltete das Licht an. Hier unten hatte sich nichts verändert. Das Regal stand, wie er es mit Cornelia aufgestellt hatte, daneben drei Paar Skier und Paulines alter Schlitten. An der gegenüberliegenden Wand lehnten die Fahrräder. Der Wein, den er gestern in den Keller gebracht hatte, war ebenfalls unberührt. Die Flecken schienen ihm dunkler als an anderen Tagen. Er schob es auf die Feuchtigkeit, die sich mit dem Regenwetter auch in den Ecken und am Boden niedergeschlagen hatte. Vielleicht bildete er sich die Veränderung auch nur ein. Mit angehaltenem Atem betrat er den hinteren Kellerraum. Auch hier war niemand, und er konnte nichts Beunruhigendes entdecken. Vielleicht waren die Geräusche doch von draußen oder aus dem Nebenhaus gekommen und ihre Angst war unnötig gewesen. Er beschloss, noch in den Kellerräumen nachzusehen, die zum Nachbarhaus gehörten, und suchte die Öffnung, durch die er in den höher gelegenen Keller gelangt war. Sie war verschwunden. Dort, wo er sich noch vor zwei Tagen unter den Rohren hindurchgezwängt hatte, waren jetzt weiße Mauersteine. Lediglich zwei Steine fehlten noch in der oberen Reihe. Er berührte den Mörtel in den Fugen. Er war feucht.

Manuel war sich sicher, dass er die Ursache der Geräusche gefunden hatte: das Schaben, wenn der Mörtel verstrichen wurde, und das Klopfen, um die Mauersteine in die richtige Position zu rücken. Vor Erleichterung hätte er beinahe laut aufgelacht. Ob Hornberger früher Maurer gewesen war? Er war sich jedenfalls sicher, dass der Alte auf der anderen Seite hockte, um in einer Nacht- und Nebel-Aktion die Verbindung zwischen ihren Kellern zuzumauern. Wahrscheinlich lauerte er nur darauf, dass das Licht in Manuels Keller wieder verlosch, um weiterzuarbeiten. Er tat dem Alten den Gefallen, verließ diesen Kellerraum, löschte das Licht und zog ohne hindurchzutreten die Kellertür geräuschvoll ins Schloss. Dann tastete er sich in völliger Finsternis zur Öffnung zurück und wartete. Er harrte lange aus, ohne dass irgendetwas geschah. Warum mauerst du mitten in der Nacht, dachte er. Warum wartest du nicht bis zum nächsten Tag? Es war schließlich Hornbergers gutes Recht, die Verbindung zwischen den Kellern zu verschließen, aber warum zu dieser Uhrzeit? Der Mann war ängstlich, das war nicht zu übersehen, vielleicht sogar krankhaft paranoid. Oder seine Schwester hatte keine Ruhe gegeben. Eigentlich konnte er sich bei Hornberger bedanken, dachte er. Jetzt konnte auf diesem Weg niemand mehr in den Keller eindringen, weder das Geschwisterpaar noch der seltsame Schwarzgekleidete. Wer der pedantische Schnüffler gewesen war und was sich in den vielen Ordnern in dem Schrank befand, würde aber leider für immer ein Geheimnis bleiben, genau wie der Inhalt des obersten Schubfachs der Kommode. Manuel wartete noch eine Weile. Nein, jetzt geschah wirklich nichts mehr.

*

Seit ich den Toten gesehen habe, ist mein Leben voller Angst vor dem Mörder. Ich bin nicht schwachsinnig, ich sehe nur so aus, und er weiß das. Er ahnt, dass ich ihm gefährlich werden kann, ich allein und niemand sonst. Deswegen wird er mich töten. Bin ich verrückt, weil ich glaube, dass er mein Mörder sein wird? Erst im letzten Augenblick meines Lebens werde ich es wissen. Wer durch Mörderhand stirbt, ich meine, wer sofort tot ist, muss nicht mit der Erinnerung an das Entsetzliche leben. Ist der Gedanke banal? Er ist es nicht. Wenn ich mich vor meinem Mörder fürchte, vergesse ich, wie kurz, wie vergänglich das letzte Grauen ist. Was folgt, ist eine tiefe Ruhe, ist gar nichts mehr. Was kann ich mehr wollen als das? – Warum fürchten wir den Tod? Der Tod ist kein Ereignis des Lebens, denn der Tod ist nicht, wo das Leben ist, und wo der Tod ist, gibt es kein Leben.

Seit dem ersten Tag meines Lebens haben andere über mich bestimmt. Jedes Aufstehen am Morgen, jedes Zubettgehen, jede Mahlzeit, jedes Verlassen des Hauses wird von anderen vorgegeben, warum nicht auch der Zeitpunkt und die Art meines Todes? Ich kann mich nicht wehren.

*

Am Samstag regnete es wieder, nicht heftig, aber es fiel ein anhaltender Nieselregen, wie er in Freiburg selten war, dazu grauer Himmel und ein Licht, als hätte die Sonne heute Morgen ihren planmäßigen Auftritt vergessen. Manuels Blick wanderte von den Wolken wieder abwärts und blieb am Gartenzaun hängen. Neben einem Fahrrad, das am Zaun lehnte, stand dort ein Mann. Seine ausgeblichene Jacke war nass vom Regen. Die Hose war schmutzig und ausgebeult und endete ein paar Zentimeter über den ungeputzten groben Schuhen. Schon wieder der Tätowierte? Oder einer, der zu den jungen Männern im Mehrfamilienhaus gehörte? Jetzt drehte sich der Mann um und Manuel sah die blonde Meckifrisur unter der Kapuze und das vertraute gleichmäßig gebräunte Gesicht. Es war Florian. Manuel ging ihm entgegen.

»Bis du so gekommen?«

Florian bemerkte den skeptischen Blick des Älteren auf seine verwahrloste Kleidung. »Fragst du, weil ich so rustikal gekleidet bin? Hast du gedacht, ich käme im frisch gebügelten Hemd, um deinen Schuppen auszumisten?«

»Eigentlich schon.«

Sie brauchten keine Stunde, um das Gartenhäuschen leer zu räumen und den Unrat in den Container zu werfen. Mittlerweile hatte der Regen aufgehört und ein paar Sonnenstrahlen zeichneten helle Muster auf die bewaldeten Hänge des Rosskopfs. Jetzt machten sie sich über den Müll auf dem Grundstück her. Einmal sah Manuel zum Nachbarhaus hinüber, ganz grundlos geschah das und nicht etwa, weil er sich beobachtet fühlte. Doch eben das war der Fall. Nur wenige Meter von ihm entfernt hatte eine weißhaarige gepflegte Dame auf einem kleinen, von der Sonne beschienenen Balkon Platz genommen. Vor ihr auf einem schmiedeeisernen Tischchen standen eine zierliche Teekanne, eine Tasse und eine Zuckerdose. Wahrscheinlich war das die Großmutter mit den Spukfantasien. Manuel grüßte mit einem Nicken hinüber, das die Dame sofort erwiderte. Sie winkte ihm mit einem freundlichen Lächeln zu und rief etwas, was er nicht verstand. Er rief »ja« und »danke«, in der Annahme, dass es irgendwie zu ihren Worten passen konnte.

Den Balkon hatte er bislang noch gar nicht beachtet. Von dort würde die zweifellos charmante Dame auch dann noch in seinen Garten sehen können, wenn am Zaun Sträucher wuchsen. Charmante Damen hatten oft die Gewohnheit, ihre Mitmenschen in geistreiche Gespräche zu verwickeln. Nichts gegen solche Gespräche, aber in seinem Garten wollte er seine Ruhe haben. Eine begrünte Pergola muss her, dachte er, oder ein Gerüst für Kletterrosen. Dann wären sie wenigstens im Sommer vor den Blicken von schräg oben geschützt.

Florian ließ mit lautem Krachen den Rest eines Bretterzauns in den Container fallen. »Ich habe Hunger«, stellte er fest.

»Wenn wir fertig sind, gibt es etwas zu Essen, hat Cornelia gesagt.«

»Ein Garten ist niemals fertig, das hat meine Mutter schon immer beklagt. Ich wollte sagen, eigentlich reicht es mir für heute.« Tatsächlich sah das Grundstück beinahe schon wie eine naturbelassene Wiese aus, eine mit großen gelben und braunen Flecken, wo vorher das Gerümpel gelegen hatte.

Cornelia erschien in der offenen Terrassentür. »Wow«, sagte sie. »Ihr wart aber schnell.« Und zu Manuel: »Bring bitte zum Essen eine Flasche Wein aus dem Keller mit.«

»Weißen oder roten?«

»Weißen, es gibt Hähnchenbrust in Rahmsoße.«

Manuel bat Florian mit in den Keller zu kommen und zeigte ihm die Flecken auf dem Boden. »Cornelia meint, es sähe nach Blut von einer Gewalttat aus.« Er lächelte, als teile er die Befürchtung überhaupt nicht. »Sie liebt dramatische Deutungen.«

Florian bückte sich zum Boden, dann sah er sich im Keller um. Sein Gesicht blieb ernst. Kein belustigtes Grinsen, wie Manuel es erhofft hatte. »Der Gedanke ist jedenfalls nicht absurd«, stellte Florian fest.

»Ich dachte, es könnte altes Öl sein.«

Florian schüttelte den Kopf. »Öl läuft meist irgendwo aus und macht dann große zusammenhängende Flecken.« Er sah sich noch einmal sehr aufmerksam im Keller um. »Diese Flecken an der Wand scheinen von der gleichen Sorte zu sein.«

Mit den Fingerspitzen untersuchte Manuel die Stelle, auf die Florian gezeigt hatte. Lose Kalkfarbe und die ausgeblühten Kristalle rieselten zu Boden. Die runden und länglichen, unregelmäßig begrenzten Flecken hier an der Wand hatte Manuel noch gar nicht bemerkt.

»Du meinst wirklich ...?« Er sprach den Satz nicht zu Ende.

Er wollte es gar nicht wissen, wenn die Flecken im Keller tatsächlich Blut sein konnten. Nun nicht mehr, wo sie eingezogen waren und der Garten Gestalt annahm. Das war jetzt ihr Haus, wo sie sich geborgen fühlen wollten.

»Ich glaube nicht, dass es Blut ist«, nahm er die Antwort vorweg.

Florian sah ihn an, traurig oder mitfühlend oder vielleicht beides.

Als sie die Kellertreppe hinaufstiegen, griff Manuel nach Florians Arm und hielt ihn zurück. »Sag bitte nichts beim Essen. Ich möchte Pauline nicht ängstigen.«

Manuel konnte in dieser Nacht nicht schlafen. Er lag mit offenen Augen und starrte auf die noch ungewohnten Muster, die das schwache Licht einer Straßenlaterne auf die Wände zeichnete. Gerade Linien und Ecken, keine rundlichen Muster wie bei den Flecken im Keller. Richtig, die Flecken! Jetzt, wo er sich nicht mehr in die Aktivitäten des Tages flüchten konnte, begann wieder das Grübeln. Wenn es denn Blut war: war es dann das Blut eines Tieres oder das eines Menschen? Und wenn es das Blut eines Menschen war, gäbe es dann noch eine andere Erklärung als ein Gewaltverbrechen? Es ist kein Blut, redete er sich ein. Es gab tausend andere Erklärungen. Nein, er gehörte doch nicht zu den Menschen, die bei der kleinsten Unsicherheit sofort das Schlimmste annehmen. Auch jetzt nicht. Kein Blut! Deswegen hatte er gestern nicht mit Cornelia über die Flecken gesprochen: Er wollte sich nicht das kleine bisschen Hoffnung nehmen lassen, an das er sich klammerte.

Tief in der Nacht stand er auf. Er wollte wissen, ob die Grablichter auch in dieser Nacht brannten. Die Straße war menschenleer wie jede Nacht und alle Häuser dunkel. Nur gegenüber, dort wo der Behinderte wohnte, glommen wieder die drei roten Lichter. Zutiefst beunruhigt ging er zu Bett. Grablichter brannten für Tote.

Am nächsten Morgen riss die sich öffnende Schlafzimmertür Manuel aus dem Schlaf. Er hatte von dem Alten von gegenüber geträumt, der in einem schwarzen Umhang gehüllt als Sensenmann durch die Straße schlich. Im ersten Schreck dachte er, die schreckliche Gestalt käme ins Zimmer, doch in der Tür stand Pauline.

»Du liegst auf meinem Platz.«

»Wie bitte?« Manuel sah auf die Uhr. Halb sieben erst.

»Am Sonntag ist das mein Platz.«

Er rückte ein Stück nach außen. »Da ist genug Platz für dich. Das Bett ist doch breit genug für uns drei.«

»Das will ich aber nicht.« Pauline stampfte mit dem Fuß auf.

Manuel sah sich hilfesuchend nach Cornelia um. Sie hielt die Augen geschlossen. Entweder schlief sie wirklich oder sie wollte sich nur nicht einmischen.

»Du sollst da weggehen.« Pauline sah richtig wütend aus.

Er überlegte, dann stand er auf. Der Klügere gibt nach, dachte er. Außerdem war es nicht gut, Pauline unnötig gegen sich aufzubringen. Konflikte gab es ohnehin genug. Er ging ins Bad, duschte und rasierte sich, zog sich an. Sieben Uhr und immer noch zu früh, um Brötchen zu holen. Die Bäckerei Lienhart öffnete am Sonntag erst um halb acht. Er verließ trotzdem das Haus, machte einen Umweg zum Botanischen Garten, der ebenfalls noch geschlossen war, und betrat als erster Kunde die Bäckerei.

Beim Frühstück glaubte er etwas anderes als den erwarteten Triumph in Paulines Gesicht zu entdecken: Anerkennung und vielleicht sogar Sympathie. Wegen der Brötchen? Oder weil er nachgegeben hatte?

Später rief er Florian an.

»Ich habe mich schon gewundert, dass du über die Flecken so einfach hinweggangen bist«, bemerkte der, als Manuel den Grund seines Anrufs nannte.

»Gewundert? Ich würde es doch gar nicht wissen wollen, wenn wir tatsächlich Blutflecken im Keller hätten, egal woher das Blut stammt, verstehst du das nicht?«

Florian schien zu überlegen. »Nein«, sagte er schließlich. »Diesem Verdacht muss man selbstverständlich so schnell wie möglich auf den Grund gehen. Man braucht doch Gewissheit«, rief er aus.

»Oder auch nicht«, erwiderte Manuel nachdenklich. »Solange die Bestätigung fehlt, kann ich mir einbilden, es sei kein Blut, und ich brauche mich nicht zu beunruhigen.«

»Mein Weg wäre das nicht«, erwiderte Florian. »Aber warum rufst du dann an?«

»Weil ich die ganze Nacht wegen dieser Geschichte schlecht geschlafen habe. Gestern habe ich noch gedacht, ich könnte mich vielleicht an die Flecken gewöhnen. Man gewöhnt sich schließlich an so vieles.«

»Aber?«

»Cornelia wird mit ihrem Spürsinn der Sache auf den Grund gehen. Ich will dann nicht als der Dumme dastehen, der mal wieder nichts begriffen hat. Das hat mir Luisa oft genug vorgeworfen.«

»Verstehe«, sagte Florian.

»Müsstest du als Polizist nicht sowieso etwas unternehmen, wenn du Blut vermutest?«

»Selbstverständlich, wenn ich nicht mit Sicherheit ausschließen kann, dass es menschliches Blut ist. Aber ich wollte dich nicht gleich nach dem Einzug mit Problemen überfallen. Ich glaube nicht, dass Eile geboten ist.«

Manuel stöhnte. »Wenn das wirklich Blutflecken sind, wenn das Blut von einem Menschen ist, dann ...« Er sprach den Satz nicht zu Ende.

»Irgendwann kommt die Wahrheit ohnehin immer ans Licht«, bemerkte Florian.

Glaube ich nicht, dachte Manuel. Viel zu oft blieb die Wahrheit für immer verborgen und hin und wieder deckte lediglich ein Zufall sie auf. Überall war das so. Auch manche seiner Kollegen in der Pharmabranche waren Meister im Vertuschen der Wahrheit gewesen, sofern diese den Geschäftsinteressen entgegenstand. Er sprach es nicht aus. »Was wirst du tun?«, fragte er stattdessen.

»Der Nachweis von Blut ist ganz einfach.«

»Nämlich?«, fragte Manuel zögernd.

»Ich brauche nur die Flecken mit Luminol zu besprühen. Mit der Substanz können noch sehr geringe Blutmengen sichtbar gemacht werden, sogar dann, wenn sie für das Auge nicht zu erkennen sind. Selbst auf gereinigten Böden, auch auf Fliesen, auf denen überhaupt nichts zu sehen ist, funktioniert das.«

»Und auf unserem Lehmboden?«

»Da der Boden offenbar das Blut nicht vollständig absorbiert hat, wird die Methode auch in deinem Keller funktionieren.«

Manuel schwieg wieder. »Du solltest sobald wie möglich kommen«, sagte er endlich. »Abends, wenn Pauline schläft.«

»Moment, ich sehe in meinem Kalender nach.« Es dauerte eine Weile, bis sich Florian wieder meldete. »Wie wäre es Donnerstagabend gegen acht Uhr?«

»Besser halb neun.«

Manuel notierte den Termin. Noch vier Tage, dachte er, vier lange Tage. Und wenn es tatsächlich Blut war, menschliches Blut? Was dann? Er suchte verzweifelt nach einem Ausweg, aber er sah keinen.

Vom Turm der Kirche St. Urban hörte er die Glocken läuten. Er sah auf die Uhr: Fünf Minuten vor elf. Wahrscheinlich begann gleich der Gottesdienst. In Zeiten voller Unsicherheit und Sorgen wie dieser beneidete er die Menschen, die ihre Angst im Gebet überwinden konnten. Er selbst konnte das nicht. Den Glauben an einen Gott, der jeden seiner Schritte beobachtete und ihn behütete, hatte er schon als Kind aufgegeben. Wie hätte ein guter Gott zulassen können, dass sich sein Vater umbrachte, weil seine Uhrenfabrik vor der Pleite stand? Hätte Gott nicht schon seine schützende Hand über die Firma halten müssen? Seine Eltern waren regelmäßig zur Kirche gegangen und seine Mutter hatte jeden Abend vor dem Einschlafen mit ihm gebetet: »Ich bin klein, mein Herz mach rein, soll niemand drin wohnen als Jesus allein.« Entweder war Gott böse oder er kümmerte sich nicht darum, was auf der Erde geschah, hatte er damals gedacht. Viel später war er zu der Erkenntnis gekommen, dass es sich die Menschen zu leicht machten, die alle Ereignisse als Gottes Wille ansahen. War denn Gott dafür verantwortlich, ob die Menschen Gutes taten oder Böses? War es sogar seine Schuld, wenn sie Böses taten? Natürlich nicht. Jeder einzelne Mensch trug selbst die Verantwortung für sein Tun, da half es auch nicht, nach einer bösen Tat zur Beichte zu gehen. Das war kein Weg, der die Menschheit besser oder glücklicher machen konnte.

Das Klingeln an der Haustür riss ihn aus seinen Gedanken. Er war schon unten, als ihm einfiel, dass er die Gegensprechanlage hätte benutzen können. Draußen standen Herr und

Frau Hornberger. Frau Hornberger hatte die Hände zu Fäusten geballt und ihre Lippen waren trotz des breit aufgetragenen Lippenstifts nur noch ein einziger leuchtendroter Strich.

Herr Hornberger, der heute ein gelb, rot und braun geringeltes Polohemd zu seiner braunen Hose trug, stand mit aufgerissenen Augen einen halben Meter hinter ihr und hielt seinen Kopf noch weiter vorgereckt als bei ihrer ersten Begegnung. Offensichtlich war Frau Hornberger wütend. Und er? Vielleicht hatte er Angst. Ja, wohl vor allem das. Manuel beschloss, die beiden nicht hereinzubitten, und hoffte, dass Cornelia nicht mit ihrer höflichen Art dazwischenfunken würde.

Frau Hornberger war nicht nur wütend, sie war so sehr außer sich, dass sie kaum einen klaren Satz hervorbrachte. Wenn Manuel es richtig verstand, war jemand in ihrem Keller gewesen und hatte etwas gestohlen.

»Sie waren das«, fauchte sie. »Sie sind in unseren Keller eingebrochen.«

Manuel hatte sofort ein schlechtes Gewissen, was dazu führte, dass er sich umso heftiger verteidigte. Er fuhr auf, als habe ihn Frau Hornberger tätlich angegriffen.

»Wissen Sie, was Sie da behaupten?«, schnauzte er sie an. »Sie stempeln mich zu einem Kriminellen, der in den Knast gehört.« Im nächsten Augenblick dämpfte er seine Stimme. In der sonntäglichen Stille, die sich nach dem Ende des Glockengeläuts wieder eingestellt hatte, musste das Geschrei meilenweit zu hören sein.

»Sie wissen genau wie ich«, keifte Frau Hornberger jetzt, »dass es eine Verbindung zwischen unseren Kellern gab.« Sie fuchtelte mit der geballten Faust vor Manuels Augen herum. »Und Sie haben die Tür dazwischen aufgebrochen!«

Manuel sprach nun ganz leise. Er brauchte sich nicht umzusehen, um zu wissen, dass sich die halbe Nachbarschaft die Nase an den Fensterscheiben plattdrückte. »Bitte merken Sie es sich für alle Zeiten: Ich war es nicht. Als ich die Verbindung zwischen den Kellern zum ersten Mal gesehen habe, war die Tür bereits aufgebrochen worden.«

Er wollte die Haustür zuschlagen, doch Frau Hornberger drückte mit ihrer knochigen Hand dagegen. Auch sie schrie nun nicht mehr. Mit dem Blick eines lauernden Raubtiers starrte sie Manuel an. »Warum sind Sie dort gewesen?«

»Ich war der Meinung, dass ich in meinem eigenen Keller war.«

Frau Hornberger schien zu überlegen, während ihr kleiner Bruder seinen Mund zu einem winzigen blassen Ring zusammenzog und angestrengt auf den Boden sah. Dann drehte sie sich plötzlich um. Sie hielt sich an der Hauswand fest, als sie die erste der drei Stufen vor dem Eingang hinunterstieg. Mühsam und unsicher bewältigte sie die nächsten beiden, bei denen ihre Hände keinen Halt mehr finden konnten. Die kaputten Hüften schienen ihr zu schaffen zu machen. Ihr Bruder folgte ihr. Er ließ den Kopf hängen und sah nun aus wie ein müder alter Hund, der hinter seinem Frauchen her trottet. Die beiden blickten sich nicht mehr um, bis sie in ihrem Hauseingang verschwunden waren.

Manuel ging ins Haus, gefasst darauf, eine aufgelöste Cornelia anzutreffen. Er fand sie in Paulines Zimmer. Dort hatten sich alle drei niedergelassen: Cornelia und Pauline auf dem Bett und Herbert auf Paulines Schoß. Pauline und Cornelia starrten gebannt auf den Bildschirm eines pinkfarbenen Lerncomputers und brachen plötzlich in lautes Lachen aus. Von der Auseinandersetzung an der Haustür hatten sie nichts mitbekommen.

Manuel zog sich zurück, ohne dass die beiden ihn bemerkten. Nur Herbert drehte den Kopf und sah ihm nach. Er setzte sich wieder auf die Terrasse, wo jetzt zwei Gartenstühle direkt an der Hauswand und für die Nachbarn unsichtbar standen. Hier war ein geschütztes Örtchen trotz der Enge, schattig um diese Zeit und mit Aussicht auf ein paar grüne Sträucher, einen alten Baum im Hintergrund und davor ein Sträßchen, auf dem er nur hin und wieder ein Auto und ein paar Fußgänger gesehen hatte. Langsam wurde er ruhiger. Eine Mauer zur einen Seite, Sträucher und eine Pergola auf der anderen, völlig geschützt vor Blicken würde der Garten trotzdem nicht sein, aber der Fleck, auf dem er jetzt saß, machte ihm Mut. Es war wie an einem überfüllten Strand. Hatte er sich erst einmal für einen Platz entschieden und es sich auf einer Decke bequem gemacht, fühlte er sich sofort ein wenig geborgen. Hier würde es etwas länger dauern, bis er sich eingelebt hatte, aber es würde ihnen gelingen. Das verrückte Geschwisterpaar würde ihn nicht daran hindern. Er musste nur eine gelassenere Einstellung ihnen gegenüber finden. Zufriedenheit und Glück waren auch immer eine Frage der richtigen Sichtweise.

Im nächsten Augenblick waren seine Gedanken wieder bei den Hornbergers, und von Gelassenheit war er trotz seiner Einsicht weit entfernt: Vielleicht hatten sie vorgestern den Einbruch bemerkt und daraufhin in der folgenden Nacht die Verbindung zugemauert? Aber warum war Frau Hornberger noch heute in so heftiger Erregung gewesen? Möglicherweise hatten sie erst heute Morgen den Diebstahl bemerkt, was auch immer ihnen abhanden gekommen sein mochte. Manuel war sich sicher, den Einbrecher und Dieb mit eigenen Augen gesehen zu haben, nämlich den schwarzgekleideten Mann mit den bunten Turnschuhen, der sich an den Ordnern im Keller zu schaffen gemacht hatte. Hätte er den Hornbergers nicht von ihm erzählen müssen? Egal, er hatte es nicht getan und wahrscheinlich hätten sie ihm ohnehin nicht geglaubt. Außerdem hatte er keine Ahnung, wer der Mann im Keller gewesen sein mochte.

Kaum hatte er diese Überlegungen abgeschlossen, erschreckte ihn das Bild der beschädigten Lattentür. Die war schon aufgebrochen worden, bevor er hier eingezogen war. Das musste der Mann mit den Turnschuhen gewesen sein. Er war auch in ihrem Keller gewesen.

Irgendwo hatte Manuel den Mann schon einmal gesehen, der eben nach kurzem Anklopfen und ohne auf ein Herein zu warten, sein Kellerbüro betrat. Er erinnerte sich jedoch nicht mehr, wo sie sich begegnet waren. Der Unbekannte trug eine Brille mit schmalem dunkelbraunen Rand und zierlichen, ebenfalls braunen Bügeln. Seine Haut hatte die gleichmäßige

Bräune, die nur mit einer gewissen Mühe zu erreichen ist. Weniger gleichmäßig war das Gesicht, dessen linke Hälfte deutlich kleiner war als die rechte. Der Mann, der etwa genauso alt sein mochte wie er selbst, war kahlköpfig bis auf einen schütteren Haarkranz, der auf die Länge eines Dreitagebartes rasiert war. Im Kontrast dazu standen die kindlich wirkenden vollen Lippen mit der stark geschwungenen Oberlippe. Für sich betrachtet hätte es der Mund einer jungen Frau sein können. Der Mann hatte etwas an sich, das Manuel schon auf den ersten Blick signalisierte, dass er sich gleich ärgern würde. Der Grund war nicht das Gesicht des Fremden. Dies hätte Manuel an anderem Ort oder bei anderer Gelegenheit durchaus sympathisch finden können. Der Grund war sein respektloses Eindringen in sein Büro und das Lächeln, das gleichermaßen allwissend wie überheblich war.

»Congratulations«, sagte der Mann, nachdem er sich mit Dr. Slotman vorgestellt hatte. Und noch einmal: »Congratulations«.

»Wozu gratulieren Sie mir, wenn ich fragen darf«, antwortete Manuel auf Englisch.

»Für den mutigen Schritt, den Sie getan haben. Vor einem halben Jahr sind wir uns noch bei einer internationalen Konferenz in Melbourne begegnet, heute sind Sie Chef einer kleinen, aber feinen Firma.« Er ließ seinen Blick über die veralteten Kabelkanäle an den Wänden schweifen. Dann musterte er den aus längst vergangener Zeit stammenden Notknopf neben der Tür und die Klimaanlage, in deren zweifelhaften Genuss schon die erste Gründergeneration in diesem Haus gekommen war. Sein Gesicht veränderte sich dabei überhaupt nicht.

»Wie sind Sie auf unsere Firma aufmerksam geworden?« Manuel hatte nicht die geringste Ahnung, was er von diesem Dr. Slotman halten sollte. Er konnte sich nicht erinnern, den Namen jemals gehört zu haben.

»Ich bin zufällig auf Ihre Homepage gestoßen – oder auf das, was einmal ein Internetauftritt werden soll.«

»Und was führt Sie hierher?«

Der Mann schwieg und sah sein Gegenüber lange und aufmerksam an. »Ich mag Sie.«

»Wie soll ich das verstehen?«

Wieder entstand eine Pause, in der Dr. Slotman seine Augen keine Sekunde abschweifen ließ.

»Ganz einfach: Sie sind mir sympathisch. Sie sind ...« Er bewegte die Lippen, als wenn er nach Worten suchte. »Ich fühle mit Ihnen, was eigentlich dasselbe ist. Und deswegen möchte ich Sie warnen, ehe Ihre Schulden Sie auffressen und Sie eines Tages keinen Ausweg mehr sehen.«

Manuel wartete wortlos ab.

»Sie sind auf dem Holzweg, Herr Fechner, pardon, Herr Dr. Fechner, wenn Sie glauben, der Gründer einer erfolgreichen Firma zu sein. Sie sind nichts als der Handlanger eines Spinners, der Sie missbraucht, um seine Größenfantasien auszuleben.«

Manuel stand auf. »Sie brauchen mich nicht zu belehren. Ich weiß, was ich tue. Jetzt lassen Sie mich bitte allein. Ich habe noch zu tun.«

Slotman stand ebenfalls auf. »Darf ich einen Blick aus Ihrem schönen Fenster werfen?«

»Bitte«, sagte Manuel in einem Ton, der dem unverschämten Ansinnen angemessen war.

Slotman ging am Schreibtisch vorbei, bis er dicht am Fenster stand. Er beugte sich vor, wendete den Kopf nach oben, bis er die Krone des Baumes sehen konnte. »So ein Blick entschädigt für manches, nicht wahr?«

Manuel hielt die Tür auf. »Bitte«, sagte er noch einmal mit Nachdruck.

»Lassen Sie mich das eine noch sagen: Allein die Plattform Antikoerper-online bietet mehr als 700.000 verschiedene Antikörper von 140 Herstellern an. Dort können Sie kaufen, was auch immer Sie wollen. Der Markt ist gesättigt.«

»Das ist mir selbstverständlich bekannt. Hören Sie, es kommt darauf an, was angeboten wird und nicht wie viel. Wir haben Produkte, die Sie sonst nirgendwo bekommen.« – Im nächsten Augenblick ärgerte er sich, dass er sich vor diesem aufgeblasenen Kerl überhaupt verteidigte.

Dr. Slotman schwieg. Sein schön geschwungener Mund verzog sich zu einem feinen Lächeln. »Ich wünsche Ihnen viel Glück.« Bei diesen Worten deutete er eine Verbeugung an und ließ Manuel allein.

Hartung kam in Manuels Büro, kaum dass der Mann verschwunden war. »Der erste Kunde?«, fragte er.

Manuel seufzte. »Wohl kaum.«

»Was wollte der sonst?«

»Uns die Sache madig machen. Er sagte, der Markt sei übersättigt, und er wolle mich vor weiteren Schulden warnen.«

Ben Hartung grinste. »Welche Ehre für uns. Warum, frage ich dich, sagt er das? Natürlich, weil er unsere Konkurrenz fürchtet.«

Manuel schwieg dazu. Einen größenwahnsinnigen Spinner hatte der Mann seinen Kompagnon genannt. Er konnte durchaus recht haben.

An diesem Tag fuhr Manuel früher als gewöhnlich nach Hause. Am Morgen hatte der Himmel noch ein mattes Graublau gezeigt, doch gegen Mittag war die Sonne durchgebrochen. Es war das richtige Wetter für eine kleine Radtour mit der ganzen Familie, so wie er sie sich vorgestellt hatte. Er hörte Pauline schon rufen, als er unten den Hausflur betrat. »Manuel, hilfst du mir beim Tragen?« Zum ersten Mal, seit sie hier eingezogen waren, klang ihre Stimme wieder fröhlich, und dass sie ihn um etwas bat, war geradezu eine Ehre. Von einer Radtour konnte aber wohl leider keine Rede sein. Pauline war anderweitig beschäftigt. Er entdeckte sie neben einem niedrigen Regal, das beim Umzug im Gästezimmer gestrandet war.

»Mama hat gesagt, ich kann es haben.«

»Ich brauche es jedenfalls nicht«, sagte er. »Aber hast du denn in deinem Zimmer nicht genug Regale?«

»Doch nicht für mein Zimmer.« Pauline verdrehte die Augen. »Das ist für das Gartenhäuschen.«

»Ein Regal für die Gartengeräte?«, fragte er verwundert über ihren Eifer.

»Nein, doch nicht für Gartengeräte. Das wird die Theke.«

»Ach so«, sagte er mit einem Ernst, als hätte er aus der Antwort eine wesentliche Erkenntnis gewonnen. »Dann müssen wir das Regal also ins Gartenhaus tragen.«

Das Möbelstück war nicht schwer, aber sperrig. Zwei Stockwerke musste er es hinuntertragen, wobei ihn Pauline mit ungewöhnlichem Wohlwollen beobachtete. Bislang hatte sie ihn vor allem spüren lassen, dass sie in ihm nichts als einen ungebetenen Eindringling in die vormals so traute Beziehung zu ihrer Mutter sah. Als sie im Garten angekommen waren, blieb Manuel so schlagartig stehen, als wäre er gegen ein Hindernis gelaufen.

»Was ist das denn?«

»Was?«

»Gardinen im Gartenhaus?«

Da war er wieder, der schnippische Blick. »Sonst kann doch jeder hineinsehen, wenn wir dort spielen.«

Nun verstand er Paulines gute Laune. Das Gartenhaus war offenbar zum Spielen mit ihren Freundinnen gedacht, nicht für Fahrräder. Deswegen also eine Theke. Er trug das Regal allein bis zum Häuschen. Wenn sich sein Traum vom gemeinsamen Ausflug in den Waldklettergarten oder zum Segeln wohl nicht so bald erfüllen würde, durfte er ihr immerhin beim Einrichten ihres kleinen Reichs helfen.

Drinnen war jetzt alles sauber. Wahrscheinlich hatte Cornelia den Estrich gewischt und die Gardinen aufgehängt.

»Mama hat gesagt, dass wir die alten Klappstühle hier aufstellen können.«

»Von mir aus gern.«

»Holst du sie?«

Er wartete ohne zu antworten.

»Holst du sie bitte?«

»Weißt du denn, wo sie sind?«

»Die Mama hat gesagt, sie sind im Keller.«

»So?«

»Kannst du sie holen?«, sagte sie noch einmal.

»Und du?«

»Ich muss noch die Kekse und den Saft aus der Küche holen.«

Er fügte sich ihren Wünschen. Hauptsache, Pauline war nicht mehr so unglücklich in der neuen Umgebung, dachte er, und machte sich ohne sie auf den Weg in den Keller. Zehn Minuten später war das Gartenhäuschen zu einem Refugium geworden, wie er es sich als Kind immer vergeblich gewünscht hatte, ein eigenes kleines Reich, in dem die Erwachsenen nichts zu suchen hatten. Noch einmal zehn Minuten später fuhr ein Auto mit Paulines Freundinnen vor. Gleich darauf verschwanden vier kichernde Mädchen im Gartenhaus.

Als er später aus seinem Arbeitszimmer wieder hinübersah, hatte sich Herbert auf einem hölzernen Fenstersims niedergelassen und presste seinen Kopf gegen die Scheibe. Offenbar versuchte er zu erkennen, was sich drinnen abspielte. Aber Manuel sah noch etwas anderes und ein Schauer lief über seinen Rücken: Der dürre Mann mit den Tätowierungen, den er schon am Tag ihres Einzugs am Zaun beobachtet hatte, war wieder da. Heute trug er nur ein enges Trägerhemd, obwohl es kühl war. Er stand mit hängenden Schultern genau an derselben Stelle wie beim letzten Mal und blickte angestrengt immer in die gleiche Richtung. Nach einer Weile zog er ein kleines Fernglas aus der Tasche und hielt es vor seine Augen. Manuels Herz schlug heftig. Er lief die Treppen hinunter und näherte sich leise dem Zaun, ohne dass der Mann ihn bemerkte. Er erschrak, als er das Tattoo auf der Schulter des Mannes sah. Es war ein entstelltes, halb zerfallenes Gesicht, das so realistisch an der Schulter haftete, als hätte es einmal gelebt. Die eine Augenhöhle war leer, in der anderen erkannte Manuel ein tief eingesunkenes blutunterlaufenes Auge. Mitten in dem Gesicht, wo die Nase hätte sein sollen, war ein grauenvolles Loch. Auch der Unterkiefer fehlte und der zahnlose Oberkiefer hing wie zerfetzt unter den eingefallenen Wangen. Manuel wandte den Blick von dem schaurigen Tattoo.

»Können Sie mir bitte sagen, was Sie hier suchen?«, herrschte er den Mann an.

Der Tätowierte fuhr zusammen und versuchte das Fernglas in seiner Hand zu verbergen.

Jetzt sah Manuel wieder die beiden Schlangen auf den eingefallenen Wangen. »Haben Sie meine Frage nicht verstanden?«

»Ich habe …« Der Mann suchte nach einer Erklärung. »Ich habe eine Goldammer beobachtet. Ist doch nicht verboten, oder?« Seine Stimme war dunkel und angenehm, nur ein wenig atemlos im jähen Erschrecken.

Manuel wurde unsicher. Vielleicht hatte er es ja tatsächlich auf einen Vogel abgesehen. »Wie sieht die denn aus?«

»Golden eben«, sagte der Tätowierte. »Aber Sie haben sie verjagt.« Er drehte sich um und ging rasch davon.

Manuel atmete tief ein und aus und versuchte sein Herz zu beruhigen, das beim Anblick des Mannes heftig zu schlagen begonnen hatte. Er nahm dessen Platz ein und sah in dieselbe Richtung, wie der es eben getan hatte. Von Vögeln war weit und breit nichts zu sehen, aber durch die angelehnte Tür des Gartenhäuschens hörte man die Mädchen kichern. Hatte er es tatsächlich auf Pauline abgesehen? Der Gedanke war fürchterlich. Cornelia, dachte er. Sie hatte sich gleich vor dem Tätowierten gefürchtet, und er hatte nichts unternommen, er hatte nicht einmal Florian informiert. Er wählte dessen Nummer, aber der Kommissar war in einer Besprechung.

Der Fetzen Papier lag genau an der Stelle am Gartenzaun, wo eben noch der Tätowierte gestanden hatte. Es war nichts als ein schmutziger Zettel, der vielleicht schon lange dort gelegen hatte. Trotzdem ging Manuel hin und hob ihn auf. Der Mann konnte ihn verloren haben, als er das Fernglas aus der Tasche gezogen hatte, und ihn dann mit seinen Schuhen beschmutzt haben. Das Stück Papier war liniert und sah aus, als wäre es aus einem Schulheft herausgerissen worden. Ganz oben auf der Seite war eine grobe Skizze: zwei parallele Striche, die eine Straße darzustellen schienen, daneben ein Wort, das er nicht entziffern konnte, außerdem Linien mit Pfeilen, die wohl einen Weg bezeichnen sollten. Ein paar handgeschriebene Sätze folgten, unterbrochen durch Skizzen, die Wegkreuzungen sein konnten. Ganz unten auf dem Blatt waren vier kleine unregelmäßig angeordnete Kreise, daneben ein Rechteck. Ein Pfeil wies neben einen der Kreise. An der Spitze des Pfeils konnte er das Wort »hier« erkennen.

Manuel steckte den Zettel in die Hosentasche. Am liebsten hätte er sofort versucht, der Skizze zu folgen, aber sie erwarteten die Eltern von Paulines Freundinnen zum Abendessen: ihr erster Besuch, seit sie hier wohnten.

Als Manuel am nächsten Tag von der Arbeit kam, war das Haus leer. Er lief die Treppen rauf, lief sie wieder runter. Cornelia antwortete nicht auf sein Rufen, obwohl das weit offene Küchenfenster für ihre Anwesenheit sprach. Auch im Keller war Cornelia nicht. Mit diesem mühsamen Suchen nach seiner Lebensgefährtin hatte er nicht gerechnet. Endlich entdeckte er sie auf der Terrasse. Ihr Liegestuhl stand genau an demselben vor Blicken geschützten Platz, auf den er seinen Stuhl gestellt hatte. Die Bluse, unter der sie nur einen knappen schwarzen BH trug, hatte sie aufgeknöpft und den ohnehin kurzen Rock bis weit über die Mitte ihrer erstaunlich langen Oberschenkel hochgeschoben. Neben ihr streckte sich Herbert in der Sonne aus und wälzte sich von einer Seite zur anderen, ehe er begann, sich hingebungsvoll zu putzen. Als Manuel Cornelia auf den Mund küsste, öffnete sie mit gespieltem Erstaunen die Augen, als würde sie sein Kommen erst jetzt bemerken. Die Sonne blendete sie, und sie schloss die Augen wieder. Er setzte sich neben sie. Gern hätte er sie jetzt gefragt, was sie den ganzen Tag getan hatte, außer im Liegestuhl zu liegen, aber diese Frage fassten Frauen regelmäßig entweder als Vorwurf oder Kontrolle auf. Es nützte dann nichts zu versichern, dass er wirklich nur aus reinem Interesse gefragt hatte.

»Ich glaube, der Behinderte wollte mir etwas sagen«, stellte sie fest, ohne die Augen zu öffnen.

»Wann war das?«

»Vorhin, als ich nach Hause gekommen bin.«

Manuel atmete auf. Die Grablichter brannten nicht für den Tod des Rollstuhlfahrers.

»Wie kommst du darauf?«, fragte er.

»Er stoppte neben mir und versuchte mich anzusehen. Dabei zappelte er ganz furchtbar in seinem Rollstuhl.«

»Und dann?«

»Ich habe guten Tag gesagt und bin weitergegangen, weil ich nicht mitansehen konnte, wie er sich quälte.«

Manuel schwieg eine Weile. »Es muss fürchterlich sein, wenn dich alle Menschen für einen Idioten halten, nur weil du deine Bewegungen nicht kontrollieren kannst.«

»Du meinst, er ist sonst ganz normal im Kopf.«

»Möglich wäre es jedenfalls.«

»Aber er kann doch nicht einmal sprechen.«

»Wie sollte er sprechen, wenn ihm seine Muskeln nicht gehorchen? Zum Sprechen gehört mehr, als die richtigen Worte im Kopf zu haben. Sie müssen auch irgendwie herauskommen.«

Er sah Cornelia an, die jetzt mit geschlossenen Augen neben ihm lag. Ihr Gesicht war ganz ruhig und er wartete vergeblich darauf, dass sie etwas zu seinen Worten sagte.

»Verstehst du, was ich meine?«

Cornelia öffnete die Augen wieder. »Doch, ich weiß woran du denkst, und ich hätte es selbst wissen können.« Sie setzte sich auf. »Der Vater von einer Freundin hatte einen schweren Schlaganfall und war danach am ganzen Körper gelähmt. Lange Zeit hat niemand bemerkt, dass er alles mitbekommen hat, was um ihn herum geschah, und alles verstanden hat. Die Ärzte sagten, er sei im Wachkoma und es sähe nur so aus, als sei er bei Bewusstsein. Es muss fürchterlich für ihn gewesen sein. Eines Tages hat meine Freundin bemerkt, dass ihr Vater mit seinen Augenbewegungen antworten konnte. Sie hat auch gesagt, wie diese Krankheit heißt, aber ich habe es vergessen.«

»Locked-in-Syndrom nennt man das«, erklärte Manuel.

»Richtig, das war das Wort.« Sie legte sich zurück und schloss die Augen wieder.

Eine Weile schwiegen sie. Es war sehr still, nur selten fuhr auf der Straße ein Auto vorbei. Auf den Anhöhen im Osten färbten sich die ersten Bäume in ein herbstliches Gelb. Es ist schön hier, dachte Manuel und so friedlich. Er hätte jetzt endlich von dem Tätowierten sprechen sollen, aber Cornelia sah so entspannt und glücklich aus. Er wollte sie jetzt nicht ängstigen.

Cornelia merkte, dass er sie beobachtete. »Was ist los«, fragte sie, aber er schüttelte nur den Kopf, dann beugte er sich zu ihr herunter und küsste sie.

»Was ist das für ein Mensch«, fragte Cornelia nach einer Weile. Erst dachte er, sie spräche von dem Tätowierten, aber ihre Gedanken waren noch bei dem Mann im Rollstuhl. »Wie lebt er mit dieser schweren Behinderung?«, fuhr sie fort.

»Ich frage mich, ob er auf irgendeine Weise mit anderen Menschen kommunizieren kann. Ich habe einmal einen Gelähmten beim Einkaufen gesehen, der sich mit einem am Rollstuhl befestigten Sprachcomputer verständlich machen konnte. Vielleicht benutzt unser Nachbar zu Hause auch so ein Gerät.«

Sie schwiegen wieder. Langgestreckte Wolken zogen von Westen heran. Ein weißes Krokodil schwamm am blauen Himmel heran, wurde dicker, wurde zu einem Drachen, als die Zacken auf seinem Rücken in die Höhe wuchsen. Wie muss das sein, in völliger Einsamkeit mit seinen Gedanken, dachte Manuel, abgeschnitten von den Menschen in einem gläsernen Käfig, in den Stimmen hineindringen, aber kein Wort hinaus. – Vielleicht wollte der Behinderte ihnen tatsächlich etwas mitteilen, aber vielleicht bildeten sie sich das auch nur ein.

Als die Sonne hinter einer Wolke verschwand und Cornelia wieder im Haus war, ging Manuel zur Einfahrt hinüber, aus der er den Mann im Rollstuhl schon mehrmals hatte kommen sehen. Sie führte auf einen engen Hof, auf dem drei Mülltonnen und ein alter verstaubter Handwagen standen. Hier fand er die Haustür. Es gab zwei Klingelschilder, eines wahrscheinlich für die obere Wohnung, in der der Greis hinter der Gardine lauerte, eines für die Wohnung des Behinderten. Bei beiden waren die Namen durchgestrichen und auf diese Weise unleserlich gemacht. An der Hauswand hingen zwei Briefkästen, von denen einer mit dem Namen Hafner beschriftet war, der andere mit Gutheil. Manuel legte den Finger auf den unteren Klingelknopf, als wolle er klingeln. Was wollte der Behinderte von ihnen? Einfach nur guten Tag sagen? Oder wollte er mehr? Hatte er gemerkt, dass sie ihn nicht für einen Idioten hielten, wie es vielleicht die anderen taten? Manuel nahm den Finger wieder weg. Natürlich würde er nicht grundlos klingeln.

Er stand schon wieder vor seiner eigenen Haustür, als er das Geräusch eines Elektromotors hörte. Als er sich umdrehte, sah er den Behinderten aus der Einfahrt und auf die Straße rollen. Er war nicht allein. Hinter ihm kam ein alter gebeugter Mann, in dem Manuel den Greis aus der oberen Wohnung zu erkennen glaubte. Der Rollstuhl fuhr schneller, als der Alte gehen konnte. Der Behinderte rollte ein Stück, hielt an, bis der Greis ihn erreichte, setzte sich dann wieder ruckend in Bewegung. Vielleicht steuert er mit dem Kopf, dachte Manuel, als ihm wieder die aufwändige Kopfstütze auffiel. Manuel folgte den beiden, bis sie den kleinen Supermarkt bei der Kirche St. Urban erreichten. Der Alte trat in das Geschäft, während der Mann im Rollstuhl auf dem Gehweg wartete, der hier durch das aufgestellte Obst und Gemüse eingeengt war. Eine Frau mit Kinderwagen näherte sich. Sie stutzte, dann wich sie in einem großen Bogen auf die Straße aus. Manuel prüfte, ob sein Portemonnaie in der Hosentasche steckte, und betrat ebenfalls das Geschäft. Er folgte dem Alten, der mit kleinen Schritten zum Kühlregal ging und eine Tüte Milch und ein Stück abgepackten Käse herausnahm. Um diese Zeit war das Geschäft fast leer, nur eine dickliche junge Frau stand vor dem Regal mit den Konserven und studierte die Etiketten. Manuel nahm ein Stück Butter und folgte dem Alten zur Kasse.

»Kennen Sie die beiden?«, fragte er die grauhaarige Kassiererin, als der Alte verschwunden war, und wies mit dem Kinn nach draußen.

»Die beiden?«, wiederholte sie gedehnt. »Ja, schon sehr lange. Vierzig Jahre? Vielleicht noch länger. Ich bin mit der Mutter des Jungen zur Schule gegangen.«

»Die sind doch beide hier.«

Manuel sah sich um. Hinter ihm stand die andere Kundin und tippte mit dem ausgestreckten Zeigefinger auf ihre Stirn.

»Aber sie kaufen alleine ein«, entgegnete Manuel.

»Der Vater ist taub und spricht schon lange nicht mehr, jedenfalls nicht mit uns hier im Geschäft«, antwortete jetzt die Kassiererin. »Der Sohn ist seit der Geburt behindert.«

Manuel bezahlte, dann wartete er, bis die junge Frau das Geschäft verlassen hatte.

»Fehlt Ihnen noch etwas?«, fragte die Kassiererin.

Manuel verneinte. »Aber«, er zögerte, »ich habe den Mann im Rollstuhl schon öfter gesehen, und ich würde gern mehr über ihn wissen.«

Die Kassiererin sah ihn neugierig an ohne zu antworten.

»Sie sagten, sie waren schon mit seiner Mutter zusammen in der Schule.«

»Wir sind zusammen bis zur achten Klasse in der Hauptschule gewesen. Später habe ich sie hin und wieder auf der Straße gesehen. Irgendwann war sie schwanger. Als der Junge drei Monate zu früh geboren wurde, war sie siebzehn und der Vater war irgendwo im Ausland.«

»Ist er wegen seiner frühen Geburt behindert?«

Sie zuckte mit den Schultern. »So wird es wohl sein. Es war schlimm mitanzusehen, wie er älter wurde, aber immer nur schlaff wie eine Puppe in seinem Wagen lag. Andere Kinder lernen greifen, sie drehen sich und irgendwann können sie stehen und laufen. Er entwickelte sich gar nicht. Am Schlimmsten war, dass er niemals lächelte. Oft hat er geschrien und war nicht zu beruhigen. Erst sagte seine Mutter immer, er sei gerade müde und normalerweise könne er alles wie andere Kinder in seinem Alter. Aber die Jahre vergingen und irgendwann fing dann dieses Zappeln an, das er bis heute nicht verloren hat. Seine Mutter hat sich immer geschämt für das Kind und der Vater hat sich nur ganz selten blicken lassen. Mir hat der Junge leidgetan. Als er in die Sonderschule kam, ist seine Mutter plötzlich verschwunden, und er kam ins Heim. Jetzt kümmert sich der Vater allein um seinen behinderten Sohn.«

Sie verstummte, als eine andere Kundin den Laden betrat und sie mit Vornamen begrüßte. Manuel bedankte sich und verließ das Geschäft. Vater und Sohn sah er nicht mehr. Taub war der Alte, hatte die Kassiererin gesagt, und er sprach nicht mehr. Auch der Sohn konnte nicht reden. Sollten die beiden ruhig zu ihnen herübergaffen so viel sie wollten, es würde ihn nicht mehr stören. Was blieb den beiden sonst in ihrem Leben?

*

Ich hasse es, wenn Menschen auf der Straße über mich reden und ich dann merke, dass sie mich für einen Idioten halten. Sie glauben, ich verstünde ihre Worte nicht. Denken, Fühlen und Verstehen ist nicht an Sprechen gebunden.

Mein Körper ist wie ein defektes Gerät, in dem nur die einfachsten Prozesse ablaufen. Mein Herz schlägt, mein Brustkorb und meine Lunge atmen und mein Darm verdaut die Speisen, die man mir in den Mund steckt, doch niemals habe ich auf meinen eigenen Füßen gestanden, niemals auch nur eine einzige sinnvolle Geste mit meinen Händen ausgeführt. Ich habe noch nie einen Bissen selbst zum Mund geführt, habe niemals einen Stift in die Hand genommen, habe mich nicht einmal gekratzt, wenn es mich juckte. Niemals in meinem Leben habe ich ein verständliches Wort gesprochen. So gesehen, ist mein Körper nutzlos.

Manchmal denke ich, die gesunden Menschen müssten jeden Tag sehr glücklich und dankbar sein. Sie können sprechen, sie können sich bewegen, sie können dorthin gelangen, wo sie sein möchten, doch ihre Gesichter sprechen eine andere Sprache. Warum sehen sie nicht zufrieden aus? Vielleicht suchen sie das vollkommene Glück und schrauben ihre Ansprüche immer höher, bis ihre Erwartungen unerfüllbar sind. Dann halten sie sich an jedem noch so kleinen Unglück fest und verlieren darüber alle Freude.

In meiner Schule war ein Mädchen, das war vom Kopf abwärts gelähmt. Bei der Geburt war ihr Genick gebro-

chen und hatte das Rückenmark zerstört. Mit zehn Jahren begann sie Geschichten mit ihrem Computer aufzuschreiben. Sie konnte schreiben, nur indem sie auf den richtigen Buchstaben blickte. Damals hatte ein Lehrer auf die Tasten drücken müssen. Ihre Geschichten waren fröhlich und voller Lebensmut. Sie starb an einer Lungenentzündung, als sie dreizehn war.

Heute beneide ich sie. Der Tod kam zu ihr, ehe sie ihn fürchtete. Er kam als Freund und nahm sie mit sich fort, bevor ihr die Welt ihr böses Gesicht zeigen konnte, das Gesicht der Verachtung, des Hohns und der Gewalt.

*

Gestern war es Manuel gelungen, nicht an die Flecken im Keller zu denken – oder fast nicht – aber jetzt stand er untätig am Fenster und spürte, wie die Furcht vor der Wahrheit jeden anderen Gedanken tötete. Cornelia war wie jeden Donnerstagabend beim Aerobic, als Florian an der Tür klingelte. Manuel führte ihn in die Küche. »Du trinkst doch ein Bier«, fragte er und öffnete zwei Flaschen, ehe sein Freund geantwortet hatte.

»Was ist mit den Flecken?«

»Später«, antwortete Manuel. Er zeigte auf einen Getränkekühlschrank, hinter dessen Glastür Weißweinflaschen und andere Getränke auf schmalen Holzlatten lagen. »Absolut genial«, sagte er. »Sogar im Sommer, wenn es im Keller zu warm ist, hat der Wein die richtige Temperatur. Außerdem brauche ich nicht so oft in den Keller zu laufen.«

Florian nickte beiläufig. Er schien an etwas anderes zu denken.

»Soll ich nun prüfen, ob es sich um Blutflecken handelt oder soll ich nicht?«

Manuel zögerte. »Oftmals ist es besser, etwas nicht zu wissen«, sagte er schließlich, als habe er sich nicht längst anders entschieden.

»Also soll ich nicht?«

»Doch, du sollst. Ich muss das jetzt hinter mich bringen.«

Gemeinsam gingen sie in den Keller. Der Kommissar stellte eine Lampe auf dem Boden ab und holte eine Sprühdose aus der Tasche. Er besprühte ein paar Flecken am Boden und an der Wand, dann tat er nichts mehr.

»Worauf warten wir?«

»Dass das Luminol trocknet. Schweigend starrten sie auf die Flecken. Nach einer Weile schaltete Florian die UV-Lampe an. Die Flecken auf dem hellen Untergrund der Wände färbten sich blau. Manuel starrte auf die leuchtende Farbe, starrte auf den Boden, wo nun ebenfalls das kräftige Blau erschien. Er war umgeben von dem Blau. Er fing Florians Blick auf und hatte plötzlich das Gefühl, auf einem schwankenden Schiff zu stehen – kein fester Boden mehr unter den Füßen.

»Also wirklich Blut?«, fragte er, als könnte es noch immer eine andere Erklärung geben.

»So ist es. Luminol in Natronlauge und Wasserstoffperoxid reagieren in Anwesenheit der Eisenionen aus dem Blut miteinander, wobei die blaue Lumineszenz entsteht.«

»Aber die Möglichkeit, dass es sich um das Blut eines Tieres handelt, ist damit nicht vom Tisch, nicht wahr?«

Florian holte Luft wie für einen längeren Satz, atmete wieder aus. »Nun ja«, sagte er dann. Nichts weiter.

»Könnte es nicht sein, dass das Blut noch aus der schlechten Zeit nach dem Krieg stammt? Vielleicht wurde hier ein Schwein geschlachtet. Heimliches Schlachten war doch damals üblich.«

»Nun ja«, sagte Florian wieder. »Völlig ausgeschlossen ist das natürlich nicht. So ein Lehmboden ist wenig durchlässig, da könnte sich das Blut tatsächlich lange halten.«

Er bückte sich, schabte etwas Lehm vom Boden ab und füllte es in ein Probenröhrchen. »Wahrscheinlich wissen wir schon bald mehr darüber, was das für Blut ist.«

Manuel legte seinem Freund die Hand auf den Arm. »Florian, bitte warte noch mit der Untersuchung. Es kommt doch jetzt nicht auf eine Woche an.«

Der Kommissar schüttelte den Kopf. »Eine schlechte Nachricht würde euch dadurch nicht erspart bleiben.«

»Trotzdem. Nächste Woche ist noch früh genug. Die Wahrheit wird leichter zu ertragen sein, wenn wir uns hier noch ein bisschen eingelebt haben.«

Florian bewegte den Kopf, vielleicht sollte es ein Ja sein, vielleicht ein Nein. Er antwortete nicht. Gemeinsam verließen sie den Keller. Manuel drückte das Vorhängeschloss sorgfältig zu, das bislang offen an der Kellertür gehangen hatte, als könnte er den Schrecken dort unten einsperren. Seine Hände zitterten.

Als Florian gegangen war, räumte Manuel die Bierflaschen weg, holte eine angebrochene Weinflasche aus dem Kühlschrank und goss ein Glas halb voll. Dann schob er die DVD mit Rigoletto ins Gerät, die Oper, bei der sie sich kennengelernt hatten. Wahrscheinlich würde Cornelia bei der Musik gleich in Erinnerungen versinken und nicht merken, wie er sich fühlte. Er wollte nicht über das Blut sprechen, noch nicht. Solange noch Hoffnung auf eine harmlose Erklärung bestand, wollte er schweigen. Es würde niemandem nützen, wenn Cornelia sein Entsetzen teilte.

Cornelia kam ein paar Minuten später als gewöhnlich. »Du siehst dir Rigoletto an?«, wunderte sie sich. »Hat das einen besonderen Grund?« Sie musterte ihn prüfend. »Lass mich überlegen. Ein Jubiläum vielleicht?«

Er versuchte zu lachen. »Ich dachte, du würdest dich freuen, auch ohne besonderen Anlass.«

Cornelia sah ihn immer noch so merkwürdig und fast lauernd an. Es war beängstigend, wie Frauen in der Lage waren, ihre Männer zu durchschauen. Oder bildete er sich das nur ein?

»Ist Pauline im Bett?«

»Ja. Seit fast zwei Stunden schon«, antwortete er wahrheitsgemäß.

Cornelias Blick blieb misstrauisch. »Wo ist eigentlich Herbert?«

»Er übte vorhin, die Leiter auch abwärts zu benutzen.« Auch das entsprach der Wahrheit.

»Und, war er erfolgreich?«

»Bislang hat er sofort den Rückzug angetreten, wenn er nur die Vorderpfoten auf die Leiter gestellt hat. Aufwärts konnte er es sofort.«

»Das ist ja die Hauptsache.«

»Möchtest du auch einen Schluck?«, fragte er und zeigte auf die Weinflasche.

»Ja, aber vorher sehe ich noch nach Pauline.«

Er stand auf, um ihr ein Glas zu holen. Er fühlte sich miserabel mit seinem Vertuschen. Schon als er verschwiegen hatte, dass der Tätowierte erneut am Zaun aufgetaucht war, hatte er einen Weg gewählt, den Cornelia nicht gutheißen würde. Dabei tat er das doch, damit es ihr gut ging.

In der nächsten Nacht schlief Manuel kaum. Es war eine fürchterliche Vorstellung, dass im Keller eine Gewalttat stattgefunden haben konnte, die möglicherweise einen Menschen das Leben gekostet hatte. Konnte man in einem Haus leben, in dem ein Mensch ermordet worden war? Vielleicht konnte er das, vielleicht hatte er sogar schon begonnen, sich an diesen Gedanken zu gewöhnen. Cornelia würde es niemals tun. Aber noch durfte er hoffen, dass die schlimmste Möglichkeit an ihm vorbeigehen würde, wie so oft schon. Es konnte viele Erklärungen geben. Im nächsten Augenblick glaubte er zu wissen, was geschehen war. Die Obdachlosen! Das Blut stammte von einem der Obdachlosen, als die sich im Keller geprügelt hatten. Mit diesem Gedanken rettete er sich über die nächste halbe Stunde, bis ihm einfiel, dass die beiden den Keller offensichtlich niemals betreten hatten. Die Kellertür war mit einem Vorhängeschloss gesichert gewesen und die beiden hatten sich nicht die Mühe gemacht es aufzubrechen. – Er war froh, als endlich neben der Gardine ein blasser Streifen Tageslicht das Ende der Nacht ankündigte.

Erst am Abend dachte er wieder an den Zettel, den er am Zaun aufgehoben hatte. Er fand ihn nach kurzer Suche in der Hosentasche und zeigte ihn Cornelia. »Ich glaube, diesen

Zettel hat der Mann verloren, der gestern am Zaun gestanden hat.«

»War der fürchterliche Mann wieder da?«, rief sie aus, ohne einen Blick auf den Zettel zu werfen. »Gestern, als die Mädchen im Garten gespielt haben?« Sie bekam vor Schreck ganz runde Augen. »Der mit den furchtbaren Tätowierungen?«

»Er könnte es gewesen sein«, sagte Manuel vorsichtig, aber Cornelia war schon auf den Zug aufgesprungen.

»Der Mann macht mir Angst! Der hat es auf Pauline abgesehen.«

Cornelias Gesicht hatte jetzt diesen Du-musst-etwas-tun-Ausdruck, den er von Luisa kannte, und der in ihm sofort ein schlechtes Gewissen hinterließ, zumal er nicht wusste, wie er Cornelia beruhigen sollte.

»Er sagte, er habe eine Goldammer beobachtet.«

»Und das hast du geglaubt?«

»Vielleicht hat er wirklich nicht zum Gartenhaus hinübergesehen, aber eine Goldammer wird er wohl auch nicht gesucht haben.« Er wollte das Thema wechseln und wedelte mit dem Zettel vor Cornelias Gesicht. »Das ist eine Wegbeschreibung.«

Cornelias Gesicht entspannte sich nicht. Sie stieß hörbar die Luft aus und griff nach dem Zettel. »Das ist ja hier!«, rief sie aus. »Der eingezeichnete Weg führt direkt zu unserem Haus!«

Er wurde plötzlich unsicher. »Meinst du wirklich?«

»Der Weg beginnt in der Sonnhalde und dann …« Sie drehte die Skizze so lange, bis sie meinte, sie stimme mit der Wirklichkeit überein. Er schüttelte den Kopf. »Die Skizze führt von der Sonnhalde weiter nach Osten und auf den Schwarzwald zu.«

Cornelia drehte den Zettel wieder und wieder, konnte sich aber nicht entschließen, wie sie ihn richtig halten musste.

»Wir sehen einfach nach, wohin die Beschreibung führt«, schlug er vor. »Kommst du mit?«

Cornelias besorgtes Gesicht hellte sich ein wenig auf. Sie überlegte. Der Vorschlag, den Dingen auf den Grund zu gehen, war nach ihrem Geschmack, doch dann schüttelte sie heftig den Kopf.

»Wir können Pauline doch jetzt nicht allein zu Hause lassen«, rief sie aus. »Außerdem wird es bald dunkel. Und überhaupt ist es ...« Sie vollendete den Satz nicht und griff nach Manuels Hand. Sie sah jetzt wieder sehr ängstlich aus. »Du solltest auch hierbleiben.« Sie zögerte. »Ich weiß nicht, aber ich habe gar kein gutes Gefühl, wenn du jetzt gehst.«

Er sah sie verwundert an. So kannte er sie nicht. Schon wieder erinnerte sie ihn an Luisa. Regelmäßig hatte die irgendwelche Schreckensszenarien ausgemalt im vergeblichen Bemühen, ihn von einer Gefahr zu überzeugen. Ihre eigene Angst war dabei nur noch größer geworden. Er nahm Cornelia in den Arm. »Was soll schon passieren? Schlimmstenfalls verlaufe ich mich und komme erst morgen zurück.«

Sie sah ihn entsetzt an. »Wenn du schon gehst, komm bitte bald wieder. Mir ist unbehaglich in einem fremden Haus.«

»Es wird nicht lange fremd bleiben«, sagte er. Sein Lächeln misslang. Er dachte an die Flecken im Keller. Blut, hatte Cornelia vermutet, ohne in Panik zu geraten. Sie hatte recht behalten, und wahrscheinlich war die Wahrheit schrecklich.

»Vergiss dein Handy nicht«, rief ihm Cornelia zu, als er sich die Schuhe anzog. Es klang, als würde sie ihn ermahnen, seinen Talisman nicht zu vergessen. Für Cornelia war der Unterschied ohnehin nicht groß. Ein Handy war für sie eine Lebensversicherung wie es für andere ein Talisman war. Wobei das Handy in seinen Augen die bessere Alternative war. Nach ein paar Schritten kehrte er noch einmal um und holte seine Taschenlampe.

Draußen studierte er wieder die Skizze. Die Sonnhalde war zweifellos der Ausgangspunkt. Er folgte dieser Straße, bis er sie hinter einer scharfen Linkskurve verließ und in einen engen Hohlweg bog, der steil aufwärts führte. Zwischen efeubewachsenen Felsen, an welche sich hoch über ihm mächtige Baumstümpfe mit ihren nackten Wurzeln krallten, stieg er höher. Jetzt packte ihn die Lust am Abenteuer, an dem Weg ins Ungewisse und der Reiz eines Ausflugs in der Dunkelheit, der ihn an die Nachtwanderungen in seiner Kindheit erinnern würde.

Er kam zu ein paar Häusern mit vergitterten Fenstern, die über dem Hohlweg thronten. Von dort oben musste der Blick weit über das Land reichen. Auf der Bergseite stützte eine hohe mit Farbe beschmierte Betonmauer den mit Gestrüpp überwucherten Steilhang – Graffiti mitten im Wald. Bald öffnete sich der Blick talwärts auf eine sanft abfallende Wiese unter der Sonnhalde. Es war die Pferdewiese, die einzige Stelle an diesem Hang, wo noch keine Häuser den Blick auf Freiburg verdeckten. Bald würde sich das ändern. Auf einer Informationstafel waren schon die geplanten Häuser zu sehen. Bei einem kleinen Stall versperrte eine mächtige, vom Sturm gefällte Kastanie den Weg. Über dieses Hindernis war er schon einmal mit dem geschulterten Mountainbike auf dem Weg zum Rosskopf geklettert. Er überwand ein zweites Mal den dicken Baumstamm, überquerte ein asphaltiertes Sträßchen und folgte weiter dem steil ansteigenden Weg. Jetzt umfing ihn der Wald. Zwischen den alten Buchen hingen Nebelschwaden vom letzten Regen, und der Wegweiser, den er bald erreichte, war grün vom Moos. Den Weg in Richtung Rottecksruhe sollte er einschlagen, hatte er auf dem Zettel gesehen. Er folgte im schwindenden Tageslicht einem fast ebenen Fahrweg und kam zu einer Kreuzung mitten im Wald. Ein vom nassen Lehm rutschiger Wanderweg führte ihn wieder steil aufwärts. Der Nebel wurde dichter, je höher er stieg, wurde bald zu einer dunklen grauen Wand. Hier oben wuchsen mächtige Douglasien, aber die kahlen Stämme des Bergwalds endeten im Nichts. Die Wipfel hatte der Nebel aufgesogen. Als er stehen blieb, war es völlig still. Keine Vogelstimmen, kein Rascheln, kein Knacken. Gespannt wie ein Entdecker in einer fremden Welt ging er weiter. Was würde er finden, hier in der Einsamkeit und bei einbrechender Dunkelheit? Wahrscheinlich gar nichts. Unvermittelt umgaben ihn hohe Thujen statt der vertrauten Bäume, sie bildeten einen ganzen geheimnisvollen Wald und waren mächtiger als er sie je gesehen hatte. Er konnte sich nicht erinnern, jemals hier gewesen zu sein.

Zweihundert oder dreihundert Höhenmeter war er schon aufgestiegen, als er eine kleine Hütte und eine Feuerstelle mitten im Wald erreichte. Rottecksruhe las er im flackernden Licht seiner Taschenlampe, ehe sie endgültig verlosch. Auch hier war er nie gewesen. Der Fahrweg führte nun abwärts, und er glaubte nicht, hier auf dem richtigen Weg zu sein. Inzwischen war es völlig dunkel geworden, nur der Mond, der sich hinter dem Nebel verbarg, lieh der Nacht ein wenig von seinem Licht. Aufgeben, rief eine Stimme in ihm, aber etwas anderes war stärker: Das war die Herausforderung, bei Dunkelheit im steilen Bergwald ein Ziel zu suchen, von dem er nicht einmal ahnte, was es war. Unzufrieden ging er ein Stück zurück, fand dann doch einen schmalen Wanderweg aufwärts, den er vorhin übersehen hatte. Jetzt, wo er glaubte, wieder auf dem richtigen Weg zu sein, dachte er nicht mehr ans Aufgeben. Das wäre ohnehin nicht seine Art gewesen.

Hier oben, hoch über der Rheinebene, hatte der Nebel Lücken bekommen. Ein paar Sterne leuchteten über einer Lichtung, bis eine Nebelbank sie wieder verschluckte. Wenig später war der Himmel sternenklar. Langsam gewöhnte sich Manuel nun an das Gehen in der mondhellen Nacht, und er stieg weiter, zielstrebiger jetzt, als wüsste er, dass sein Ziel unmittelbar vor ihm liegen musste. – Er wusste es nicht, er hatte nicht die geringste Ahnung, wohin der Weg führte, dem er seit einer Stunde folgte. In der Ferne hörte er ein Käuzchen rufen. Er blieb stehen und lauschte dem schaurig hohlen Klang. Wenn das Käuzchen ruft, stirbt jemand, hatte seine Mutter gesagt. An einem Abend in einem Ferienchalet in den Dolomiten hatten sie ein Käuzchen gehört. »Kiwitt«, hatte seine Mutter gesagt. »Hörst du, wie das Käuzchen ruft? Kiwitt. Komm mit, ruft es.«

Er hatte dem gespenstischen Ruf gelauscht und sich gefürchtet. Eine Woche später lebte sein Vater nicht mehr.

»Kiwitt«, rief jetzt das Käuzchen wieder. Sein Ruf kam näher. Noch näher. Dann war es plötzlich wieder still.

Auf einer Lichtung wankte ein scharf begrenzter Schatten vor ihm den Weg entlang. Er erschrak, bis er erkannte, dass es sein eigener war, den das helle Licht des fast vollen Mondes auf den Weg zeichnete. Er blieb stehen und lauschte. Ein regelmäßig wiederkehrendes Sausen erfüllte die Luft, es schwoll an, wurde leiser, steigerte sich wieder: Er hörte die Windräder vom Rosskopf. Jetzt verstand er die Skizze ganz unten auf dem Blatt. Die vier Kreise sollten die Windräder sein, das Rechteck der Aussichtsturm. Er hätte es sofort erkennen müssen. Aber was bedeutete der eingezeichnete Pfeil, der auf eine leere Stelle auf dem Papier wies? Genau das wollte er jetzt wissen.

Der ebene Wanderweg, den er nun erreichte, musste der Kandelhöhenweg sein. Bald zeichnete sich im Mondlicht ein Geländer aus dunklen Balken ab, hinter dem er den schroffen Martinsfelsen ahnte. Kurz darauf erreichte er das kleine bewaldete Hochplateau, auf dem die Windräder standen. Hoch über ihm blinkten ihre roten Lichter vor dem sternklaren Himmel und das Brausen der riesigen Flügel klang wie die Brandung eines fernen Meeres. Er versuchte sich zu orientieren, wo der Aussichtsturm sein musste, aber hier zwischen den Bäumen und ohne die Lichter der Rheinebene war er ratlos, bis er sich an seinen Mondschatten auf dem Weg erinnerte. Zu dem Zeitpunkt hatte er noch gewusst, in welche Richtung er ging. Wenn er sich nicht irrte, brauchte er nur auf den Mond zuzugehen, um auf den Aussichtsturm und vorher auf die mit dem Pfeil bezeichnete Stelle zu stoßen. Die Zahl der Wege hier oben war begrenzt und die Chance, dass ihn der breite Fahrweg zwischen den Windrädern in die richtige Richtung führte, war groß. Aber wonach sollte er suchen?

Die klare Herbstnacht war kalt hier oben. Eine Weile lief er suchend umher, dann gab er auf. Er beschloss zum Aussichtsturm zu gehen. Ein Blick von dort oben auf die mondbeschienenen Anhöhen würde ihn für die erfolglose Suche entschädigen.

Er war noch nicht weit gegangen, als er schlagartig stehen blieb. Er hielt den Atem an. Erst dachte er, das feine Blinken im Unterholz wäre eine Täuschung, doch als er sich vorsichtig näherte, sah er es deutlicher: In dem dichten Gebüsch neben dem Weg leuchtete etwas Buntes. Er versuchte, das weglose Gelände lautlos zu durchqueren, doch das Knacken der Zweige unter seinen Füßen schien ihm laut wie das Knallen einer Peitsche. Nach ein paar Metern erkannte er vor sich ein paar winzige Fichten, die wie eine undurchdringliche Mauer das Durchkommen verhinderten. Manuel versuchte, eines der kleinen Bäumchen zur Seite zu drücken. Er erschrak, als es schon bei der geringsten Berührung nachgab und umfiel. Auch die beiden Bäumchen daneben waren nur aufgestellt, um das, was dahinter war, zu verstecken. Er zögerte. Kein Zweifel, er war am Ziel angekommen. Aber wer oder was erwartete ihn hier? Der Tätowierte, der nicht entdeckt werden wollte? Andere Männer, genauso erschreckend wie dieser? Manuel ging vorsichtig weiter. Nach ein paar Schritten auf einem schmalen Trampelpfad durch dichtes rGebüsch erkannte er auf einer winzigen Lichtung Ketten von roten, grünen und gelben leuchtenden Kugeln und daneben zwischen zwei Bäumen ein paar bunte, mit Kerzen erleuchtete Lampions. Ein Fest im Wald? Was ihn am meisten irritierte, war die Stille ringsum, die nur von den Windrädern gestört wurde. Er ging langsam auf die Lampions zu. Nichts rührte sich bis auf das Zerbrechen von Zweigen und das Rascheln des trockenen Grases unter seinen Füßen. Vorsichtig schlich er weiter. Aus dem Dunkel des Gebüschs schälte sich eine eiförmige Kontur heraus. Jetzt erkannte er ein offenes Vorzelt, das kaum mehr war als eine an den Seiten heruntergezogene Markise. Das Vorzelt gehörte zu einem winzigen Wohnwagen, dessen Seitenwand – und das war das Einzige, was Manuel von dem Gefährt erkennen konnte – den Umriss eines Eies hatte. Vor diesem wie für Zwerge geschaffenen Wagen standen im hellen Mondlicht ein kleiner Klapptisch, darauf zwei weit heruntergebrannte Kerzen in Marmeladengläsern und zwei geöffnete Bierdosen. Daneben lag ein Handschuh. Auf der einen Seite des Tisches stand ein bequemer Gartenstuhl mit Armlehnen, über den eine Wolldecke gebreitet war, auf der anderen Seite standen mehrere niedrige Campingstühle. Vor der geschlossenen Tür des Wohnwagens, der über eine ausgeklappte Stufe zu erreichen war, lag der zweite Handschuh.

Manuel lauschte, aber alles blieb still. Nicht einmal die Kerzen rührten sich. Völlig bewegungslos standen die beiden Flämmchen in ihren Gläsern. Brennende Kerzen, aber niemand war zu sehen, das wunderte ihn am meisten. Manuel trat noch näher und hob eine Bierdose hoch. Sie schien mindestens noch halbvoll zu sein. Die andere war leer. Er war am Ziel, es gab keinen Zweifel, dass der Zettel zu diesem skurilen Wohnwagen mitten im Wald führen sollte. Manuel versuchte in den Wagen hineinzusehen, aber die Gardine an dem kleinen Fensterchen war zugezogen und dahinter war es dunkel. Vielleicht war das die Erklärung: Der Typ vom Zaun traf sich hier mit seiner Freundin und lag mit ihr in dem wahrscheinlich winzigen Bett. – Oder sie wartete hier vergeblich auf ihn, weil er den Zettel verloren hatte. Manuel harrte noch eine Weile aus, aber nichts geschah.

Den Aussichtsturm fand er jetzt mühelos. Er stieg über die ausgetretenen Holzstufen hinauf, bis er die Spitze des viereckigen Stahlgerippes erreichte. Die rot blinkenden Lichter der Windräder waren auch hier oben noch weit über ihm. Durch ein paar Lücken in der Hochnebeldecke waren wie auf einem leuchtenden Flickenteppich die Lichter der Ebene zu sehen. Im Osten erhoben sich die Schwarzwaldhöhen im Mondlicht wie die dunklen Wellen eines Meeres.

Er rief Cornelia an.

»Wo bleibst du denn?« Ihre Stimme war voller Sorge.

»Auf dem Aussichtsturm auf dem Rosskopf.« Und als Cornelia nichts sagte: »Es ist wunderschön hier.«

Es entstand eine Pause, in der er nur Cornelias Atem hörte.

»Warum hast du nicht eher angerufen? Du bist seit fast zwei Stunden fort.«

»Ich hatte erst hier ganz oben wieder Empfang.« – In der Tat gab es am Rosskopf an vielen Stellen kein Netz.

»Hast du denn irgendetwas gefunden?«

»Einen Wohnwagen im Wald, sonst nichts.«

»Einen Wohnwagen?«, wiederholte Cornelia. Sie schwieg eine Weile. »Manuel, komm jetzt bitte nach Hause.« Wieder diese Sorge in Cornelias Stimme.

»Natürlich«, sagte er. »Ich bin schon auf dem Weg zu dir.«

Er blieb noch eine Weile oben stehen und versuchte die wenigen Sternbilder zu erkennen, deren Namen er wusste. Nur beim Großen Wagen und der Kassiopeia war er sich sicher, alle anderen Sternbilder gingen unter in den Myriaden von Sternen, die in dieser klaren Nacht am Himmel funkelten. Endlich stieg er grübelnd wieder nach unten. Ein Versteck im Wald, hier, wo tagsüber so viele Menschen vorbeikamen, war merkwürdig, eine Frau, die allein im Wald auf ihren Freund wartete, erst recht. Wenn seine Erklärung mit dem Pärchen zutraf, waren sie wohl doch gemeinsam gekommen. – Je länger er über seine Deutung nachdachte, umso weniger glaubte er daran. Der Weg bis hier oben war viel zu mühsam. Wenn er wieder einmal mit dem Mountainbike am Rosskopf war, würde er nachsehen, was sich in dem Wohnwagen verbarg.

Als er vom Gipfel tiefer stieg, umfing ihn wieder der Nebel. Er kehrte über den Kandelhöhenweg nach Freiburg zurück. Dieser Weg war ihm vertrauter und einfacher zu finden als der, über den er gekommen war.

Hinter dem Fenster des Behinderten brannten die Grablichter.

Der nächste Tag war wieder ein Samstag, der zweite, seit sie hier wohnten. Cornelia saß früher als gewöhnlich am Frühstückstisch. Sie hielt ein kleines gelbes Heft in der Hand und hob bei seinem Erscheinen geistesabwesend den Kopf, um ihn mit einem Kuss zu begrüßen.

»Was liest du da Spannendes?«

Sie drehte das Heft um, damit er den Titel lesen konnte: Epikur: Briefe, Sprüche, Werkfragmente. »Das habe ich gefunden, als ich die Umzugskartons auspackte«, sagte sie, als müsste sie sich für eine solche Lektüre entschuldigen.

»Ist Epikur nicht so ein Glücksapostel, einer von diesen – wie heißen die doch gleich – diesen Hedonisten?«, fragte er vorsichtig.

Cornelia schüttelte den Kopf. »Nein«, widersprach sie mit Nachdruck. »Ein Hedonist sucht das extreme äußere Glück«, erläuterte sie. »Ein Epikuräer verkörpert einen gemäßigten Weg des inneren Glücks.«

»Ach so.«

»Epikuräertum ist Weisheit und Hedonismus ist Unweisheit.«

»Ach so«, sagte er noch einmal. Die griechischen Philosophen waren in seiner Ausbildung zweifellos zu kurz gekommen. »Und?«, fragte er. »Hattest du schon wichtige Erkenntnisse?«

Cornelia nickte heftig. »Epikur meint nämlich, der Mensch solle sich immer wieder auf seine positiven Ziele besinnen und vermeiden, sich zu viele Sorgen zu machen.«

»Das sage ich ja auch immer.«

Cornelia überging seine Bemerkung. Sie vertiefte sich wieder in das Heftchen, unterbrach nur von Zeit zu Zeit das Lesen, um nach ihrer Kaffeetasse zu greifen.

Manuel hatte gerade begonnen, in der Badischen Zeitung einen Bericht über die schrecklichen Zustände in den Flüchtlingslagern im Libanon zu lesen, als Cornelia ihn unterbrach:

»Wem genug zu wenig ist, dem ist nichts genug.«

Er sah sie überrascht an. »Meinst du etwa die Flüchtlinge?«

»Nein, ich meine dich, mich, uns alle.«

Auf den ersten Blick gefiel ihm der Gedanke, auf den zweiten schon weniger. »Wenn plötzlich alle Menschen genügsam würden, gäbe es eine Katastrophe«, stellte er fest.

»Wie meinst du das?«

»Weil dann alle Menschen, die das Überflüssige herstellen oder verkaufen, plötzlich kein Auskommen mehr hätten.«

Cornelia zog die Stirn in Falten. »Aber wenn die Menschen auf den Überfluss verzichten und das gesparte Geld an die Ärmeren verteilen würden, könnte es funktionieren.«

»Und du fängst damit an?«

Er sah, dass Cornelia mit seiner spöttischen Antwort nicht zufrieden war. »Zu meinem Glück fehlt jetzt nur noch der Garten«, sagte sie ernsthaft.

»Ja«, wiederholte er nun ebenfalls ernst, »nur noch der Garten.«

Cornelias Mundwinkel zuckten. Sie beugte sich plötzlich tief über ihren Teller. Offenbar sollte er ihr Gesicht nicht sehen.

»Warum lächelst du so?«, fragte er.

»Tue ich das?«

»Ich bin mir nicht sicher.«

Als Manuel gegen Mittag aus der Stadt nach Hause kam, sah er schon wieder einen Mann, wo keiner hingehörte. Er stand neben dem Gartenhäuschen und hatte eine Hand auf das morsche Fenstersims gelegt, als könnte es ihm als Stütze dienen. Der alte Vater des Behinderten? Oder Hornberger, der dort etwas suchte? Oder war es jemand, den er nicht kannte? Neben dem Mann stand eine Maschine. Was auf den ersten Blick aussah wie ein Dreirad mit einem Benzinmotor und überhöhten Griffen, war auf den zweiten Blick ein motorisiertes Gerät mit einem Rad vorn und zwei senkrecht gestellten Scheiben hinten, die mit ihren drei Messern an die Rotoren eines Hubschraubers erinnerten. Offenbar war es eine Maschine, um den Boden zu bearbeiten. Auch das, was einmal ein Garten werden sollte, hatte sich verändert. Das Gestrüpp, das er mit Florian nicht mehr entfernt hatte, lag gebündelt neben dem Zaun und ganz hinten im Garten war ein Streifen brauner Erde zu sehen.

Der Mann neben dem Gartenhäuschen ließ das Fenstersims los, streckte sich etwas und ließ die Maschine an. Der Lärm war genauso umwerfend wie der Gestank nach Diesel. Das Ergebnis hingegen war beeindruckend. Der braune Streifen wurde rasch größer. Deswegen also Cornelias Lächeln heute Morgen, als sie über den Garten sprach.

Es ging aufwärts, trotz des Blutes im Keller. Nein, auch Cornelia würde sich davon nicht entmutigen lassen. Er wollte sie zu ihrem Coup mit dem Gärtner beglückwünschen, aber das Haus war auch heute leer. Auf dem Esstisch lagen zwei Gartenbücher, aus denen viele kleine Zettel ragten. Er schlug eines der Bücher auf einer markierten Seite auf. Neben einem schütteren Strauch mit leuchtend roten Früchten hatte Cornelia ein Kreuzchen gemacht. Pfaffenkäppchen hieß der Strauch. Auf einer anderen Seite war der »einheimische Schneeball« angekreuzt, auf einer weiteren waren Wildrosen markiert, alles Pflanzen, die im Winter kahl waren. Er warf einen Blick nach draußen. Cornelias Auto war fort. Wahrscheinlich war sie schon bei der Gärtnerei, um die Pflanzen zu besorgen.

Nach einer Stunde kehrte sie zurück. Ihr kleines Auto sah aus wie ein Gewächshaus. Pauline entdeckte er erst, als sie mit einem ziemlich kahlen Strauch in den Händen von der Rückbank kroch.

»Sollten wir nicht etwas pflanzen, was uns auch im Frühjahr vor Blicken schützt?«, fragte er vorsichtig.

»Natürlich. Aber diese Sträucher sind ja erst der Anfang.«

Pauline sah ihn an. Ihren Blick vorwurfsvoll zu nennen, wäre stark untertrieben gewesen. Er war giftig. »Musst du dich immer einmischen, wenn wir etwas entscheiden?«, rief sie aus. »Wir sind früher auch ohne dich klargekommen.«

Manuel schwieg betreten. Wahrscheinlich hatten die beiden lange überlegt, ehe sie sich für diese Sträucher entschieden hatte, und sicher waren sie damit sehr zufrieden gewesen – und dann seine kritische Frage. Er musste vorsichtiger mit Pauline sein. Cornelia hatte ihm erklärt, dass es nicht leicht sei für Pauline, plötzlich ihre Mutter mit einem Mann teilen zu müssen und dann noch mit einem, der ihre Pläne und Entscheidungen infrage stellte.

In den sechs Stunden, die Manuel am Montag an seinem Unternehmerschreibtisch zugebracht hatte, war Telefonieren seine Hauptbeschäftigung gewesen. Früher, als Ferngespräche noch teuer waren, hätte er allein damit die neue Firma in den Ruin treiben können, ehe er nur einen einzigen zahlenden Kunden gefunden hatte. Gegen fünfzehn Uhr klingelte das Telefon zum ersten Mal an diesem Tag: Endlich ein Anruf, der nicht auf seine Kosten ging. Es war Cornelia.

»Manuel, die Polizei ist hier.«

»Wegen des Blutes?«, entfuhr es ihm.

»Wegen eines Einbruchs.«

Cornelia war zu aufgeregt, um zu bemerken, dass er so selbstverständlich von Blut gesprochen hatte.

»Was für ein Einbruch?«

»Die Hornbergers haben Anzeige erstattet, weil du angeblich in ihren Keller eingebrochen bist.« Cornelia sprach schnell und ihre Stimme klang atemlos.

Er unterdrückte einen Fluch. Jetzt auch noch Ärger mit den Geschwistern wegen seiner Neugierde.

»Die spinnen doch«, stellte er fest, ohne sich sein schlechtes Gewissen anmerken zu lassen. Er überlegte. »Sag den Polizisten, ich könne in einer Stunde da sein.«

»Aber ...«, wollte Cornelia widersprechen.

»Frag doch bitte, ob es nicht möglich ist, dass sie später wiederkommen.«

Dann hörte er das Hin und Her der Stimmen, während seine Unruhe wuchs, für die er keine überzeugende Erklärung hatte.

»Sie kommen um halb vier wieder«, hörte er endlich Cornelias Stimme.

»Okay, bis dahin bin ich zu Hause.«

Als er nach Hause radelte, spürte er nur noch den Ärger über die Störung. Er verstand nicht mehr, was ihn bei Cornelias Anruf so beunruhigt hatte. Sein Eindringen in den Keller hatte niemand bemerken können. Die Anzeige musste einen anderen Grund haben.

Der Streifenwagen stand schon vor der Tür, als er nach Hause kam. Im ersten Stock des Nachbarhauses standen die Geschwister am Fenster. Wie auf ein geheimes Kommando verschwanden sie, als er zu ihnen hinübersah. Der Greis im Haus gegenüber hatte die Gardine zur Seite geschoben und starrte Manuel unverhohlen an. Den Behinderten sah er nicht, aber bei den drei Männern aus dem Mehrfamilienhaus rührte sich etwas. Der Dünne mit dem Pferdeschwanz trat aus der Haustür, bemerkte das Polizeiauto, stutzte und verschwand sofort wieder im Haus. Als Manuel sein Fahrrad angeschlossen hatte, sah er den Kahlköpfigen unbehelligt in einem Auto davonfahren. Neben ihm saß eine blonde Frau, die er noch nie gesehen hatte.

Die Polizisten erwarteten ihn im Wohnzimmer. Es war eine junge Frau mit geröteten Wangen, zwei kleinen glänzenden Perlen in den Ohrläppchen und strohblondem Haar, das sie mit einem Gummiband zu einem ausgefransten Pferdeschwanz zusammengebunden hatte. Ihr Kollege war ein älterer untersetzter Mann mit vollen grauen Haaren, gutmütigen Augen und einer Nase, die an eine verschrumpelte Kartoffel erinnerte. Kein Problem, dachte Manuel. Die beiden machten nicht den Eindruck, als würden sie die Anzeige der Hornbergers sonderlich ernst nehmen. Dann fiel sein Blick auf Cornelia. Reglos saß sie auf dem Sofa, sehr aufrecht und mit versteinertem Gesicht. Er nickte ihr mit einem Lächeln zu, aber sie vermied seinen Blick.

Zu seiner Überraschung schien Leugnen zwecklos zu sein. An seinem Eindringen in Hornbergers Keller bestanden offenbar keine Zweifel. Er erklärte den Polizisten, dass er den fremden Keller versehentlich betreten hatte und die Scharniere einer Zwischentür schon vorher beschädigt waren. Dann berichtete er von dem Mann mit den Turnschuhen, der sich an dem Schrank mit den Ordnern zu schaffen gemacht hatte.

»Kennen Sie diesen Mann?«

»Nein, überhaupt nicht.«

Seine Personenbeschreibung fiel dürftig aus: »Der Mann schien mir größer zu sein als Herr Hornberger.« Er beschrieb die schwarze Kleidung und die Schuhe, erzählte vom verschlissenen Obermaterial, von dem er nicht einmal sagen konnte, ob es Leder war oder Kunststoff, und von der Sohle, die den ausgetretenen Schuh am Außenrand überragt hatte. Die Farbe des bunten Streifens? Leuchtend jedenfalls. Grün wohl. Er hatte nicht den Eindruck, dass die beiden Polizisten mit seiner Beschreibung zufrieden waren. »Wir würden uns gern den Keller ansehen«, sagte der Grauhaarige.

Cornelia, die stumm und reglos und noch blasser als zuvor dem Gespräch gelauscht hatte, blieb auf dem Sofa sitzen.

Manuel ging voran, bis er vor den quer verlaufenden Rohren stehen blieb. Er zeigte auf das frische Mauerwerk vor der Öffnung. »Hier war damals ein Durchlass.«

»Und dort sind Sie durchgestiegen?«

»Klar. Ich muss doch wissen, was für Keller sich unter meinem Haus befinden.«

»Das sehen ihre Nachbarn anders. Sie sagen, es sei der Keller unter ihrem Haus.«

»Wie hätte ich erkennen sollen, wo der fremde Keller beginnt?«, fragte Manuel. »Außerdem können die gar nicht wissen, dass ich in ihrem Keller war.«

»Doch. Es war ein dünner Perlonfaden quer über die Öffnung gespannt. Kurz nachdem Sie hier eingezogen sind, war er abgerissen.«

Manuel schwieg. Mit dieser Falle hatte er nicht gerechnet, aber die paranoiden Geschwister offenbar mit seinem Eindringen in ihren Keller.

»Was ist denn eigentlich gestohlen worden?«

»Darüber dürfen wir Ihnen keine Auskunft erteilen.«

Sie kehrten in den Keller zurück, in dem Manuel seine Umzugskartons im Regal abgestellt hatte. Der Beamte blieb plötzlich mit Blick zum Boden stehen, dann sah er sich aufmerksam um. Manuel wusste sofort warum. Nicht jetzt, dachte er, die Wahrheit sollte nicht auf diese Weise ans Licht kommen.

»Das war es dann wohl«, sagte er und wollte den Keller verlassen. Zu spät.

Der Polizist warf ihm einen Blick zu, der nichts Feindseliges hatte, nur jene Wachheit, die die besondere Entdeckung eines Kriminalisten begleitet.

»Was sind das für Flecken auf dem Boden und an der Wand?«

Jetzt musterte auch die junge Polizistin den Boden.

Manuel suchte vergeblich nach einer unverfänglichen Erklärung. »Blut.«

»Was für Blut?«

»Das wird gerade untersucht.«

Er berichtete von der positiven Luminolprobe in der vergangenen Woche, als sei es in keiner Weise ungewöhnlich, einen von Blut geradezu triefenden Keller zu besitzen, und erzählte von den weiteren Analysen, die ein Kriminaloberkommissar Linkholt von der Freiburger Kriminalpolizei veranlasst habe.

»Was werden sie tun?«, dachte er voller Sorge, als sie die Kellertreppe hinaufstiegen. »Was werden sie Cornelia fragen? Was werden sie ihr offenbaren?«

Als sie in die Wohnung zurückkehrten, war Cornelia nicht mehr im Wohnzimmer. Die Beamten fragten nicht nach ihr und Manuel war froh darüber. Wenig später verabschiedeten sie sich. Eine Zeitlang blieb er reglos am Fenster stehen. Der überführte Einbrecher ist nicht immer der Dieb, dachte er, und nicht immer ist der Dieb auch der Einbrecher. Das hatte er als Kind am eigenen Leib erfahren müssen, und er hatte sich nicht gegen den falschen Verdacht wehren können. Damals war an einem Wochenende der Kiosk auf dem Schulhof aufgebrochen worden. Er war am Sonntagmorgen zufällig mit seinem Fahrrad vorbeigekommen und hatte aus dem offenen Verkaufsstand drei Flaschen Cola mitgehen lassen. Mit seiner Beute war er einer Polizeistreife begegnet, die kurz vorher wegen des aufgebrochenen Kiosks alarmiert worden war. Seine Mutter hatte den Schaden am Schloss und an der Tür bezahlen und mit ihm zur Erziehungsberatung gehen müssen. Zu allem Überfluss galt er von nun an als verstockt und uneinsichtig, weil er den Einbruch weder zugeben noch sich dafür entschuldigen wollte.

Er fand Cornelia im Schlafzimmer. Sie lag bäuchlings auf dem Bett und hatte den Kopf zwischen den Armen vergraben. An ihrer stoßweisen Atmung erkannte er, dass sie weinte. Er setzte sich neben sie und strich ihr über das Haar. Cornelias Aufregung verstand er nicht. Er war in einem fremden Keller gewesen, na und? Der Keller war nicht verschlossen gewesen, er war kein Einbrecher und gestohlen hatte er auch nichts.

Cornelia setzte sich auf und schien etwas sagen zu wollen, aber sie brachte nur ein Kopfschütteln zustande. Als Manuel sie in die Arme nahm, begann sie heftig zu schluchzen.

»Was ist denn so schlimm?«, fragte er, aber Cornelia antwortete nicht. Oder ging es um den Mann im Keller? War er es, der sie so erschütterte?

Nach einer Weile stand Cornelia wortlos auf. Sie putzte sich die Nase und kämmte sich das Haar. Dann stand sie einfach nur da, ohne etwas zu tun. Er nahm sie wieder in den Arm. »Was ist denn so schlimm?«, fragte er noch einmal und versuchte sie fester an sich ziehen. Starr wie eine Kleiderpuppe hielt er sie in seinen Armen.

»Cornelia, sag doch, was los ist!«

»Das war der Tätowierte«, brachte sie endlich hervor. »Du hättest mir sagen müssen, dass er im Keller war.«

»Niemand weiß bislang, ob der Mann im Keller derselbe war wie der am Zaun.«

»Es ist derselbe«, beharrte Cornelia. »Und du kannst doch nicht einfach so tun, als gäbe es ihn nicht. Er hat dort unten jemanden erschlagen. Deswegen kommt er immer wieder hierher zurück.«

Manuel versuchte nicht zu widersprechen. Er hätte über den Mann reden müssen, egal, wer er war. Aber er wusste genau, warum er es nicht getan hatte. Weil er Cornelia schonen wollte. Weil er Angst hatte, dass ihr Glück nach so wenigen Wochen wieder zerbrechen konnte. Vielleicht hatte er mit seinem Schweigen genau das erreicht, was er vermeiden wollte.

»Ich spreche mit Florian«, sagte er. »Jetzt gleich.«

Er hatte gerade Florians Nummer gewählt, als Pauline nach Hause kam. Cornelia ließ ihn allein und er war froh darüber. Er berichtete vom Besuch der Polizei.

Manuels Hoffnung auf Spott über die Anzeige seiner Nachbarn oder Unverständnis für ihr Verhalten erfüllte sich nicht. »Kein Wunder, dass die dich angezeigt haben«, stellte Florian fest. »Wenn es um ihr Eigentum geht, reagieren die meisten Menschen empfindlich.«

»Da ist noch etwas anders«, unterbrach ihn Manuel. »Ich bin im Keller meiner Nachbarn auf einen fremden Mann gestoßen. Jetzt fürchtet Cornelia, er könnte ein Mörder sein und die Flecken im Keller das Blut seines Opfers.« Dann schilderte er, was er beobachtet hatte. »Und noch etwas«, fuhr er fort. »An unserem Zaun hat mehrmals ein Mann mit auffälligen Tätowierungen gestanden und hat irgendetwas beobachtet. Es ist möglich, dass es derselbe war wie der im Keller, aber dort konnte ich sein Gesicht nicht sehen und Tätowierungen an den Händen habe ich nicht bemerkt.«

»Was für Tätowierungen?«

»Das Auffälligste im Gesicht sind zwei Schlangen, eine auf jeder Wange und am Hals eine dicke Spinne.«

»Hm«, machte Florian, dann schwieg er.

Manuel wartete.

»Gibt es irgendeinen triftigen Grund, warum ihn Cornelia für einen Mörder hält?«, hörte er endlich die Stimme seines Freundes: sachlich und kühl. Aus Florian sprach der Kriminaloberkommissar.

Manuel überlegte. »Dieser Tätowierte sieht fürchterlich aus und er treibt sich hier herum. Das ist alles, aber für Cornelia genug, um Angst vor ihm zu haben.«

»Zwei Schlangen im Gesicht? Wenn er jemals im Zusammenhang mit einer Straftat aufgefallen ist und erkennungsdienstlich behandelt wurde, müsste er in unserem System zu finden sein.« Er schwieg eine Weile. »Ich melde mich, wenn ich das Ergebnis der Discoverer-Recherche habe.«

»Ich danke dir.«

»Manuel.«

»Ja.«

»Die Bodenproben aus eurem Keller sind übrigens längst in Stuttgart. Ich konnte so einen Fund nicht einfach übergehen.«

»Es ist gut so«, sagte Manuel. »Du hast recht. Wir können nicht vor der Wahrheit davonlaufen. Eines Tages würde sie uns doch einholen.«

Mitten in der Nacht, als Cornelia längst schlief, stand Manuel noch einmal auf und trat ans Fenster. Vielleicht war es ein Geräusch, das ihn beunruhigt hatte, vielleicht nur ein ungutes Gefühl. Tatsächlich entdeckte er einen dunklen Schatten am Zaun, den er vorher noch nie bemerkt hatte. Es konnte eine Gestalt sein, ebenso gut eine Täuschung, die das Spiel von Licht und Schatten auf den Asphalt zeichnete. Manuel brauchte eine Weile, bis er die Konturen im schwachen Licht der fernen Straßenlaterne deuten konnte. Da unten stand wirklich ein Mann. Der Unbekannte verließ seinen Platz und war gleich darauf vom Fenster aus nicht mehr zu sehen. Manuel schlich die Treppe hinunter. Er öffnete leise die Haustür und blickte auf die Straße. Jetzt sah er den Mann neben der Treppe zu Hornbergers Keller. Er trug einen dunklen Sweater, dessen Kapuze er weit ins Gesicht gezogen hatte. Manuel war sich sicher, dass es der Mann war, der in den Ordnern gestöbert hatte. Aber war es auch der mit den Tätowierungen? Auch daran zweifelte Manuel kaum. Gebannt und mit wild schlagendem Herzen beobachtete er, wie die Gestalt an der Kellertreppe plötzlich kleiner wurde, als würde sie im Boden versinken: Die Beine verschwanden, der Rumpf folgte. Für einen Augenblick war nur noch der Kopf zu sehen, dann war auch der wie vom Erdboden verschluckt. Manuel ging leise die wenigen Schritte bis zu Hornbergers Kellerabgang. Unten war es dunkel, aber er glaubte zu sehen, wie die Kellertür behutsam von innen ins Schloss gezogen wurde. Der Mann musste dort verschwunden sein. Leise und vorsichtig stieg er nun selbst hinunter. Er schaltete sein Handy ein und beleuchtete das Schloss. Einbruchspuren waren nicht zu sehen, aber vermutlich ließ sich die Tür ohne große Mühe mit einem Dietrich öffnen.

Und nun? Hornberger benachrichtigen? Die Polizei anrufen? Selbst eingreifen?

Er überwand seinen Widerwillen und klingelte bei seinem Nachbarn, aber niemand öffnete ihm. Die Polizei, entschied er. Er wählte die 110, dann wartete er. Kurze Zeit später fuhr ein Streifenwagen vor. Die Beamten brauchten nicht lange, um den Keller zu durchsuchen. Dort unten war niemand.

Manuel konnte nicht einschlafen. Noch saß ihm der Schrecken in den Gliedern. Auch war ihm sein blinder Alarm peinlich. Er machte nicht gerne einen Fehler. Hätte er nicht anrufen sollen? Oder hatte er gar keine andere Wahl gehabt als die

Polizei zu benachrichtigen? Noch ein anderer Gedanke raubte ihm den Schlaf: Wo war der Mann geblieben? Hatten die Beamten wirklich sorgfältig gesucht? Konnte man sich vielleicht in der riesigen Kommode verstecken? Aber wer hätte das Schubfach schließen können? Oder sah er auch schon Gespenster? Nein. Die im Boden verschwindende Gestalt hatte er sich nicht nur eingebildet.

Genau zehn Uhr zeigte die digitale Anzeige auf Manuels Laptop. Seit fast zwei Stunden saß er schon wieder im Büro und wartete immer noch vergeblich auf irgendeinen, wenn auch nur winzigen Erfolg. Keinen einzigen Gesprächstermin mit potenziellen Kunden hatte er bislang vereinbart, das beunruhigte ihn. Er hatte ja selbst gesehen, wie andere Kollegen mit einer guten Idee baden gingen. Anfangs hatten sie noch die Hoffnung, dass irgendwann die Kunden kommen würden, dann waren sie genervt und schließlich verzweifelt. Würde er bald zu dieser bemitleidenswerten Runde dazugehören? Oft war es falsch, auf ein Pferd zu setzen, das noch bis zu diesem Moment ein Renner gewesen war. War das womöglich auch ihr Fehler? Die Zahl der verschiedenen monoklonalen Antikörper auf dem Markt war gewaltig, warum sollte sich jemand für ihre interessieren? Vielleicht sollten sie tatsächlich schnellstens umdenken und die Firma wieder verkaufen, ehe sie ihre Schulden nicht mehr bezahlen konnten.

Er dachte an seinen seltsamen Besucher und trat ans Fenster. Erst als sein Gesicht ganz dicht an der Scheibe war, konnte er die Krone des Baumes sehen. Was soll's, dachte er. Auch die Gründer einer mittlerweile weltweit operierenden Firma hatten am Anfang in eben diesen Räumen des Technologiezentrums Freiburg gehaust und der Start als Kellerkinder hatte ihnen nicht geschadet. Er setzte sich wieder und versuchte herauszubekommen, wer dieser Dr. Slotman war. Vom Akzent her war er sich nicht einmal sicher, ob der Besucher nicht sogar Deutscher war. Sicherlich war Englisch nicht seine Muttersprache. Er gab den Namen in allen nur denkbaren Schreibweisen ein, auch als Schlotmann, aber er fand diesen Mann nicht, auch kein einziges passendes Foto. Nach einer halben Stunde gab er auf.

Irgendetwas im Büro roch muffig. Er stand auf und suchte, bis er die Ursache fand. Es war seine Regenjacke, die schon seit Tagen nicht mehr richtig getrocknet war. Er brachte sie nach draußen, um sie auf seinem Fahrrad auszubreiten, das er unter dem Schutzdach angeschlossen hatte. Neben dem Eingang stand Hartung und griff eben nach einer selbstgedrehten Zigarette, die auf dem Rand des Aschenbechers neben einem Dutzend filterloser Kippen vor sich hin qualmte.

»Du rauchst schon wieder? Du wolltest doch mit dem Rauchen aufhören, sobald wir hier eingezogen sind.«

Hartung verzog sein Gesicht zu einem zufriedenen Grinsen. »Spotte nicht. Es gibt eine neue Methode, mit der man sich das Rauchen abgewöhnen kann: todsicher, aber nicht billig. An dem Tag, an dem du den ersten zahlenden Kunden geködert hast, zünde ich mir zum allerletzten Mal eine Zigarette an. Garantiert.«

»Glaube ich sofort.«

»Ist das eigentlich deiner«, fragte Hartung und zog einen USB-Stick aus der Hosentasche.

»Keine Ahnung. Zeig mal her.«

Der Stick war schwarz wie seiner, den er schon den ganzen Tag vermisste. Er suchte nach einem Kratzer, der ihn unverwechselbar machte. Ja, es war wirklich seiner. Es wäre nicht der erste USB-Stick gewesen, der ihm abhanden gekommen war. Mindestens zwei hatte er in den letzten Jahren schon eingebüßt. Seither trug er keine Dateien mehr mit sich herum, deren Verlust eine Katastrophe wäre.

»Wo hast du ihn gefunden?«

Hartung drückte umständlich seine Zigarette aus. »Soeben direkt vor deinem Büro.«

»Komisch.«

»So dicht an der Wand war er kaum zu sehen.«

»Danke jedenfalls.«

Manuel breitete seine Regenjacke zwischen Lenker und Sattel aus, dann kehrte er in sein Büro zurück und steckte den USB-Stick in die Schnittstelle. Er wartete, bis der Computer die Hardware erkannt hatte, und öffnete den Speicher. Zweifellos waren es seine Dateien.

»Scheiße!« Mit einem Aufschrei zog er den Stick wieder heraus. Wie konnte er so naiv sein! Ein Datenspeicher, den er vermisste, kaum dass ein seltsamer Besucher ihn verlassen hatte und der dann im Flur wieder auftauchte, konnte höchst gefährlich sein. Er stürzte nach draußen, wo Hartung noch immer stand und sich eben eine neue Zigarette drehte.

»Ich kann den Stick dort nicht verloren haben!«

Hartung zog an seiner Zigarette. »Wer denn sonst?«

»Verloren ist möglicherweise nicht der richtige Ausdruck.«

Hartung sah ihn gespannt an. »Sondern?«

»Dieser Slotman! Deswegen hat er sich bei mir eingeschlichen!«

Hartungs Gesicht verlor das letzte bisschen Farbe, das es noch gehabt hatte. Er starrte seinen Kompagnon an.

»Was war auf dem Stick?«

»Die ganzen Adressen, die ich in den letzten Tagen ausfindig gemacht habe«, stellte Manuel zerknirscht fest.

Hartung zog an seiner Zigarette, stieß den Rauch aus, zog ein zweites Mal, ein drittes.

»Und sonst nichts?«

»Ein paar Urlaubsfotos mit Cornelia und Pauline.«

»Keine DNA-Frequenzen von den Antikörpern?«

»Nein, nichts Besonderes, ich bin ganz sicher.«

Hartung drückte die Zigarette aus, dann klopfte er seinem Kompagnon auf die Schulter. »Gratuliere, dass du dir nichts hast klauen lassen.«

»Direkt vom Datenspeicher klauen wäre das eine.«

Hartung öffnete den Mund und starrte Manuel entgeistert an. »Du meinst ...«

Manuel nickte.

»Ein Trojaner, der unsere Computer ausspioniert, kann unser Ende sein«, rief Hartung aus.

Manuel nickte düster und schilderte, wie er den Stick ins Laufwerk gesteckt und nachgesehen hatte, welche Dateien darauf gespeichert waren. «Kennst du dich mit Trojanern aus?«, fragte er.

»Ich habe in der Schule gelernt, was es mit dem Trojanischen Pferd auf sich hatte.«

»Danke. So etwa ist mein Wissensstand auch. Und ich weiß, dass ich mich bei Trojanern nicht auf mein Antivirenprogramm verlassen kann.«

Hartung holte eine selbstgedrehte Zigarette aus der zerknitterten Packung. »So ist es wohl.«

»Wie lange braucht eigentlich ein Trojaner, bis er sich auf meinem Computer festsetzt?«

»Keine Ahnung.«

Hartung zündete die Zigarette an und lief rauchend neben seinem Kompagnon auf und ab, als wäre eine brauchbare Lösung eine Frage der zurückgelegten Kilometer.

»Ich schlage vor, du schaust mal, was du im Internet findest«, rief er Manuel zu, »und ich versuche, jemanden zu erreichen, der besser informiert ist als wir.«

Schon die erste Überprüfung des PCs bestätigte Manuels Verdacht: Sein Antivirenprogramm meldete einen Trojaner, ohne ihn entfernen zu können. Gegen Mittag wusste er einiges darüber, mit welchen Tricks sich Trojaner auf dem Computer dem Zugriff der üblichen Antivirenprogrammen entzogen, wusste, was rootkits sind, und hatte gelesen, dass der berühmte Computerwurm Stuxnet, der Ahmadinedschads Uranzentrifugen aus dem Takt gebracht hatte, sich ebenfalls über USB-Sticks verbreitet hatte. Noch ein paar Stunden später und nach dem Gebrauch der empfohlenen Software wurde er zuversichtlicher, den Eindringling bekämpft zu haben, ehe er Schaden anrichten konnte. Sicher konnte er sich nicht sein. Trojaner konnten sich gut verstecken, hatte er gelesen.

Als nächstes suchte er noch einmal im Internet nach einem Dr. Slotman, genauso vergeblich wie beim ersten Mal. Deswegen also hatte sich dieser Mensch keinerlei Mühe gegeben, die

Urheberschaft des Trojaners zu verschleiern: Er verließ sich darauf, dass sie ihn nicht finden würden.

Florians Anruf erreichte ihn am Nachmittag. »Wir haben das Ergebnis«, sagte er.

Manuel wusste sofort, dass es keine beruhigende Antwort geben würde, warum sonst der Anruf in der Firma, obwohl er in einer Stunde zu Hause sein würde?

»Es ist menschliches Blut«, nahm er die Auskunft vorweg.

»Leider ja.«

Manuel schwieg. Immer wieder hatte er sich harmlose Erklärungen für die Blutflecken zurechtgelegt, wie aus einem inneren Zwang heraus hatte er das getan, als könnte er damit den Gang der Dinge beeinflussen.

»Cornelia bleibt mit Pauline keinen Tag in diesem Haus, sobald sie davon weiß.« Und leise fügte er hinzu: »Dabei dachte sie, wir drei würden hier glücklich werden.« Er seufzte. »Jetzt müssen wir uns wohl der Tatsache stellen, dass jedes Glück vergänglich ist.« Dann schwieg er. Nicht nur das Glück war vergänglich, dachte er, im ganzen Universum gab es nichts, was nicht vergänglich war, jedenfalls, wenn man sehr große Zeiträume betrachtete. Dabei hätte es ihm gereicht, wenn das Glück mit dem Häuschen wenigstens etliche Jahre angehalten hätte.

»Könnt ihr sagen, von was für einem Menschen das Blut stammt?«, fragte er endlich.

»Wir wissen bislang nur, dass es das Blut eines Mannes ist. Die genaue Analyse, zum Beispiel zu welcher Volksgruppe er gehörte, wird länger dauern.«

Manuel seufzte. »Es gibt so viele seltsame Menschen in der Nachbarschaft«, stellte er fest, als würde das irgendetwas erklären.

»Was meinst du mit seltsam?«

Er dachte an die Großmutter mit den Spukgeschichten, an den jungen Mann mit dem kahlen Schädel und die anderen beiden, die mit ihm eingezogen waren, an den Behinderten und seinen tauben Vater, die Geschwister Hornberger: Jede oder jeder für sich betrachtet war nicht außergewöhnlich. Nur der Schwerbehinderte fiel aus dem üblichen Rahmen.

Er zuckte mit den Schultern, als könne es sein Freund sehen. »Vielleicht liegt es nur an der neuen Umgebung, dass mir auch die Menschen so fremd und undurchschaubar erscheinen.«

»Ich wusste gar nicht, dass dich Fremdes oder Neues beunruhigt.«

»Das Fremde vor meiner eigenen Haustür beunruhigt mich. Cornelia hat mich damit angesteckt.«

»Den Tätowierten habe ich übrigens bei meiner Discoverer-Recherche gefunden«, sagte Florian.

»Und?«

»Ich würde mich auch nicht freuen, wenn er um mein Haus herumstreicht. Es ist ein gewisser Lukas H. Mit achtzehn, ein paar Wochen nach dem Tod seiner alleinerziehenden und krebskranken Mutter, wurde er zum ersten Mal erkennungsdienstlich behandelt, weil er beim Computerdiebstahl in einem Vereinsheim geschnappt worden war. Es folgten etliche Wohnungseinbrüche. Schließlich landete er nach einem Tankstellenüberfall im Knast. Nach seiner Entlassung hat er zunächst in Hanau gewohnt. Sein jetziger Aufenthaltsort ist der Polizei unbekannt.«

»Darfst du mir das denn erzählen?«

»Nein. Natürlich nicht. Behalte es bitte für dich.«

»Und Cornelia?«

»Nur wenn sie schweigen kann.«

Manuel sagte nichts mehr dazu. Was hatte dieser Mann hier gesucht und womöglich gefunden?

»Kann es sein, dass er in eurer Nähe wohnt?«

Manuel überlegte. »Möglicherweise gehört er zu der Männer-WG im Mehrfamilienhaus.«

»Wir werden uns jetzt deine lieben Nachbarn ohnehin genauer ansehen müssen.«

Manuel stöhnte auf, als er an den Klatsch und Tratsch dachte, den das Blut in ihrem Keller nach sich ziehen würde.

Als das Gespräch beendet war, blieb er verdrossen mit dem Hörer in der Hand sitzen. Er hatte Florian noch etwas sagen wollen, etwas Wichtiges, aber es fiel ihm nicht wieder ein. Er legte den Hörer auf und stellte sich vor, wie er gleich mit Cornelia über das Blut reden würde, er probierte Sätze, die das Schockierende erträglich machen sollten, aber die Wahrheit blieb furchtbar. Schließlich beschloss er, erst morgen früh über das Untersuchungsergebnis zu sprechen. Eine schlechte Nachricht am Abend raubte den Schlaf und blähte sich in den Stunden der Nacht auf, bis sie unerträglich war. Eine schlechte Nachricht am Morgen, so ging es zumindest ihm, war leichter zu ertragen. Die Belange des Alltags deckten die Sorgen und Ängste zu. Er versuchte, sich wieder in die Arbeit zu vertiefen – und schreckte gleich wieder daraus auf. Nicht nur mit Cornelia musste er über das Blut sprechen, auch Pauline musste Bescheid wissen, ehe die Polizei mit den Befragungen begann. Wie reagiert ein neunjähriges Kind auf eine solche Nachricht? Mit Albträumen? Mit Angst und Verzweiflung? Mit Schreien und Weinen?

Nach einem ungewöhnlich schweigsamen Abendessen ging Manuel noch einmal in den Keller. Vielleicht konnte er sich auf diese Weise an den Gedanken gewöhnen, dass wahrscheinlich dort unten ein Mensch ermordet worden war. Er betrachtete die Flecken, aber bald wurde das Grauen so unerträglich wie der Geruch, der zwischen den feuchten Wänden hing. Es mussten die Ausdünstungen von Tod und Verwesung sein.

Am nächsten Morgen rief Manuel Ralf Hartung an und sagte, dass er zumindest am Vormittag nicht zur Arbeit käme.

»Bist du krank?«

»Nein. Krankheit ist nicht das einzige Unglück, das einen von der Arbeit abhalten kann.«

»Unglück?«

»Ja«, sagte er und vertröstete Hartung mit der Aussicht auf eine spätere Erklärung.

Als Pauline längst wieder in ihrem Zimmer verschwunden war, saß Manuel noch immer am Frühstückstisch.

»Gehst du heute nicht zur Arbeit?«

Er schüttelte den Kopf

»Seid ihr schon pleite?« Cornelias erschreckter Ausruf war nicht gespielt.

»Aber nein.«

»Habt ihr euch gestritten?«

»Nein Cornelia, mach dir keine Sorgen wegen der Firma. Da sieht alles gut aus.«

»Es geht ums Haus«, stellte Cornelia fest. Sie sah plötzlich sehr traurig aus. »Nicht wahr, es geht um die Flecken im Keller.«

Manuel nickte und suchte nach Worten. »Es ist ...«

»Es ist etwas Schlimmes?«

Manuel antwortete nicht gleich. Was war wirklich schlimm im Leben? Der Tod oder Verlust eines nahen Menschen war schlimm, schwere Krankheiten ebenfalls, auch der finanzielle Ruin. War das Blut im Keller wirklich so schlimm? Schlimm war das, was der Kopf daraus machte.

»Wie man es nimmt«, sagte er. »Die Flecken im Keller sind tatsächlich Blut. Menschliches Blut.«

Cornelia schwieg.

»Du sagst gar nichts?«

Jetzt nickte sie mit einem Gesicht, als sei etwas Langerwartetes endlich eingetroffen. »Was soll ich dazu sagen?« sagte sie endlich leise, ohne den Kopf zu heben. »Ich habe schon oft über diese Möglichkeit nachgedacht, aber ich weiß immer noch nicht, was sie für mich bedeutet.« Sie schüttelte langsam und nachdenklich den Kopf. »Seltsam«, sagte sie nach einer Weile, »irgendwie hatte ich immer Angst vor irgendetwas Unbekannten, seit wir hier wohnen, etwas, das uns bedroht. Ich war nie so unbeschwert und glücklich, wie ich es erwartet hatte.« Sie hob den Kopf. Die Morgensonne, die durch das Fenster schien, streifte ihr Gesicht. In diesem Licht schien es Manuel wie durchsichtig und so zerbrechlich wie eine dünnwandige Vase. Er beugte sich vor und strich über ihre Wange, vorsichtig, als könnte sie bei einer heftigen Berührung zerfallen.

»Im Glück steckt immer etwas Bedrohliches«, sagte er, »auch ohne solche Katastrophen, das liegt in der Natur der Sache.«

Cornelia schien über seine Worte nachzudenken. Dann schüttelte sie langsam den Kopf. »Es mag sein, dass man sich nie auf das Glück verlassen kann, aber ich weiß, dass ich es in diesem Haus nicht mehr finden werde.« Sie schwieg und Manuel sah, dass Tränen über ihr Gesicht liefen. Sie wollte sprechen, aber die Stimme versagte ihr. »Ich werde keinen Tag länger in diesem Haus bleiben«, brachte sie endlich unter Schluchzen hervor.

Er stand auf und nahm sie in den Arm. »Cornelia, das Blut im Keller mag schlimm sein, aber auch das Schlimme im Leben muss ertragen werden.«

»Das Schlimme muss nur dann ertragen werden, wenn es keinen Ausweg gibt.«

Er wusste, dass Cornelia recht hatte, aber er schüttelte den Kopf. Er wollte Cornelias Ausweg nicht sehen.

»Das Unschöne ist nun einmal Teil dieser Welt«, sagte er. »In einer immer nur schönen Welt gäbe es keine andere Erklärung für unglückliche Menschen als das Schöne selbst.«

»Oder es gäbe keine unglücklichen Menschen«, erwiderte Cornelia.

Sie schwiegen nun beide, sahen zum Fenster, als könnte sich dort ein gemeinsamer Ausweg auftun, sahen zur Tür, sahen wieder zum Fenster.

»Wie sagen wir es Pauline?«, fragte Cornelia endlich.

»Wir können das nicht einfach verschweigen«, entgegnete er, ohne auf ihre Frage zu antworten. »Es wäre schrecklich, wenn sie es von anderen Leuten erfahren würde.«

»Aber was sagt man einem arglosen Mädchen, wenn man glaubt, dass im Keller ein Mensch ermordet wurde?«, wiederholte Cornelia ihre Frage. Sie sah nicht mehr ganz so verzweifelt aus. Die Gedanken an Pauline schienen sie von ihrem eigenen Entsetzen abzulenken.

*

Kann ein Mörder jemals in seinem Leben wieder unbeschwert glücklich sein? Kann ein Mensch das Glück in einer Liebe finden, für die er den Nebenbuhler erschlagen hat? Kann ein

Mensch durch das Geld glücklich werden, für das er getötet hat? Nein, Geld allein macht ohnehin nicht glücklich. Glücklich zu sein ist eine Einstellung des Herzens, es ist die Gewohnheit, wie man die Dinge sieht. Deswegen will ich niemals vergleichen. Würde ich mein Leben an dem von Menschen messen, die gehen können, die reden, die eine Arbeit haben, Freunde, die geliebt werden und jemanden haben, der sich lieben lässt, ich würde sehr unglücklich sein. Vieles auf der Welt hat zwei Seiten, eine gute und eine schlechte. Glücklich kann ich nur sein, wenn ich meinen Geist nicht vor den schönen Seiten verschließe, und seien sie auch noch so unscheinbar.

Das größte Glück in meinem Leben war die Begegnung mit Menschen, die hinter der Mauer der groben Verunstaltung das Individuum entdeckten und die nicht müde wurden, alles zu versuchen, bis sie herausfanden, dass ich mit ihnen kommunizieren kann. Sie mussten mir die Hand zur Verständigung reichen. Ich konnte nicht den Anfang machen.

Wer meint, ich verbringe mein Leben in einem Dämmerzustand, der irrt sich. Ich bin hellwach. Mit dem Computer war mein Leben leichter geworden. Das leblose Gerät hatte mir eine Stimme gegeben. Ich konnte teilhaben an der virtuellen Welt und habe viel gelesen. Ich habe die Sätze aufgenommen und sie haben sich in mir verselbstständigt. Ich habe viel Zeit zum Nachdenken. Etwas anderes habe ich nicht zu tun. Ich weiß von einer gelähmten Frau, die ein ganzes Buch geschrieben hat, ohne je ein Wort gesprochen zu haben. Ich beneide sie. – Wie viele schwerbehinderte Menschen mögen als hilflose Krüppel dahinvegetieren, nur weil niemand bemerkt, was in ihnen steckt?

Seit ich meinen Computer nicht mehr habe, bleibe ich stumm. Das macht mich wehrlos. Mein Leben ist, wie es ist. Alles kommt, wie es kommt. – Ich habe die Hoffnung noch nicht aufgegeben.

*

Sie saßen noch am Frühstückstisch, als es an der Tür klingelte.

Cornelia fuhr erschreckt zusammen. »Es hat geklingelt.« Ihr Gesicht sah dabei aus, als erwartete sie ihren Henker.

»Ja, hat es«, bestätigte er.

»Gehst du zur Tür?«

»Es wird die Polizei sein.«

»Gehst du?«

Manuel seufzte, ehe er aufstand und die Haustür öffnete.

»Sind Sie Herr Fechner?«

Er nickte. Es war wie im Fernsehen. Til Schweiger mit einem Kollegen, der ihn an niemanden erinnerte. Oder gab es einen Fernsehkommissar mit besonders schmalen Lippen, Brille und glatten schwarzen Haaren? Luisa, die fast jeden Tatort-Krimi ansah, hätte sich besser ausgekannt.

»Kriminalpolizei. Wir möchten mit Ihnen sprechen.«

Er bat die beiden herein und führte sie in die Küche, wo Cornelia am Frühstückstisch saß, blass und mit ängstlichem Gesicht.

»Wir möchten Sie allein sprechen.«

»Bitte«, sagte Manuel und ging mit den beiden ins Wohnzimmer.

Cornelias Sitzgarnitur war seit gestern übersäht mit Kissen in den verschiedensten Blautönen vom hellsten Himmelblau bis zum düsteren Nachtblau. Er hatte keine Ahnung, woher die vielen Kissen plötzlich kamen. Die beiden Kriminalbeamten, deren Namen er sofort wieder vergessen hatte, setzten sich auf die Sessel, während er zwischen Cornelias Kissen versank.

»Wann haben Sie das Blut eigentlich zum ersten Mal gesehen?«, fragte der Schwarzhaarige. Er klang, als spräche er mit einem Verbrecher, an dessen Schuld keine Zweifel bestünden. Gehörte es zur Ausbildung eines Polizisten, den anderen schon mit der ersten Frage einzuschüchtern, dachte Manuel.

»Ich weiß es nicht mehr«, sagte er. »Das ganze Haus war so verdreckt und verlottert wie der Keller, da spielten die Flecken da unten keine Rolle.« Er überlegte. »Zum ersten Mal haben wir am Tag unseres Einzugs darüber gesprochen. Meine Lebensgefährtin sagte ...«

»Frau Enderle befragen wir gleich selbst«, schnitt ihm der mit den schwarzen Haaren das Wort ab.

»Hören Sie, was soll diese Art mit mir zu reden«, fuhr Manuel auf. »Glauben Sie wirklich, ich wäre in dieses Haus eingezogen, wenn ich den geringsten Hinweis auf ein Gewaltverbrechen gesehen hätte?« – Sein giftiger Ton: Es war wirklich wie im Fernsehen.

»Genau darauf will ich hinaus«, sagte der Beamte. »Das Blut im Keller muss ja keineswegs schon bei Ihrem Einzug vorhanden gewesen sein.«

Das war es also: Sie verdächtigten ihn. Manuel atmete tief durch und mahnte sich zur Ruhe.

»Was haben Sie eigentlich gedacht, als Sie die Flecken bemerkten?«, schaltete sich Til Schweiger ein.

»Ich habe an Öl gedacht.«

Es entstand eine Pause. Manuel sah so etwas wie Spott im Gesicht des Kommissars und ärgerte sich.

»Öl?« Offenbar fand er die Antwort absurd.

Seine Fantasien von geschlachteten Schweinen oder Schafen behielt er lieber für sich selbst.

»Meine Lebensgefährtin meinte ...«

»Das wird sie uns gleich selbst erzählen können.«

Manuel hätte am liebsten mit der Faust auf den Tisch geschlagen. Die behandelten ihn wie einen dummen Jungen. Oder wie einen Verbrecher. »Jetzt reicht's aber!« Er war plötzlich laut geworden, dämpfte seine Stimme aber gleich wieder, als er an Cornelia in der Küche dachte. »Lassen Sie mich gefälligst ausreden und unterbrechen Sie mich nicht ständig«, sagte er mit einem Zorn in der Stimme, den er nicht zu verbergen versuchte. »Ansonsten sage ich überhaupt nichts mehr ohne Anwalt.«

Das wirkte. Sie ließen ihn reden und er schilderte alles bis zu dem Augenblick, als bei der Luminalprobe das blaue Leuchten erschien. Der Schwarzhaarige protokollierte seine Aussage. Nach zehn Minuten waren sie fertig. Arme Cornelia, dachte er, als er die beiden zu ihr in die Küche führte.

»Halten Sie sich bitte bereit, falls es weitere Fragen gibt.«

»Viel Spaß«, rief er Cornelia zu und lächelte, als warte ein nettes Spiel auf sie. Er konnte es nicht lassen, die beiden am Ende doch noch einmal zu provozieren.

Eine Viertelstunde später sah er die beiden davonfahren.

»Wie war es?«, fragte er Cornelia.

Sie hob die Schultern. »Ich habe erzählt, wie ich das heruntergekommene Haus entdeckt habe und wie entsetzt wir waren, als sich herausstellte, dass es sich bei den Flecken im Keller wirklich um Blut handelte. Das war alles.« Sie sah ihn aufmerksam an. »Du siehst so erschöpft aus. Habt ihr euch nicht gut verstanden?«

»Das kann man wohl sagen.«

Pauline hörte kaum zu, als Cornelia ihr nach dem Mittagessen von dem Blut im Keller erzählte. Ganz behutsam tat sie das, voller Sorge um Paulines empfindsame Kinderseele.

»Die Emmi ist neulich in der Pause mit dem Philipp zusammengestoßen und hat ganz fest aus der Nase geblutet«, plapperte Pauline los. »Der ganze Fußboden war rot. Frau Kindler hat gesagt, sie soll den Kopf in den Nacken tun. Dabei ist ihr schlecht geworden und sie hat ins Waschbecken gekotzt.«

»Pauline, das sagt man doch nicht«, ermahnte Cornelia.

»Was dann?«

»Erbrochen oder gespuckt.«

»Spucken ist etwas anderes. Das darf man auch nicht.«

Während Manuel noch überlegte, ob es nicht besser wäre, für heute Paulines Aufklärung zu beenden, fuhr draußen ein weißer VW-Bus vor. Zwei Männer stiegen aus und jeder nahm einen großen metallisch glänzenden Koffer aus dem Kofferraum. Offenbar war das die Spurensicherung.

»Komm, wir suchen Herbert«, sagte er und wollte Pauline vom Fenster weglocken, aber sie blieb stehen und beobachtete die beiden fasziniert. Dann lief sie zur Kellertreppe. »Darf ich mitkommen?«, fragte sie und war enttäuscht, als sie abgewiesen wurde. Erst als die Polizei wieder fort war, verschwand sie mit Herbert in ihrem Kinderzimmer. Manuel hörte ihre Stimme durch die geschlossene Tür. Sie erzählt Herbert oder ihren Kuscheltieren von dem Blut, dachte er. Sie verarbeitet das Schreckliche auf ihre Art. Dann merkte er, dass Pauline telefonierte, wahrscheinlich mit einer ihrer Freundinnen.

»Bei uns war vorhin die Polizei«, hörte er sie sagen. Dann schien die Freundin zu sprechen. »Ja, richtige Polizisten«, beteuerte Pauline aufgeregt. »Doch wirklich. – Nein, ich lüge nicht.«

Es entstand wieder eine Pause, in der wahrscheinlich die Freundin sprach.

»Die glauben, dass in unserem Keller jemand umgebracht wurde.«

»...«

»Doch, bestimmt ist das wahr.«

Er lauschte verwundert ihrer freudig erregten Stimme. Sie hatte genau den Ton, der ihm schon öfter bei Menschen aufgefallen war, die von einer Sensation berichteten, deren Zeuge sie geworden waren. Sie waren glücklich, im Mittelpunkt zu stehen. Ob sie etwas Schönes oder etwas Schreckliches beobachtet hatten war zweitrangig, solange sie nicht selbst betroffen waren.

Später sah er Pauline an der Kellertreppe stehen. Sie war sehr blass und von dem freudigen Eifer am Telefon war nichts übrig geblieben. Als sie Manuel bemerkte, flüchtete sie in seine Arme, was sie noch nie zuvor getan hatte. Sie begann zu schluchzen.

»Liegt im Keller wirklich eine Leiche?«, stieß sie hervor.

»Nein, ganz bestimmt nicht.«

»Aber die Polizei war doch hier, weil da unten einer liegt.«

»Aber Pauline, nein. Wirklich nicht«, beteuerte er. »Wie kommst du denn darauf?«

Pauline antwortete nicht und er rätselte über ihre Worte. Vielleicht hatte sie die Geschichte selbst beim Erzählen verdreht, vielleicht hatten die Kommentare ihrer Freundin Wahrheit und Fantasie in ihrem Kopf durcheinandergewirbelt und sie völlig verstört.

»Wenn da unten wirklich jemand gestorben ist, dann kann das schon sehr lange her sein. Vielleicht warst du damals noch gar nicht auf der Welt.«

»Vielleicht im Krieg«, sagte Pauline.

»Ja vielleicht damals.«

»Frau Kindler hat gesagt, dass im Krieg viele Menschen gestorben sind.«

»Ja, sehr viele, auch in Freiburg«, antwortete er und wunderte sich, dass die Lehrerin mit den Drittklässlern über Kriegstote gesprochen hatte.

Allmählich beruhigte sich Pauline wieder. »Wollen wir jetzt zu den Pferden nach Zähringen fahren?«, schlug er vor.

Pauline sah auf den Boden, dann schüttelte sie den Kopf.

Was möchtest du denn?«

»Im Gartenhaus spielen.«

Wenig später sah er, wie Pauline Herbert zum Gartenhaus schleppte, die Tür hinter sich zuzog und ein Fenster öffnete. Endlich konnte er mit Cornelia unter vier Augen reden. Er fand sie in der Küche, wo sie mit leerem Gesicht am Küchentisch saß und vor sich hin starrte. »Wir bleiben heute Nacht nicht hier«, stieß sie hervor, kaum dass er die Tür hinter sich geschlossen hatte. »Ich kann nicht in einem Haus schlafen, in dem jemand umgebracht worden ist.«

Er setzte sich zu ihr. »Hast du deswegen Angst?«

»Nein, Angst ist nicht das Schlimmste. Die Katastrophe, vor der ich mich gefürchtet habe, ist ja eingetreten. Davor brauche ich keine Angst mehr zu haben. Aber nachts ist so viel Platz für die fürchterlichsten Bilder. Ich werde sie nicht los, solange ich in diesem Haus bin.«

»Aber liebe Cornelia, wie willst du das jetzt schon wissen? Kein Gedanke ist so schrecklich, dass man sich nicht an ihn gewöhnt«, versuchte er sie umzustimmen.

»Nein Manuel, keine einzige Nacht werde ich noch hier verbringen.«

Sie schwiegen lange.

Er nahm ihre Hände. »Wer spricht denn bloß immer von umgebracht«, versuchte er es noch einmal. »Es gibt so viele andere Möglichkeiten, wie das Blut in den Keller gekommen sein kann.«

Er glaubte selbst nicht an seine Worte. Dort unten war ein Mensch einen gewaltsamen Tod gestorben, daran gab es für ihn keinen Zweifel. In ihrem Keller musste es einmal ausgesehen haben wie auf den Fotos in einem Atlas der Gerichtsmedizin, der ihm vor Jahren in einer Buchhandlung in die Hände gefallen war. Auf vielen Fotos war alles rot von Blut, wie er es sich schlimmer nicht hätte vorstellen können. Immer waren bei solchen Spuren Menschen brutal ermordet worden: mit dem Beil erschlagen, mit unzähligen Messerstichen getötet oder mit einem tiefen Schnitt durch die Kehle.

»Wirst du in ein Hotel ziehen?«

Cornelia schüttelte den Kopf. »Pauline und ich werden bei Silvia auf der Couch und auf einer Isomatte schlafen.«

Die Antwort erleichterte ihn ein wenig. Isomatte und Couch, das klang nicht danach, als wolle Cornelia für lange Zeit bei der Freundin wohnen.

»Und du? Willst du wirklich hier bleiben?«

Er nickte heftig, als gäbe es nicht den geringsten Grund, seine Entscheidung zu überdenken. »Selbstverständlich bleibe ich hier. Das Haus ist nicht gefährlich geworden, was auch immer hier geschehen sein mag.« Er drückte ihre Hände, als könnte er Cornelia damit festhalten. »Cornelia, überlege es dir noch mal.«

Sie entzog ihm ihre Hände, schüttelte den Kopf. »Ich habe es mir überlegt.«

Wieder schwiegen sie. »Wann wirst du wiederkommen?«, fragte er endlich.

Sie sah ihn so verwundert an, als verstünde sie seine Frage nicht.

»Ich meine, du musst doch ...« Er wusste nicht weiter.

»Du meinst, ich muss wiederkommen, weil meine Sachen und meine Möbel noch hier sind?«

Er nickte, obwohl er es nicht gemeint hatte. Er war weit davon entfernt, das Endgültige ihrer Entscheidung zu akzeptieren.

»Ich weiß es nicht«, antwortete sie endlich auf seine Frage. Nach einer Weile stand sie auf.

»Wohin gehst du?«

»Ich will unsere Sachen packen.«

Er folgte ihr ins obere Stockwerk und sah mit Erleichterung, dass sie nur ihre kleine Reisetasche aus dem Schrank nahm.

»Wo ist eigentlich Pauline?«, fragte sie.

»Sie ist vorhin mit Herbert im Gartenhaus verschwunden.«

Cornelias Augen wurden ganz groß vor Schreck und ihr Mund öffnete sich. »Allein? Das darfst du nicht zulassen!«

Er wusste, woran sie dachte. Da war noch diese andere Angst, die nichts mit dem Blut im Keller zu tun hatte, die Angst vor dem Tätowierten, der unaufhaltsam in ihr Leben eingedrungen war.

»Solange wir nicht wissen, wer dieser Mann ist und was er will, möchte ich nicht, dass Pauline allein im Garten oder im Häuschen spielt«, sagte sie in einem scharfen Ton, der ihn zusammenzucken ließ.

Er widersprach nicht. Cornelias Sorge war nicht absurd, dabei wusste sie noch nichts von der kriminellen Vergangenheit des Mannes. »Ich hole sie«, sagte er.

Vom Treppenhaus warf er einen Blick in den Garten. Herbert saß außen auf seinem neuen Lieblingsplatz, dem Fenstersims des Gartenhäuschens, Pauline war nicht zu sehen. Keine Sekunde hätte er etwas Böses gedacht, wenn Cornelia nicht von dem Mann gesprochen hätte. Jetzt rannte er die Treppen hinunter, als müsste er noch in letzter Sekunde ein Unglück verhindern.

Er fand Pauline vor dem Häuschen, wo sie am Boden kauerte. Sie sprach mit irgendjemandem, aber er konnte niemanden sehen. »Doch nicht da hin«, sagte sie ungehalten. »Du schnallst ja gar nichts«, fuhr sie heftiger fort. »Falsche Richtung, eh, bist du beknattert?«

Er trat näher. Auf den feuchten Steinplatten krochen drei Weinbergschnecken, die offenbar Schwierigkeiten hatten, die von Pauline vorgegebenen Regeln des Wettrennens zu begreifen.

Als sie ihn bemerkte, sah sie auf. »Kannst du mal aufpassen, dass diese blöde Schnecke nicht immer in die falsche Richtung rennt?«

Er lachte über das Wort rennen und ging neben ihr in die Hocke. Er war froh, dass sie mit ihm spielen wollte. Vielleicht hatte sich etwas zwischen ihnen verändert, als sie aus Angst vor einer Leiche in ihrem Keller in seine Arme geflohen war. Mit ungewohnter Begeisterung spielte er das Schneckenrennen mit. Cornelia sollte nicht mit ihr fortgehen, dachte er. Es wäre besser, hier abzuwarten, bis die Zeit den Ereignissen den Stachel nehmen würde. Das Fortgehen würde die Angst vor diesem Haus nur größer werden lassen – und vor dem Wiederkommen.

Er hörte, wie Cornelia nach ihm rief, und richtete sich auf. »Wir haben leider keine Zeit«, rief er zurück. »Wir müssen aufpassen, dass sich die Schnecken an die Wettkampfregeln halten.«

Sein Blick fiel auf das Haus der Hornbergers. Offenbar liebten es die beiden, die Welt oder ihr Leben in Ordnern aufzubewahren. Im ersten Stock stand die Balkontür offen und gab den Blick in ein Zimmer mit raumhohen Regalen frei. Keine Bücher, aber Ordner wie die im Keller. Sie waren grau und unterschieden sich nur in der Farbe der Aufkleber auf ihren Rücken. In diesem Moment kam Hornberger dort oben in sein Blickfeld. Manuel zog sich zurück, ehe er entdeckt wurde.

Am späten Nachmittag begleitete er Cornelia und Pauline zur Tür. Er wollte Pauline nicht spüren lassen, dass es kein gewöhnlicher Abschied für eine Übernachtung bei Freunden war, aber es gelang ihm nicht, seine Bestürzung zu verbergen.

»Der ist eifersüchtig", raunte sie ihrer Mutter zu, so laut, dass er es hören musste. Dabei grinste sie schadenfroh in seine Richtung, ehe sie ins Auto kletterte. Er war wohl doch immer noch der Eindringling, gegen den sie sich wehrte – als hätte es die Tränen in seinen Armen nie gegeben.

Cornelia hatte ihr erklärt, dass sie am Geburtstag von Cornelias Freundin zum Abendessen eingeladen seien, was der Wahrheit entsprach. Nur die Erklärung, dass sie deswegen dort übernachten würden, war erfunden. Eine Lüge mehr, dachte Manuel, aber er war froh über die unverfängliche Erklärung. Sie hielt den Weg zurück offen. Aber was würde Cornelia morgen sagen? Würde sie sich immer weiter in ein Netz aus Lügen verstricken, dem Paulines Vertrauen früher oder später zum Opfer fallen würde?

Nach dem Abendessen blieb Manuel am Küchentisch sitzen. Ohne es verhindern zu können, dachte er wieder an das Blut im Keller. So war es immer: Wenn er das Denken sich selbst überließ, lief es sofort in die falsche Richtung, dorthin, wo die schlimmen Bilder lauerten, die Probleme und Ängste und die Fragen, auf die er keine Antwort wusste. Da hockte er nun trübsinnig in seinem liebevoll renovierten Häuschen in einem der schönsten Stadtteile von Freiburg und der hinkende Herbert war das einzige Lebewesen, das bei ihm geblieben war. Endlich griff er nach der Zeitung, aber er konnte die Buchstaben nicht mehr erkennen. Bis zu diesem Moment hatte er nicht bemerkt, dass er längst im Dunkeln saß. Herberts weißes Gesicht war grau geworden.

Als Manuel wieder aus dem Fenster sah, tappte draußen eine magere dunkle Gestalt vorüber. Der Tätowierte? Der Mann verschwand in der Einfahrt des gegenüberliegenden Hauses. Vielleicht war es doch nur der taube Alte. Die Wohnung des Behinderten war ebenso dunkel wie die darüber liegende. Wenig später leuchtete am Fenster des Alten durch einen schmalen Spalt zwischen den Vorhängen ein schwacher Lichtschein. Die Wohnung des Sohnes blieb dunkel. Erst kurz vor Mitternacht sah Manuel dort drüben wieder die Grablichter. In der Stille und Einsamkeit dieser Stunde machte ihm der Anblick Angst. Was, um Himmels Willen, hatten die Lichter für eine Bedeutung?

In dieser ersten Nacht allein im Haus musste Manuel trotz allem tief und lange geschlafen haben. Er hatte von himmelhohen steilen Kegeln aus hellem Lehm geträumt. Aus irgendwelchen Gründen musste er sie überwinden, wodurch er beim

Abstieg in höchste Lebensgefahr geriet. Doch am Morgen waren nur noch Bilderfetzen in seinem Kopf und er wusste nicht, wie der Traum geendet hatte. Erst als er das leere Bett neben sich sah, fiel ihm mit einem Schrecken wieder ein, dass Cornelia und Pauline fort waren.

Nicht einmal drei Wochen hatten sie wie eine richtige Familie in diesem Haus gelebt, nun saß er wieder allein am Frühstückstisch. Ein aufgebackenes Brötchen mit Butter und Marmelade, eine oder zwei Tassen Kaffee aus der Kaffeemaschine, die Tageszeitung und niemand, der ihn beim Lesen störte: So hatte das perfekte Frühstück ausgesehen, als er freiwillig allein in seiner Wohnung gelebt hatte. Jetzt war das Alleinsein wie eine Strafe. Lustlos blätterte er in der Zeitung, ohne auch nur einen einzigen Artikel bis zum Ende zu lesen. Er war nahe dran gewesen, den Tisch auch für Cornelia und Pauline zu decken, nicht aus Versehen, sondern in der stillen Hoffnung, sie könnten kommen, um ihm beim Frühstück Gesellschaft zu leisten.

Nach einer Weile stand er auf und suchte unter seinen jetzt wieder sorgfältig geordneten CDs Carmen heraus, eine Oper, die ihm bislang immer gefallen hatte, merkte aber bei den ersten Takten, dass er keine Lust hatte Musik zu hören. Er stellte das Radio an, aber er war zu sehr in seinen eigenen Gedanken gefangen, um einem Vortrag über digitale Medien folgen zu können. Nach ein paar Minuten stellte er das Radio aus und räumte das Schlafzimmer auf. Als er damit fertig war, setzte er sich wieder an den viereckigen Küchentisch, wo noch sein angebissenes Brötchen auf dem Teller lag, und lauschte auf die Stille im Haus. Minutenlang blieb er so. Das Blut im Keller: Nein, er zweifelte nicht daran, dass dort unten jemand umgebracht worden war, und wahrscheinlich lief der Mörder noch immer frei herum.

Endlich stand Manuel wieder auf und holte Paulines lächerliche Kuckucksuhr mit dem aufgemalten blauen Kuckuck und der Aufschrift Germany. Als er sie auf den Küchentisch stellte, verstummte das Ticktack. Noch einmal erhob er sich, nahm die Topflappen von ihrem Haken und hängte die Uhr dort auf. Dann starrte er auf ihr winziges hin und her wackelndes Pendel. Ticktack machte die Uhr nun wieder, ticktack. Als sich der Motor des Kühlschranks ausschaltete, war es das einzige Geräusch im Haus.

Er hätte jetzt Cornelia anrufen können und fragen, wie die Nacht war und wann sie zurückkommen werde, aber bei dem Gedanken merkte er, wie die Worte schon auf dem Weg zum Mund in seinem Kopf steckenblieben. Dies Gefühl war nicht neu. Seit er im Beruf nicht so viel sprechen musste wie früher, hatte er öfter das Gefühl, die Worte kämen immer mühsamer aus ihm heraus.

Statt zum Telefon griff er noch einmal zur Zeitung und suchte im Lokalteil nach einem Bericht über einen mit menschlichem Blut besudelten Keller in Herdern. Zu seiner Erleichterung hatte die Information noch nicht den Weg in die Öffentlichkeit gefunden. Als er zur Arbeit fuhr, stand noch immer das Frühstück auf dem Tisch und am Haken für die Topflappen tickte die Kuckucksuhr.

»Wir sind zu Hause. Cornelia.«

Überrascht blickte Manuel auf das Display seines Handys, auf dem soeben die SMS erschienen war. Es war jetzt kurz vor drei Uhr am Nachmittag. Er sprang auf.

»Ich muss gehen«, rief er Hartung zu und stürmte davon, als müsste er zu einem Notfall. In seinen Augen war es ein Notfall. Vielleicht konnte er, wenn er rechtzeitig kam, noch etwas retten. Nicht um Leben oder Tod ging es, sondern um den Versuch, Cornelia zum Bleiben zu überreden.

Fünfzehn Minuten später stand er keuchend und mit Schweißperlen auf der Stirn vor seinem Haus. Pauline hatte ihn offenbar kommen sehen und riss zu seiner Überraschung freudestrahlend die Haustür auf.

»Wir fahren zu meinem Uropa.«

Er blieb so plötzlich stehen, als wäre er gegen die Hauswand gelaufen. Ihre Freude galt nicht ihm. »Ihr wollt dort übernachten?«, rief er entgeistert aus.

Pauline stutzte und ihr eben noch unbekümmertes Gesicht verfinsterte sich. »Du hast wohl was gegen Mamas Opa«, rief sie ärgerlich aus.

Manuel schluckte, als könnte er seine Bestürzung dadurch irgendwo in seinem Inneren versenken. Ausgerechnet auf den verkommenen Hof ihres Großvaters in Schuttertal, einem kleinen Erholungsort im Schwarzwald, wollte sich Cornelia mit Pauline zurückziehen. Ausgerechnet in dem alten Gemäuer, das seit Jahren so schaurig zerfiel, glaubte sie sich geborgener zu fühlen als in diesem gemütlichen Häuschen.

Vor ein paar Wochen war er mit Pauline und Cornelia zum ersten und einzigen Mal in Schuttertal gewesen. Das Haus von Cornelias Großvater lag im Ortsteil Dörlinbach. Manuel war entsetzt gewesen, als er das verkommene Haus einsam abseits der anderen Häuser oben am Waldrand liegen sah. Es war ein altes Schwarzwaldhaus mit einem mächtigen Dach, aber die Wände waren nicht aus Holz, sondern aus groben roten Sandsteinblöcken, wie es in dieser Gegend nicht selten war. Die beiden runden Torbögen, die zum Keller führten, waren mit Brettern verrammelt und die niedrigen Kellerfenster vergittert. Vor den kleinen Fenstern im Erdgeschoss hingen schmutzige Gardinen, die im Stockwerk darüber waren kahl und ein paar Scheiben zersprungen. Das ganze Grundstück war übersät mit Gerümpel und altem Ackergerät, das längst nicht mehr benutzt wurde. Am Schuppen neben dem Haus war das Dach auf einer Seite eingebrochen und das offene Tor hing schief in den Angeln.

Als sie das Haus betreten wollten, mussten sie unter einem Sturzbach hindurch, der sich bei dem strömenden Regen direkt über der Tür aus der Rinne ergoss. Pauline fand die kaputte Dachrinne und die Wassermassen lustig. Das Gerümpel auf dem Gelände und den üblen Geruch im Bad und in der Küche schien sie nicht zu bemerken. Vor allem hatten es ihr die Schwarzwaldpferde angetan, die neben dem Hof auf einer Wiese grasten. Sie träumte davon, auf dem kleinsten von ihnen zu reiten.

»Was heißt wir?«, fragte Manuel endlich mit belegter Stimme, als könnte er Teil des Plans sein.

»Ich mit der Mama natürlich. Du musst doch arbeiten.« Dabei grinste sie, als sei auch diese Reise ohne ihn ein Triumph für sie.

Die Antwort versetzte Manuel einen Stich. Es klang so endgültig wie in seiner Kindheit das »Du darfst nicht mitspielen«, wenn er aus ihm bis heute rätselhaften Gründen wieder einmal ausgeschlossen wurde.

Er stellte sein Fahrrad ab. »Wo ist denn deine Mama?«

»Die packt unsere Sachen.«

Er fand Cornelia im Schlafzimmer zwischen zwei fast vollen Koffern. Obwohl die Temperatur morgen in Freiburg in einem späten Aufbäumen des Sommers noch einmal fast dreißig Grad erreichen sollte, lagen auf dem Bett zwei Winterpullover, zwei Regenjacken, Wollsocken, Schals, Mützen und warme Unterwäsche. Auf dem Boden standen Cornelias Bergstiefel und für Pauline Gummistiefel.

»Wollt ihr wirklich heute fahren?«

»Die Unwetter sollen doch erst morgen kommen. Außerdem fürchtet sich Pauline nicht beim Gewitter.«

»Ich frage nicht wegen der Gewitter. Wenn ihr erst morgen Abend fahren würdet, könnte ich mitkommen.«

Cornelia sah ihn überrascht an, dann schüttelte sie kaum merklich den Kopf: »Wir fahren heute, aber es wäre schön, wenn du uns am Wochenende besuchen würdest.«

Er seufzte und sagte nichts dazu. So war Cornelia nun mal. Sie bildete sich ein Urteil über eine Situation, dann traf sie ihre Entscheidung und handelte danach, ohne lange darüber zu reden oder gar ihren Plan infrage stellen zu lassen. So war es auch dieses Mal, und er wusste, dass er sie nicht umstimmen konnte. Er musste abwarten, ob sie von selbst zu einem anderen Ergebnis kam. Das Haus im Schuttertal war für Cornelia mit schönen Kindheitserinnerungen verbunden, und sie hatte ihm schon bei ihrer ersten Begegnung im Zürcher Opernhaus davon erzählt. Auch Pauline hatte dort glückliche Stunden erlebt. Bis vor zwei Jahren hatte es Ziegen gegeben, die Cornelia schon als Kind hatte melken dürfen, wenn sie mit ihren Eltern zu Besuch gekommen war. Später hatte Pauline versucht, ein paar Tropfen aus den bräunlichen Eutern herauszupressen. Im Hof hatten Hühner gescharrt und im Frühjahr waren die goldgelben Küken aus den Eiern geschlüpft. Unfassbar, wie bald sie die ersten Körner aufpickten und wie schnell sie wuchsen. Als sie klein war, hatte Pauline am liebsten neben einem alten Sandsteinbecken gesessen und zugesehen, wie sich die Bienen aus den nahen Bienenkästen wie ein brauner summender Pelz auf dem feuchten Stein niederließen. Mittlerweile war der alte Mann gebrechlich geworden. Erst gab es keine Ziege mehr und keine Küken, bald verschwanden auch die Hühner. Eines Tages hatten Cornelia und Pauline gesehen, wie ein Imker kam, die dreißig Bienenkästen auf einen Anhänger lud und mit ihnen davonfuhr. Sie hatten gesehen, wie dem Großvater die Tränen über das Gesicht gelaufen waren, und dann hatten sie auch geweint. Jetzt gab es nur noch Katzen, die sich ungehindert vermehrten und deren Kot den Garten verschmutzte, und den schwerhörigen Alten, der mit seinen Gedanken in seiner eigenen Welt lebte. Manuel konnte es sich nicht vorstellen, dass die beiden lange dort bleiben würden.

»Wann kommt ihr wieder?«, fragte er endlich.

»Ich weiß es nicht«, antwortete Cornelia auch dieses Mal, und er sah, dass sie mit den Tränen kämpfte. Er wollte sie in den Arm nehmen, aber sie wich ihm aus.

»Ich muss da jetzt durch«, sagte sie.

Als sie sich wieder den Koffern zuwenden wollte, streifte ihr Blick das Fenster. Sie stutzte. »Manuel, komm doch mal«, rief sie überrascht aus. Sie zeigte auf eine junge Frau mit kurzen roten Haaren und bunten Leggins, die langsam an den Häusern entlangging und aufmerksam zu den Fenstern hinaufsah.

»Wer ist das?«, fragte Manuel.

»Könnte das nicht die Frau aus Madrid gewesen sein, von der du erzählt hast?«

Manuel hob mit einer unsicheren Geste die Schultern. »Vielleicht.«

Die Frau, die aus der Richtung des Mehrfamilienhauses gekommen war, wandte sich Hornbergers Haus zu. Sie ging zur Haustür und drückte auf einen Klingelknopf. Eine Weile wartete sie vergeblich, dass jemand öffnete. Dann war sie plötzlich verschwunden.

»War sie das wirklich?«, fragte Cornelia unsicher.

»Es könnte sein.«

Eine Stunde später hatte Cornelia alles gepackt. Er brachte die beiden großen Koffer zu ihrem Auto, während sie Bettdecken, Kopfkissen und eine Kühltasche mit Lebensmitteln nach unten trug. Pauline winkte ihm übermütig zu, als Cornelia losfuhr. Dieses Mal schien sie nichts von der bedrückten Stimmung gemerkt zu haben. Die Vorfreude auf die vielen Katzen war zu groß.

Er ging ins Haus zurück und setzte sich an den Küchentisch, wo er schon heute Morgen viel zu lange gesessen hatte. Wieder war er allein. Für wie lange dieses Mal? Er wusste es nicht, das war das Schlimmste. Am zehnten September endeten die Sommerferien und Pauline musste wieder zur Schule. Noch zehn Tage. Und dann? Er fluchte in einer plötzlichen Wut und schlug mit der flachen Hand auf den Küchentisch, immer wieder, bis er den Schmerz kaum noch aushielt. Es nützte nichts. Der Schmerz in seinem Inneren blieb. Er massierte seine schmerzende Hand und überlegte, was er Besseres tun könnte, als auf den Tisch zu schlagen, aber es fiel ihm nichts ein. Ohne zu wissen, was er dort wollte, stieg er die Treppen hinauf bis zum Dachgeschoss. Herbert, der schon bei dem ersten Schlag vor dem Lärm geflohen war, folgte. Ratlos ging er wieder hinunter, den ebenso ratlosen Herbert noch immer im Schlepptau.

Schließlich packte er seine Badehose ein und trug sein Fahrrad auf die Straße. Zehn Minuten später war er im Seepark. Beim Weinberg unterhalb vom Aussichtsturm schloss er sein Fahrrad an. Der steinerne Bacchus mit dem zwischen den gespreizten Beinen schamlos entblößten Geschlecht leuchtete noch immer pinkfarben vor den sich gelb färbenden Rebstöcken. Am Ende dieses verregneten Sommers wuchs am Ufer grünes Gras, wo in anderen Jahren die Sonne ihre sengenden Spuren hinterlassen hatte.

Das Wasser des Sees war klar und kühl. Keine Algen oder Schlingpflanzen, wie sie sich in manchen Jahren ausbreiteten. Der See war verrufen wegen der Cercarien, den Larven von winzigen Saugwürmern, die im flachen Wasser lauerten und sich in die menschliche Haut bohren konnten. Er hatte noch nie etwas davon gespürt. Mit kräftigen Zügen schwamm Manuel auf das gegenüberliegende Ufer zu. In der Mitte des Sees trieb etwas auf dem Wasser, was von Weitem aussah wie eine längliche durchsichtige Plastiktüte. Im Näherkommen sah er, dass es ein großer toter Fisch war. Es war ein riesiger Aal, der nach rückwärts gekrümmt mit weit geöffnetem Maul auf der Seite trieb. Das aus dem Wasser ragende Auge sah wie eine kleine weiße Glasmurmel aus. Die Flosse hinter dem Kopf war wie ein Segel nach oben gereckt, die untere steckte gerade wie ein Ruder im Wasser. Die Haut des Aals war hell und fleckig wie bei einer Muräne, und sie sah aus wie von Flechten überwachsen. Über dem Bauch hatten Fäulnisgase sie zu Blasen abgehoben. Erst im Weiterschwimmen nahm er den Aasgeruch war. Als er wieder am Ufer war, beschäftigte ihn die Begegnung mit dem toten Fisch noch immer. Der Tod war das unausweichliche Ziel alles Lebendigen.

Argwöhnisch beobachtete Manuel den Bildschirm, als er im Büro den Rechner hochfuhr. Selbst wenn er gestern das trojanische Pferd zerschlagen hatte, durfte er sich jetzt noch nicht in Sicherheit wiegen. Die Krieger arbeiteten leise. Auch wenn nur Reste eines Trojaners verblieben waren, konnten die bald wieder ihr Unwesen auf seinem Computer treiben. Das hatte er jedenfalls gelesen. Hartung klopfte an und brachte ein Paket, das er schon geöffnet hatte.

»Sehen gut aus«, sagte er und zog einen der neuen Flyer heraus. Er zeigte auf die Fotos. »Wie findest du mich?«

»Großartig«, sagte Manuel ohne Spott. »Den Fotografen musst du mir für die nächsten Fotos verraten.«

Hartung beugte sich über die Fotos. »Bis auf die schiefe Krawatte ist doch an dir auch nichts auszusetzen.«

Er stellte den Karton auf Manuels Schreibtisch und nahm ein paar Flyer heraus. »Viel Erfolg«, rief er ihm zu und verschwand wieder.

Manuel öffnete die Datei mit den potenziellen Gesprächspartnern und versuchte erneut, einen Termin zu vereinbaren. Fünf erreichte er und bat um einen Termin. Einer von denen kannte seinen Namen und wollte mit ihm sprechen. Allerdings schien er sich vor allem für ihn und seinen mutigen Wechsel in die Selbstständigkeit zu interessieren und weniger für seine Antikörper. Bei seinem Anruf bei Novartis verwies man ihn darauf, dass Gespräche mit einer gänzlich unbekannten Firma wie seiner ausschließlich auf der Bio-Europe geführt würden. Die nächste dieser Partnering-Konferenzen würde demnächst in Turin stattfinden. Manuel beendete die frustrierende Tätigkeit und rief die Homepage der Bio-Europe auf.

»Conduct more meetings at one conference than in the rest of the year", war einer der Werbeslogans für die Veranstaltung, an der nicht nur unzählige kleine Firmen teilnehmen würden, sondern auch die ganz großen der Branche. Er las weiter: Die Technologiekonferenz ermöglicht allen Akteuren – groß und klein – sich gezielt zu vernetzen, um mit dem unternehmerischen Erfolg auch einen volkswirtschaftlichen Beitrag zu leisten. Staunend nahm er zur Kenntnis, dass auf der letzten Partnering-Konferenz mit dreitausend Teilnehmern achtzehntausend one-to-one-meetings zustande gekommen waren. Er bekam Herzklopfen bei dem Gedanken, wie viele Gespräche er auf der Konferenz an einem einzigen Tag an ein und demselben Ort mit den ganz wichtigen Leuten führen konnte. Er las weiter. Ganz so einfach, wie er zunächst gedacht hatte, war es dann doch nicht. Er musste zunächst über die Internetseite mit seinen Kontaktwünschen an die Firmen herantreten und nur, wenn diese einem Gespräch zustimmten, bekam er tatsächlich einen Termin zugeteilt.

Er klickte sich durch die Fotos von der letzten Konferenz: eine Ansammlung von Männern in grauen Anzügen wie die Zeitdiebe in Michael Endes Momo. Frauen waren bei Weitem in der Minderheit. Die Kabinen für die Einzelgespräche erinnerten ihn an Kaninchenställe. Hunderte waren das.

Dann entdeckte er den letzten Termin für die Anmeldung: das war heute. Sein Herz schlug heftiger.

Als er vier Stunden später seine Kontaktanfragen an acht Firmen – darunter drei Pharmariesen – versandt hatte, war er plötzlich sehr zufrieden. Endlich hatte er etwas Sinnvolles getan. In diesem Augenblick schien ihm der Erfolg zum Greifen nah.

Als Manuel die kühlen Kellerräume verließ, umfing ihn die Luft draußen wie ein warmes klebriges Tuch. Vor dem angekündigten Wettersturz war es noch einmal heiß und schwül geworden. Er radelte langsamer auf Herdern zu als gewöhnlich. Als er die Dreisam überquert hatte, war seine Freude über die bevorstehende Konferenz auf einen unscheinbaren Rest zusammengeschmolzen. Der Gedanke an sein leeres Haus bedrückte ihn. Der einzige Trost war Herbert, der ihn auf seine unnachahmlich gelangweilte Art begrüßen würde. Kein Hund konnte sich auf diese Weise in Szene setzen. Die meisten kamen sofort angerannt, wenn ihr Herrchen nach Hause kam, sprangen an ihm hoch, bellten und gebärdeten sich auf diese Weise aufdringlich. Er war froh, dass Cornelia und Pauline Herbert nicht einfach hatten mitnehmen können. Auch das unterschied Katzen von Hunden. Sie ließen sich nicht ohne Weiteres verpflanzen.

»Herbert«, rief er, kaum dass er die Haustür aufgeschlossen hatte. »Herbert!«, aber der Kater kam nicht, um mit hoch erhobenem Schwanz um seine Beine zu streichen. Der Herr war wieder einmal eigenwillig. Es war fast immer dasselbe: Herbert kam nicht, wenn er ihn rief, um dann wenig später aufzutauchen, als sei es seine freie Entscheidung. Heute wartete Manuel jedoch vergeblich. Seufzend zog er die Schuhe aus und machte sich auf die Suche. Das Haus war unübersichtlich und außer im Schlafzimmer durfte sich Herbert überall aufhalten. Er fand ihn nicht, solange er auch suchte und nach ihm rief. Vielleicht war er ausgegangen. Er ging zum Fressnapf und ahnte schon, welchen Anblick er bieten würde: unberührt stand er neben dem Küchenschrank. Um diese Zeit war das sehr ungewöhnlich. Irgendetwas krampfte sich in ihm zusammen. Herbert war nicht da und er war auch heute Morgen nicht hier gewesen. Er hatte es nur nicht gemerkt. Er überlegte, wann er den Kater zuletzt gesehen hatte. Es war gestern Abend gewesen, als sie beide so sinnlos die Treppen hinauf- und wieder heruntergelaufen waren. Herbert war schon diese ganze Nacht fort gewesen. Viele Katzen taten das, trotzdem wusste er in diesem Augenblick, dass der Kater nicht einfach wieder auftauchen würde. Auch Herbert war aus diesem Haus geflohen. Plötzlich hatte er das Gefühl, in der schwülen Luft zu ersticken. Er riss das Fenster auf, aber draußen war es noch wärmer. Kein Windhauch rührte sich. Er schloss es wieder. Dann stand er mit hängenden Armen da, ohne zu wissen, was er jetzt tun sollte. Ohne Herbert war das Haus leblos wie ein Mausoleum.

Manuel war froh, dass er diesen Abend nicht allein verbringen würde. Verabredungen irgendwo an einer Straßenecke waren eigentlich nicht seine Sache. Er hasste das tatenlose Warten. Am Schlimmsten jedoch war, wenn die Zeiger der Uhr nach endloser Warterei plötzlich viel zu weit vorgerückt waren. Wahrscheinlich hatte er dann wieder einmal irgendetwas verwechselt und die Verabredung war geplatzt. Wenn sich solche Treffen schon nicht vermeiden ließen, zog er es vor, ein paar Minuten zu spät zu kommen. Das ersparte ihm in der Regel das unerfreuliche Ausharren, funktionierte aber nicht immer. Erst neulich hatte sich ein Journalist zu Manuels maßlosem Ärger schon sieben Minuten nach der vereinbarten Zeit einfach wieder davongemacht und die Verabredung wegen eines dringend notwendigen Zeitungsberichts über ihre neu gegründete Firma war dadurch gescheitert. Jetzt hatte Florian vorgeschlagen, sich heute am Schwabentor zu treffen und Manuel hatte zugestimmt. An diesem vielleicht einzigen warmen Abend nach tagelanger Kälte und vor einer neuen Gewitterfront konnten sie nicht wissen, wo sie irgendwo in der Stadt noch einen Sitzplatz und ein Bier bekommen würden.

Manuel hatte das Schwabentor noch nicht erreicht, als er eine Stimme hörte.

»Manuel!«

Er sah sich um. Hinter ihm ging ein großer, schlanker und mit einem weißen kurzärmeligen Hemd bekleideter Mann, über dessen gebräuntem Unterarm ein heller Sommermantel und die Krücke eines riesigen burgunderroten Schirms hingen. Auf den ersten Blick hielt Manuel ihn für einen Geschäftsmann, der an einem ungewöhnlich heißen Tag zum Essen mit Partnern eilt, oder für einen Theaterbesucher, nur der blonde Mecki war ungewöhnlich. Auf den zweiten Blick erkannte er Florian.

»Laura meinte, ich solle Schirm und Mantel mitnehmen«, entschuldigte sich der Kommissar für die ungewohnte Ausrüstung, die im Kontrast zu seinem üblichen sportlichen Auftreten stand.

Manuel nickte verständnisvoll. Cornelia hätte ihm auch zu einem Schirm geraten oder wenigstens zu einem Regencape für das Fahrrad, aber Cornelia war fort.

Noch ein paar Meter, dann lag der Augustinerplatz vor ihnen. Neben den Tischen vom Manna sang ein heruntergekommener Typ mit einer abgegriffenen Gitarre *Lazy Sunday afternoon.* »Laisy« sang er im schönsten Cockney-Englisch, wie es die »Small Faces« im Original getan hatten. Er sang gut und seine Stimme berührte Manuel. Der Augustinerplatz glich wieder einmal einem fröhlichen Heerlager. Bei diesem Anblick fühlte er sich sofort wie befreit. Überall saßen junge Menschen, manche auf Decken, viele mit ausgestreckten Beinen und aufgestützten Händen auf dem nackten Kopfsteinpflaster, und über allem hing Stimmengewirr wie das Summen eines Bienenschwarms, der sich in die schwüle Spätsommernacht verirrt hatte. Auf dem Boden standen Bierflaschen und kleine Bierfässer. Wein wurde aus Pappbechern getrunken. Was Manuel jedes Mal angesichts der vielen Flaschen wunderte, war das Fehlen von Scherben. Die Treppe, die vor dem Atrium zur Grünwälder Straße führte, war längst vollständig besetzt. Wer hier sitzen wollte, musste rechtzeitig kommen. Auch auf dem Rand des Bächles vor dem Augustinermuseum saßen sie dicht nebeneinander wie Vögel auf einer Stromleitung, die sich zum Abflug nach Süden versammelten. Mitten auf dem Platz lag heute ein gelbes Plakat. Darauf stand ein Korb, in dem etliche Münzen und ein paar Scheine lagen. Manuel las die Worte, die mit dickem Filzstift auf den Bogen geschrieben waren.

Geld zu verschenken! Wähle Deine Realität:
1. Du könntest etwas Geld gebrauchen.
Darunter folgte ein Pfeil in Richtung zum Körbchen *»Bediene dich!«*
2. Du hast etwas Geld übrig.
Lege es in den Korb.

Manuel blieb neben dem Korb stehen. Die meisten, die die Sätze lasen, lachten und gingen weiter. Hin und wieder warf jemand eine Münze in den Korb. Nur eine junge Frau mit kurzen, rot gefärbten Haaren griff hinein und nahm einen Schein. Sie erinnerte ihn an das Mädchen aus Madrid, aber er sah sie nur von der Seite und war sich nicht sicher, ob sie es war.

Manuel dachte nach: Sollte er nehmen oder geben? Für ihn gab es zwei Realitäten: die Schulden heute und den Überfluss, in dem er die meiste Zeit seines Lebens verbracht hatte und der hoffentlich eines Tages wiederkehren würde. Florian ging weiter, ehe er sich entschieden hatte. Er folgte ihm. Wie auf einem schmalen Pfad schoben sie sich zwischen den Feiernden hindurch über den Platz zum Feierling-Biergarten.

»Hoffnungslos«, stellte Manuel fest, als sie durch den hohen Torbogen in den mit Tischen und Stühlen bis in den letzten Winkel zugestellten Hof traten. Der überfüllte und laute Biergarten löste sofort Fluchtgedanken in ihm aus.

»Glaube ich nicht«, widersprach Florian, hob den Kopf noch ein wenig höher und kämpfte sich zwischen den schwitzenden Kellnerinnen zur schmalen Treppe vor, die zu den Tischen auf der Galerie führte.

Manuel folgte ihm widerstrebend.

»Nichts zu machen«, stellte er wieder fest.

In diesem Augenblick stand ganz vorn am Geländer ein Pärchen auf. Florian drängelte sich zwischen den Tischen hindurch und erreichte die freien Plätze noch knapp vor zwei breitschultrigen und mit engen T-Shirts bekleideten jungen Männern. Florian setzte sein dienstliches Gesicht auf und nahm eine Haltung ein, als wollte er die beiden Klappstühle notfalls mit der Faust verteidigen, wenn schon nicht mit der Waffe. Als Manuel dazukam, zogen sich die beiden anderen zurück.

»Ich habe es doch gesagt«, stellte Florian triumphierend fest.

Der Platz am Geländer war wie ein Sechser im Lotto. Statt mitten im Gedränge zu sitzen, hatten sie einen Blick wie aus der Loge eines Theaters. Die Adelhauser Straße war die Bühne. Zwischen den Fußgängern schob sich eben ein schwarzer Geländewagen mit Münchner Kennzeichen langsam über das Kopfsteinpflaster der engen Gasse bis zum Gewerbekanal. Der Fahrer stoppte erst, als am Geländer abgestellte Fahrräder und Fahrradanhänger endgültig den Weg versperrten. Jetzt sah der Fahrer seinen Irrtum ein und versuchte, in der Enge zu wenden.

»Bislang haben wir nicht die geringste Ahnung, was es mit dem Blut auf sich hat«, eröffnete Florian das Gespräch, noch ehe sie ihr Bier bestellt hatten. »Kein ungeklärter Mord, der dazu passen könnte, keine unbekannte Leiche, nicht einmal ein klitzekleiner Anhaltspunkt aus der Vermisstendatei, dem wir nachgehen könnten.«

»Wisst ihr denn inzwischen, wie alt das Blut ist?«

Florian sah ihn mitfühlend an. »Ich würde dir gern eine Erklärung anbieten, die allenfalls die Historiker interessiert, aber leider gibt es bis heute keine Methode, um das Alter von nicht mehr ganz frischen Blutspuren zu bestimmen.«

Die Bedienung, eine muskulöse junge Frau in einem hautengen tief ausgeschnittenen weißen T-Shirt und einem winzigen petrolfabenen Minirock schleppte Bierkrüge wie ihre Dirndl-Kolleginnen in Bayern. Florian winkte ihr, aber sie kehrte um, bevor sie den Tisch am Geländer erreichte. Als sie sich zum zweiten Mal näherte, versuchte es Manuel – ebenfalls vergeblich. Er stand auf und ging zu ihr. Den bitteren und angestrengten Zug um den Mund bemerkte er erst jetzt, doch sie nahm die Bestellung ohne Murren entgegen. Als er zurückkam, war der Geländewagen auf der Gasse immer noch mit Wenden beschäftigt.

»Du siehst mitgenommen aus«, stellte Florian fest.

Manuel nickte. »So fühle ich mich auch. Cornelia ist fort.«

»Was heißt das?« Florian musterte den Älteren besorgt.

»Sie ist mit Pauline auf dem Hof ihres Großvaters in Schuttertal. Ob sie jemals in unser Haus zurückkommt, weiß ich nicht.«

Florian sah plötzlich betroffen aus. »Wenn ich mir vorstelle, Laura und Max wären plötzlich fort ...« Er sprach den Satz nicht zu Ende. Im nächsten Augenblick sah er wieder optimistischer aus. »Eine Frau wie Cornelia vergräbt sich doch nicht mit einem alten Mann auf einem Hof mitten im Schwarzwald. Nächste Woche ist sie wieder bei dir.«

Manuel antwortete nicht. Wie will der das wissen, dachte er. Wie will Florian voraussehen, was niemand wissen kann. In düstere Gedanken versunken, sah er zum Himmel hinauf. Wie ein schwarzes Ungeheuer in der hellen Nacht quoll dort ein Wolkenpilz dem Mond entgegen, nagte an ihm und verschlang ihn schließlich ganz. Ein helles Flackern huschte über den Himmel.

»War das ein Blitz?«, fragte Florian.

Der Donner erübrigte eine Antwort. Der späte Anlauf des Sommers würde noch heute Abend scheitern. Nach dem Donner wurde es im Biergarten einen Moment stiller, dann nahm das Getöse wieder zu, ein vielsprachiger Chor von Stimmen, die sich gegenseitig in einem fortwährenden Crescendo zu übertönen versuchten. Manuel hatte das Gefühl, dass ihn der Lärm allmählich durchlöcherte. Er dachte an die Stille im Haus, dachte an Cornelia. Unten auf der Gasse zogen Touristengruppen vorüber, dazu Paare, Familien mit Kindern, und über ihnen stand, von allen unbemerkt, vor dem obersten Fenster im Haus gegenüber ein einsamer Topf mit Basilikum ungesichert auf der Fensterbank.

Die Bedienung brachte das Bier. »Würden Sie bitte gleich bezahlen?«

Florian rührte sich nicht. »Misstrauen sie uns etwa?«, fragte er beleidigt.

Der bittere Zug im Gesicht der Bedienung verstärkte sich. »Wenn die ersten Tropfen fallen, rennen alle weg, ob sie bezahlt haben oder nicht. Ich muss den Verlust ersetzen.«

Manuel zahlte für beide.

»Was erzählen eigentlich die Nachbarn der Polizei?«, rief er gegen das Stimmengewirr an. »Irgendwo steht doch immer jemand hinter der Gardine und glotzt.«

»Niemand will etwas gesehen oder gehört haben, was mit dem Blut in eurem Keller zu tun haben könnte.«

»Und die Nachbarin mit den Gespenstergeschichten?«

Brüllendes Gelächter am Nebentisch. Manuel sah sich irritiert um, aber das Lachen hatte nichts mit ihm zu tun.

»Ich weiß von keinen Gespenstern.«

»Schade. Die alte Dame hat ihrer Tochter etwas von weißen Gestalten und nächtlichen Schreien in unserem Haus erzählt.« Er räusperte sich. Das laute Sprechen gegen den Lärm strengte ihn an. »Es hätte ja eine Spur sein können.«

»Wann soll das gewesen sein?«

»Irgendwann, bevor wir eingezogen sind.«

»Vielleicht hatte sie Angst, sich bei der Kripo lächerlich zu machen«, sagte Florian. »Oder ihre Tochter oder ihr Schwiegersohn haben ihr die Spukgeschichten verboten. Wir hatten den Eindruck, die beiden hätten ihre Mutter nur sehr widerstrebend mit der Kripo allein gelassen. Irgendetwas sollte nicht zur Sprache kommen.«

»Trinken wir auf euren Erfolg.« Manuel setzte den Halbliterkrug an und trank, bis er zum Luftholen absetzen musste. Florian leerte sein Glas mit einem Zug bis zum Grund und knallte es mit Siegesmiene auf den Tisch, als habe er eine großartige Leistung vollbracht. Florian, der durchtrainierte Kriminaloberkommissar. Manuel überging seine Niederlage ohne Kommentar. Als er so alt war wie Florian, hatte er den halben Liter auch noch in einem Zug trinken können, jetzt war er aus der Übung gekommen. Eine Weile saßen sie sich stumm gegenüber. Unten zog ein Nachtwächter in langem Mantel und mit Zopfperücke unter dem Zylinder, eine Petroleumlampe schlenkernd, vorbei, zwei Dutzend Touristen folgten ihm. Der Geländewagen war verschwunden. Manuel faltete einen liegengebliebenen Kassenzettel zu einer Schwalbe und ließ sie fliegen. Ein paar Meter hielt sie die Höhe der Galerie, dann stieß sie gegen den Ast einer Kastanie und stürzte trudelnd in die Tiefe.

»Und was sagt der taube Vater des Behinderten?«, fragte Manuel endlich.

»Wir haben ihn schriftlich befragt, aber er hat auf jede Frage nur den Kopf geschüttelt, sogar auf die Frage, ob er Herr Hafner sei.«

»Und der Behinderte?«

Florian zuckte mit den Schultern. »Der kann sich nicht äußern.«

»Seid ihr sicher?"

»So steht es im Protokoll."

Eine Frau am Nebentisch stieß einen Schrei aus, als der nächste Blitz den Biergarten taghell erleuchtete. Der Donner folgte in kurzem Abstand. Florian versuchte der Bedienung zu winken, aber sie sah mit einer staunenswerten Beharrlichkeit an ihm vorbei. Schließlich gab er auf.

»Du bezweifelst das?«

»Jemand, der selbstständig mit dem Rollstuhl fährt, muss auch in der Lage sein, mit anderen zu kommunizieren. Einen Computer zu bedienen dürfte keine größeren Fähigkeiten voraussetzen als allein im Straßenverkehr zurechtzukommen.«

»Wenn er kommunizieren könnte, warum tut er es denn nicht?«

»Wie soll ich das wissen? Vielleicht fehlen ihm die technischen Voraussetzungen. Vielleicht hat sich niemand darum gekümmert.«

Ohne dass sie nach ihr gerufen hatten, stand plötzlich die Bedienung an ihrem Tisch. »Darf es noch etwas sein?«

Noch mal dasselbe für beide«, sagte Florian und legte sein Portemonnaie demonstrativ auf den Tisch.

»Warum bist du ausgerechnet an dem Behinderten so interessiert?«

»Weil er den ganzen Tag am Fenster sitzt und auf die Straße starrt, genau wie sein Vater. Wahrscheinlich tun das die beiden schon seit Jahren.«

»Verstehe. Wir werden noch mal bei ihm nachhaken.«

Manuel leerte sein Glas, als die Bedienung mit zwei vollen Bierkrügen an ihren Tisch kam. Florian bezahlte gleich und legte ein großzügiges Trinkgeld dazu. Offenbar wollte er seine Bemerkung beim ersten Bier wieder gutmachen. Die Blitze zuckten jetzt in rascher Folge.

»Was haltet ihr von den Geschwistern Hornberger?«, fragte Manuel.

»Er hat Angst vor seiner Schwester und ist paranoid und sie ist eine hysterische aufgedonnerte und herrschsüchtige alte Schachtel.« Er prostete Manuel zu. »Kennst du eigentlich die Leute, die in dem Haus neben der Familie mit der Gespensteroma wohnen?«

Manuel schüttelte den Kopf. »Ich habe dort hin und wieder jemanden rein- oder rausgehen sehen. Ich weiß nur, dass die Oma dort eine Terrorzelle vermutet.«

»Wie kommt sie darauf?« Florian war plötzlich hellwach.

»Wahrscheinlich nur, weil es dort eine WG gibt und ständig verschiedene Männer und nur manchmal auch Frauen ein- und ausgehen. Deswegen wollte ich ja nicht ausschließen, dass auch der Tätowierte zumindest zeitweilig dort wohnt.«

»Was weißt du noch über die WG?« Der Kommissar hatte sich vorgebeugt und sah seinen Freund gespannt an.

»Nichts, aber warum fragst du so? Was wisst ihr über die Typen?«

Florian schüttelte den Kopf. »Tut mir leid, aber das darf ich dir nicht erzählen.«

Da war sie wieder, die kalte Hand, die nach Manuel gegriffen hatte, als er den Tätowierten am Zaun gesehen hatte. Ein terroristisch motivierter Mord in seinem Keller?

Ein lautes Rauschen in den Kastanien erfüllte unvermittelt die Luft, und für einen Augenblick schienen die Menschen im Biergarten den Atem anzuhalten. Dann sprangen die ersten auf, andere folgten und stürzten davon durch den plötzlich heftig strömenden Regen. Florian spannte seinen Schirm auf, der für beide reichte. Sie blieben sitzen. Die Leute gebärdeten sich, als wäre im Biergarten eine Bombe detoniert, dachte Manuel. Er hatte schon manchmal mit einem Schrecken überlegt, wie es wäre, wenn in seiner Nähe eine Bombe hochgehen würde, in einem gemütlichen Café, auf einem überfüllten Markt, in einer Kirche während des Weihnachtsgottesdienstes. Die Detonation, danach Stille für einen Augenblick. Erst dann die Schreie. Wir leben mit Wahrscheinlichkeiten, dachte er, eine Bombe gehörte nicht zu dem, womit ein Europäer rechnen musste. Ein Gewitter mit Platzregen schon. Bomben waren Teil einer anderen Welt. Der Kommissar hob sein Glas und sagte etwas.

»Was hast du gesagt?«, rief Manuel durch den Lärm des auf den Schirm prasselnden Regens.

»Auf Laura«, wiederholte Florian.

Sie blieben nicht lange trocken. Der Sturm trieb den Regen unter den Schirm und zu ihren Füßen lief das Wasser in immer größeren Pfützen zusammen. Manuel suchte mit den Augen nach dem Topf mit Basilikum. Die Fensterbank war leer. Sie brachen auf, als sich der Regen in Hagel verwandelte und das Wasser aus den Pfützen bis zu ihren Knien spritzte. Unterm Schwabentor warteten sie inmitten einer durchnässten Menschenmenge bis Mitternacht vergeblich auf das Ende des Unwetters.

Nass wie er war ging Manuel in die Küche. Herberts Fressnapf stand noch immer unberührt. Seit zwei Stunden goss es in Strömen und noch immer zuckten einzelne Blitze und krachte der Donner. Er konnte sich nicht vorstellen, dass Herbert bei einem solchen Gewitter freiwillig draußen blieb. Manuel ließ sich auf einen Küchenstuhl fallen und spürte, wie die Nässe auf seiner Haut zu einer eiskalten Hülle wurde. Er fror, aber er stand nicht auf. Wo war Herbert? Lebte er überhaupt noch? Seine Stimmung, die sich im Biergarten gebessert hatte, war wieder auf dem Nullpunkt. Endlich stand er auf und zog sich trockene Kleidung an. Seine Schuhe hatten auf dem hellen

Steinboden der Küche nasse Flecken hinterlassen. Er wischte sie sorgfältig auf, dann stellte er Herbert frisches Futter und Wasser hin. Er glaubte nicht daran, dass er einfach so, als wäre nichts gewesen, wiederkommen würde. Schließlich kontrollierte er noch einmal die Katzentreppe, die zum Balkon vor Paulines Zimmer führte. Hier war alles in Ordnung.

Er hatte morgen früh zu Cornelia und Pauline nach Schuttertal fahren wollen, doch was würde Herbert tun, wenn er zurückkäme und das Haus nicht nur den ganzen Tag, sondern auch in der Nacht völlig verlassen vorfände? Würde er wieder fortlaufen und in Cornelias alter Wohnung nach ihr suchen? Nein, er musste hierbleiben. Er musste dem Wunder eine Chance geben.

Als der Regen nachließ, ging er noch einmal nach draußen. Die Straße war menschenleer, nicht einmal ein Auto fuhr. Drüben, wo der Behinderte wohnte, brannten wieder die drei Grablichter hinter der Fensterscheibe.

Nach den Gewittern in der vergangenen Nacht begann der nächste Tag grau wie im November und die tief hängenden Wolken drückten wie tonnenschwere Gewichte auf Manuels Gemüt. Der vergangene August hatte alle Rekorde der letzten Jahre gebrochen, was die Regentage betraf, der September schien nicht besser zu werden. Von nun an wurden die Tage rasch kürzer. Im Winter würde die Sonne um halb fünf untergehen, vier Stunden früher als jetzt. – Unvorstellbar.

Der Garten sah trostlos aus, ein Haufen Matsch, auf dem sie wohl niemals Rasen säen würden. Hinten am Zaun standen die Sträucher, die Cornelia voller Optimismus gepflanzt hatte. Neue Pflanzen waren immer mit der Hoffnung verbunden, dass alles bald noch schöner würde, doch deren ohnehin spärliche Blätter waren durch den Hagel noch weniger geworden – ein deprimierender Anblick. Minuten stand er so und gab sich schwarzen Gedanken hin, bis er sich endlich vom Fenster abwandte. Er ging zum Gartenhäuschen und holte die Gießkanne, als könnte er den Pflanzen mit etwas Wasser ein lebensfrohes Aussehen zurückgeben, doch der Boden war ohnehin vom Regen völlig durchtränkt. Er gab seinen Plan auf. Die Sträucher schienen entschlossen, ohne Gegenwehr dem Herbst entgegenzuwelken.

Als er zum Haus zurückkehrte, waren seine Schuhe vom schweren Lehmboden verschmiert. Nach dem heftigen Regen über die aufgeweichten und glitschigen Wege zum Rosskopf zu fahren, wäre eine echte Herausforderung, dachte er, eine, deren Bewältigung ihn etwas zufriedener machen würde. Erst jetzt fiel ihm sein nächtlicher Aufstieg zum Gipfel wieder ein. Er konnte es nicht fassen, dass er die ganze Zeit nicht mehr an den winzigen Wohnwagen im Wald gedacht hatte. Herbert und der Hof in Schuttertal verschwanden aus seinen Gedanken und an ihre Stelle traten das Ei zum Wohnen im Wald und die bunten Lampions, als wäre es ein Szenenwechsel im Theater. Fünf Minuten später war er auf dem Weg zum Rosskopf. Die Wege waren noch matschiger, als er befürchtet hatte, und das Hinterrad fasste nicht auf dem rutschigen Boden. Dennoch fühlte er sich freier mit jedem Höhenmeter, den er überwand. Mehr als eine Stunde brauchte er heute, bis er oben war.

Auch an diesem Tag war er nicht der einzige Mountainbiker beim Aussichtsturm, war es noch nie gewesen, nicht einmal, wenn an Wintertagen die Wege in der Höhe schneebedeckt waren. Der Fahrweg zwischen den Windrädern hingegen war menschenleer. Dichter Nebel verdeckte die riesigen Flügel und die Nässe tropfte von den Bäumen. Er brauchte nicht lange zu suchen, bis er zwischen den wildwuchernden Büschen die kleinen Fichten entdeckte, die abseits des Weges in einer Reihe dicht nebeneinander zu wachsen schienen. Er legte sein Rad neben dem Weg ab und kämpfte sich durch das nasse Gestrüpp auf die grüne Wand zu. Irgendjemand war hier gewesen und hatte die Fichten, die er vor ein paar Tagen achtlos umgeworfen hatte, sorgfältig wieder aufgestellt. Dieses Mal ließ er die Bäumchen unberührt und näherte sich in einem Bogen der Stelle, an der er den Wohnwagen vermutete. Da stand es auch noch, das grün angestrichene Ding, kaum sichtbar in seiner Winzigkeit. Der Tisch in dem kleinen Vorzelt war unverändert, aber die Campingstühle standen anders, als er sie in Erinnerung hatte. Die Lampions waren nass und hingen wie schlaffe bunte Säckchen zwischen den Bäumen. So leise wie möglich näherte er sich dem Wagen aus der Richtung, die von dem winzigen Fensterchen nicht eingesehen werden konnte. Wenige Meter vom Vorzelt entfernt blieb er stehen. Der Handschuh, der bei seinem letzten Besuch vor dem Wohnwagen gelegen hatte, war fort. Er ging die letzten Meter und versuchte wieder in den Wagen hineinzusehen, aber die Gardinen waren zu dicht und das Innere des Wagens zu dunkel, als dass er etwas erkennen konnte. Auch von innen war kein Ton zu hören. Er klopfte an die Tür, aber alles blieb still. Nach kurzem Zögern drehte er an dem Knopf, mit dem die Tür zu öffnen war. Sie war verschlossen. Kaum mehr als zwanzig Meter hatte er sich von dem grünen Ei entfernt, als er sich noch einmal umsah. Es war verschwunden. Die Nebelschwaden hatten es verschluckt.

Er beschloss über die Rottecksruhe zurückzufahren, wo er bis zu seiner nächtlichen Wanderung noch nie gewesen war, doch er kam nicht weit. Kurz vor dem Martinsfelsen versperrte ein rot-weißes Band den Weg. Er stieg ab und lauschte. Der heisere Schrei einer Krähe direkt über ihm im Geäst einer mächtigen Buche erschreckte ihn. Danach war es wieder still, bis die Krähe ein zweites Mal schrie. Sie breitete die Flügel aus und flog zum Felsen hinüber. Jetzt hörte er menschliche Stimmen, ohne zu wissen, von wo sie kamen. Nach einer Weile entdeckte er mehrere Gestalten, kaum erkennbar zwischen den im Nebelgrau verschwimmenden Stämmen der hohen Bäume. Sie standen am Geländer, das den Martinsfelsen sicherte. Manuel lehnte sein Mountainbike an einen Baum und umging die Absperrung, bis er den Platz über dem Martinsfelsen deutlicher erkennen konnte. Neben zwei dunkel Gekleideten, und ebenso untätig wie diese, standen zwei Männer mit orangefarbenen leuchtenden Westen, wahrscheinlich irgendwelche Retter. Ein Unfall am Martinsfelsen? Eine Weile wartete er vergeblich, dass etwas geschah, dann kehrte er zu seinem Rad zurück. Er stutzte, als ihm die Aufschrift auf dem rot-weißen Band auffiel: Polizeiabsperrung. Es musste mehr passiert sein als einer der Unfälle mit Wanderern oder Moutainbikern, die sich zu Dutzenden jedes Jahr im Schwarzwald ereigneten. Beunruhigt über das Unglück, das sich hier ereignet haben mochte, fuhr Manuel zurück. Bald stieß er auf eine Fahrstraße, die ebenfalls abwärts führte. Eine große dunkle Limousine tauchte in einer Kurve auf, kam näher und parkte hinter einem Fahrzeug der Bergwacht, an dem er eben vorbeigefahren war. Es war ein Leichenwagen.

Manuel fuhr langsam weiter. Ein Toter am Martinsfelsen? Ein Kletterer? Das wäre verwunderlich. Der Abgrund unter dem Fels war nicht sehr tief und das dicht wuchernde Gestrüpp würde jeden Sturz bremsen. Außerdem hatte er dort noch nie Kletterer gesehen. Bei der nächsten Verzweigung verließ er den Fahrweg wieder. Er wollte vermeiden, dass ihn der Wagen mit einer Leiche überholte. Die Leiche im eigenen Keller war genug.

Als er viel langsamer als sonst den steilen Wanderweg hinunterfuhr, ließ ihn der Gedanke nicht los, dass der verlassene Wohnwagen im Wald etwas mit dem Toten zu tun haben konnte. Ein Wohnwagen mitten im Wald war ebenso ungewöhnlich wie ein Toter oder eine Tote am Felsen. Vielleicht gab es eine Verbindung. Erst jetzt fiel ihm ein, dass er Florian gegenüber den Wagen mit keinem Wort erwähnt hatte, auch nicht, wessen Skizze ihn dorthin geführt hatte. Das war es gewesen, was er ihm kürzlich am Telefon hatte sagen wollen und was ihm nicht wieder eingefallen war. Zu Hause wählte er Florians Nummer, doch er erreichte ihn nicht. Er schrieb ihm eine E-Mail:

»Am Rosskopf steht bei den Windrädern ein kleiner Wohnwagen im Wald. Vielleicht war der Tote vom Martinsfelsen dort. Soll ich dir den Wagen zeigen?«

An diesem Abend wartete er vergeblich auf eine Antwort.

*

Es ist still geworden dort drüben. Das kleine Mädchen mit den dunklen Locken ist fort mit ihrer Mutter. Gestern waren sie für ein paar Stunden zurückgekehrt, sie haben zwei Koffer zum Auto getragen, als wollten sie länger verreisen. Auch die Katze habe ich nicht mehr gesehen. Ob sie überhaupt noch lebt? Der Mann ist allein zurückgeblieben. Er sieht traurig aus, vielleicht, weil er einsam ist.

Ich weiß, was Einsamkeit bedeutet. Die Verbindungsstücke zwischen meinem Körper und der Welt sind technische Bauteile. Wenn sie funktionieren, öffnen sie mir eine Tür aus der Einsamkeit. Eine andere Tür aus der Einsamkeit ist verschlossen: die der Zuneigung. Ich wünsche mir einen Menschen, der mich ansieht ohne Scheu und Ekel, so wie früher, als ich ein Schulkind war. Wenn sich kein Mensch mehr findet, wünsche ich mir ein Tier. Ich wünsche mir eines, das auf meinen Schoß springt, das sich an mich schmiegt und mich wärmt. Ich wünsche mir ein Tier, das meine Einsamkeit erträglicher macht und dem ich dafür nichts schulde.

Meine Mutter hat oft geweint und ich habe früh gewusst, sie weint meinetwegen, sie weint, weil ich nicht bin wie andere Kinder. Folglich war ihr Weinen meine Schuld, und darüber war ich sehr traurig. Eines Tages ging meine Mutter fort. Sie hat mir nicht gesagt, wohin sie geht und warum sie fort muss und für wie lange sie wegbleiben wird. Jahr für Jahr habe ich darauf gewartet, dass sie zurückkommt, aber das Warten war vergeblich. Damals dachte ich, es ist meine Schuld, dass sie nicht wiederkommt, heute weiß ich, dass sie tot ist. Ich war niemals an ihrem Grab. Für mich ist es unerreichbar.

Manchmal, wenn mein Leben erträglich ist, habe ich den Wunsch, nicht früh zu sterben. Dann stelle ich mir vor, meinen Vater, meine Wohnung und meine Stadt zu verlassen. Nur so kann ich meinem Mörder entkommen. Ich hoffe es noch, doch jeder Moment kann mein letzter sein. Ohne die geringste Vorwarnung werde ich die unsichtbare Grenze überschreiten müssen, hinter der nichts mehr ist. Er lauert auf den richtigen Augenblick, ich sehe es an seinen Augen. Den Entschluss hat er längst gefasst. Ich weiche ihm nicht aus. Der eigene Tod ist nicht das Schlimmste, was einem Menschen widerfahren kann. Der Tod regelt so vieles.

*

Am Sonntag setzte sich Manuel nicht mehr zum Frühstück an den Küchentisch. Die leeren Stühle an einem Morgen, an dem er viel Zeit für die Familie gehabt hätte, deprimierten ihn. Er strich Butter auf ein ausgetrocknetes Stück Hefezopf, schaltete die Kaffeemaschine ein, legte eine Kapsel ein, wartete, bis das Wasser heiß war, und drückte auf den Startknopf. Der Kaffee duftete wie immer, aber er konnte sich nicht darüber freuen. Mit der Tasse in der einen und dem Stück Hefezopf in der anderen Hand stellte er sich ans Fenster und versuchte, sich die kommenden Wochen und Monate vorzustellen. Er litt darunter, dass er keinen Plan B hatte, falls Cornelia nicht zurückkäme, aber jeder Versuch, über einen Ausweg nachzudenken, scheiterte schon in den ersten Ansätzen. Wenn ihm wenigstens Herbert Gesellschaft geleistet hätte! Je länger er darüber nachdachte, umso wahrscheinlicher schien ihm, dass Herbert versucht hatte, in seine vertraute Umgebung zurückzukehren. Vermutlich war sein Ziel Cornelias alte Wohnung in der Dreikönigstraße.

Er setzte sich an den Computer und schrieb in großen Buchstaben »Kater vermisst«. Darunter in etwas kleinerer Schrift: Langhaarmischling, schwarz mit weißem Gesicht und weißer Schwanzspitze, hinkt mit dem rechten Hinterbein, hört auf den Namen Herbert. Er zögerte. Hörte er wirklich auf Herbert? Hörte er überhaupt auf irgendetwas? Er kam, wann es ihm gefiel, und verschwand, wie es ihm passte. Da konnte man so oft »Herbert« rufen, wie man wollte. Er ließ den Satz trotzdem, wie er war, und fügte seine Telefonnummern und ein Foto von Herbert ein. Mit dem unguten Gefühl, dass auch diese Aktion Herbert nicht zurückbringen würde, druckte er dreißig Exemplare aus. Dann stieg er auf sein Fahrrad und verteilte die Vermisstenmeldung weiträumig in Herdern, im Stadtgarten, den angrenzenden Straßen und in der Wiehre in der Nähe von Cornelias alter Wohnung. Mit Schrecken dachte er daran, dass Herbert auf dem Weg dorthin die B 31 überqueren musste, die stark befahrene Straße, die vierspurig die Stadt zerteilte.

Auf dem Rückweg sah er Sibylle vor dem Herdemer Bauernmarkt. Er hielt an, um mit ihr zu reden, aber sie nickte ihm nur flüchtig zu, schlug rasch eine andere Richtung ein und verschwand mit dem Kinderwagen zwischen den Marktständen. Irritiert fuhr er weiter.

Gegen Mittag hatte Florian immer noch nicht auf seine Mail geantwortet. Manuel hielt das untätige Warten nicht mehr aus. Kein Herbert, keine Nachricht von Florian, kein Fortschritt in der Frage, was sich in ihrem Haus ereignet hatte. Jetzt setzte er sich doch ins Auto, um nach Schuttertal zu fahren.

Bei Riegel verließ er die A5 und fuhr auf den Schwarzwald zu. Kurz hinter Malterdingen lag ein Bündel auf der Straße. Er fuhr langsamer. Das Bündel war eine tote Katze, die mit ausgestreckten Beinen auf dem nassen Asphalt lag. Ihr von Blut und Nässe verklebtes Fell war schwarz. Manuel erschrak. Er hielt an und stieg aus. Die tote Katze war viel kleiner als Herbert und auch ihre Pfoten waren weiß, nicht nur die Schwanzspitze und das Gesicht. Er atmete auf. Nein, natürlich war es nicht Herbert, wie hätte er hierher kommen sollen? Als er noch überlegte, ob er das Tier an den Straßenrand legen sollte, näherte sich ein Lieferwagen und überfuhr es. Zutiefst erschüttert wandte er sich von dem zu einer formlosen Masse gewordenen Kadaver ab. Auch dieses Tier hatte ein Zuhause gehabt, dachte er, und sicher gab es Menschen, die es in ihr Herz geschlossen hatten. Jetzt würden sie vergeblich auf seine Rückkehr warten. Tief betrübt fuhr er weiter. Hinter Malterdingen hielt er auf Freiamt zu. Er liebte die kleinen Weiler in dem hügeligen, grünen Land und den weiten Blick, der sich hier bot, doch heute wehten nasse Schwaden über die Straße und verhüllten die Landschaft mit einem grauen Schleier. Kein Auto begegnete ihm. Oben in Ottoschwanden war der Nebel wie eine graue Wand. Das Thermometer zeigte jetzt nur noch zwölf Grad. Je näher Manuel seinem Ziel kam, umso mehr bedrückte ihn der Gedanke an das finstere Bauernhaus und den alten Mann, der dort einsam hauste. Durch dichten Buchenwald führte nun die Straße in engen Kurven steil hinab ins Tal der Schutter. Dann öffnete sich der Wald und die weiten Wiesen des Tals lagen vor ihm. Wenig später hatte er den Ortsteil Dörlinbach erreicht. Manuel bog in einen schmalen asphaltierten Weg ein, der zum Waldrand aufwärts zog, und parkte den Wagen. Ehe er ausstieg, warf er einen Blick auf sein Handy. Er hatte sich nicht geirrt: Kurz vor Freiamt war eine SMS eingegangen.

»Der Tote vom Martinsfelsen ist der Tätowierte von eurem Zaun. Wo steht der Wohnwagen?« Die SMS war von Florian. Manuel verfluchte die moderne Technik. Er wollte das jetzt nicht wissen. Er schrieb Florian, wo er den Wagen gefunden hatte. Im nächsten Augenblick piepste sein Handy. »Die Nachricht konnte nicht gesendet werden«, las er auf dem Display. Hier hatte er keinen Empfang. Eine Weile blieb er noch im Auto sitzen. Wie er Cornelia und Pauline mit diesem Wissen gegenübertreten sollte, wusste er nicht. Er empfand keine Erleichterung, dass es diesen Menschen nicht mehr gab. Ihn packte die Furcht vor dem, was den Tod herbeigeführt haben mochte.

Die letzten Meter ging er auf einem ansteigenden Feldweg, vorbei an knorrigen Obstbäumen und stämmigen Schwarzwaldpferden, deren helle Mähnen vor Nässe trieften. Dann stand er vor dem verkommenen Schwarzwaldhaus. Die Bretter, mit denen die beiden runden Torbögen im Sockelgeschoss verrammelt waren, ließen den Hof verwaist erscheinen. Er ging um das Haus herum bis zur Eingangstür. Sie befand sich hangwärts auf der Längsseite des Hauses unter einem schiefen Holzbalkon, an dem neben ein paar dunklen Wäschestücken eine verbeulte Zinkwanne an einem Querbalken hing. Durch einen Spalt zwischen den schmutzigen Gardinen vor einem der Fensterchen im Erdgeschoss sah er Pauline und Cornelia auf einer Eckbank an einem groben Holztisch sitzen. Sie hatten sich Wolldecken um die Schultern gelegt und spielten mit unzufriedenen Gesichtern »Mensch ärgere dich nicht«. Den Alten sah er nicht. Manuel drückte die Klinke hinunter. Sie hatten nicht abgeschlossen, wie es früher hier überall üblich gewesen war. Mit einem lauten Knarren schwang die Tür auf. In dem winzigen Flur roch es nach Heizöl und dem Rauch von Holzfeuer. Als er sich an die Dunkelheit gewöhnt hatte, erkannte er eine schmale Stiege, die neben dem Eingang ins obere Stockwerk führte. Über dem Geländer hing eine schmutzige Hose aus grobem Stoff, auf dem Boden standen alte Gummistiefel. Neben der Stiege war eine Tür, die nach seiner Erinnerung zur Stube führen musste. Er klopfte an und trat ein. In diesem Augenblick fegte Pauline mit einer heftigen Bewegung die Figuren vom Brett. »Das Spiel ist doof, außerdem ist mir kalt.«

Mit ihren zusammengepressten Lippen und der steilen Falte auf der Stirn sah Cornelia nicht zufriedener aus als ihre Tochter. »Dann hören wir eben auf damit«, sagte sie mühsam beherrscht und klappte das Spiel zusammen. Sie bemühte sich vergeblich um ein zuversichtliches Gesicht, als sich Manuel über sie beugte und sie küsste.

Pauline sah teilnahmslos geradeaus, als hätte sie Manuel noch gar nicht bemerkt.

»Hallo Pauline. Warst du schon bei den Pferden?«

Auch jetzt sah sie nicht auf. »Nein.« Es klang wie »Rutsch mir den Buckel runter!«

»Schön, dass du gekommen bist«, mischte sich Cornelia ein. »Wir hatten gerade überlegt, ob wir einen kleinen Spaziergang machen.«

Cornelia wollte raus aus dieser Dunkelheit und Enge, dachte er, aber Pauline hasste Spazierengehen. »Gern«, sagte er. »Der Regen lässt gerade etwas nach. Außerdem ist es hier drinnen wirklich kalt.«

»Der Ölofen funktioniert nicht richtig.« Cornelias Stimme klang vorwurfsvoll, als sei die Kälte seine Schuld.

»Warum heizt ihr nicht mit dem Kachelofen?«

»Das Holz war gestern noch zu feucht.«

»Hm«, machte er. »Wo ist eigentlich dein Großvater?«

Cornelia zeigte zu dem mächtigen moosgrünen Kachelofen, der in einer Ecke des Zimmers stand. Darüber trockneten alte

Wollstrümpfe und flache Gummischuhe an einem Lattengestell. Erst jetzt sah Manuel neben der hinteren Ecke des Ofens knochige Knie in groben Tuchhosen und darunter Füße mit braunen Wollsocken, die in alten karrierten Pantoffeln steckten. Manuel ging hinüber, um Cornelias Großvater zu begrüßen, der auf der Rückseite des kalten Kachelofens auf der Ofenbank kauerte.

»Hä?«, sagte der Alte. Er verstand nicht, was Manuel sagte und wusste wohl auch nicht, wer da gekommen war.

Cornelia stand auf. »Opa, das ist der Manuel, mein Freund.«

»Hä?«, sagte der Alte wieder.

Manuel wandte sich an Pauline: »Wollen wir den Kachelofen anheizen?«

Paulines Gesicht blieb missmutig. »Das schaffst du auch nicht, wenn Mama es nicht kann. Der Ofen qualmt und stinkt nur.«

Ihr Vertrauen in seine Fähigkeiten war nach wie vor gering.

»Wir versuchen es einfach«, sagte er.

»Wenn wenigstens Herbert hier wäre«, stöhnte Pauline und rollte sich in ihre Decke. »Der könnte mich wärmen.«

Er lachte, obwohl ihm beim Gedanken an Herbert elend zumute wurde.

»Wie geht es ihm denn?«, wollte Cornelia wissen.

»Gut«, log er und fühlte sich noch mieser. »Ich glaube, er vermisst euch.«

»Ich will zu Herbert!«, rief Pauline aus. »Warum muss ich denn überhaupt auf diesem blöden Bauernhof bleiben?«

»Du wolltest doch selbst gern hierherkommen, und wenn morgen die Sonne scheint und du zu den Pferden kannst, sieht alles gleich ganz anders aus«, versucht er Pauline zu trösten.

Cornelias Gesicht sah bei seinen Worten sofort zuversichtlicher aus. »Hat das der Wetterbericht gesagt?«

Er schüttelte den Kopf.

»Sondern?«

»Wetteronline prophezeit Regen für die nächsten drei Tage und Höchsttemperaturen zwischen zwölf und fünfzehn Grad. In der zweiten Wochenhälfte soll es besser werden.«

Sofort zeigte Cornelias Gesicht wieder Regenwetter, wie es den Vorhersagen angemessen war. Paulines Gesicht hingegen veränderte sich nicht. Regen oder Schauer, neun oder achtzehn Grad, das alles sagte ihr nicht viel.

»Ich habe Hunger«, mischte sie sich in das Gespräch.

»Aber wir haben doch gerade gegessen.«

»Es hat mir aber nicht geschmeckt.«

Manuel dachte an die Riesenportionen Pommes in der Lieberatsbergstube, wo sie bei seinem letzten Besuch gewesen waren, aber aus Rücksicht auf Cornelias Hang zu gesundem Essen sprach er es nicht aus.

»Wir könnten zur Lieberatsbergstube fahren«, schlug Cornelia nun selbst vor.

»Aber nur, wenn ich Pommes essen darf«, rief Pauline und sah plötzlich nicht mehr ganz so unzufrieden aus. Schade, dachte er. Der Vorschlag hätte von ihm kommen können.

»Ich kümmere mich um den Kachelofen«, versprach er. »Sobald er brennt, fahren wir und wenn wir zurückkommen, ist es hier warm.«

»Das schaffst du nie«, stellte Pauline fest. In Cornelias Gesicht las er dieselbe Skepsis. Jetzt packte ihn der Ehrgeiz. Mit zwei leeren Eierkartons, einer Handvoll Reisig und ein paar fein gespaltenen Stücken Fichtenholz gelang es ihm tatsächlich, die inzwischen halbwegs trockenen dicken Scheite in Brand zu setzen. Der erwartete Beifall blieb trotzdem aus. Jede Freude war bis auf weiteres der Kälte zum Opfer gefallen. Auch der Alte nahm keine Notiz von seinem Tun.

Manuel ließ sich auf ein altes, mit einem verschlissenen Teppich abgedecktes Sofa fallen. Es ächzte unter seinem Gewicht.

»Ich glaube, ich habe das spanische Mädchen auf dem Augustinerplatz gesehen«, erzählte er. »Ich war mit Florian auf dem Weg zum Feierling-Biergarten.«

»Mit Florian?« Das Mädchen schien Cornelia nicht zu interessieren. »Wusste er etwas Neues?«

»Nicht viel. Der Alte aus dem Haus gegenüber hat keine Frage beantwortet und sein Sohn konnte sich nicht äußern. Die anderen Nachbarn wollen nichts Besonderes beobachtet haben.«

»Und nun?«

»Sie wollen versuchen, doch noch irgendwie mit dem Behinderten zu kommunizieren.«

»Fahren wir jetzt?«, unterbrach Pauline das Gespräch, ehe er über den Tod des Tätowierten geredet hatte. Cornelia nickte. Draußen fiel mittlerweile der Regen wie ein dichter grauer Vorhang, wahrlich nicht das richtige Wetter, um Pauline zu zeigen, dass Spazierengehen keine Strafe ist.

Cornelia fragte den Alten, ob er mitkommen wolle.

Er schüttelte den Kopf und sie wussten nicht, ob er die Frage überhaupt verstanden hatte.

Neben der Kirche von Dörlinbach begann ein schmales Bergsträßchen, auf dem sie durch ein grünes Tal aufwärts fuhren. Kurz vor einem großen Hof mit einer alten Wassermühle kam ihnen ein Traktor mit Anhänger entgegen. Manuel fuhr ein paar hundert Meter im flotten Tempo bis zur nächsten Ausweichstelle rückwärts. Als sein Blick Pauline streifte, glaubte er so etwas wie Anerkennung in ihrem Gesicht zu entdecken. Wenig später saßen sie an einem Tisch am Fenster des Berghauses, von wo sonst der Blick weit über die liebliche Landschaft des Schuttertals reichte. Heute war alles grau und von der Landschaft war nichts zu sehen.

Als sie am späten Nachmittag zum Hof zurückkehrten, war es in der niedrigen Stube warm geworden. Der Alte saß immer noch auf der Ofenbank. Seine faltigen Wangen waren von der Wärme gerötet. Manuel verabschiedete sich bald. Der Gedanke an den verschwundenen Kater ließ ihm keine Ruhe.

»Wann kommt ihr wieder?«, fragte er Cornelia beim Abschied.

Ihre Antwort war die gleiche wie jedes Mal, wenn er fragte: »Ich weiß es nicht.«

»Am Montag in einer Woche beginnt wieder die Schule.«

Cornelia nickte wortlos.

Bei seiner Rückkehr war das Haus so leer, wie er es verlassen hatte. Herbert war noch immer verschwunden. Es war ein Fehler gewesen, Cornelia sein Verschwinden nicht einzugestehen. Vielleicht hätte sie eine Idee gehabt, die ihnen den Kater zurückbringen würde. Er versuchte sich in Cornelia und ihre nützlichen Gedanken hineinzuversetzen, aber seine eigenen kreisten nur sinnlos um den unberührten Futternapf, ohne eine brauchbare Richtung einzuschlagen. Er versuchte den Kommissar anzurufen. Als er ihn nicht erreichte, schickte er die Nachricht ab.

Einen einzigen Vorteil hatte das verlassene Haus: Er konnte so lange und so laut er wollte Opern hören. Pauline mochte die Opernarien nicht und nicht einmal für die Arie von Papageno und Papagena aus der Zauberflöte hatte er sie begeistern können. Deswegen hatte er sich in den letzten Wochen darauf beschränkt, diese Musik nur leise zu hören und nur, wenn sie schlief.

Im CD-Player lag noch immer Bizets Oper Carmen. Er drehte den Ton lauter, bis er das Gefühl hatte, er säße mitten im Orchester. Schon als in der Ouvertüre zum ersten Mal das Carmenmotiv erklang – eine kurze bedrückende Folge von absteigenden Tönen und am Ende zwei Paukenschläge – war es ihm, als griffe die Bedrohung in sein eigenes Leben ein. Die Pauken: Todesdrohung und Schicksalsschläge zugleich. Erst die Habanera – Carmens Arie *L'amour est un oiseau rebelle* – heiterte ihn ein wenig auf.

Manuel gab sich der Musik hin und lauschte bis zu der Szene, in der Carmen Don José aus den Karten liest: *Carreau! Pique! ... Le Mort!* Plötzlich fühlte er sich von der Prophezeiung so bedroht, als habe Carmen für ihn das Schicksal aus den Karten gelesen. Er sprang auf, schaltete das Gerät aus. Im nächsten Augenblick umgab ihn die absolute Stille des verlassenen Hauses. Karo! Pique! ... Der Tod! Manuel stand auf und ging unruhig durch alle Zimmer, aber alles war wie immer. Was ihn befallen hatte, war dasselbe unsinnige Vorgefühl eines Unglücks wie am ersten Abend in diesem Haus, als er neben der schlafenden Pauline gestanden hatte. Wieder fragte er sich vergeblich, was ihn so ängstigen mochte. Er ging in die Küche, wo noch eine angebrochene Flasche Rotwein stand. Mit einem vollen Glas kehrte er ins Wohnzimmer zurück. Völlig normal war das, was ihn soeben befallen hatte, redete er sich ein. Nur seine Einsamkeit, das Schicksalsmotiv und Carmens düstere Voraussage hatten ihn verstört. Eine solche Oper wurde ja gerade deswegen geschrieben und so gern gehört, weil sie Emotionen auslöste! Das hatte gar nichts mit seinem eigenen Schicksal zu tun. Auch später beim Einschlafen wurde er das Schicksalsmotiv nicht los. Unerbittlich wie von einer hängen gebliebenen Schallplatte wiederholten sich die Töne in seinem Kopf und am nächsten Morgen wurde er von ihnen geweckt.

Auch über Nacht war kein Wunder geschehen. Manuel betrachtete unschlüssig den vollen Futternapf. Lohnte es sich überhaupt, jeden Tag frisches Futter hinzustellen und – was das Unangenehme daran war – das alte zu entsorgen? Noch hatte er die Hoffnung auf Herberts Rückkehr nicht völlig aufgegeben. Er schüttete das alte Fleisch in den Müll und verschnürte den Beutel, um ihn in die Mülltonne zu werfen. Dann reinigte er den Napf sorgfältig, ehe er neues Futter hineintat. Auch den Wassernapf wusch er sorgfältig aus. Herbert sollte es gut haben. Er überlegte, ob er etwas tun könnte, was seine Stimmung bessern würde, aber ihm fiel nichts ein. Dann dachte er an Cornelia, die jetzt mit Pauline in Schuttertal saß und Trübsal blies. Ihr Part war nicht besser als seiner.

Sein eigenes Frühstück fiel noch spärlicher aus als am Sonntag. Der Hefezopf war steinhart und würde selbst für die Enten im Stadtgarten ungenießbar sein. In einer Schublade in der Küche fand er ein angebrochenes Päckchen Schokoladenkekse. Bei einer Tasse Kaffee und ein paar zerdrückten Keksen schlug er die Zeitung auf und fand im Lokalteil die Notiz, nach der er suchte:

Toter am Rosskopf gibt Rätsel auf.
Ein etwa dreißigjähriger Mann wurde gestern Nachmittag von Spaziergängern am Rosskopf unterhalb des Martinsfelsen blutüberströmt aufgefunden. Der herbeigerufene Notarzt konnte nur noch den Tod feststellen. Offenbar war der Mann abgestürzt, obwohl der Bereich durch ein Geländer gesichert

ist. Wie das Unglück geschehen konnte, ist nicht bekannt. Eine Obduktion ist vorgesehen.

Manuel faltete die Zeitung zusammen und versuchte an etwas Erfreulicheres zu denken als an den Toten am Martinsfelsen und das leere Haus – an die bevorstehende Partnering-Konferenz zum Beispiel. Vielleicht gab es schon Zusagen von den Firmen, bei denen er gestern angefragt hatte.

Es gab sie nicht, das sah er sofort, als er in seinem Kellerbüro den Computer gestartet hatte. Er tröstete sich damit, dass lediglich ein Wochenende und noch kein einziger Arbeitstag seit seiner Anfrage vergangenen war, und öffnete die Homepage ihrer Firma. Was dieser obskure Slotman gesagt hatte, wusste er selbst: Der Auftritt war langweilig und weder übersichtlich noch ansprechend. Er klickte sich durch die Seiten von Firmen, die Ähnliches anboten wie sie. Was ihm gefiel, speicherte er auf seiner Festplatte als Anregung für ihre Gestaltung.

»Ralf, ich habe ihn«, brüllte er plötzlich so laut, dass sein Kompagnon im nächsten Augenblick im Zimmer stand.

»Warum schreist du denn so?«

»Da«, sagte Manuel nur und zeigte auf den Bildschirm. »Das ist er.«

Der Mann saß an einem langen Mahagonitisch, auf dem fünf Plastikwasserflaschen und ein Beamer standen. Er trug ein dunkles Jackett und eine blau-weiße Krawatte, die auf verblüffende Weise der Krawatte des neben ihm am Tisch sitzenden Asiaten ähnelte. Beide Männer hatten die Köpfe nach links geneigt und unterzeichneten mit ernsten Gesichtern jeweils ein Schriftstück. Hinter den beiden stand ein Dutzend Asiaten mit den gelangweilten Mienen von Arbeitnehmern, die einen Pflichttermin hinter sich bringen müssen. Die Seite war auf Englisch und dokumentierte die Gründung eines Center of Excellence in Kooperation mit einer chinesischen Biotech-Firma in der Stadt Shenzen. Der Europäer hieß Roger Hufschmidt. Auf dem Foto trug er eine randlose Brille, aber alles andere war so, wie Manuel es in Erinnerung hatte: das asymmetrische Gesicht, der schüttere Haarkranz um den ansonsten kahlen Schädel und die vollen Lippen mit der stark geschwungenen Oberlippe.

»Etwa dein Besucher?«

Hartung studierte die Seite, auf der Manuel das Bild entdeckt hatte, und sah plötzlich glücklich aus. »Ich sage es doch: meine Patente sind Gold wert. Sogar die Chinesen interessieren sich dafür.«

»Leider nur in ihrer üblichen Weise«, antwortete Manuel ärgerlich. Er suchte auf der Seite, bis er ein Kontaktformular fand, und gab als Betreff Mr. Hufschmidt ein. Den Text schrieb er auf Deutsch.

Sehr geehrter Herr Kollege Hufschmidt,
besten Dank für Ihre Hinterlassenschaft auf meinem USB-Stick. Wir werden die Angelegenheit der Kriminalpolizei übergeben.
Dr. Manuel Fechner, Freiburg

Hartung sah immer noch zufrieden aus. »Ist die Kripo dein neuer Marketing-Gag? Sobald deine Anzeige publik wird, haben wir endlich die gebührende Aufmerksamkeit in den Medien.«

»Kein Gag. Ich meine es ernst mit der Anzeige.«

Manuels Kompagnon war gerade gegangen, als eine Antwort von Hufschmidt eintraf:

Sehr geehrter Herr Dr. Fechner,
in der Tat habe ich mich Ihnen mit dem Namen meiner Frau vorgestellt, was Sie mir bitte verzeihen mögen. Als Mitarbeiter einer chinesischen Firma habe ich mich zu diesem Vorgehen entschieden, weil in Europa häufig Vorurteile gegenüber diesem Land bestehen. Zweifellos hätten auch Sie schon im Vorfeld erfolgversprechende Kontakte abgeblockt, wenn Sie mich als Mitarbeiter einer chinesischen Firma identifiziert hätten.

Ich weiß jedoch nicht, welche Probleme Sie mit Ihrem USB-Stick haben und was Sie mit Hinterlassenschaft meinen. Bitte klären Sie mich auf.
Hochachtungsvoll
Roger Hufschmidt

Manuel schrieb:

Ich meine den Trojaner, du Schwein!

Befriedigt über die deutlichen Worte las er den Satz noch einmal – dann löschte er ihn. So ein schriftlicher Wutausbruch konnte teuer werden. Er beschloss, überhaupt nicht zu antworten. Dann grübelte er darüber nach, wieso die Antwort so schnell kam. War Hufschmidt in Deutschland oder warum schlief er jetzt nicht? Ein Blick auf die Zeitzonen erklärte die schnelle Antwort. Shenzen war der mitteleuropäischen Zeit lediglich sieben Stunden voraus. Dort war jetzt Nachmittag. Hufschmidt konnte durchaus in China sein – genauso gut wie in Deutschland.

Als er am Abend nach Hause fuhr, hatte er immer noch keine Antwort von Florian erhalten, was ihn wunderte. Vielleicht hatte er die Nachricht von dem Wohnwagen im Wald gar nicht bekommen. Er holte sein Mountainbike aus dem Keller und fuhr wieder durch den im Nebel verhüllten Bergwald zum Rosskopf hinauf. Die Polizeiabsperrung am Martinsfelsen war verschwunden. Er lehnte sein Mountainbike ans Geländer. Neben dem Tisch und der Bank auf dem vorderen Teil des Felsens entdeckte er Kreidemarkierungen an den beiden unteren Balken des Geländers. An dieser Stelle musste sich das Unglück ereignet haben. Der Waldboden lag hier fünf oder sechs Meter unter ihm, kaum erkennbar im Gestrüpp, das auf dem zerklüfteten Felsgestein wucherte. Er starrte eine Weile in die Tiefe, suchte dort unten nach Blutspuren, suchte vergeblich nach irgendwelchen Hinweisen, die ihm verrieten, warum hier vierundzwanzig Stunden zuvor ein Mann in den Tod gestürzt war.

Am Dienstagmorgen verzichtete Manuel ganz auf sein einsames Frühstück zu Hause. Er steckte die Zeitung ein und radelte das kurze Stück bis zur Bäckerei Lienhart in der Stadtstraße. Bei einem Buttercroissant und einer Tasse Kaffee schlug er den Lokalteil der Zeitung auf.

Toter vom Rosskopf fiel Gewaltverbrechen zum Opfer.
Der Tote, der am Samstag unterhalb des Martinsfelsens aufgefunden wurde (BZ berichtete), ist identifiziert. Es handelt sich um den 28-jährigen Lukas Herwig. Die Untersuchungen der Freiburger Rechtsmedizin ergaben, dass der Schädel des Toten Verletzungen aufwies, die für eine Gewalttat sprechen.

Manuel spürte, wie ihm eine Gänsehaut über den Rücken kroch. Ich will das nicht, dachte er, ich will nicht, dass jemand, der vor ein paar Tagen vor mir stand, erschlagen worden ist. Er las weiter:

Polizeilich gemeldet war der Tote zuletzt in Hanau. Dort hat er sich nach jetzigen Erkenntnissen seit etwa einem Jahr nicht mehr aufgehalten. Die Polizei sucht deswegen Zeugen, die etwas über seinen derzeitigen Aufenthaltsort und seine Lebensumstände berichten können oder ihn womöglich in der fraglichen Zeit am Rosskopf gesehen haben.
Der Verstorbene war 1,75 Meter groß, sehr schlank (51 kg) und hatte dunkelblondes, volles Haar. Er war an Armen und Beinen und im Gesicht tätowiert. Besonders auffällig sind zwei Schlangen auf den Wangen sowie eine große Spinne am Hals.

Es folgte eine Beschreibung der Kleidung des Toten und die übliche Bitte um Hinweise unter 0761 / 882-4884 oder kripo.freiburg@polizei.bwl.de.

Neben der Notiz war ein Foto von einem Paar Turnschuhen. Manuel starrte auf die Schuhe. In diesem Augenblick zweifelte er nicht mehr daran, dass der Tätowierte auch der Mann im Keller gewesen war, mochte es auch Hunderte solcher Turnschuhe geben.

Er zog sein Handy aus der Tasche, er musste mit Florian sprechen, steckte den Apparat jedoch gleich wieder ein. Hier war nicht der richtige Ort, um wegen eines Toten zu telefonieren. Er trank den Kaffee aus, wickelte das angebissene Croissant in eine Serviette und stieg wieder auf sein Fahrrad. An einer Kreuzung in der Mozartstraße hupte plötzlich unmittelbar neben ihm ein Lieferwagen. Manuel bremste so heftig, dass die Räder blockierten. Er hatte dem Lieferwagen die Vorfahrt genommen. Eine Weile fuhr er aufmerksamer, dann waren seine Gedanken wieder beim Martinsfelsen, den Gestalten im Nebel, dem Leichenwagen und einem Toten mit eingeschlagenem Schädel. Beim Ortsschild von Merzhausen stoppte er abrupt. Ohne es zu merken, war er an der Wippertstraße vorbeigeradelt. Er kehrte um.

Die Tür im Keller, die zu seinen Räumen führte, war noch verschlossen. Ausnahmsweise war er früher als Hartung in der Firma. Er versuchte Florian anzurufen, aber er erreichte ihn wieder nicht. »Ruf bitte so schnell wie möglich zurück«, sprach er ihm auf die Mailbox des Handys. Dann wartete er – auch dieses Mal vergeblich. Nach zwanzig Minuten wählte er die Nummer der Polizei, die in der Zeitung angegeben war. Als er ein paar Minuten später den Hörer wieder auflegte, hatte er in groben Zügen alles erzählt, was er wusste, hatte auch den Wohnwagen beschrieben, aber selbst überhaupt nichts erfahren. Stattdessen sollte er sich in der Rechtsmedizin in der Albertstraße einfinden, um den Toten als den Mann vom Zaun zu identifizieren und anschließend seine Aussage beim zuständigen Sachbearbeiter der Kriminalpolizei zu Protokoll zu geben.

Eine Stunde später stand er im weiß gekachelten Keller der Gerichtsmedizin vor dem Toten. Länger als er es beim Lebenden gewagt hatte, betrachtete er die Schlangen auf den eingefallenen Wangen und die dicke behaarte Spinne inmitten von Honigwaben am Hals und versuchte sich ein Bild davon zu machen, wie der Mann ohne die Tattoos ausgesehen hätte. Es gelang ihm nicht.

»Es ist der Mann, der bei uns am Zaun gestanden hat«, sagte er.

Von der Kriminalpolizei in der Heinrich-von-Stephan-Straße bis zu seiner Firma in der Wipperstraße würde er normalerweise keine zehn Minuten brauchen, viel zu wenig, um den Mühlstein auf seinem Gemüt loszuwerden. Menschliches Blut im Keller, der Mann erschlagen, der ums Haus geschlichen war, und Herbert weiterhin verschwunden: Er fühlte sich wie in einer Schlinge, die sich immer fester zuzog. Arme Cornelia, dachte er. Sie würde das niemals ertragen.

Schon gegen Mittag hatten sich zwischen den Wolken erste Lücken aufgetan, jetzt schien die Sonne vom wolkenlosen Himmel. Ein sonniger Herbsttag hinter dem abziehenden Tief und der Himmel so blau und klar, wie er es im Sommer nur selten ist. Ein Tag zum Wohlfühlen, gänzlich unpassend für seine Verfassung. Er bog von der Merzhauser Straße ab und fuhr zum Lorettoberg hinauf. Beim Staatsweingut hielt er an und tippte eine SMS in sein Handy.

Liebe Cornelia,
wann sehen wir uns? Es gibt so vieles zu besprechen.
Dein Manuel

Er hatte das Handy noch nicht wieder eingesteckt, als es klingelte. Es war Cornelia, aber er verstand sie kaum »Was gibt es?«, fragte sie wohl.

»Ich verstehe dich ganz schlecht«, rief er in den Apparat, ausnahmsweise froh über die schlechte Verbindung. Er wollte ihr nicht am Telefon berichten, was geschehen war, er wollte sie sehen.

Cornelia antwortete irgendetwas. Vielleicht sagte sie, dass sie ihn gut verstehe, vielleicht aber auch etwas ganz anderes.

»Wir versuchen es später noch einmal«, rief er laut, als könne er damit die schlechte Verbindung überbrücken. »So wichtig ist es nicht.«

Er fuhr weiter und hielt auf den Hildaturm zu, ein altes Gemäuer aus dunkelrotem Sandstein zwischen alten Bäumen, das wie ein Burgfried auf dem höchsten Punkt der Erhebung stand. Von hier oben sah der Lorettoberg aus wie der Bug eines Schiffes, das sich zwischen Dreisamtal und Rheinebene geschoben hatte. Ganz Freiburg lag zu seinen Füßen. Die Vogesen im Westen waren nur graue Schemen im Dunst. Der Zugang zum Turm war heute verschlossen. Er setzte sich auf eine Bank und dachte an den Toten.

Am Nachmittag würde Florian von einem Fortbildungsseminar in Wertheim zurück sein, wenigstens das hatte er von dem Sachbearbeiter erfahren. Sein Freund hätte ihm das sagen müssen, dachte er. Der konnte doch jetzt nicht wegfahren ohne es anzukündigen. Oder hatten sie darüber gesprochen und er hatte es nur vergessen? – Bis zur Wippertstraße ging es von hier nur noch abwärts.

»Für dich!« Hartung reichte Manuel das Telefon, noch ehe er sich an seinen Schreibtisch gesetzt hatte.

Es war Florian. »Ich wollte nur hören, wie es dir geht.«

Manuel zögerte. So hatte der Kommissar noch nie ein Telefongespräch begonnen. »Den Umständen entsprechend schlecht«, antwortete er.

»Und Cornelia?«

»Warum fragst du so? Hast du noch mehr schlechte Nachrichten für uns?«

»Es gibt nichts, was du nicht schon weißt.«

»Sag es einfach: Warum rufst du an.«

»Ich habe gehört, dass dein Haus schon wieder mit einer Gewalttat in Verbindung gebracht wird.«

Manuel stöhnte auf. »Ja. Es ist entsetzlich. Rufst du deswegen an?«

»Es geht jetzt um den Rollstuhlfahrer aus eurer Straße. Wir brauchen seine Aussage.«

»Das habe ich ja gleich gesagt.«

»Ich war mit meiner Kollegin Lisa Schönborn bei ihm und bei seinem Vater. Ein Herr Dörfel, der die beiden betreut, hat uns begleitet.«

»Und?«

»Bei beiden wieder völlige Fehlanzeige. Genauso gut hätten wir die Grabsteine auf dem Alten Friedhof befragen können.

Der Vater hat wieder nur auf jede Frage den Kopf geschüttelt. Sein Sohn war bei unserem Anblick so furchtbar aufgeregt, dass wir überhaupt keine eindeutigen Reaktionen auf unsere Fragen erkennen konnten.«

»Keine Reaktionen? Du meinst, dass er nicht einmal zeigen konnte, ob er ja oder nein meinte.«

»So war es, wenn er überhaupt ein Wort verstanden hat. Früher soll er einen Sprachcomputer benutzt haben, aber angeblich wusste Dörfel nicht, wo dieser sogenannte Talker ist. Vielleicht wollte er es auch nicht wissen.«

»Ich habe es doch gesagt!«, rief Manuel aus. »Er könnte eine klare Aussage machen.«

»Er könnte! Was nützt uns das? Theoretisch hast du recht, aber was nützt uns die Theorie? Du musst dir das einmal vorstellen: Vier Männer und eine Frau in einem winzigen dunklen Zimmer. Einer schüttelt immer nur den Kopf, einer zappelt wie verrückt und stößt unartikulierte Laute aus. Der dritte, dieser Dörfel, plustert sich wie eine Glucke auf, der man die Küken wegnehmen will, und möchte die Eindringlinge – Lisa Schönborn und mich – so schnell wie möglich vertreiben. Dazu ist es heiß und stickig und es stinkt nach Schweißfüßen und ungewaschener Kleidung.«

»Der Sozialarbeiter wollte euch rausschmeißen? Warum das?«

»Angeblich müsse er von Gutheil aus gesundheitlichen Gründen jede Aufregung fernhalten. Außerdem habe der selbst gesagt, er wünsche keinen Besuch.«

Richtig, Gutheil hieß der Behinderte, dachte Manuel. Er hatte den Namen am Briefkasten gelesen. »Gutheil soll das gesagt haben?«

»Vielleicht mit dem jetzt verschwundenen Computer, aber ich glaube dem Dörfel nicht. Er hat keinen Bock auf die Kripo bei seinen Schützlingen.«

Manuel grunzte unwillig. »Und warum rufst du mich an?«

»Weil Herr Gutheil dich kennt und versucht hat, Kontakt zu dir aufzunehmen.«

»Aber auch mit mir kann er nicht reden«, rief Manuel aus. Er fühlte sich überfordert von der Aufgabe, die er auf sich zukommen sah. Natürlich musste man mit dem Behinderten reden, aber doch nicht er! Das war eine Aufgabe für Leute, die wussten, wie man die richtigen Fragen stellt. »Soll ich etwa zu ihm gehen?«

»Mit mir gemeinsam.«

»Aber ohne Sprachcomputer?«

»Die Firma, die diese Talker herstellt, leiht ein Gerät aus. Es sollte auf die vorhandene Halterung passen.«

Manuel schwieg eine Weile. Natürlich musste er gehen. Es war in seinem eigenen Interesse, alles zu erfahren, was der Behinderte beobachtet hatte. »Wann soll es denn geschehen?«, fragte er matt.

»Morgen um sechzehn Uhr hat Herr Dörfel Zeit. Er wird das Gerät mitbringen und anschließen.«

»Sechzehn Uhr«, wiederholte Manuel langsam, als ginge er in Gedanken einen übervollen Kalender durch. »Ich werde es wohl einrichten können.« Das ungute Gefühl verstärkte sich.

»Weißt du eigentlich, warum Herr Gutheil so schwer behindert ist?«, fragte er.

»In unseren Akten steht eine Diagnose – warte mal – Infantile Cerebralparese«, heißt sie. Ich habe mal gegoogelt. Das soll heißen, dass er eine Hirnschädigung entweder vor der Geburt oder in der frühen Kindheit erworben hat.«

»Kinderlähmung?«, überlegte Manuel.

»Nein, das ist was anderes. Das ist eine Infektionskrankheit, gegen die meine Kinder geimpft worden sind.«

Und Pauline wahrscheinlich auch, dachte Manuel. Aber darüber wusste er nichts. Er wusste ohnehin viel zu wenig über das Mädchen.

»Hier steht noch ein Wort«, fuhr Florian fort. »Athetose«, buchstabierte er mühsam.

»Und was ist das?«

»Wenn ich es richtig verstanden habe, ist Athetose der genauere Fachausdruck für Gutheils Bewegungsstörung. Damit sind seine unwillkürlichen Bewegungen gemeint, also das Zappeln.«

»Weißt du auch, warum er das hat? Hängt es damit zusammen, dass er drei Monate zu früh auf die Welt gekommen ist?«

»Wahrscheinlich. Eine Athetose ist wohl häufig die Folge einer schweren Gelbsucht kurz nach der Geburt«, erklärte Florian. »Besonders bei sehr unreifen Frühgeborenen können wichtige Bewegungszentren im Gehirn durch den gelben Farbstoff für immer geschädigt werden.«

»Gelbsucht?«, wiederholte Mario. »Meinst du eine Hepatitis, wie ich sie mir in Indien geholt habe?«

»Nein, damit hat das nichts zu tun. Die Neugeborenen werden gelb, wenn die unreife Leber den roten Blutfarbstoff aus dem Blut nicht ausreichend abbauen kann.«

»Aha«, sagte Manuel und wunderte sich, wie wenig er als Biologe von den Dingen verstand – und wie gut sich Florian im Internet informiert hatte. »Wenn nur die Bewegungszentren geschädigt werden, wäre es ja kein Wunder, wenn Herr Gutheil geistig ganz normal wäre«, fuhr er fort.

»So genau weiß ich das auch nicht«, wich der Kommissar aus. »Ich habe lange gebraucht, bis ich das wusste, was ich dir eben erzählt habe. Aber vielleicht hast du tatsächlich recht und Gutheil kann denken wie ein gesunder Mensch.«

»Ja«, sagte Manuel nach einer Pause, »das wäre vielleicht das Allerschlimmste für solche Menschen: Man sieht nicht, was in ihnen steckt.«

»Ja«, sagte Florian. »Man muss es sich einmal vorstellen, wie das ist.«

Eine Weile redeten sie nicht.

»Was wisst ihr inzwischen über den Toten am Martinsfelsen?«, unterbrach Manuel endlich das Schweigen. »Oder darfst du darüber nicht reden?«

»Die Tatwaffe wurde mittlerweile gefunden. Sie wird morgen in der Zeitung abgebildet. Es ist ein Vorschlaghammer, der in der Nähe des Felsens gefunden wurde. Mehr darf ich nicht sagen. Alles Weitere sind Umstände, die nur der Täter kennt und durch die er sich vielleicht verrät.«

»Also hat jemand dem Mann den Schädel eingeschlagen und ihn dann vom Felsen gestürzt.«

»Mag sein.«

Manuel suchte noch nach einer unverfänglichen Frage, aber es fiel ihm keine ein.

»Also dann bis morgen«, sagte er und beendete das Gespräch.

Er versuchte sich auf seine Arbeit zu konzentrieren, aber er wurde das Bild von einem Vorschlaghammer und dem blutüberströmten Schädel des Tätowierten nicht los. Das also ist Herdern, dachte er. Er hatte Herdern für einen von Freiburgs friedlichsten Stadtteilen gehalten, aber was ihn umgab, waren Blut und Gewalt. Es war nicht die erste brutale Gewalttat, erinnerte er sich jetzt. Vor ein paar Jahren war am Schlossberg ein pensionierter Lehrer verschwunden. Erst Monate später hatten Spaziergänger Teile seines eingeschlagenen Schädels am Steilhang zwischen Aussichtsturm und Stadtgarten gefunden. Bei einer großangelegten Suchaktion hatte die Polizei den Rest des Skeletts aufgesammelt und bald darauf den Täter gefasst. Jetzt hatte wieder ein Mörder zugeschlagen. Bei dem Gedanken hatte er Lust, einfach von hier davonzufahren. Das Beste wäre, sich auf sein Mountainbike zu setzen und zu fahren, bis die Muskeln brannten, hinauf nach Horben vielleicht, weiter zum Gießhübel und noch höher bis zum Gipfel des Schauinsland. Und wenn ihm die tausend Höhenmeter nicht ausreichten, um den Dämonen und Todesboten in seinen Gedanken zu entkommen, hinunter zum Notschrei und wieder hinauf, bis er ausgepumpt und mit leerem Kopf auf dem Feldberg stehen würde. – Für heute war es zu spät, seinen Plan auszuführen.

Manuel startete den Computer. Achtzehn neue E-Mails, eine war von Hufschmidt.

Sehr geehrter Herr Dr. Fechner,
nach der erneuten Analyse Ihrer Mail sind wir zu der Überzeugung gekommen, dass Sie mit der Hinterlassenschaft auf Ihrem USB-Stick spyware meinen könnten. Warum sonst denken Sie an die Kriminalpolizei? Wenn Sie das Opfer eines solchen Angriffs geworden sind, bedauern wir dies sehr. Uns sind

derartige Praktiken jedoch völlig fremd und wir verurteilen sie auf das Schärfste.
Ihre Kontaktaufnahme haben wir jedoch zum Anlass genommen, uns Ihr Angebot im Internet genauer anzusehen. In der Tat verfügt Ihre Firma über interessante Produkte, zum Beispiel den unter der fortlaufenden Nummer 9 angebotenen monoklonalen Antikörper aus der Gruppe der Immunglobuline IgG, der an den Rezeptor des Proliferationsfaktors EGF bindet. Genau wie Sie sehen wir eine Chance, aus ihm mit dem entsprechenden finanziellen Aufwand einen Wirkstoff gegen metastasierenden Darmkrebs zu entwickeln. Sie nennen keine Preise. 50.000 Euro dürfte ein sehr großzügiges Angebot sein.

Manuel las die Zahl immer wieder. Fünfzigtausend Euro! So schnell hatte sich ein erster großer Erfolg eingestellt. Er druckte die Mail aus und lief zu Hartung ins Labor. »Ich könnte mir vorstellen, dass der sich noch auf Hunderttausend raufhandeln lässt«, rief er aufgeregt.

Hartung fuhr auf. »Bist du wahnsinnig geworden? Dieser Antikörper ist Millionen wert.«

»Ach Ralf!« Manuel wurde ärgerlich. »Wir brauchen doch endlich einmal Geld in unserer Kasse. Ich quäle mich mit langweiligen Telefonaten und E-Mails, und wenn ich endlich einen Kunden gefunden habe, bist du gegen das Geschäft. So geht das nicht weiter.«

»Er hat doch wohl dich gefunden und nicht umgekehrt.«

»Das spielt keine Rolle.«

»Außerdem wolltest du doch demnächst zur Bio-Europe fahren.«

Manuel nickte und dachte an die Taube auf dem Dach, die vielleicht bei der Konferenz auf ihn wartete. Der Spatz in der Hand wäre ihm heute lieber.

Für Hartung schien das Thema erledigt zu sein. Er hantierte an seinem Computer und öffnete ein Foto, das sich im Anhang einer E-Mail befand.

»Wie findest du Yvonne?«

Auf dem Bild war eine schwarzhaarige, nicht mehr ganz junge Frau zu sehen. Sie trug ein knallenges rotes Kleid, das ihren riesigen Busen nur unzulänglich bedeckte. Inmitten von roten Kissen räkelte sie sich mit leicht geöffnetem Mund und sinnlichem Blick auf dem Sofa. Vielleicht war es die Schwarzhaarige, die er halbnackt schon einmal auf Hartungs PC gesehen hatte, vielleicht war es eine andere mit ebenso großen Brüsten.

»Beeindruckend«, sagte Manuel ohne zu lügen.

»Meine Freundin.«

Manuel sah seinen Kompagnon zweifelnd an. »Nur deine?«

Hartung grinste. »Sei nicht so spießig.«

»Was war an meiner Frage spießig?«

»Du tust gerade so, als müsse eine Frau jungfräulich in die Ehe gehen.«

»Das nicht, aber da gibt es schon gewisse Unterschiede.«

Hartungs Gesicht wurde ärgerlich. »Du tust gerade so, als sei Yvonne eine Nutte.«

Manuel sah seinen Kompagnon skeptisch an, ohne etwas zu erwidern.

»Ist sie nicht. Die meint es ehrlich«, sagte Hartung gekränkt.

Manuel wünschte ihm viel Glück.

Als er am Abend nach Hause kam, sah Manuel vor Hornbergers Haus einen Mann mit ausgebeulten Jeans und einem zerrissenen Pullover, der sich an der Haustür zu schaffen machte. Er hielt eine Feile in der Hand und fluchte leise vor sich hin.

Manuel stieg vom Fahrrad. »Was machen Sie denn da?« Seine Frage klang barscher, als er es gewollt hatte – als ginge es ihn etwas an, wenn jemand an der Tür des Nachbarn feilte.

Der Mann drehte sich langsam um und sah Manuel mürrisch an. Er war älter, als Manuel zunächst gedacht hatte. »Sehen Sie das nicht?« Dann wandte er sich wieder der Tür zu.

Nach einer Weile bemerkte er, dass Manuel noch immer hinter ihm stand.

»'ne zusätzliche Einbruchsicherung für die Haustür.«

Manuel brauchte eine Weile, bis er den Sinn der Aktion verstand. »Nur für die Haustür, nicht für die Kellertür?«, fragte er, als er sich an das leicht zu überwindende Schloss zum Keller erinnerte.

»Welche Kellertür?«

Manuel bückte sich über das Geländer der Kellertreppe. Dort, wo vor Kurzem noch die schlecht gesicherte Tür gewesen war, versperrte jetzt eine Mauer aus unverputzten weißen Steinen den Durchgang. Es waren die gleichen Steine, mit denen auch der Durchgang zu seinem Keller versperrt worden war. Die Hornbergers machten ihr Haus zur Festung. Offenbar war ihnen nicht entgangen, dass der Tote am Rosskopf der Mann vom Zaun war. Manuel wunderte sich nur über die Schnelligkeit, mit der sie darauf reagiert hatten.

Er schob sein Fahrrad ins Gartenhäuschen. Ob es Cornelia beruhigen würde, wenn er sich ebenfalls um einen besseren Schutz vor Eindringlingen kümmern würde? – Nein, das würde sicher nichts nützen. Er müsste genau das Gegenteil von dem tun, was die Geschwister Hornberger getan hatten. Er müsste nicht Haus und Keller gegen Eindringlinge schützen, sondern die Schatten, die in seinem Keller lauerten, in einem Grab aus Stein verschwinden lassen. Nur so könnte er sie aus den Köpfen der Lebenden verbannen, und nur so könnte er Cornelia das Blut im Keller ertragen helfen. Er dachte an Paulines angstvollen Blick, mit dem sie in der Furcht vor einem Toten zur Kellertreppe gestarrt hatte, und begann ernsthaft darüber nachzudenken, den Keller vollständig zu verschließen. Wo jetzt im Flur die Kellertreppe begann, müsste man eine Mauer hochziehen, um den Keller von der Wohnung zu trennen, überlegte er. Dann konnten sie so tun, als existiere der Keller gar nicht. Vielleicht später, wenn sich die größte Angst gelegt hatte, könnte man einen Kellerzugang von außen schaffen, so einen wie der, den der verängstigte Hornberger hatte zumauern lassen. Nicht vor Einbrechern musste er das

Haus schützen, sondern vor den Geistern, die in seinem Keller wohnten.

*

Jeden Morgen kommt mein Vater zu mir. Er wäscht und rasiert mich. Er zieht mich an. Dann hebt er mich hoch und setzt mich in den Rollstuhl. Ich wiege nicht mehr als ein kleines Kind. Manchmal hilft Vater mir, die Wohnung zu verlassen. Wenn ich allein bin, fahre ich die immer gleiche Runde: Neben der Hauptstraße am Glasbach entlang bis zu den hohen Bäumen, die das Gebäude der Psychiatrie umgeben. Ein kleines Stück noch bis zur Brücke, dann ist es nicht mehr weit bis zum Botanischen Garten. Er ist klein und hohe Betonringe auf dem Rasen sperren die Pflanzen ein. Das bedrückt mich. Doch wenn unter den Bäumen im Frühjahr Krokusse und Narzissen blühen, ist er ein Paradies.

Ich möchte andere Gärten sehen, Sanssouci oder den Botanischen Garten von Schloss Nymphenburg, aber niemand bringt mich dorthin. Ich bin noch nie mit einem Zug gefahren, nicht einmal mit einer Straßenbahn, geschweige denn mit einem Flugzeug geflogen. Ich möchte mit einem Schiff über das Meer fahren, wenigstens ein einziges Mal in meinem Leben. Ich möchte spüren, wie die Wellen mich in die Höhe tragen und wieder hinab. Ich möchte so vieles sehen, doch schon die kleinste Stufe ist für mich wie ein hoher Berg, ein kleiner Spalt in einem Übergang wie eine tiefe Schlucht und ein schmaler Durchgang oder ein falsch geparktes Auto wie eine undurchdringliche Wand.

Im Winter sehe ich die Sonne manchmal für Wochen nicht. Der Nebel klebt nass zwischen den Häusern der Stadt und die Sonne ist dort oben, wo die Gipfel des Schwarzwalds das graue Meer überragen. Vielleicht gäbe es Menschen, die mich dorthin bringen würden, aber die erreiche ich nicht.

Ein einziges Mal war ich mit Vater auf dem Münstermarkt. Es war Frühling, überall auf dem Boden waren Kübel und Eimer mit Tulpen, die zu dicken Sträußen gebunden waren.

Darüber, auf den Tischen, standen dicht bei dicht die Töpfe mit Primeln, Narzissen und Hyazinthen, deren Duft wie eine süße Wolke über den Marktständen lag. Heitere Gesichter! Ich war glücklich wie seit langer Zeit nicht mehr. Ich hätte gern Blumen für meine Wohnung gehabt, aber Vater verstand meine Zeichen nicht. Dann wollte ich ins Münster, ich habe es noch nie in meinem Leben von innen gesehen, doch auf dem holprigen Kopfsteinpflaster konnte ich meinen Rollstuhl nicht lenken. Mein Kopf schlug hin und her wie der einer Puppe. Mein Vater kuppelte die Steuerung aus und schob mich, wohin er wollte. Das Münster blieb mir verschlossen.

Nicht weit vom Markt entfernt stand ein Straßenmusiker mit einer Gitarre. »Jetzt tanzt Hannemann«, sang er, »jetzt tanzt Hannemann mit seiner lieben Frau«, ein Kinderlied, das ich von irgendwoher kannte. Tanzen. Wie geht das? Einmal im Leben tanzen! Ich wollte noch lauschen, aber Vater schob mich weiter. Er hielt nicht mehr an, bis wir zu Hause waren. – Dann, vor der Haustür, blickte ich wieder in das Gesicht des Mörders. Ich habe keine Angst vor dem Tod, aber ich habe Angst um mein Leben. Nur einmal das Münster von innen sehen!

*

Vor Manuels Haus stand ein weißer Smart mit der Firmenadresse eines Sozialdienstes. Manuel stutzte, als sein Blick auf die Gegenstände auf dem Beifahrersitz fielen: ein Fahrradhelm, Knieschützer und ein Brustpanzer, wie ihn Downhill-Mountainbiker benutzten. Er wunderte sich. Zu Florians Schilderung von einer Glucke passte das nicht. Jetzt sah er zwei Männer vor der Einfahrt, aus der der Behinderte zu kommen pflegte. Der eine war ungewöhnlich groß und hager. Er trug eine Jeanshose und eine enge kurze Jeansjacke über einem schwarzen T-Shirt. Der andere war ebenfalls schlank, aber fast einen Kopf kleiner. Er trug einen legeren sandfarbenen Sakko, dazu ein hellblaues Hemd und eine rote Krawatte. Der Mann war Florian Linkholt.

Manuel nickte ihm zu, dann wandte er sich an den Hageren.

»Fechner. Ich bin der Nachbar von Herrn Gutheil.« Er hielt ihm die Hand zum Gruß hin.

»Bernd Dörfel, Sozialarbeiter«, sagte der andere knapp und ignorierte die ausgestreckte Hand. Vielleicht hatte er sie gar nicht bemerkt. Trotz seiner Größe trug er den Kopf leicht in den Nacken gelegt und kaum dass sein Blick Manuel flüchtig gestreift hatte, ging er über ihn hinweg in irgendeine Ferne. Sein Gesicht war das eines asketischen und unter irgendetwas leidenden Mönchs mit tiefen Falten von den Flügeln der spitzen Nase bis zu den heruntergezogenen Mundwinkeln. Auf der Stirn hatten sich senkrechte Falten eingegraben. Seine Augen hatten das helle Blau von Gletschereis, kalt und leblos. An einem Schultergurt trug er eine schwarze Tasche, ähnlich wie die, die Manuel für seinen Laptop benutzte.

»Warum hat sich bislang niemand darum gekümmert, dass Herr Gutheil seinen Sprachcomputer benutzen kann?«, wollte Florian wissen.

Anstatt zu antworten, zog Dörfel die Schultern hoch. Er neigte den Kopf leicht in den Nacken und Manuel bemerkte verwundert die riesigen Nasenlöcher in der spitzen Nase, in die er jetzt von unten hineinsah.

»Wäre das nicht Ihre Aufgabe gewesen?«

Der Sozialarbeiter hob abwehrend die Hände. »Ich kann mich nicht um alles kümmern.«

Er schloss die Tür auf und ging voran in ein enges Treppenhaus. Der Boden war aus stumpf und rissig gewordenem schwarz-weißen Terrazzo. Eine kurze Rampe aus Metall überwand die beiden Steinstufen, die zur Wohnung im Erdgeschoss führten. Als die Tür hinter ihnen ins Schloss fiel, standen sie in fast völliger Dunkelheit. Nur durch ein kleines Fenster auf halber Treppe drang ein wenig Licht. Dörfel klingelte kurz an der Wohnungstür und steckte ohne abzuwarten einen Schlüssel ins Schloss. Er musste ihn zweimal drehen, bis die Tür aufsprang. Sie traten in einen Flur, der ebenso dunkel war wie das Treppenhaus. Vier Türen gingen von ihm ab und bis auf eine waren alle geschlossen, was Manuel wunderte. So geschickt der Mann seinen Rollstuhl auch steuern mochte, er würde wohl kaum in der Lage sein, eine Tür zu öffnen. Von den Wänden, Türrahmen und Türen war überall in der gleichen Höhe die Farbe abgestoßen, die Spuren des Rollstuhls offenbar. Hinter der einzigen offenen Tür sah Manuel ein winziges Badezimmer. Als Dusche diente ein einfacher Wasserschlauch mit einem Duschkopf, eine Konstruktion, die er hin und wieder in Schrebergärten gesehen hatte. Die Wände hinter der provisorischen Dusche waren vom Wasser stumpf und fleckig, und aus dem Abfluss im Boden oder dem Waschbecken roch es faulig. Der schwarze Deckel und die Brille einer altmodischen Toilette waren hochgeklappt. Weit oben an der Wand hing ein rostiger Spülkasten, aus dessen Zuleitung es unaufhörlich auf den Boden tropfte. Als Dörfel Manuels neugierige Blicke bemerkte, schloss er die Tür. Er öffnete eine andere und sah flüchtig in das dahinterliegende Zimmer.

»Herr Gutheil ist nicht zuhause«, stellte er fest und schickte sich an, die Wohnung wieder zu verlassen.

Manuel blieb im Flur stehen, als hätte er die unmissverständliche Geste zum Gehen nicht bemerkt. Es interessierte ihn, wie ein derart schwerbehinderter Mensch lebte. Dem Kommissar schien es nicht anders zu ergehen. »Ich möchte mich gern ein wenig in der Wohnung umsehen«, sagte er.

Dörfels Augen wurden eine Spur schmaler und für einen Augenblick presste er die Lippen zusammen. »Haben Sie einen richterlichen Beschluss zur Durchsuchung?«

»Ich möchte die Wohnung nicht durchsuchen, es ist ein rein privates Interesse«, erwiderte Florian und ging auf die Tür zu, die Dörfel wieder geschlossen hatte. »Darf ich?«, fragte er und trat in das Zimmer, ohne eine Antwort abzuwarten.

Der Sozialarbeiter presste die Kiefer so heftig aufeinander, dass sich die Kaumuskeln als dicke Wülste hinter den eingefallenen Wangen vorwölbten, aber er protestierte nicht. Florian bedeutete Manuel mit einer Bewegung seines Kopfes ihm zu folgen. Sie traten in einen kahlen und fast leeren Raum.

»Ist das die Toilette?« Manuel zeigte auf einen Lehnstuhl auf Rädern, in dessen mit Kunststoff bezogener Sitzfläche genau in der Mitte ein Loch war. Darunter war ein Nachttopf befestigt. Der Stuhl, an dessen Lehne ein breiter Gurt befestigt war, stand unweit des Fensters genau dort, wo er immer wieder eine Gestalt hatte sitzen sehen.

»Der Nachtstuhl ist besser, als wenn Herr Gutheil stundenlang auf der Toilette sitzen müsste. Außerdem wäre er dazu gar nicht in der Lage«, antwortete Dörfel barsch.

»Stundenlang auf der Toilette?«

»Wie stellen Sie sich das denn vor?«, gab Dörfel unwillig zurück. »Die Verdauung und der Stuhlgang funktionieren bei einem schwerstbehinderten Menschen wie Herrn Gutheil nicht so wie bei einem gesunden.«

»Ich habe ihn schon öfter dort an dem Fenster sitzen sehen«, stellte Manuel fest und schüttelte den Kopf in der Ahnung, dass der Mann nicht in seinem Rollstuhl gesessen hatte, sondern auf einem Nachtstuhl. Die Frage, ob er nicht ohnehin Windeln tragen müsse, verkniff er sich.

»Was wollen Sie damit sagen?«, fuhr Dörfel auf. »Ich habe Herrn Gutheil nur ein einziges Mal auf dem Toilettenstuhl am Fenster angetroffen. Herr Hafner bedeutete mir, sein Sohn habe dort sitzen wollen, weil es draußen schneite. Er wollte den Schneeflocken zusehen. Ich habe keinen Grund, etwas anderes anzunehmen.«

»Ist ja gut«, sagte Manuel und wunderte sich über Dörfels heftigen Ausbruch. »Wissen die beiden eigentlich vorher, wann Sie kommen?«, fuhr er in versöhnlichem Ton fort.

Dörfel musterte ihn, als könnte die Frage eine Falle sein. »Normalerweise melde ich mich schriftlich an. Dieses eine Mal war es allerdings ein spontaner Besuch.«

Manuel nickte, als sei er beruhigt.

»Und wie oft kommen Sie hierher?«, fragte er und ließ seinen Blick über die spärlichen Möbel gleiten: der Nachtstuhl, ein Couchtisch mit einem Sessel und einem Stuhl sowie ein alter Wohnzimmerschrank. Das war alles. Eine Wand war schwarz gestrichen, was den ganzen Raum dunkel und bedrückend machte. Im Fenster standen die drei Grablichter, die jetzt gelöscht waren.

»Normalerweise einmal im Monat.«

»Das heißt, der Alte betreut seinen Sohn allein?«, fragte Florian und machte ein skeptisches Gesicht.

Dörfel presste wieder die Lippen zusammen, ehe er antwortete. »Machen Sie sich keine Sorgen, der Vater schafft das«, sagte er kühl.

»Es scheint ja nicht einmal einen Lift zu geben, um Herrn Gutheil vom Rollstuhl ins Bett zu bringen oder zur Toilette.«

»Ich sagte schon, Herr Hafner schafft das.«

Manuel hörte zu und schwieg. Wie oft mag der Vater die Mühe auf sich nehmen, fragte er sich. Mehrmals täglich oder nur ein einziges Mal jeden Tag? Oder nicht einmal jeden Tag?

»Wie kommuniziert der Vater eigentlich mit Ihnen? Schreiben Sie die Fragen auf und dann antwortet er?« Florians Frage klang schon wieder wie in einem Verhör.

»Seit ich im Frühjahr versucht habe, die beiden in einem Pflegeheim unterzubringen, kommuniziert er gar nicht mehr mit mir«, antwortete Dörfel gereizt. »Ich sehe nach, ob die beiden genug zu essen haben und ob Herr Gutheil und seine Wohnung in einem menschenwürdigen Zustand sind. Das ist meine Aufgabe. Ich kann die beiden nicht zwingen, in ein Heim zu gehen.«

»Warum gibt es keine Hauspflege für die beiden? Wäre die zu teuer?«, fragte Manuel verwundert.

Dörfel antwortete nicht.

»Zu teuer?«, wiederholte nun Florian.

Dörfel schwieg immer noch. Auch diese Frage schien ihm unangenehm zu sein. »Das Geld sollte keine Rolle spielen«, antwortete er schließlich.

»Wieso?«

»Herr Hafner hat mehrere Häuser und Wohnungen in Herdern geerbt, das weiß hier jeder. Die Mieteinnahmen müssen beträchtlich sein.«

»Schau an«, sagte Florian überrascht. »Und das alles wird der Sohn eines Tages erben? Oder gibt es Geschwister?«

»Nein.«

»Auch keine anderen Angehörigen?«

Die Falten über Dörfels Mundwinkel waren zu zwei tiefen Furchen geworden. »Nein, niemand.«

»Also erbt der Sohn alles«, hakte Florian überflüssigerweise noch einmal nach. Manuel beobachtete ihn mit Unbehagen und wunderte sich, dass Dörfel ihm überhaupt noch antwortete.

»Die Leute hier reden von einem Testament, in dem festgelegt ist, wer außer dem Sohn etwas von dem Vermögen bekommt.«

»Sie auch?«, wollte Florian wissen.

Dörfels Gesicht veränderte sich nicht, trotzdem war es plötzlich ein anderes Gesicht. Es war wie aus Stein.

»Sie auch?«, hakte nun Manuel neugierig nach.

Jetzt bewegten sich Dörfels Kiefer, als müsste er etwas Hartes zerkleinern. Er sah ärgerlich aus. »Für das Finanzielle ist ein amtlich bestellter Betreuer zuständig. Ich kümmere mich nicht darum.«

»Ach so«, sagte Florian und sah auf die Uhr. Fast fünfzehn Minuten waren mittlerweile vergangen, und Herr Gutheil war noch immer nicht zurückgekommen. Ohne auf die verwunderten Blicke Dörfels zu achten, schob Manuel nun den Nachtstuhl ein wenig zur Seite. Er holte den einzigen Stuhl und stellte ihn ans Fenster. Dann setzte er sich. Von diesem Platz hatte er einen guten Überblick über die Häuser auf der anderen Straßenseite. Direkt gegenüber sah er seine eigene Eingangstür und alle Fenster, die zur Straße führten, außerdem den vorderen Teil des Gartenzauns. Links daneben entdeckte er Hornbergers Eingang und den Abgang zur Kellertreppe. Wenn er den Stuhl ein wenig nach rechts drehte, sah er das Haus von Sibylle und der Spukgeschichtenoma und daneben die Haustür des Hauses, in dem die ungleichen Männer in der WG lebten.

»Ich schlage vor, dass wir uns bei Herrn Hafner erkundigen, wann sein Sohn voraussichtlich zurückkommen wird«, schlug Florian vor.

»Sie werden nichts erfahren«, sagte Dörfel. »Aber Sie können es natürlich versuchen.«

Als sie die Wohnung verlassen hatten, drehte der Sozialarbeiter den Schlüssel wieder zweimal im Schloss. An der Wohnungstür des Alten wiederholte sich das Ritual: klingeln, dann den Schlüssel zweimal drehen, bis die Tür aufsprang.

Die Wohnung des Alten war ebenfalls ein finsteres Loch und in einem noch schlechteren Zustand als die Wohnung des Sohnes. In einer winzigen Küche standen zwei ehemals weiß gestrichene Stühle mit Sitzflächen aus beigefarbenem Resopal, wie sie als Relikte der Nachkriegszeit früher in vielen Wohnungen gestanden hatten. Die abgestoßenen Schränke und Regale sahen aus, als wären sie schon einmal auf dem Sperrmüll gestrandet gewesen, ehe sie den Weg in diese Küche fanden. Die Kochmulde des Jahrzehnte alten Gasherds war mit alten Speiseresten verdreckt und auf der Spüle türmte sich schmutziges Geschirr. Hinter der geschlossenen Gardine eines Fensters stand ein alter Lehnstuhl, über den ein kleiner verblichener Teppich gebreitet war. Es musste der Platz sein, an dem der Alte manchmal aufgetaucht war und die Gardine zur Seite gehalten hatte. Manuel schob nun selbst den verstaubten Stoff zur Seite und sah hinaus. Jetzt fiel ihm auf, dass die Geschwister Hornberger vor allen Fenstern dichte Gardinen hatten. Bis auf das Flackern eines Fernsehers war in der Wohnung nichts zu erkennen. Der Blick in den ersten Stock seines Hauses hingegen war völlig frei. Cornelias himmelblaues Sofa war genauso gut zu erkennen wie der Karton mit Weinflaschen, den er gestern Abend auf dem Esszimmertisch abgestellt hatte. Die Gardinen fehlten immer noch und ohne Cornelia würden dort niemals welche hängen.

»Wo ist Ihr Sohn?«, schrieb Dörfel auf einen Zettel.

Der Alte schüttelte den Kopf. Das war seine einzige Antwort.

»Wann kommt er wieder?«

Auch dieses Mal nur das Schütteln.

»Das habe ich mir gedacht«, stellte Dörfel mit unüberhörbarem Triumph fest. »Es wird das Beste sein, wenn wir draußen warten.«

Er wiederholte das schon vertraute Ritual mit dem Schlüssel, dann standen sie wieder auf der Straße. Dörfel zog eine Schachtel Marlboro aus der Tasche, holte eine Zigarette heraus und zündete sie mit einem neonfarbenen Feuerzeug an.

»Und nun?«, fragte der Kommissar. »Der Sohn wird doch hoffentlich nicht stundenlang fort bleiben.«

Dörfel tat einen tiefen Zug und stieß den Rauch langsam wieder aus. »Normalerweise nicht.«

Eine Weile standen sie schweigend am Straßenrand.

»Wie kommt Herr Gutheil überhaupt in seine Wohnung?«, fragte Manuel. »Er wird die Türen nicht allein öffnen können.«

Der Sozialarbeiter betrachtete aufmerksam die Asche an seiner Zigarette. »Sein Vater achtet darauf, wann er kommt, und macht ihm auf.«

Er wirkte jetzt nicht mehr so angespannt wie in Gutheils Wohnung. Vielleicht war er erleichtert, dass das Treffen vorerst gescheitert war. Er sah auf die Uhr. »In einer halben Stunde muss ich bei einem Pflegefall in Zähringen sein. Es lohnt sich nicht, noch länger zu warten. Ich würde einige Zeit brauchen, um den Talker am Rollstuhl zu befestigen, und dann dauert es noch lange, bis Herr Gutheil auch nur ein einziges Wort geschrieben hat.«

»Was schlagen Sie vor?«, fragte Florian.

»Verzichten Sie auf seine Aussage.«

Der Kommissar schüttelte entschieden den Kopf. »Wir versuchen es morgen zur selben Zeit noch einmal.«

Wieder ging der Blick über die beiden Männer hinweg. »Ich muss klären, ob ich morgen Zeit habe.«

Er tat noch ein paar hastige Züge, ehe er die Tür des Smart öffnete und sich in den kleinen Wagen zwängte. Die Zigarette blieb qualmend im Rinnstein zurück.

»Der Dörfel ist doch nicht sauber«, stieß Manuel ärgerlich hervor. »Was glaubst du eigentlich, warum der Talker verschwunden ist?«

»Der Alte will nicht, dass sein Sohn seine Wünsche oder seine Meinung äußert. Ich habe erfahren, dass über einen Anschluss an einen Computer mit diesem Gerät auch Zugang zum Internet möglich ist. Gutheil könnte auf facebook sein, er könnte twittern oder über ein anderes Netzwerk aller Welt mitteilen, wie es ihm geht. Wenn nicht der Alte, sondern Dörfel das Gerät hat verschwinden lassen, dann möglicherweise aus demselben Grund.«

»Vielleicht hast du recht«, sagte Manuel müde. Sein Blick fiel auf Hornbergers Haus. Der Alte stand dort vor der Haustür, die hinter ihm einen Spaltbreit geöffnet war. Hatte er ihre Worte verstehen können? Sie hatten sich keine besondere Mühe gegeben, leise zu sprechen. Der alte Vater war taub, der Sohn nicht zu Hause, Hornberger hatten sie nicht bemerkt.

Er verabschiedete sich förmlicher als gewöhnlich von Florian. Sein Nachbar brauchte nicht zu sehen, dass er mit dem Kommissar befreundet war.

Hornberger zog die Tür hinter sich ins Schloss und kam mit kurzen eiligen Schritten auf Manuel zu. Er schien aufgeregt zu sein und sein Mund, den er immer wieder grundlos spitzte, schien Manuel noch kleiner als sonst. Seinen Ärger über Manuels Eindringen in seinen Keller schien er vergessen zu haben.

»Bei mir war die Kripo auch schon«, wisperte er aufgeregt. »Meine Schwester traut sich schon gar nicht mehr aus dem Haus.«

»Warum denn das nicht?«

»Wissen Sie denn nicht, dass uns dieser Tote vom Martinsfelsen ausspioniert hat?« Und als Manuel nicht gleich antwortete: »Der ist bei uns um das Haus geschlichen!«

Manuel sah ihn forschend an. Wusste er nicht, dass er auch im Keller gewesen war? Von ihm würde er es nicht erfahren.

»Wissen Sie das etwa nicht?« Hornberger, der eben noch mit jedem Satz lauter geworden war, flüsterte wieder.

»Ich habe es mir gedacht, als der Tote in der Zeitung beschrieben wurde«, antwortete Manuel ruhig.

Hornbergers Augen wurden noch eine Spur schmaler und sein Gesicht bekam einen lauernden Ausdruck. »Ich habe Ihre

Frau und ihre Tochter seit Tagen nicht mehr gesehen. Trauen die sich auch nicht mehr aus dem Haus?«

»Es sind Schulferien und die beiden sind verreist.«

Der lauernde Blick blieb. Hornberger schien ihm nicht zu glauben.

»Nur das Wetter ist nicht so, wie es sein sollte«, fügte Manuel hinzu.

Einen Augenblick sah ihn der Alte ratlos an. »Haben Sie denn keine Angst, so allein in dem Haus?«

»Nein«, antwortete Manuel. »Vor wem sollte ich Angst haben?«

Hornberger riss die Augen auf. »Vor dem Mörder«, stieß er hervor.

»Haben Sie aus Angst vor dem Mörder die Kellertür zumauern lassen?«

»Ich habe es selbst getan.« In Hornbergers Stimme klang Stolz mit. »Meine Schwester wollte das. Vier Stunden, nachdem wir von dem Mord in der Zeitung gelesen hatten, war die Tür zu.«

»Und die Steine? Hatten Sie die noch?«, fragte Manuel neugierig und dachte an die zugemauerte Verbindung zwischen ihren Kellern.

»Die habe ich im Baustoffhandel in der Tullastraße gekauft.«

Manuel sah ihn überrascht an. »Ich wusste gar nicht, dass Sie Auto fahren.«

Der Stolz in Hornbergers Gesicht blieb. »Mit dem Fahrradanhänger.«

Offenbar war Hornberger nicht so schwach und hilflos, wie er neben seiner Schwester gewirkt hatte. Vielleicht verlieh ihm die Angst vor dem Mörder diese ungeahnten Kräfte. Oder war es die Angst vor seiner Schwester?

Über ihnen öffnete sich ein Fenster. Frau Hornberger beugte sich vor. Heute trug sie Schwarz. Es war eine altmodische Spitzenbluse mit kleinem Stehkragen, der ihren dürren Hals eng umschloss.

»Paul« rief sie. »Wo bleibst du denn?«

»Meine Schwester ruft nach mir«, sagte Hornberger überflüssigerweise. »Bitte entschuldigen Sie mich.«

Manuel entschuldigte ihn gerne. Der Paul tat ihm leid.

Manuel kehrte in sein leeres Haus zurück. Die Nachbarin traute sich nicht mehr heraus, dachte er, Cornelia sich in ihres nicht mehr hinein. Er wusste nicht, was schlimmer war, und fragte sich, was die alte Schachtel tun würde, wenn er ihr von dem menschlichen Blut in seinem Keller erzählen würde. Auf der Stelle ausziehen? Es wäre ein Experiment wert. Er ließ sich auf Cornelias Sofa fallen und sah zu dem Fenster hinüber, hinter dem er den Behinderten gesehen hatte. Ob er dort stundenlang mit nacktem Hintern auf seinem Nachtstuhl ausgeharrt hatte, unfähig, etwas anderes zu tun, als auf die Straße zu starren, hilflos und ohne Möglichkeit, mit anderen Menschen zu kommunizieren, Gedanken zu äußern oder seine Wünsche und seine Beobachtungen mitzuteilen? Die Vorstellung war grauenvoll.

Das Telefon riss ihn aus seinen Gedanken. Er lauschte auf das Klingeln, als könnte es ihm den Anrufer verraten. Nach dem vierten Mal nahm er ab.

Florians Stimme klang enttäuscht und niedergeschlagen. »Wir hätten noch lange vergeblich auf unseren Zeugen warten können.«

»Was ist passiert?«

»Herr Gutheil ist verunglückt. Er ist mit seinem Rollstuhl vor der Cafeteria des Zoologischen Instituts in den Glasbach gestürzt.«

»Nein«, sagte Manuel tonlos. Und nach einem Schweigen. »Ich habe geahnt, dass etwas passiert sein musste, als er nicht kam.«

Florian sagte nichts dazu.

»Ist er tot?«

»Nein, er liegt in der Uniklinik. Er hat mehrere Rippen und einen Arm gebrochen.«

»Florian, der Mann ist genau in dem Augenblick verunglückt, als wir mit ihm sprechen wollten!« Manuel schrie die Worte fast. »Das kann doch kein Zufall sein!«

Der Kommissar blieb ruhig. »Zeugen für den Unfall gibt es nicht. Bei dem schlechten Wetter saß niemand draußen, aber der Mann im E-Rollstuhl war dort gut bekannt. Er fährt wohl öfter etwa zur selben Zeit auf dem Heimweg vom Botanischen Garten dort vorbei.«

»Ich weiß, wie es an der Stelle aussieht«, rief Manuel erregt. »Dort führen zwei hohe Stufen mehr als einen Meter abwärts direkt zum Bachbett, das an dieser Stelle gepflastert ist. Es ist eine der ganz wenigen Stellen ohne Geländer und sie liegt nicht unmittelbar am Weg, sondern vor den Tischen der Cafeteria. Florian, das ist doch kein Zufall!«

»Zufall oder nicht. Der Mann hat unendlich viel Glück gehabt. Er hätte nicht nur durch den Sturz auf die Steine tot sein können, er hätte vor allem von dem schweren E-Rollstuhl erschlagen werden können.«

»Es war kein Zufall«, rief Manuel, »und der Mörder wird wiederkommen!«

Der Kommissar schwieg eine Weile. »Bislang spricht nicht viel dafür, dass Gutheil eine vernünftige Aussage über das Geschehen in eurem Keller machen kann. Selbst wenn der Mörder den Mann schon einmal gesehen hat, wird auch er nicht vermuten, dass ein solcher Mensch ihn belasten kann.«

Manuel seufzte. »Was ist denn jetzt mit unserem Gespräch?«

»Ich fürchte, es wird einige Zeit dauern, bis sich Gutheil wieder äußern kann, selbst wenn es die Verletzungen zulassen würden. Sein Talker braucht eine stabile und sehr genau eingestellte Halterung. Die lässt sich wohl nicht so einfach am Bett befestigen.«

Manuel fluchte, wie er es in Cornelias Gegenwart niemals getan hätte.

»Lass gut sein«, beschwichtigte Florian. »Wahrscheinlich könnte er uns ohnehin keine große Hilfe sein.«

»Wer dann, wenn nicht er?«

Der Kommissar antwortete nicht auf die Frage. »Es gibt aber auch erfreuliche Neuigkeiten«, sagte er.

»Wirklich?«

»Wir haben den Wohnwagen gefunden und wissen, wer ihn benutzte. Der Tote gehörte tatsächlich zu diesen Leuten.«

Manuel wusste nicht, was an der Nachricht erfreulich war.

»Bis auf den Tätowierten sind die jungen Leute allerdings unauffällig. Es sind Mountainbiker, die im Dunklen mit Stirnlampen vom Rosskopf hinunterfahren.«

»Aber dieser Wohnwagen!«, rief Manuel. »Es ist doch nicht normal, so ein Ding im Wald zu verstecken. Die müssen etwas zu verbergen haben.«

»Nicht unbedingt. Es kommt öfter vor, dass junge Leute einen Bauwagen als Treffpunkt in den Wald stellen. Das ist zwar genauso wenig erlaubt wie Nachtabfahrten vom Rosskopf, wird aber oft von den Forstämtern geduldet, solange es keine Probleme gibt.«

»Und was hatte der Tätowierte bei denen zu suchen? Der war im Knast, hast du doch erzählt.«

»Den kannten sie nur unter dem Spitznamen Luki. Einer von der Gruppe hatte Grund, ihm dankbar zu sein. Dieser Luki hatte ihn nach einem Sturz mit seinem Mountainbike schwer verletzt an einem Steilhang gefunden und die Bergwacht alarmiert. Später haben die beiden sich zufällig am Rosskopf wiedergetroffen und sich für die nächtlichen Fahrten verabredet. Der Tote hatte die Wegskizze bekommen, weil sie beim ersten Mal nicht gemeinsam zum Wohnwagen fahren konnten. Inzwischen war er mehrmals dort. Den Zettel hatte er wahrscheinlich schon längst vergessen, als er ihn an eurem Zaun verloren hat. Von der Gefängnisstrafe wussten die anderen übrigens nichts.«

»Alles ganz harmlos«, sagte Manuel sarkastisch. »Nichts als ein paar nette junge Leute im Wald, nur schade, dass einer von ihnen erschlagen worden ist, nachdem er bei uns herumlungerte. Und warum hat sich niemand von der Gruppe gemeldet, als über den Mord berichtet wurde, frage ich dich?«

»Sie wussten nichts davon, weil keiner von ihnen die Zeitung liest.«

»Und das glaubt ihr alles?«

»Bislang ja.«

»Bislang?«

»Die Ermittlungen sind noch nicht abgeschlossen«, sagte Florian in einem Ton, als wollte er sich dafür entschuldigen. »Es kann auch alles ganz anders sein.«

»Und was ist jetzt die gute Nachricht für mich?«

»Für dich persönlich?« Florian dachte offenbar nach. »Nun ja. Du wolltest doch wissen, was es mit dem Wohnwagen auf sich hat. Das weißt du jetzt.«

»Ich danke dir jedenfalls, dass du mich informiert hast«, sagte Manuel mürrisch.

Er war ungerecht in seiner Enttäuschung über den Freund, das wusste er. Irgendwann würde er es wieder gutmachen. Später, wenn es ihm wieder besser ging.

Die nächste halbe Stunde verbrachte er inmitten der blauen Kissen auf Cornelias Sofa und starrte aus dem Fenster. Es regnete wieder. Die Hauswand gegenüber hatte nasse Flecken bekommen und aus einem Loch in der Regenrinne plätscherte ein dünner Wasserfall auf die Straße. Sibylle schob unten den Kinderwagen vorbei, der heute unter einer durchsichtigen Plastikhülle verschwunden war. Er stand auf und winkte ihr zu, aber sie bemerkte ihn nicht oder wollte ihn nicht bemerken.

Zum ersten Mal seit er hier wohnte, würde dort drüben der Platz am Fenster im Erdgeschoss für Tage leer bleiben. Wie es Herrn Gutheil wohl im Krankenhaus erging? Ob Ärzte, Pfleger und Schwestern ihn für schwachsinnig hielten und entsprechend behandelten? Ich sollte ihn besuchen, dachte er. Ja, er würde es wirklich tun, morgen, gleich nach der Arbeit. Dieses Mal würde er es nicht bei einem guten Vorsatz belassen. Er blickte noch einmal nach drüben. Auch der Alte war nicht hinter der Gardine zu erkennen. Ob er überhaupt schon wusste, was geschehen war?

Er spürte plötzlich eine heftige Sehnsucht nach Cornelia. Er wählte ihre Nummer, aber sie meldete sich nicht. Jetzt hätte er Zeit im Überfluss, um mit ihr zu reden. Er hätte jetzt auch Zeit, mit Pauline zu spielen oder die fehlenden Lampen und ein paar Bilder im Haus aufzuhängen. Aber Pauline war nicht da und Bilder oder Lampen interessierten niemanden mehr. Endlich holte er ein Bier aus dem Kühlschrank und schenkte es langsam und aufmerksam ein. In diesem ganzen Elend sollte wenigstens sein Bier eine schöne Krone haben. Mit dem Glas in der Hand gab er sich wieder seiner Tatenlosigkeit hin. Er fühlte sich leer und nutzlos.

Manuel erschrak heftig, als plötzlich hinter ihm die Wohnzimmertür aufgerissen wurde, und sprang auf. In der Tür stand Cornelia. Sie schleuderte ihre Schuhe in eine Ecke und ließ sich stöhnend neben ihm auf das Sofa fallen.

»So geht es nicht weiter.«

»Was ist passiert?«

»Pauline hat den ganzen Tag gemault und sich gelangweilt, der Großvater stinkt, weil er in die Hose pinkelt und sich nicht umzieht, und ich habe mir in der Kälte eine fiese Erkältung geholt. Die ganze Nacht habe ich gehustet anstatt zu schlafen.«

Er nahm sie in den Arm als wolle er sie wärmen. »Warum habt ihr nicht mehr mit dem Kachelofen geheizt?«, fragte er verwundert.

»Weil wir vergessen hatten, genug nasses Holz im Haus zu trocknen.«

»Man kann euch doch nicht allein lassen.« Er schüttelte den Kopf und lächelte ein wenig. »Wo ist eigentlich Pauline?«

»Die habe ich schon in der Turmstraße abgesetzt.«

»In der Turmstraße abgesetzt?«

Cornelia zögerte und er sah ihr an, dass sie ihm gleich etwas offenbaren würde, was er nicht hören wollte. Eine gute Nachricht wäre ihr leichter über die Lippen gekommen.

»Ja. Bei ihrer Freundin Lucie.«

Er wartete ab, ohne etwas zu sagen.

Cornelias Mundwinkel zuckten und er sah, dass sie gegen die Tränen kämpfte. Mitleid oder Wut: In diesem Augenblick wusste er nicht, welches Gefühl gleich in ihm die Oberhand gewinnen würde.

»Die Nachbarn sind für ein halbes Jahr nach Amerika gegangen und wollen die Wohnung gern während dieser Zeit im Bekanntenkreis vermieten.«

»Ich verstehe«, sagte er mit belegter Stimme. »Jetzt zieht ihr in diese Wohnung.« Er ließ Cornelia los. »Und wann, bitte, ist das halbe Jahr zu Ende?«, fragte er nur mühsam beherrscht.

»Es hat gerade erst begonnen.«

Manuel kämpfte mit sich selbst. Am liebsten würde er jetzt mit der Faust auf den Tisch schlagen oder losschreien und Cornelia schlichtweg verbieten, einfach das gemeinsame Haus zu verlassen. Aber die Zeiten waren vorbei, in denen ein Mann einer Frau befehlen konnte, was sie tun oder lassen sollte, jedenfalls in Deutschland, und bei einer selbstständigen Frau wie Cornelia sowieso. Er schwieg.

»Wir brauchen auch nur die Hälfte der normalen Miete zu zahlen«, fuhr Cornelia mit einer Munterkeit fort, die angestrengt und unecht klang.

Er starrte Cornelia an. Als sei das Geld das Entscheidende! Eine Nacht bei einer Freundin, ein paar Nächte in Schuttertal, das hatte er akzeptiert, aber was sie ihm jetzt offenbarte, war unerträglich.

»Aber Cornelia, wir wissen doch noch gar nicht, ob im Keller wirklich etwas Schlimmes geschehen ist, und du planst schon in eine andere Wohnung zu ziehen«, rief er aus. Er sprach viel zu laut. Er dämpfte seine Stimme. Auch Schreien würde nichts nützen. »Außerdem habe ich mir überlegt, dass wir die Tür zwischen Keller und Wohnung zumauern können. Es spielt dann keine Rolle mehr, was da unten vielleicht einmal geschehen ist.«

Cornelia schüttelte sehr langsam den Kopf, so wie sie es tat, wenn sie sich nicht von einem Entschluss abbringen lassen wollte. »Der Tätowierte ist ermordet worden.«

»Du weißt es also schon«, sagte er matt.

»Manuel, ich habe mich darauf gefreut, hier zu wohnen, aber glaub mir, dieses Haus bringt Unglück. Deswegen werde ich niemals mit Pauline zurückkehren, keine einzige Nacht. Ich will nicht, dass ihr etwas zustößt.« Sie umarmte ihn plötzlich heftig und verbarg ihren Kopf an seiner Brust. »Es tut mir sehr, sehr leid, für dich und für uns alle, aber …« Sie schluchzte. »Es hilft nicht, die Augen oder den Keller zu verschließen und zu tun, als sei hier alles in Ordnung. Wir müssen unsere Zukunft neu planen.«

Die Zukunft neu planen! Das hatte er doch gerade erst getan! Manuel schwieg und ihm war, als würde die ganze Welt um ihn herum zusammenstürzen. Minutenlang blieben sie so, bis Cornelia ihn endlich losließ.

»Du wolltest mir etwas erzählen. Ging es um den Toten?«

»Ja, aber du wusstest es ja schon.«

»Noch etwas?«

»Ja.«

»Auch nichts Gutes?«

Er nickte. Er spürte seine Trauer und die Enge im Hals und merkte, dass er in diesem Moment nicht mehr Herr seiner Stimme sein würde.

»Herbert?« Cornelias Gesicht war jetzt voller Angst.

Er nickte wieder.

»Ist er …?«

»Er war nicht mehr hier seit dem Tag, an dem ihr nach Schuttertal gefahren seid.«

»Dann war er schon fort, als du bei uns warst?«

Er nickte wieder. »Ich habe in Herdern und in der Wiehre Zettel mit seinem Foto und meinen Telefonnummern aufgehängt. Ich habe ihm jeden Tag frisches Futter und frisches Wasser hingestellt und die Katzentreppe ist auch in Ordnung.« Er redete, als könne er sein Vertuschen und seine Lüge damit wieder gut machen.

»Auch in der Wiehre?«, fragte Cornelia und ihr Gesicht war wie aufgerissen vor Angst. »Er käme niemals lebendig über die B 31.«

Cornelia hatte recht. Tagsüber, wenn die Autos und LKWs in zwei Spuren auf beiden Seiten der Dreisam entlang donnerten, würde er unweigerlich in den Tod laufen. Nur abends nach 22.00 Uhr, wenn die Autos nur noch dreißig fahren durften, konnte er vielleicht die andere Seite erreichen. Manuel schwieg. Seit er das tote Kätzchen bei Malterdingen auf der Straße gesehen hatte, war er das Bild von einem überfahrenen Herbert nicht mehr losgeworden. Es ist doch nur ein Tier, hatte er versucht sich einzureden, Hauptsache, Pauline und Cornelia geht es gut, aber der Gedanke hatte ihn nicht getröstet. Herbert war eben nicht einfach nur ein Tier.

»Pauline«, murmelte Cornelia. »Wie sagen wir es nur Pauline, dass Herbert nicht mehr da ist?«

»Katzen laufen doch öfter mal fort und kommen dann wieder«, versuchte er sie zu beruhigen.

»Aber Herbert kennt sich hier nicht aus«, rief Cornelia verzweifelt.

Er wollte etwas Tröstendes sagen, doch es fiel ihm nichts ein. Er dachte an Pauline, wie sie mit Herbert zu ihren Füßen so friedlich geschlafen hatte und wie ihn bei dem Anblick eine unerklärliche Angst überfallen hatte. Angst um Pauline, nicht um Herbert. Wenn sein geliebtes Tier überfahren wird, kann es ein Kind nie vergessen, dachte er, und wenn er schuld daran wäre, würde Pauline es ihm niemals verzeihen.

»Wolltest du mir noch etwas sagen?«

»Ja«, sagte er, dann schwieg er wieder.

Cornelia starrte ihn an. »Was ist denn? Noch ein Mord?« In ihrer Stimme klang plötzlich wieder die Panik, die sie in den letzten Tagen immer wieder befallen hatte.

»Nein.« Er räusperte sich. »Der Behinderte hatte einen Unfall. Er ist mit seinem Rollstuhl in den Glasbach gestürzt.

»Ist er tot?« Das Entsetzen hatte sich jetzt in Cornelias Gesicht eingenistet, es verschwand auch nicht, als er sie zu beruhigen versuchte.

»Nein. Der Sturz ist glimpflich ausgegangen. Er hat sich mehrere Rippen und einen Arm gebrochen. Es besteht aber keine Lebensgefahr«, fügte er hinzu, obwohl er es nicht wusste.

»Aber«, Cornelia sah ihn entsetzt an, »warum ist er in den Bach gestürzt?«

»Das weiß nur er allein. Es gibt keine Zeugen.«

Er sprach seine Befürchtungen nicht aus, die ihn seit dem Unglück quälten. Der Behinderte würde nach dem Tod seines Vaters reich sein. Wenn ihn Dörfel beiseite schaffen wollte, dann am besten, ehe ein Zusammenhang zwischen seinem Tod und dem Erbe offensichtlich wurde, also jetzt. Der Vater würde ohnehin nicht mehr ewig leben und Dörfel dann vielleicht reich. Man müsste das Testament kennen, dachte er. Das Testament würde alles erklären.

»Was siehst du mich so böse an?«, fragte Cornelia in diesem Augenblick.

»Habe ich das? Entschuldige, aber ich war in Gedanken bei dem armen Menschen.« Er zog seine Mundwinkel auseinander, in der Hoffnung dann freundlicher auszusehen. »Ich werde ihn morgen im Krankenhaus besuchen.«

Cornelia sah ihn ungläubig an.

»Doch, ich meine es ernst«, beteuerte er. »Würdest du mitkommen?«

Cornelia nickte, aber er sah, dass ihr der Gedanke unbehaglich war. Sie sah zur Uhr. »Ich sollte jetzt gehen. Wir müssen uns ja noch für die Nacht einrichten.«

Er erschrak über den plötzlichen Aufbruch und griff nach ihrer Hand, als könne er sie festhalten. »Du gehst jetzt, aber wo bleibe ich, hast du dir darüber auch Gedanken gemacht? Ich will nicht für immer allein hier wohnen.«

»Die Wohnung ist groß genug für uns drei.«

Manuel antwortete nicht.

»Willst du mitkommen?«

Er sah sie wortlos an und schüttelte dann langsam und nachdenklich den Kopf. »Was würde aus Herbert? Was würde er tun, wenn er niemanden hier anträfe?«

»Also bleibst du wirklich hier?«

Er nickte. »Jetzt bleibe ich hier. Was später sein wird, weiß ich nicht.«

Als Cornelia fort war, ging er durch alle Zimmer, so wie er es am ersten Tag in diesem Haus Arm in Arm mit Cornelia getan hatte. Irgendeine Zukunft gibt es immer, dachte er. Die

Welt ist noch nie stehengeblieben. Das Leben würde auch jetzt weitergehen. – Mit Cornelia und Pauline.

Später ging er zum Gartenhaus und setzte sich auf einen der Stühle, die Pauline dort für ihre Freundinnen aufgestellt hatte. Ein von seiner Familie verlassenes Haus, eine Firma mit immensen Schulden, ein verschwundener Herbert, Menschen aus seiner Umgebung, die ermordet wurden oder einen rätselhaften Unfall erlitten: Vor ihm hatte sich ein Abgrund aufgetan, dessen Boden er nicht einmal ahnen konnte. Bislang hatte er sich über die Tiefpunkte in seinem Leben mit der Zuversicht getröstet, dass es bald wieder aufwärts gehen würde, aber jetzt sah er nichts als einen langen schwarzen Tunnel. Sein Ende war nicht einmal zu erahnen, nicht das kleinste bisschen Helligkeit, das ein Ende der Schrecken signalisiert hätte. Sein Blick glitt über die liebevolle Einrichtung des Gartenhäuschens, sogar eine Vase mit buntem Herbstlaub gab es. Er gab sich der Vorstellung hin, dass Pauline vielleicht niemals wieder hier spielen würde, und merkte plötzlich, dass er weinte. Erst ein Regenschauer, der heftig auf das Dach prasselte, riss ihn aus seiner Starre. Er lief durch den strömenden Regen ins Haus. Nass wie er war, wählte er Florians Nummer und erzählte ihm von seinem Verdacht gegen den Sozialarbeiter.

»Du vergisst wohl, dass er zur Zeit des Unglücks mit uns in der Wohnung war«, wandte Florian vorsichtig ein.

Manuel gab nicht auf. »Ein optimaler Zeitpunkt für einen Auftragsmord. Besser könnte ein Alibi gar nicht sein.«

»Aber Manuel! Entschuldige, aber ich glaube, dir ist die Aufregung der letzten Tage zu Kopf gestiegen. Wie stellst du dir das vor? Meinst du, er macht gemeinsame Sache mit der Unterwelt oder zumindest mit irgendwelchen behindertenfeindlichen Neonazis?"

»Ich weiß es nicht, aber du kannst doch den Verdacht nicht einfach beiseiteschieben«, rief er ungehalten.

»Aber wie passt denn der tätowierte Mountainbiker und dessen Tod in dein Konzept?«

Manuel stöhnte leise. »Ach, lassen wir das. Wahrscheinlich ist tatsächlich alles Unsinn, was ich mir zusammengereimt habe.«

Unzufrieden beendete er das Gespräch und stellte den Fernseher an. Auf ProSieben knallte ein Killer seine Opfer ab, auf dem nächsten Kanal wälzte sich ein stöhnendes Liebespaar zwischen zerwühlten Betttüchern. Er zappte sich noch durch ein paar andere Programme, dann stellte er den Fernseher aus. Als er aus dem Fenster sah, war das Haus gegenüber völlig dunkel. Es war die erste Nacht seit Tagen, in der die Grablichter nicht mehr brannten.

An diesem Abend ging Manuel früh zu Bett. Er dachte an Hartung und fragte sich, wie der wohl die Nacht verbrachte: Mit der Schwarzhaarigen mit dem gewaltigen Busen, deren Foto er ihm auf seinem Computer gezeigt hatte? Hartung, das zerknitterte Männchen im Bett mit diesem Weib, das konnte er sich beim besten Willen nicht vorstellen. Ob er nur bluffte? Oder war die Frau doch eine Nutte? Er wunderte sich, wie wenig er wirklich über seinen Kompagnon wusste. Vielleicht war er weniger allein als er selbst, dachte er. Er sehnte sich nach Cornelia. Es wäre so einfach, sich heute Nacht in ihrem Bett zu verkriechen und das ganze Elend in seinem einsamen Haus hinter sich zu lassen. »Die Wohnung ist groß genug für uns drei«, hatte sie gesagt. Es war seine eigene Entscheidung, dass er nicht zu ihr zog. Noch nicht?

In dieser Nacht hatte Cornelia pechschwarze Haare und ihr Busen war so groß, dass er Angst hatte, unter ihm zu ersticken. Offenbar hatte sie sich operieren lassen, diese gewaltigen Brüste konnten ihr nicht so einfach gewachsen sein. Sie hätte das nicht einfach tun dürfen, dachte er verzweifelt, sie hätte wenigstens vorher seine Meinung hören müssen. Mit diesem Gedanken wachte er auf.

Je näher Manuel den Unikliniken kam, umso unruhiger wurde er. Wie würden sie Gutheil antreffen? Festgebunden wie ein wildes Tier, damit er sich nicht die Infusionen oder Verbände abreißen konnte? Hilflos zappelnd in seinen Fesseln? Oder halb bewusstlos von Beruhigungsmedikamenten? Cornelia wartete schon am Pförtnerhäuschen, als er sein Ziel erreichte. Das Gelände der Unikliniken war ihm vertraut, der kürzeste Weg zum Seepark führte durch den Park, in dem sich Frauenklinik und Chirurgische Klinik gegenüberlagen wie zwei Schlösser. Heute dehnte sich der Weg bis zur Chirurgie endlos. Mit dem Aufzug gelangten sie zur Station Krauß, wo Gutheil nun lag. Zögernd betraten sie den düsteren Flur, auf dem leere Betten und verschiedene Geräte standen. Eine junge, mürrisch blickende Frau in frisch gebügeltem Arztkittel und eine ältere in Schwesterntracht kamen ihnen entgegen. Die jüngere lief der älteren einen halben Meter voraus und gab ihr irgendwelche Anweisungen.

»Guten Tag«, sagte Manuel, woraufhin die Ältere stehenblieb und den Gruß erwiderte. »Bitte, in welchem Zimmer liegt Herr Gutheil?«

Sie streifte Cornelias Blumen mit einem verwunderten Blick und nannte die Zimmernummer, dann eilte sie der Ärztin nach, die mit ungeduldigem Gesicht stehengeblieben war.

Manuel klopfte an die Tür des Krankenzimmers, klopfte ein zweites Mal, ohne dass etwas geschah. Als er seine Hand auf die Klinke legte, rief eine Frauenstimme: »Herein«. Er trat ein, Cornelia folgte ihm zögernd.

Im ersten Augenblick nahm ihm der vertraute Geruch des Krankenzimmers den Atem. Es war dieses Gemisch aus Putz- und Desinfektionsmitteln, vereint mit der Erinnerung an den Geschmack von Fertigsoßen, das ihn an die Zeit erinnerte, in der er selbst schwerkrank in einem solchen Zimmer gelegen hatte. Neben einem der beiden Betten saß eine rundliche Frau um die Fünfzig mit den geröteten Wangen von Menschen, die sich viel an der frischen Luft aufhalten. Sie trug ein geblümtes Sommerkleid, weiße Söckchen und eine weiße Strickjacke. Der Mann, an dessen Bett sie saß, mochte siebzig oder achtzig Jahre sein. Unter den halb geschlossenen Lidern war ein Teil der verdrehten Augäpfel sichtbar. Sein dickliches Gesicht war blass und schweißbedeckt und seine Atmung ging stoßweise, hin und wieder von einem tiefen Röcheln unterbrochen. Eine Seite des Bettes war mit einem Gitter gesichert, auf der Seite der Frau war es heruntergeklappt.

Dann fiel Manuels Blick auf Gutheil. Sein knochiger Leib war mit einem dünnen Laken bedeckt und die Gitter auf beiden Seiten des Bettes waren hochgeklappt. An der linken Hand war eine Infusion angeschlossen und das Handgelenk war mit einer Schlaufe aus weißem Verbandsmaterial am Gitter befestigt. Keine Gurte wie im Rollstuhl. Der Kranke lag ruhig mit geschlossenen Augen da, doch auf seiner Stirn und um seinen Mund glänzten kleine Schweißperlen. Sie traten näher, Manuel auf der einen Seite des Bettes, Cornelia, hilflos mit ihren Blumen, auf der anderen. So warteten sie stumm und wagten es nicht, den Kranken anzusprechen.

Die Frau am Bett des Alten stand auf. »Ich zeige Ihnen, wo es Vasen gibt«, sagte sie. Manuel folgte ihr, ehe ihm Cornelia zuvor kam, erleichtert, eine Aufgabe zu haben und das Zimmer noch einmal verlassen zu dürfen.

»Wir hätten ihn nicht mehr die Wiese mähen lassen dürfen«, sagte die Frau, kaum dass sie im Flur standen. »Mein Vater ist schon sechsundsiebzig, aber er musste immer noch schaffen, schaffen, schaffen. So ein Unglück musste ja einmal passieren.«

Sie öffnete die Tür zu einem Abstellraum und zeigte auf ein paar große Vasen in einem Regal, ohne ihren Redefluss zu unterbrechen. »Vor zwei Wochen ist er mit dem Traktor eine steile Wiese hinuntergestürzt. Seine Beine mussten amputiert werden, der Traktor hat sie zerquetscht. Jetzt heilen die Stümpfe nicht. Mein Vater hat seit dreißig Jahren Diabetes und viel geraucht hat er auch.« Sie seufzte laut und sah sehr unglücklich aus. »Ich bin jetzt seit einer halben Stunde hier. Die ganze Zeit habe ich mit ihm geredet, aber er wacht gar nicht mehr auf. Gestern hat er schon den ganzen Tag so dagelegen und das Fieber geht auch nicht mehr runter. Niemand verrät mir, ob es noch einmal besser mit ihm wird. Die Ärzte sagen mir nicht einmal, ob er nun sterben wird.«

»Vielleicht wissen sie es nicht«, meinte Manuel und war schon an der richtigen Tür vorbei, als ihn die Frau mit den weißen Söckchen zurückrief. Er gab Cornelia die Vase, die viel zu groß war für ihre kleinen Röschen. »Es war schon die kleinste«, sagte er.

Cornelia ging zum Waschbecken, ließ Wasser hinein und stellte sie mit den Blumen auf den Nachtschrank. Gutheil bemerkte nichts davon. Auch ihre Anwesenheit entging ihm.

Im nächsten Augenblick klopfte es an die Tür und die junge Frau, die ihnen im Flur entgegengekommen war, trat ein. Es war die Stationsärztin. Sie stellte sich mit einem Namen vor, der nicht zu verstehen war und südeuropäisch klang. »Sind Sie mit Herrn Gutheil verwandt?«, fragte sie mit einem Akzent, der zu ihrem Namen passte.

»Nein, wir sind bloß die Nachbarn«, antwortete Cornelia.

»Gibt es Angehörige?«, fragte die Ärztin knapp und ihr Interesse an den Besuchern schien schon wieder versiegt zu sein.

»Einen vollständig tauben Vater«, antwortete Manuel. »Er versorgt seinen Sohn, aber soweit wir wissen, spricht er mit niemandem mehr.«

Die Ärztin sah blass aus. Sie wirkte angespannt und Manuel spürte wieder die Eile, mit der sie ihnen im Flur entgegengekommen war. »Kann man sich gar nicht mit ihm verständigen?«, fragte sie ungeduldig.

Manuel zuckte mit den Schultern. »Ich weiß es nicht, aber es gibt einen Herrn Dörfel von einer Sozialstation, der hin und wieder nach den beiden schaut. Soweit ich weiß, verweigert aber der Vater auch zu ihm jeden Kontakt. Außerdem gibt es noch einen amtlichen Betreuer.«

»Dörfel, sagen Sie? Er hat wohl schon angerufen.«

»Was wollte Herr Dörfel«, fragte Manuel und bemerkte selbst den misstrauischen Unterton in seiner Stimme.

Die Ärztin sah ihn mehr verwundert als ärgerlich an. Sie schien es nicht gewohnt zu sein, dass ein Besucher solche Fragen stellte. »Sich nach Herrn Gutheils Zustand erkundigen und sagen, dass er irgendwann vorbeikommt.«

»Irgendwann«, wiederholte Manuel nachdenklich. »Hatte Herr Gutheil überhaupt schon Besuch?«

»Wie soll ich das wissen? Hier laufen viele Leute herum.« Sie wandte sich zur Tür.

»Schläft er die meiste Zeit?«, fragte Cornelia.

»Er bekommt Beruhigungsmittel, damit er sich nicht so aufregt«, antwortete die Ärztin ohne die Hand von der Klinke zu nehmen. Vielleicht lag es an Cornelias skeptischen Blick, dass sie weitersprach. »Er versteht ja nicht, was mit ihm geschieht.«

»Ich glaube, er versteht alles so gut wie ein gesunder Mensch, wenn man es ihm nur erklärt«, widersprach Cornelia.

Auf der Stirn der Ärztin erschienen zwei steile Falten. Sie sah zur Uhr. Offenbar hatte sie noch etwas anderes zu erledigen. Vielleicht dachte sie auch nur an ihren Feierabend. Ihre Antwort klang barsch. »Natürlich reden wir mit ihm, als könne er es verstehen. Wir reden ja auch mit unseren dementen Patienten.«

»Aber Herr Gutheil ist nicht schwachsinnig«, widersprach Manuel heftig.

Das wissende, fast mitleidige Lächeln, das die Ärztin jetzt aufsetzte, ärgerte ihn, aber er brauchte einen Moment, um zu verstehen warum. Es lag an der widersinnigen Art, so zu lächeln, denn sie sollte den anderen beschämen.

»Was glauben Sie denn, wie er sonst mit seinem Rollstuhl allein in den Botanischen Garten fahren könnte?«, fragte er.

Die Ärztin schwieg. Vielleicht war sie jetzt nachdenklich geworden, vielleicht hatte sie auch nur keine Lust, noch länger mit ihm zu diskutieren.

»Sie wissen doch, dass Herr Gutheil allein mit seinem Rollstuhl unterwegs war«, hakte er nach. »Sonst wäre er in Begleitung gewesen und Sie hätten gleich erfahren können, ob es Angehörige gibt oder nicht.«

Sie sah wieder auf die Uhr. »Entschuldigen Sie mich bitte. Ich habe noch zu tun.« Dann schloss sich die Tür hinter ihr.

Cornelia beugte sich über den Kranken. Nachdem sie eine Weile so dagestanden hatte, streckte sie die Hand nach ihm aus, als wolle sie ihn berühren, tat es dann aber doch nicht. »Es ist schrecklich, dass Menschen, die so schwer körperbehindert sind, gleich auch für geistig behindert gehalten werden«, stellte sie fest. Lange blieb sie so über das Bett gebeugt stehen, ohne etwas zu tun oder zu sagen. »Er schwitzt so stark und er zittert«, stellte sie erschrocken fest.

Manuel betrachtete den Mann, dessen Zustand sich in beunruhigender Weise verändert hatte. Sein ganzes Gesicht war jetzt schweißbedeckt, seine Haut hatte eine blassgraue Farbe angenommen und sein Unterkiefer zitterte. Er griff nach Gutheils Handgelenk, suchte den Puls, spürte die kalte, schweißnasse Haut, fand endlich den Puls, der kaum noch zu fühlen war. Er war viel zu schnell. Manuel erschrak. Einen Augenblick zögerte er noch, dann eilte er zur Tür. »Ich hole die Ärztin.«

Er entdeckte sie hinter einer Glasscheibe, die das Stationszimmer vom Flur trennte. Sie saß in der hintersten Ecke vor einem großen Monitor. Er klopfte an die Tür und trat ein, ohne auf ein »Herein« zu warten. »Herrn Gutheil geht es plötzlich sehr schlecht.«

Sie tippte irgendetwas zu Ende, dann sah sie auf. »Ich werde noch einmal nach ihm sehen, ehe ich nach Hause gehe.«

»Hören Sie, sein Zustand hat sich dramatisch verschlechtert. Das kann ich auch als Laie beurteilen. Sie müssen sofort kommen.«

Sie warf ihm einen bösen Blick zu, stand aber auf und folgte ihm.

Als sie zurückkamen, standen Cornelia und die Frau vom Land bleich und mit fassungslosem Entsetzen an Gutheils Bett und starrten auf den Kranken hinunter.

»Der Teufel muss in ihn gefahren sein«, jammerte die Frau an Cornelias Seite.

Der Kranke zuckte mit Armen und Beinen und der Anfall schüttelte seinen ganzen ausgemergelten Körper, schüttelte das Bett. Sein Atem ging in kurzen Stößen. Aus seinem Mund lief blutiger Speichel und sein Gesicht war blaurot angelaufen.

»Er krampft ja!«, rief die Ärztin aus.

»Das muss gerade erst angefangen haben. Als ich sie holte, war er nur kaltschweißig und hatte einen ganz schnellen Puls.« Manuel wusste nicht, ob sie ihm überhaupt zuhörte.

»Würden Sie bitte alle das Zimmer verlassen!«, rief die Ärztin, als gäbe es nichts Wichtigeres, um Gutheil zu helfen. Dann rief sie nach einer Schwester.

»Wann darf ich wieder rein?«, fragte die Frau mit den weißen Söckchen. Sie war noch immer außer sich vor Aufregung.

»Weiß ich nicht.«

Das runde Gesicht wurde traurig.

Manuel und Cornelia zogen sich in eine kleine Nische im Flur zurück, in der zwei kleine Tische, ein paar Stühle und eine Küchenzeile mit einer Kaffeemaschine standen, und beobachteten besorgt die Hektik, die sich in der eben noch so ruhigen Station ausbreitete. Schwestern und Pfleger schoben Geräte in Gutheils Zimmer, ein grauhaariger Arzt eilte herbei, später stürmte ein jüngerer mit wehendem Kittel und umgehängtem Stethoskop ins Zimmer. Drei junge Frauen in Arztkitteln und weißen Hosen folgten mit aufgeregten Gesichtern, vielleicht Studentinnen. Zuletzt und gemächlicher erschien eine rothaarige Frau im weißen Laborkittel. Sie verließ als erste das Zimmer. Dann warteten sie lange, dass sich die Tür wieder öffnete. Was geschah mit Gutheil? Hatte das Krampfen endlich aufgehört? Manuel wäre am liebsten aufgesprungen und hätte selbst nachgesehen. Und immerzu quälte ihn die Frage: Warum jetzt? Warum erlitt Gutheil gerade jetzt diesen schweren epileptischen Anfall? War er Folge des Sturzes? Die Folge einer unentdeckten Hirnblutung vielleicht? Oder war Dörfel doch hier gewesen? Hatte er ihm irgendetwas verabreicht, um sein Werk zu vollenden? Die Infusion an Gutheils Arm: Es war so einfach ihm etwas anzutun. Kein Einstich in der Haut würde es verraten. – Fünfzehn Minuten mochten mittlerweile vergangen sein. Bald hielt Manuel es nicht mehr aus zu sitzen und zu warten, er lief hin und her in der Nische, dann immer weiter über den engen verwinkelten Flur, vorbei an leeren Betten und Infusionsgeräten, lief bis zur nächsten Station, lief wieder zurück.

Langsam begann sich Gutheils Krankenzimmer wieder zu leeren. Nach der Laborantin verließen zwei Schwestern den Raum, bald darauf der grauhaarige Arzt. Endlich kam auch die Stationsärztin heraus. Sie hatte ein gerötetes Gesicht und sah erschöpft aus.

Manuel verstellte ihr den Weg. »Wie geht es ihm?«

»Wir werden sehen«, sagte sie. »Heute können Sie jedenfalls nicht mehr zu ihm.«

Als wenn das eine Antwort auf seine Frage wäre!

Er lief hinter ihr her, als sie wieder dem Stationszimmer zustrebte. »Er darf nicht sterben«, rief er ihr nach. »Hören Sie: Er darf auf gar keinen Fall sterben.«

Sie blieb noch einmal stehen und schüttelte unwillig den Kopf. »Wir tun immer, was wir können.«

Cornelia sah ihm mit weit aufgerissenen Augen entgegen. »Hat sie gesagt, ob es ihm wieder besser geht?«

»Nichts als Sprüche«, antwortete er.

Cornelia starrte ihn an und in ihrem Gesicht war die reine Angst. »Glaubst du, dass er stirbt?«

Er überlegte einen Augenblick. »Nein, ich glaube, das ist noch mal gut gegangen.«

»Warum glaubst du das?« Cornelia sah immer noch ganz verzweifelt aus.

»Weil alle das Zimmer verlassen haben bis auf einen Pfleger und den Arzt, der drei Studentinnen mitgebracht hat.«

»Und wenn die zusehen sollen, wie es ist, wenn jemand stirbt?«

»Aber Cornelia! So unmenschlich kann niemand sein. Er erklärt ihnen vermutlich Gutheils Krankheit.«

Schweigend verließen sie das Gebäude. Am Rand eines Wasserbeckens setzten sie sich auf eine Bank. Herbstliche Blumen blühten auf Beeten und in Kübeln, die Fontäne rauschte, Enten schwammen vor einem Entenhaus, Binsen und Seerosen wuchsen im grünen Wasser, alles war friedlich und schön wie vorhin. Und doch war plötzlich alles anders. Dieser Krampfanfall! Dieser verstörende Anblick!

»Ist es eigentlich immer so schrecklich, wenn ein Mensch einen epileptischen Anfall erleidet?«

»Ich glaube, es gibt auch harmlosere Anfälle, aber so ein großer Anfall ist immer furchtbar.«

Cornelia nickte stumm.

Sie schwiegen. Über ihnen schrien die Krähen: Schwarze Vögel in den alten Platanen, schwarze Vögel auf den Dächern.

»Kommst du noch mit nach Hause?«, fragte er.

Wie auf ein geheimes Kommando flogen in diesem Augenblick die Krähen auf, waren plötzlich über ihnen am Himmel, eine flatternde Wolke, die sich ausbreitete, wieder zusammenfand, einen großen Bogen beschrieb, ehe sich die Vögel erneut niederließen.

»Nach Hause«, wiederholte Cornelia und seufzte. Sie schien noch etwas sagen zu wollen, aber sie brachte nur ein Kopfschütteln zustande. Als Manuel sie in die Arme nahm, begann sie heftig zu schluchzen. Nach einer Weile schüttelte sie den Kopf. »Ich sollte Pauline wieder bei Lucie abholen. Vielleicht komme ich morgen.«

Ganz langsam radelte Manuel nach Hause. Mit jedem Tag, der verging, wurden die Spuren des Herbstes deutlicher. Die Kastanien waren auch in diesem Jahr viel zu früh braun geworden und hatten ihr Laub verloren. Jetzt verfärbten sich die Blätter von Ahorn und Linden. Herbst – die Zeit des Abschieds und des Verlustes. Nur am Karlsplatz wehrte sich eine Kastanie mit weißen Blütenständen und ein paar verschrumpelten hellgrünen Blättchen gegen den zu frühen Winterschlaf.

In den letzten Tagen hatte er Cornelia viel zu selten und immer nur für kurze Zeit gesehen. Niemals mehr hatten sie gemeinsam etwas Schönes unternommen. Das Haus, das ein Band hatte sein sollen, hatte sie von Tag zu Tag weit voneinander entfernt. Er wusste, wie er die Entfremdung aufhalten konnte, aber alles in ihm wehrte sich dagegen, diesen Schritt zu tun und seiner Familie in eine fremde Wohnung zu folgen.

Was ihn bei dem Gedanken daran am härtesten traf, war die enttäuschte Hoffnung auf eine glückliche Familie. Sie war schlimmer als der Gedanke an den nächsten Umzug. Dann dachte er wieder an den Behinderten. Er musste wissen, warum sich sein Zustand so plötzlich verschlechtert hatte. Zu Hause wählte er die Nummer der Station, aber niemand wollte ihm Auskunft geben. Hilflos und wütend über die Schwester, die nicht einmal bereit gewesen war, ihn mit der Ärztin zu verbinden, rief er Florian an.

»Ich habe Angst um Gutheil«, rief er ins Telefon. »Ich bin sicher, dass er schon wieder einen Anschlag nur knapp überlebt hat. Ohne Cornelias Aufmerksamkeit wäre er jetzt wahrscheinlich tot.«

»Was ist passiert?« Florians Stimme klang verwundert.

Manuel zögerte. »Ach, du glaubst mir ja doch nicht.«

»Vielleicht verrätst du mir erst einmal, was ich dir nicht glaube«, sagte Florian ruhig.

»Dass Dörfel wieder versucht hat, Gutheil umzubringen.«

Es entstand eine Pause.

»Warum meinst du das?«

»Er hat ihm irgendetwas verabreicht, vielleicht durch die Infusion. Anders kann ich es mir nicht erklären, dass Gutheil plötzlich in einem lebensbedrohlichen Zustand war und schließlich einen schweren epileptischen Anfall bekommen hat«, berichtete Manuel aufgeregt.

»War Dörfel denn vorher im Zimmer gewesen?«

»In der letzten halben Stunde bevor wir kamen nicht, aber vielleicht davor.«

Es blieb lange still am anderen Ende der Leitung, sehr lange. »Nein, das glaube ich wahrhaftig nicht.«

»Auch wenn du es nicht glaubst, musst du die Möglichkeit doch wenigstens in Betracht ziehen«, rief Manuel aus. »Dörfel wurde zwar nicht gesehen, aber du kannst auf der Station ein- und ausgehen, ohne dass dich jemand beachtet. Es stehen sogar die Namen der Patienten an den Zimmertüren. Du brauchst nicht einmal zu fragen, wo jemand liegt.«

Der Kommissar schwieg wieder.

»Wir sollten wenigstens wissen, warum es Gutheil plötzlich so schlecht ging. Das müsste doch in Erfahrung zu bringen sein!«

»Es kann sein, dass sich die behandelnden Ärzte auf ihre Schweigepflicht berufen«, wandte Florian ein.

Manuel spürte wie sein Herz vor Ärger schneller schlug. »Versuch es bitte«, rief er aus. Ohne die nächste enttäuschende Antwort abzuwarten, verabschiedete er sich.

Der Verdacht lag doch auf der Hand, dass dieser Dörfel bei dem Unfall und dem Krampfanfall seine Hand im Spiel hatte, aber weder Florian noch seine Kollegen wollten das wahrhaben. Es war zum Verzweifeln. Wieder einmal war er von störrischen Eseln umgeben, die das Offensichtliche nicht begreifen wollten. Es war nicht das erste Mal, dass ihm niemand glaubte – bis es zu spät war.

Nach einem einsamen Abendessen stieg er die Treppe zu Paulines Zimmer hinauf und setzte sich auf den kleinen Balkon. Ganz leise hörte er von hier den Glasbach rauschen, sonst war es still. Weit über ihm blinkten die Lichter eines der Windräder des Rosskopfs vor dem verblassenden Abendhimmel. Die anderen verdeckte der Wald. Der Mond, der ihm auf dem Weg zum Aussichtsturm so hell geleuchtet hatte, stand jetzt wie ein kleines schiefes Schiffchen, das sich anschickt, eine Welle zu erklimmen. Er hörte die Glocke von St. Urban: viermal ding, ding, dong für die volle Stunde, dann achtmal der tiefe Ton der großen Glocke. Alt Herdern war ein Ort, an dem er sich hätte geborgen fühlen können.

Mit dem Gefühl, unbedingt irgendetwas unternehmen zu müssen, um sein Leben in bessere Bahnen zu lenken, ging er zu Bett. Entsprechend furchtbar war die Nacht. Stundenlang lag er wach und kämpfte vergeblich dagegen an, immer wieder die gleichen Gedanken in seinem Kopf Karussell fahren zu lassen. Erst war es Cornelia, die ihn nicht schlafen ließ, und er zermarterte sich vergeblich das Gehirn nach einem Weg, sie in ihr Haus zurückzuholen. Als es ihm endlich gelang, nicht mehr über Cornelia nachzudenken, schlich sich ein schwarzer Kater mit weißem Gesicht in seine wirren Gedanken. Genauso wenig wie Cornelia würde Herbert von allein heimkehren – wenn er denn überhaupt noch lebte. Diese Überlegung fraß sich in seinem Kopf fest, bis Gutheils Schicksal übermächtig wurde. Er ahnte, dass er Dörfel selbst überführen musste, aber alle möglichen Wege blieben in einer Sackgasse stecken. – Draußen plätscherte wieder der Regen.

*

Ich lebe noch, aber ich kann mich nicht darüber freuen. Der Mörder wird wiederkommen, so lange, bis er erfolgreich ist. Ich kann nicht vor ihm fliehen.

Wer wird mich begleiten auf meinem letzten Weg? Die Totengräber, die sind immer dabei. Mein Vater? Herr Dörfel? Das werde ich niemals erfahren. Ich werde schnell vergessen sein, kein Grabstein wird an mich erinnern. Eine Urne mit ein bisschen Asche in einem Grab unter alten Bäumen, das ist alles, was von mir bleiben wird, dazu ein paar Daten auf den Computern von Ämtern und der Krankenkasse. Ich habe nichts geschaffen in meinem Leben und in der Welt werde ich keine Spuren hinterlassen. Es wird sein, als hätte ich nie gelebt. Wohin geht meine Seele nach meinem Tode? Woher kam sie, als ich geboren wurde? Sie kam von nirgendwo und geht nirgends hin. Sie ist dort, wo ich lebe und mit mir wird sie sterben.

*

Ohne Frühstück und missmutig über den ewigen Regen verließ Manuel am nächsten Morgen das Haus. Er hatte eben sein Fahrrad auf die Straße geschoben, als er Sibylle sah. Sie trug einen großen Schirm in den Farben des Regenbogens und ging in seine Richtung. Sie sah zu Boden, als bemühe sie sich den Pfützen auszuweichen. Er zögerte: Wegfahren, als hätte er sie nicht bemerkt, um einer erneuten Enttäuschung über ihre

Missachtung zu entgehen, oder warten? Er entschied sich für warten.

Einmal sah sie in seine Richtung. Spätestens jetzt musste sie ihn bemerkt haben, doch im nächsten Moment senkte sie den Schirm tiefer und er konnte ihr Gesicht nicht mehr sehen. Erst im letzten Augenblick blickte sie ihn an. Ihr Lächeln wirkte sehr bemüht.

Manuel lächelte zurück. »Grüß dich, Sibylle«, sagte er. »Wie geht es dir?« – Es war die falsche Frage.

Auf Sibylles Stirn bildete sich eine steile Falte. Sie sah zu Boden. »Geht so«, wich sie aus.

Eine Weile standen sie schweigend.

»Wie geht es Fabian?«, fragte er.

»Er hat den ersten Schnupfen und wacht nachts jede Stunde auf.«

Wieder ein Schweigen.

»Und dir?« Ihre Frage klang ebenso bemüht, wie es ihr Lächeln gewesen war.

»Auch nicht gut. Meine Familie ist ausgezogen.«

»Weil in eurem Keller jemand ermordet wurde?«

Er stutzte. Hatte sich die Kripo so ausgedrückt, als sie die Nachbarschaft befragte?

»Ja. Wegen der Blutflecken im Keller.«

»Ist das nicht dasselbe?«

»Noch wissen wir es nicht.«

Sibylle sah an ihm vorbei und schwieg.

»Ich wollte dich noch etwas fragen.«

Bei seinen Worten verstärkte sich die steile Falte auf ihrer Stirn.

»Warum hat deine Mutter der Polizei nichts von den Schreien erzählt, die sie gehört hat?«, fuhr er fort.

Sibylle machte ein überraschtes Gesicht, aber er wusste nicht, ob das nicht nur gespielt war. »Was für Schreie meinst du?«

»Du hast mir erzählt, dass deine Mutter Gestalten am Fenster gesehen und Schreie gehört hat, ehe wir hier eingezogen sind.«

Sie schüttelte heftig den Kopf. »So etwas habe ich nie erzählt. Du musst etwas verwechseln oder falsch verstanden haben.«

»Ich bin mir ganz sicher, dass du ...«

»Entschuldige, aber ich muss jetzt weiter«, unterbrach sie ihn, ehe er den Satz zu Ende gesprochen hatte. »Ich will zum Bäcker.«

Manuel stieg aufs Fahrrad. Warum leugnete sie plötzlich, was sie ihm selbst erzählt hatte? Oder hatte sie die Geschichte erfunden? Aber warum? Er fuhr schneller durch den Regen und versuchte nicht länger über Sibylle nachzudenken, es gab Wichtigeres.

Heute war ein entscheidender Tag für ihre Firma, aber sein Optimismus war auf einen Tiefpunkt gesunken. Er begrüßte Hartung nur flüchtig, dann startete er den Rechner und wartete ungeduldig darauf, dass dieser irgendwelche Updates beendete, mit denen das eigenwillige Gerät wieder einmal im unpassenden Augenblick begonnen hatte. Heute sollte er erfahren, mit welchen Firmen er in Turin Gespräche führen konnte. Endlich gab der Computer Ruhe und er konnte die Mails abrufen. Von fünf der acht Firmen, denen er Anfragen geschickt hatte, waren Antworten eingegangen. Das Blut rauschte in seinen Ohren, als er die Mail von Novartis öffnete. Es war eine Absage mit einem nichtssagenden Einheitstext. Er las die Nachricht von Pfizer. Es war ebenfalls eine Absage mit fast identischem Wortlaut. Die dritte Antwort kam von einer kleinen Firma, die nach ihrer Einschätzung nicht das Potenzial hatte, die umfangreichen Studien durchzuführen, die erforderlich waren, um aus ihren Antikörpern Medikamente zu entwickeln. Immerhin war eine Kooperation mit dieser Firma denkbar. Das war mehr als gar nichts. Ehe er die nächste Enttäuschung riskierte, nämlich eine Absage auch von der Firma Roche zur Kenntnis nehmen zu müssen, öffnete er eine E-Mail von Hartung. »Scheiß Frauen«, hatte er als Betreff angegeben. In den Text war ein Link hineinkopiert. Er öffnete ihn.

Wenn du auf der Suche nach einem erotischen Abenteuer bist, dann bist du bei mir genau richtig. Mein sexy Körper wartet auf dich.

Auf dem Foto war Hartungs Yvonne.

Der Satz »Klick mich hier« unten auf der Anzeige führte wahrscheinlich direkt zur Kontaktaufnahme.

Manuel klickte auf antworten, um Hartung eine Nachricht zu schicken. »Du bist doch nicht etwa spießig?«, schrieb er.

Augenblicke später erschien sein Kompagnon in Manuels Büro. »Du brauchst dich gar nicht an meinem Unglück zu weiden«, sagte er wütend. Er sah elend und müde aus.

»Entschuldige. Ich hätte es dir wirklich gegönnt, wenn dich die Wahrheit nicht so schnell eingeholt hätte.« Er sah, dass Hartung mit seiner Antwort nicht zufrieden war. »Oder dass die Wahrheit eine andere gewesen wäre.«

»Es wäre besser gewesen, wenn ich die Wahrheit nie erfahren hätte«, antwortete Hartung düster und hielt sich am Schreibtisch fest, als brauche er eine Stütze. »Irgendwann wäre die Beziehung ganz von allein in die Brüche gegangen.«

Als Hartung gegangen war, wandte sich Manuel wieder seinem Computer zu. Er öffnete die Nachricht von Roche. Es war die Mitteilung, dass er sich am kommenden Dienstag auf der Bio-Europe einfinden sollte, um zwei Mitarbeitern von Roche sein Angebot vorzustellen. Den genauen Termin würde er demnächst erfahren.

Manuel sprang auf und stürmte ins Labor. Hartung saß mitten im Raum auf einem Laborschemel und starrte tatenlos geradeaus.

»Wir sind gerettet!«, rief er.

Sein Kompagnon hob nur müde seinen Kopf. Manuels Freude schien ihn nicht zu interessieren.

»Ich habe Dienstag ein Gespräch mit Roche!« Er versetzte Hartung einen Stoß gegen die Brust, dass er wankte.

»Roche! Mann, verstehst du denn nicht? Die haben doch erst kürzlich der Firma Immatics in Tübingen zwölf Millionen für die Vorstufen von Krebsimpfstoffen gezahlt. Jetzt sind wir an der Reihe.«

»Du bist größenwahnsinnig«, stellte Hartung müde fest.

Manuel brach in Gelächter aus. Er lachte, bis ihm die Tränen über das Gesicht liefen.

Sein Kompagnon starrte ihn an. »Bist du verrückt geworden?«

»Größenwahnsinnig«, keuchte Manuel immer noch lachend. »Ich soll größenwahnsinnig sein. Das war doch bislang deine Rolle.«

»Ich lache erst, wenn du mit denen tatsächlich einen lukrativen Vertrag geschlossen hast«, brachte Hartung zwischen den zusammengebissenen Zähnen hervor. »Und jetzt lass mich arbeiten.«

Manuel zuckte enttäuscht mit den Schultern und ließ Hartung allein.

Er rief Cornelia an und erzählte ihr von seinem Erfolg.

»Gratuliere«, sagte sie erfreut. »Haben die schon gesagt, was sie zahlen wollen?«

»Alles zu seiner Zeit«, sagte er vorsichtig, dann ging er wieder an die Arbeit.

Seit er Martin Gutheil kannte, hatte ihn die Frage beschäftigt, ob die Medizin genug tat, um das Leid von Menschen mit schweren Lähmungen zu lindern. Die Gebrechen seines Nachbarn würde niemand heilen können, aber er wusste von etlichen Krankheiten, die ganz allmählich aber unerbittlich zu Zerstörungen in Gehirn und Rückenmark führten und denen Medikamente vielleicht Einhalt gebieten konnten. Ein Heer von Forschern hatte sich bereits auf die Behandlung der Multiplen Sklerose mit monoklonalen Antikörpern gestürzt und erste Erfolge gab es schon. Die Krankheit trat so häufig auf, dass ein Medikament hohe Gewinne für die Pharmaindustrie versprach. Es gab andere Leiden, die bösartiger waren als Multiple Sklerose, aber sie waren viel seltener. Folglich hatte die Industrie wenig Interesse, Geld in die Forschung zu stecken. ALS, die amyotrophe Lateralsklerose, war eine solche

Krankheit. Sie schlug unvermittelt zu und führte in wenigen Jahren bei wachem Geist zur vollständigen Lähmung des Körpers. Am Ende konnten die Kranken nur noch die Augen bewegen und waren so hilflos wie Gutheil. Der berühmte britische Physiker Stephen Hawking litt seit Jahrzehnten an einer besonderen Form dieser Krankheit, die meisten Patienten starben schon nach wenigen Jahren. Mit der ALS waren keine Millionen zu verdienen, vielleicht kein einziger Cent. Selbst dann, wenn er tatsächlich eines Tages die Vorstufe für ein Medikament gegen ALS in den Händen hielte, wäre noch nicht viel gewonnen. Es käme einem Wunder gleich, wenn sich eine Firma auf die teuren Studien einlassen würde, die dann folgen mussten, aber einen Versuch war es wert.

Die nächsten Stunden verbrachte Manuel mit Lesen. Noch für Tage würde das neben der Suche nach Kunden seine Hauptbeschäftigung sein. Er musste wissen, was andere Forscher – zumeist Mediziner – über die Behandlungsmöglichkeiten der ALS schon herausgefunden hatten. Eins war sicher: Seine Arbeit würde mit Mäusen beginnen, denn deren Antikörper bildeten die Grundlage für die langwierige und mühsame Arbeit, die vor ihm lag. Er ging hinüber in den kleinen gekachelten Raum, wo auf luftigen Gestellen die Käfige mit den Mäusen standen. Zwanzig Tierchen wohnten jetzt dort. Bislang hatte sich nur Hartung um sie gekümmert, jetzt war er an der Reihe. Manuel reinigte einen Käfig nach dem anderen, tat frisches Sägemehl hinein, spülte die Wasserflaschen und füllte Futter nach. Dann streute er in jeden Käfig ein paar Papierstreifen, damit die Mäuse etwas zum Spielen hatten. Auch Labormäuse sollten sich wohlfühlen. Zum Schluss überprüfte er Lüftung und Klimaanlage. Alles war in Ordnung. Auch die automatische Schaltung für den Tag- und Nacht-Rhythmus funktionierte einwandfrei. Ungewohnt zufrieden radelte er nach Hause.

Dann kam das Wochenende: Cornelia auf einer Bergwiese in der Herbstsonne, Eiger, Mönch und Jungfrau im leuchtenden Weiß des frischen Schnees, Pauline staunend zwischen den hohen Felswänden der Gletscherschlucht: In Grindelwald vergaßen sie für eine Weile ihre Sorgen. Zu Manuels Verwunderung hatte Pauline kein einziges Mal nach Herbert gefragt. Seit sie im gleichen Haus wie ihre Freundin Lucie wohnte, hatte sie andere Dinge im Kopf.

Als er die beiden am Sonntagabend vor dem Haus in der Wiehre absetzte, spürte er plötzlich eine eigenartige Zuversicht, dass Herbert zurückgekehrt war. Glücklicherweise hatte er ihm Futter hingestellt, als er am Samstag losgefahren war.

Als er heimkam war das Haus so leer, wie er es verlassen hatte. Zum ersten Mal seit Tagen betrat er wieder den Keller. War es möglich, dass er Herbert versehentlich hier unten eingesperrt hatte? Dass er durch seine Schuld womöglich verdurstet oder verhungert war. Wie ein tonnenschweres Gewicht drückte plötzlich die Angst auf seine Brust. Mit heftig schlagendem Herzen durchsuchte er die Räume, spähte in alle Ecken und unter jedes Regal. Er erschrak, als er ein grünes Leuchten aus einer Ecke sah. Herberts Augen? Nein es war nur ein Fetzen Zellophan, in dem sich das Licht spiegelte. Dieser Geruch hier unten! Diese Flecken vom Blut des Ermordeten, die noch immer sichtbar waren! Er kämpfte gegen das Grauen und die Furcht und ahnte plötzlich, dass ihm nicht nur der Gedanke an den Toten den Atem nahm. Es war die plötzliche Gewissheit, dass der Schrecken in diesem Haus noch nicht zu Ende war. Manuel musste sich zwingen, seine Suche nach Herbert nicht vorzeitig abzubrechen. Erst als er sicher war, den Kater nicht übersehen zu haben, stürmte er zurück in die Wohnung. Er ließ sich auf Cornelias Sofa fallen und versuchte, die Panik zu begreifen, die ihn dort unten befallen hatte.

Den Montagmorgen verbrachte er damit, sich auf die Gespräche auf der Bio-Europe vorzubereiten, vor allem auf das mit der Firma Roche. Wenn die Verhandlung durch seine Schuld scheiterte, würde er das bis an sein Lebensende mit sich herumtragen. Ausgerechnet in der Kabine Nummer 513 sollte er sich einfinden. Bislang war die dreizehn nie eine Glückszahl gewesen.

Als er am Dienstagabend auf dem Rückweg von Turin im Eurocity durch den Gotthardtunnel rollte, wusste er immer noch nicht, was er von dem Gespräch mit den grauen Männern von Roche halten sollte. Die beiden hatten bereits an dem kahlen Tisch gesessen, als er pünktlich die Kabine betrat, die ihn jetzt weniger an einen Kaninchenstall als an eine Umkleidekabine erinnerte – eine von vielen Hundert. Die Möblierung war auf ein Minimum beschränkt: außer dem Tisch gab es noch vier Stühle, die sich paarweise gegenüberstanden. Die beiden erhoben sich, um ihn zu begrüßen. Handschlag, aber nicht das kleinste verbindliche Lächeln. Pokerface während der ganzen Verhandlung. Dann, am Ende des Gesprächs, der Satz, der wie eine Bombe in Manuels pessimistische Erwartungen schlug: »Wir prüfen Ihr Produkt und schicken Ihnen gegebenenfalls in den nächsten Tagen ein schriftliches Angebot.«

Am nächsten Morgen schreckte ihn die Türklingel aus seinem unruhigen Schlaf. Cornelia? Die Polizei? Er sprang aus dem Bett und stürzte zur Gegensprechanlage. Auf dem verzerrten Bild, das die Kamera auf den kleinen Bildschirm warf, sah er die vom Regen nassen Stufen vor der Haustür. Sie waren leer. »Ja bitte?«, rief er ungeduldig in den Hörer, aber niemand meldete sich. Hatte er das Klingeln vielleicht nur geträumt?

Er sah auf die Uhr. Kurz nach acht Uhr war es mittlerweile. Um diese Zeit hatte er längst auf dem Weg zur Arbeit sein wollen. Als er ins Schlafzimmer zurückgekehrt war, klingelte es zum zweiten Mal an der Haustür. Er zog eine Hose über den Schlafanzug und ging nach unten. Ungewaschen, unrasiert und mit zerwühltem Haar öffnete er die Tür.

Draußen stand eine blasse Frau, die ein großer Rucksack in den Boden zu drücken schien. Es war die Frau aus Madrid. Ihre Mundwinkel waren heruntergezogen und wieder sah sie aus wie ein schmollendes Kind, das die Schuld für sein Unglück bei den Erwachsenen sucht. Auch jetzt war sie ohne Schutz vor dem Regen, der heute spärlicher als bei ihrer ersten Begegnung aus dem grauen Himmel rann. Trotzdem klebte ihr T-Shirt nass an ihrem eckigen Körper und die Brustwarzen zeichneten sich wie kleine Knöpfe unter dem dünnen Stoff ab. Auch heute trug sie löcherige Leggins, dieses Mal mit einem rot-schwarzen Muster.

»Habe ich Ihnen geweckt?« Selbst ihre Frage klang vorwurfsvoll.

»Nein. Ich wollte gerade …« Er schämte sich für sein Aussehen und eine überzeugende Erklärung dafür fiel ihm nicht ein. »Was kann ich für Sie tun?«

»Ich muss sprechen zu Ihnen.« Immerhin hatte sie mittlerweile ein bisschen Deutsch gelernt. Sie sah ihn unzufrieden an, und er wusste nicht, womit er diesen Blick verdient hatte. »Können wir auf Englisch reden?«

»No problem«, antwortete er. »What is it all about?«

»Carlos«, sagte sie. »Ich weiß, dass er doch hier wohnt.« Wieder dieser patzige Ton.

»Wieso sind Sie sich so sicher?«

»Ich habe beim Bürgeramt erfahren, dass er sich unter dieser Adresse angemeldet hat.«

Er überlegte. »Sind Sie wirklich ganz sicher, dass Herr Hornberger und Carlos nicht ein und dieselbe Person sind?«

»Ich bin doch nicht blind.«

»Ich dachte gleich an Hornberger, als Sie mir Carlos beschrieben haben.«

Plötzlich schlich sich ein verschmitztes Lächeln in ihr Gesicht. »Nein. Dieser Typ im Nebenhaus sieht irgendwie vertrocknet aus. Carlos ist …« Sie zögerte. Für einen Augenblick grinste sie. Die Erinnerung an Carlos schien nett zu sein.

»Tragen Sie ihren Rucksack eigentlich immer mit sich herum?«, fragte er.

Sie schüttelte den Kopf und sofort erschien wieder ihr anderes Gesicht: das vorwurfsvolle. »Ich musste aus dem Gästehaus ausziehen«, sagte sie zornig. »Ich habe gesagt, dass ich auf Geld aus Spanien warte und so schnell wie möglich bezahlen werde. Aber die haben mein Gepäck aus dem Zimmer geholt und die Karte für die Zimmertür gesperrt.«

»Und nun?«, fragte er und hoffte, dass sie bald wieder verschwinden würde.

»Ich will wissen, wo Carlos geblieben ist.«

»Tut mir leid. Hier ist er wirklich nicht.«

»Kann ich denn jetzt hier irgendwo bleiben?« Sie sah ihn auffordernd an.

Er dachte an das Gästezimmer. – Und schüttelte den Kopf.

Das Mädchen sah ihn mit zusammengekniffenen Lippen missmutig an. »Kann ich wenigstens meinen Rucksack hier lassen?«

»Ich werde aber erst gegen achtzehn Uhr wieder zurück sein.«

Sie fuhr sich mit der Hand durch das nasse rote Haar, bis es abstand wie die Stacheln eines aufgeregten Igels. »Das ist zu spät.«

Er überlegte. »Sie könnten den Rucksack ins Gartenhäuschen stellen. Da kommt niemand hin, der ihn mitnehmen könnte.«

»Na bitte«, sagte sie, als hätte sie ihn von irgendetwas überzeugt. Gemeinsam gingen sie durch das nasse Gras. Er schleppte den Rucksack.

»Hier könnte ich doch auf meiner Isomatte pennen«, stellte sie fest, als sie den sauberen Boden sah.

Er ging nicht darauf ein. Er wollte nicht, dass sich diese Frau bei ihm einnistete. Als er die Tür des Gartenhäuschens wieder schloss, fiel sein Blick auf das Haus der Geschwister. An einem Fenster im ersten Stock verschwand Hornbergers Kopf hinter einem sich schließenden Fensterladen – nicht schnell genug, um nicht gesehen worden zu sein.

»Ich habe Ihren Namen vergessen«, sagte er. »Verraten Sie ihn mir noch einmal?«

»Evita«, sagte sie.

»Evita«, wiederholte er. »Und weiter?«

»Das geht Sie nichts an.«

Sie machte ihn schon wieder wütend. Trotzdem fragte er weiter. »Wo werden Sie heute Nacht schlafen?«

Sie zuckte mit den Schultern. »Bei Freunden?« So wie sie es sagte, war es eine Frage.

»Ich drücke Ihnen die Daumen.«

Er kehrte allein ins Haus zurück. Vom Fenster im Treppenhaus sah er die Frau auf der Straße im Regen stehen. Sie schien nichts bei sich zu haben als die nasse Kleidung, die sie auf dem Leib trug, keinen Schirm, keine Tasche, vielleicht nicht einmal Geld. Jetzt schämte er sich, dass er sie abgewiesen hatte. Vielleicht gehörte sie zu den obdachlosen Mädchen, die in den Großstädten auf dem nackten Asphalt oder einer zerlumpten Decke saßen und bettelten, Treibgut in einer Brandung, das erst zur Ruhe kam, wenn es schließlich inmitten von anderem Unrat strandete. Als er ein zweites Mal aus dem Fenster sah, konnte er sie nirgends mehr entdecken. Ob sie wieder bei den Typen im Mehrfamilienhaus war? Oder ging sie jetzt in die Stadt zum Betteln? Auch in Freiburg gab es etliche junge Herumtreiberinnen, deren Tagwerk es war, ein paar Euro zu schnorren und vielleicht ein Bett für die Nacht zu finden. Er hatte sich schon oft gefragt, ob sie nicht auch auf diese Weise zufrieden sein konnten, vielleicht glücklicher, als sie es bei ihren Müttern oder Vätern gewesen waren oder glücklicher als bei einem gewalttätigen Mann. Auf der Straße zu leben musste nicht immer bedeuten, einsam und verzweifelt zu sein. Mit diesem Gedanken versuchte er vergeblich, sein Gewissen zu beruhigen.

Er rasierte sich und zog sich an, dann fuhr er zur Arbeit.

Lange Jahre hatte er nicht mehr im Labor gearbeitet, und etliche Geräte, die Hartung benutzte, hatte er noch nie in seinem Leben gesehen oder gar damit gearbeitet. Als Biologiestudent hatte er für wenig Geld als Hilfswissenschaftler in einem immunbiologischen Labor gearbeitet. Obwohl diese Tätigkeit nicht anders war als die der Laborantinnen, hatte sie ihm Spaß gemacht. Auch bei seiner Doktorarbeit hatte er gern die Zentrifugen, Pipetten und Photometer bedient. Mit dem Schritt in die Pharmaindustrie hatte er sich jedoch von der handwerklichen Seite der Forschung verabschiedet und die einfachsten Handgriffe waren ihm fremd geworden. Jetzt hielt er zum ersten Mal in seinem Leben eine Pipette mit acht Kanälen in der Hand und übte mit wachsendem Erfolg, auf diese Weise acht der 96 kleinen Löcher in den Kunststoffplatten gleichzeitig zu füllen.

Immer wieder gingen ihm die beiden Unterhändler von Roche durch den Kopf. Würden sie ihnen ein Angebot unterbreiten? Vielleicht sogar ein lukratives? Mit leisem Bedauern dachte er daran, dass ihm die Laborarbeit vielleicht schon bald wieder aus der Hand genommen würde.

Gegen Mittag radelte er zum Kartoffelhaus in der Basler Straße. Nur der kleine Tisch in der Ecke vor einer aus roten grobbehauenen Felssteinen gemauerten Wand war noch frei, alle anderen waren besetzt oder reserviert. Er bestellte Pellkartoffeln mit frech-feuriger Limetten-Chili-Butter. Frech-feurig, das passte zu der Aufbruchstimmung, die ihn bei der Arbeit im Labor befallen hatte. Die Pellkartoffeln waren wunderbar klein, so wie die Kartoffeln, die er als Kind auf dem Acker aufgelesen hatte – und entsprechend lange brauchte er zum Pellen. Eine nach der anderen spießte er auf und pulte sie aus ihrer braunen Hülle. Er dachte an das Mädchen und ohne den Grund zu wissen, hatte er plötzlich das Gefühl, sich beeilen zu müssen. Zwei Kartoffeln aß er mit der Schale, die letzte ließ er liegen. Als er zur Wippertstraße zurückfuhr, begriff er mit einem Schlag, was geschehen sein musste. Er wartete nicht, bis die Ampel an der Merzhauser Straße grün wurde, und schoss in einer Lücke zwischen den Autos über die breite Straße. Dann fuhr er, als käme es auf Sekunden an. Atemlos wählte er in seinem Büro Florians Dienstnummer.

»Florian, ich weiß, wer in unserem Haus ermordet wurde!«

»Du bist ja ganz außer Atem.«

»Florian, es ist eilig.«

Eine Weile bleib es still. »Wirklich?«

»Der Mann hieß Carlos mit Vornamen und hat in Madrid gelebt. Vor ein paar Monaten ist er nach Deutschland gekommen und hat sich unter meiner Adresse oder der meines Nachbarn beim Bürgeramt angemeldet. Die beiden unterscheiden sich nur durch den Buchstaben A an meinem Haus. Dann ist er irgendwann spurlos verschwunden.«

»Woher weißt du das?« Florians Stimme klang plötzlich gespannt.

»Heute war wieder eine junge Frau hier, die schon einmal nach diesem Carlos gesucht hatte. Jetzt hat man ihr beim Bürgeramt die Adresse bestätigt.«

Wieder machte Florian eine Pause. »Aber was ist jetzt so eilig?«

»Diese Frau sucht heute wieder nach Carlos, von dem außer ihr hier niemand etwas zu wissen scheint. Wenn sie dabei auf seinen Mörder trifft, wird er sie zum Schweigen bringen.«

»Und Dörfel ist der Mörder?«

»Vielleicht«, sagte Manuel unsicher.

»Und du meinst, er hat auch den Mann beim Martinsfelsen erschlagen?«

Manuel wusste nicht, was er denken sollte. Alle Szenarien, die er sich zusammenreimte, gaben keinen Sinn. Er griff nach einem Bleistift und klopfte ungeduldig auf den Schreibtisch. »Florian, ich weiß doch auch nicht, wer es war. Vielleicht haben die Mountainbiker vom Wohnwagen doch etwas mit der Geschichte zu tun. Vielleicht gehört Dörfel auch zu ihnen oder sie kennen sich zumindest.«

Der Kommissar schwieg.

»Florian«, rief Manuel plötzlich aus. »In Dörfels Smart lag eine Downhill-Ausrüstung für Mountainbiker, als wir vergeblich auf Herrn Gutheil gewartet haben.«

»Bist du sicher?«

»Absolut.«

Manuel hörte, wie in Florians Zimmer eine Tür klappte. Eine fremde Männerstimme sprach. »Moment«, sagte der Kommissar in den Hörer. Es knackte in der Leitung. Die Unterbrechung verschaffte Manuel Zeit zum Nachdenken. Er begann aufs Neue, mit dem Bleistift zu klopfen. Dörfel gehörte zu den Mountainbikern, das machte Sinn. Aber vielleicht hatten auch die Kerle im Mehrfamilienhaus etwas mit diesem Carlos zu tun. Immerhin hatte er die junge Frau bei denen gesehen.

Florian meldete sich wieder.

»Was ist mit den Männern im Mehrfamilienhaus?«, rief Manuel ungeduldig. »Habt ihr sie wirklich sorgfältig überprüft?«

»Ich glaube, dir ist nicht klar, dass sich mittlerweile eine dreißigköpfige Sonderkommission mit dem Mord an dem Tätowierten befasst und jedem Hinweis nachgeht. Dazu gehört auch die angebliche Terrorzelle von der Gespensteroma.«

»Du hast gesagt, du dürftest nicht darüber sprechen, was ihr bei denen herausgefunden habt. Das heißt doch, die sind nicht sauber.«

»Da hat sich nichts bestätigt. Zwei von denen sind Brüder, und die Wohnung gehört ihren Eltern. Einer hat kürzlich eine Lehre abgebrochen, der andere ist berufstätig. Der dritte, der dort gemeldet ist, macht eine Ausbildung. Es gab schon Beschwerden aus der Nachbarschaft wegen der zahlreichen Besucher und der lauten Musik, aber niemand von denen ist jemals mit dem Gesetz in Konflikt gekommen oder gehört zu einer verdächtigen Gruppierung. Auch zur rechtsradikalen Szene scheinen keine Kontakte zu bestehen.«

Das laute Klopfen störte Manuel plötzlich. Er hörte auf damit und drehte den Bleistift zwischen den Fingern. »Und jetzt?«

»Wir werten die Spuren aus. Dein Hinweis auf diesen Carlos ist jedenfalls ein besonders wichtiger Tipp.«

»Was auch immer ihr tut: Das Mädchen ist in höchster Gefahr!«, rief Manuel.

»Wo ist die Frau jetzt?«

»Ich weiß es nicht. Sie hat heute Morgen ihren Rucksack bei mir im Gartenhaus abgestellt und wollte ihn später abholen.« Er sah verwundert, dass er den Bleistift zwischen den Fingern zerbrochen hatte, und warf die beiden Teile in den Papierkorb.

»Wie heißt sie?«

»Evita. Den Nachnamen hat sie mir nicht verraten.«

»Und wie sieht sie aus?«

Er beschrieb sie und war froh, dass ihre Kleidung, Haare und Piercings so auffällig waren. Bei einer unscheinbaren Frau hätte er sich schwer getan.

»Was weißt du sonst noch über diesen Carlos? Weißt du den Nachnamen?«

Manuel überlegte. Das Mädchen hatte den Namen beim ersten Mal gesagt, aber das war zu lange her, als dass er sich noch erinnerte. »Sie hat ihn recht genau beschrieben, nämlich ziemlich klein, älter als ich, graue volle Haare und schiefe Zähne.«

»Das hilft uns nicht weiter.«

»Findest du meine Beschreibung denn so misslungen?«, fragte Manuel beleidigt.

»Nun ja. Sie passt auf etliche Dutzend Männer in Freiburg.«

»Egal. Es geht jetzt um das Mädchen.«

»Ich gebe deine Meldung weiter und rufe dich wieder an.«

Manuel legte auf, erleichtert, dass Florian seinen Hinweis ernst nahm. Dann saß er vor dem Telefon wie eine Katze vor einem Mauseloch, unfähig etwas zu tun, unfähig an etwas anderes zu denken als an das Mädchen. Er fischte die vordere Hälfte des Bleistifts wieder aus dem Papierkorb und malte Girlanden auf die neue Schreibtischauflage. Keine Frage: Er hätte sich besser gefühlt, wenn er dem Mädchen geholfen hätte.

»Was machst du denn da?«

Er hatte Hartung nicht kommen hören und fuhr zusammen wie ein ertapptes Schulkind. »Ich warte auf einen Anruf.«

»Und was ist das da?«

»Das?« Er zuckte mit den Schultern.

Als Hartung gegangen war, griff er zum Radiergummi, aber damit verschmierte er nur die Kritzeleien. So ließ sich der Schaden nicht beheben.

Nach einer halben Stunde klingelte das Telefon. Es war Florian.

»Ich habe vorhin einen Anruf von deinem ersten Tatverdächtigen erhalten.«

»Dem Sozialarbeiter?«, fragte Manuel und ahnte, dass er sich gleich ärgern würde, weil Florian seinen Verdacht nicht teilte.

»Du sagst es.«

»Und?«, fragte Manuel gespannt.

»Er hat Gutheils Talker gefunden. Er lag in einem Schrank in der Wohnung des Vaters. Dörfel hat gestern danach gesucht, als er allein in der Wohnung war. Er weiß angeblich nicht, wer ihn dorthin getan hat. Außer ihm selbst kommt nur der Vater in Frage. Auch Gutheils Laptop lag in dem Schrank, ebenso wie die Halterung, um den Talker am Rollstuhl zu befestigen. Beide Geräte funktionieren einwandfrei. Merkwürdigerweise will sich Dörfel nicht erinnern, wann sie verschwunden sind. Er sagte außerdem, dass heute Nachmittag der Techniker, der auch die vorige Halterung angepasst hatte, mit einem anderen Rollstuhl und Ersatzteilen ins Krankenhaus kommen wird.«

Manuel seufzte erleichtert. »Dann geht es Gutheil wieder besser?«

»Die Schwester hatte jedenfalls keine Einwände, als ich unseren Besuch angemeldet habe. Hast du heute um siebzehn Uhr Zeit? Ich würde dich gern dabeihaben.«

Manuel sagte zu. Noch drei Stunden, dachte er. Drei lange Stunden, bis er erfahren würde, was mit Gutheil geschehen war. »Und wenn eine Schwester Florians Anruf entgegengenommen hatte, die Gutheil gar nicht kannte«, dachte er. »Wenn sie einfach nur an die üblichen Besuchszeiten gedacht hatte?« – Das Warten ließ so viel Raum für schwarze Gedanken.

Manuel überprüfte noch einmal den Posteingang seines E-Mail-Kontos, dann fuhr er wieder nach Hause. Die Angst um das Mädchen ließ ihn nicht los.

Als Manuel durch die Stadtstraße radelte, sah er eine schwarze Katze, die geduckt neben einem Gartenzaun stand und dahinter irgendetwas beobachtete. Er sprang vom Fahrrad. »Herbert«, rief er, doch noch ehe er sich dem Tier genähert hatte, zwängte es sich durch eine Lücke in einem schmiedeeisernen Zaun und verschwand zwischen mannshohen Hortensien. Manuel hatte nicht erkennen können, ob es hinkte. Er rief noch ein paar Mal, aber es kehrte nicht zurück. Manuel folgte ihm über eine halb zugewachsene Einfahrt. Dort entdeckte er es. Es hatte sich auf der obersten Stufe vor der Eingangstür ausgestreckt und blinzelt ihm entgegen. Das Gesicht war weiß. Es war wirklich Herbert. Manuel beugte sich zu ihm hinunter und streichelte sein warmes Fell. Er hätte heulen können vor Freude. Herbert lebte. Er nahm seinen Kater auf den Arm und klingelte an der Haustür, vor der es sich Herbert bequem gemacht hatte.

Ein grauhaariger gebeugter Mann öffnete. Er musterte Manuel neugierig. »Ist das Ihr Kater?«, fragte er.

Manuel nickte.

»Der ist uns schon vor einer Woche zugelaufen«, stellte der Grauhaarige fest. »Er ist einfach in die Wohnung spaziert, als ich vom Einkaufen nach Hause kam. Meine Frau konnte es nicht lassen, ihm die Reste von unserem Abendessen zu geben. Ich habe ihr gleich gesagt, dass wir ihn dann nicht wieder loswerden.«

Manuel hörte geduldig zu. »Was bin ich Ihnen schuldig«, fragte er, als der Mann geendet hatte.

»Ich bin froh, wenn Sie das hinkende Vieh wieder mitnehmen. Sie sind uns nichts schuldig, aber passen Sie das nächste Mal besser auf.«

Manuel bedankte sich überschwänglich. »Herbert«, sagte er immer wieder, als er zu seinem Fahrrad ging und drückte ihn an sich. »Herbert.«

Mit dem Kater im Arm, die Finger fest in das Nackenfell gekrallt, fuhr er nach Hause, immer in Sorge, dass Herbert ihm vom Fahrrad entkommen könnte. Erst im Haus ließ er ihn wieder los. Der Kater strich flüchtig um Manuels Beine, dann lief er in die Küche. Heute war der Fressnapf nicht mehr gefüllt. Herbert sah interessiert zu, wie Manuel eine Dose Huhn mit Kürbis öffnete, aber er schnupperte nur kurz an dem Futter, dann verschwand er im oberen Stockwerk. Vielleicht suchte er Pauline. Nach einer Weile kam er zurück ins Wohnzimmer, sprang auf das Sofa, legte den Kopf schief und bedachte Manuel mit einem langen Blick. Dann ringelte er sich ein und nahm keine Notiz mehr von ihm.

War sie jetzt doch gekommen, die Wende in dieser fürchterlichen Aneinanderreihung von einem Unglück an das nächste? Herbert war wieder da. Sein Verschwinden war das letzte Unglück in dieser unseligen Kette gewesen und jetzt, wo er ihn gefunden hatte, würde es wieder bergauf gehen. Auch Gutheil schien den Unfall überstanden zu haben und was ihre Firma betraf, konnten sie hoffen, bald auf sicheren Füßen zu stehen. Er dachte an das Mädchen, an die Gefahr, in der es schwebte, dachte an den Mörder, der immer noch unerkannt herumlief. Nein, das Jammertal war noch lange nicht durchschritten.

Je älter er wurde, umso mehr schien ihm das Leben wie die Fahrt über ein großes bewegtes Meer, dessen Wellen ihn in ihrer endlosen Folge emporhoben und wieder hinabgleiten ließen. Die Wellentäler waren die Zeiten der Niedergeschlagenheit und Hoffnungslosigkeit. Aber die nächste Welle war nicht fern, die Täler waren nicht endlos, sein Schiffchen würde auch nicht von den Wellen verschlungen, sondern wieder hinaufgetragen werden und Zuversicht und Lebensmut würden wieder die Oberhand bekommen. Er dachte an die stürmische Überfahrt nach Korsika im vergangenen Frühjahr. Pauline war im Takt der langen Wellen auf dem Deck hin und her gelaufen. Wenn sich das Schiff auf ihrer Seite gesenkt hatte, war sie gestartet. Sobald das schaukelnde Schiff sie auf der anderen Seite wieder nach unten befördert hatte, war sie zurückgerannt. Immer aufwärts, immer aufwärts war sie gelaufen. Cornelia hatte neben ihm über das Meer geblickt und ihm gezeigt, wie den großen Wellen in schneller Folge kleinere überlagert waren und denen wiederum noch kleinere, bis hin zu winzigen, wo einzelne Böen das Wasser kräuselten. So war das Leben. Ein kleiner Erfolg irgendwo, ein schönes Erlebnis, gleich war er wieder oben auf einer winzigen Welle für einen Augenblick, obwohl das lange Wellental noch nicht zu Ende war. Mit diesem Gedanken ging Manuel nach draußen. Sein teures Fahrrad stand dort noch immer, obwohl es nicht angeschlossen war. Anderswo in Freiburg wäre es in dieser halben Stunde vielleicht schon gestohlen worden. – Cornelia hatte sich noch immer nicht gemeldet und das Mädchen war nicht zurückgekommen.

Ehe er zur Uniklinik fuhr, verschloss er den Zugang zur Katzenleiter. Was wusste er denn, wo es Herbert besser gefiel: hier oder bei seiner Wahlfamilie? Vielleicht hatte ihm das selbstgekochte Essen besser geschmeckt als das Dosenfutter.

Zehn Minuten vor der verabredeten Zeit betrat Manuel die Station Krauß und ging zum Stationszimmer. Die junge Ärztin, die ihnen beim ersten Besuch so unfreundlich begegnet war, hatte auch heute Dienst. Sie stand sofort auf, als sie ihn in der Tür stehen sah, und ging ihm lächelnd entgegen.

»Ohne Sie würde Herr Gutheil vielleicht heute nicht mehr leben«, sagte sie und reichte ihm die Hand.

Manuel hatte sich auf ein mürrisches Gesicht eingestellt und brauchte eine Weile, bis er selbst zu einem Lächeln fand. Vielleicht hatte sie neulich Ärger gehabt, dachte er. Vielleicht war irgendetwas schiefgegangen, vielleicht bei einer Operation.

»Was war passiert?«, fragte er.

»Herr Gutheil hatte eine schwere Hypoglykämie.«

»Zu niedrigen Blutzucker?" vergewisserte sich Manuel, ob er die Ärztin richtig verstanden hatte.

»Bekommt er denn Insulin?«

Sie zog die Schultern ein wenig hoch und hob die Hände in einer Geste der Ratlosigkeit. »Nein. Weder Insulin noch irgendwelche anderen Antidiabetica. Insofern war es verwunderlich, dass sein Blutzucker plötzlich viel zu niedrig war.«

Manuel schwieg. Er dachte sofort an Dörfel. Dieser Mann hatte das Know-how und er hatte mit Sicherheit Zugang zu Insulin. Wer alte und pflegebedürftige Menschen betreute, spritzte meist auch Insulin.

»Wir haben einen Internisten hinzugezogen«, sprach die Ärztin weiter. »Er vermutet, dass der Patient einen bislang nicht entdeckten insulinproduzierenden Tumor der Bauchspeicheldrüse hat.«

Manuel widersprach nicht. Vielleicht gab es solche Tumore wirklich und vielleicht konnten sie ganz plötzlich zu einer schweren Unterzuckerung führen. Aber warum gerade jetzt? Warum trat das gefährliche Ereignis ausgerechnet kurz nach dem ungeklärten Sturz in den Glasbach auf?

»Er hatte wirklich keinen Besuch, bevor wir kamen?«

Die Ärztin schien zu ahnen, woran er dachte. »Jedenfalls nicht in der letzten halben Stunde. Nur die Tochter seines Bettnachbarn war im Zimmer.

Manuel schwieg.

»Wir haben übrigens seit gestern die Beruhigungsmedikamente weggelassen«, sagte die Ärztin. »Herr Gutheil ist sehr unruhig, aber er scheint wirklich zu verstehen, was man zu ihm sagt.«

Manuel bedankte sich für die Auskunft und eilte ins Zimmer des Kranken.

Dörfel, dachte er. Es musste Dörfel gewesen sein. Er durfte Gutheil nicht aus den Augen lassen, bis er seine Aussage gemacht hatte. Dann fiel ihm wieder Evita ein. Auch auf sie wollte er aufpassen. Aber wo war sie?

Als Manuel ins Krankenzimmer kam, stand Dörfel neben Gutheils Bett mit dem Rücken zur Tür. Er hatte sich über den Kranken gebeugt und richtete sich ohne Eile auf, als er jemanden eintreten hörte. Außer den beiden war niemand im Zimmer, auch das zweite Bett war nicht mehr an seinem Platz. Vor dem Fenster stand ein Rollstuhl und auf dem Boden daneben lag ein großer Metallkoffer. Manuels Blick fiel auf Dörfels Hände. Sie waren leer. Der Sozialarbeiter grüßte kühl und ohne Lächeln. Eisblaue Augen, dachte Manuel wieder. Aus solchen Augen konnte der Blick nur eisig sein. Er beugte sich nun selbst über das Bett und begrüßte den Kranken. Gutheils Gesicht verzerrte sich. Es sollte wohl ein Lächeln sein. Im nächsten Moment öffnete sich die Tür und ein Mann, den Manuel noch nie gesehen hatte, trat ein. Er trug ein kariertes Hemd, dunkelblaue Jeans und Turnschuhe, hatte ein rundliches Gesicht und braune freundliche Augen. Gab es einen kalten Blick aus braunen Augen? Einen warmen aus eisblauen? Manuel konnte sich weder an das eine noch an das andere erinnern. »Nils Schulte«, stellte sich der Mann vor. Er war der Techniker.

Er summte, als er die Halterung für den Talker zusammenbaute. Seine Arbeit schien ihm Spaß zu machen.

Mittlerweile war auch die Ärztin gekommen und mit ihr zwei Pfleger. Die beiden hoben den stöhnenden Gutheil in den Rollstuhl. Sie taten es unbeholfen wie Menschen, die den Umgang mit einem Gelähmten nicht gewohnt sind. Gutheils heftige Bewegungen und der gebrochene Arm waren ihnen im Weg, und sein ungelenker Körper behinderte sie. Endlich saß der Kranke im Rollstuhl und die beiden verschwanden wieder. Dörfel schloss den Gurt um Gutheils Brust. Die Arme blieben frei und der unverletzte Arm ruderte durch die Luft. Jetzt verstand Manuel, warum sie festgebunden waren, wenn Gutheil unterwegs war. Jede Hausecke, jeder Durchgang würde sonst zu einer Gefahr.

Der Techniker hatte eben den Talker an dem Gestänge befestigt, als Florian mit seiner Kollegin das Zimmer betrat. Lisa Schönborn war eine Frau, die Manuel eher für eine pflichtbewusste Sekretärin als für eine Kriminalkommissarin gehalten hätte. Ihre braunen, sehr glatten Haare reichten neben den Wangen genau bis zu den Ohrläppchen, am Hinterkopf über dem sorgfältig ausrasierten Nacken waren sie nur noch halb so lang. Helle Bluse, enger Rock, Nylonstrümpfe und dunkelblaue Mokassins aus Wildleder, dazu eine beigefarbene Sommerjacke: Manuel fand, dass man ihr das Durchsetzungsvermögen und den Ehrgeiz ansah, von denen Florian gesprochen hatte. Ihr Alter? Sie mochte dreißig sein, vielleicht auch fünf Jahre älter.

Manuel schob sich zwischen Bett und Rollstuhl hindurch, bis er den Bildschirm des Talkers sehen konnte. Auf dem Gerät, das Ähnlichkeit mit einem großen Tablet-Computer hatte, erschien auf einem diffusen Hintergrund ein Punkt, der von Zeit zu Zeit seine Position wechselte.

»Wir müssen das Gerät erst justieren«, sagte der Techniker. »Es ist eine Kamera eingebaut, die Herrn Gutheils Augenstellung registriert, wenn er auf den Bildschirm blickt.«

Kurze Zeit später erschienen auf dem Bildschirm zahlreiche in Reihen angeordnete Symbole. Manche konnte Manuel sofort deuten. Eine Person, die auf sich zeigte, bedeutete vermutlich ich, ein Fußball mochte Sport bedeuten, und das Feld mit den Buchstaben ABC würde vermutlich zum Alphabet führen. Die Bedeutung eines Tieres, das aussah wie ein auf zwei Beinen stehender Saurier, konnte er nicht erraten.

»Jetzt funktioniert der Talker«, erklärte der Techniker. Gutheils Bewegungen waren mittlerweile noch heftiger geworden. Er stöhnte und atmete schwer, als er angestrengt auf den Bildschirm starrte.

Ein Wort tauchte auf einem leeren Feld über den Symbolen auf: Danke.

»Danke«, sagte eine freundliche Computerstimme.

Ein Lächeln erschien auf dem Gesicht des Technikers.

Florian stellte die erste Frage. »Warum hatten Sie keinen Talker mehr?«

Wieder bemühte sich der Kranke, den richtigen Punkt auf dem Bildschirm zu fixieren.

»Vater«, sagte die Computerstimme.

»Warum?«

Auf dem freien Feld erschien das Wort Sohn, aber noch blieb der Computer stumm. Andere Symbole erschienen auf dem Bildschirm. Offenbar gab es unter dem Startbildschirm weitere Ebenen, über die sich Gutheil ausdrücken konnte. Es dauerte lange, bis die nächsten Worte auf dem Bildschirm erschienen.

»Sohn stumm ist gut«, sagte der Computer.

»Was meinen Sie damit?«

»Facebook verboten.«

»Und Sie haben trotzdem geschrieben?«

»Ja«, sagte die Computerstimme.

Deswegen also, dachte Manuel. Florian hatte es gleich vermutet. Der Alte wollte nicht, dass sich sein Sohn im Internet äußerte. Er sah auf die Uhr. Eine halbe Stunde war er jetzt hier. Wie lange würde Gutheil diese mühsame Prozedur durchhalten?

»Ich hatte auf der Straße das Gefühl gehabt, Sie wollten mir etwas sagen«, schaltete er sich ein.

»Ja.«

»Was wollten Sie mir sagen?«

Wieder wechselten die Symbole auf dem Bildschirm, wechselten noch einmal. Endlich erschien wieder ein Wort.

»Angst.«

»Vor Ihrem Vater?«

»Nachbar.«

»Die drei Männer im Mehrfamilienhaus?«

»Nein.«

Manuel ahnte als erster, wen Gutheil wohl meinte. »Der Nachbar im Haus neben mir? Der alte Herr Hornberger?«

»Ja.«

Florians und Manuels Blicke kreuzten sich, kehrten zu Gutheil zurück.

Zum ersten Mal wandte sich jetzt Lisa Schönborn an den Behinderten. »Warum?«, fragte sie knapp. Ihr Blick wirkte dabei, als erwarte sie keine sinnvolle Antwort.

Gutheil starrte auf den Bildschirm. Das Alphabet erschien auf dem Bildschirm. Der erste Buchstabe in dem freien Feld war ein N, der zweite ein Ö. Gutheil löschte beide wieder. Jetzt erschien als erster Buchstabe ein M. Wieder folgte ein Ö, dann ein R in einem ermüdenden Kampf um jeden richtigen Buchstaben.

»Mörder?«, unterbrach ihn Manuel ungeduldig. Die Langsamkeit machte ihn verrückt, und er hatte das Gefühl, jeder Muskel in seinem eigenen Körper würde sich allein vom Zusehen verkrampfen.

Gutheil schrieb weiter, trotz aller Anstrengung, die es ihn kostete, bis die Computerstimme das Wort aussprach. »Mörder.«

Manuel sah, wie sich Florian und seine Kollegin skeptische Blicke zuwarfen. Kaum merklich schüttelte die Schönborn ihren Kopf. Sie glauben ihm nicht, dachte er. Sie nehmen einen so schwer behinderten Menschen nicht ernst.

Der Kommissar strich sich gedankenverloren über das Kinn. »Wen hat er umgebracht?«, fragte er endlich.

Jetzt wurden Gutheils Bewegungen noch heftiger. Seine Zunge wölbte sich vor und sein Kopf schlug immer wieder gegen die Kopfstütze. Speichel lief aus seinem Mund. Es gelang ihm nicht, die richtigen Buchstaben zu fixieren. Der Techniker legte ihm die Hand auf die Schulter. »Sie haben viel Zeit. Sie haben so viel Zeit, wie Sie brauchen.«

Jetzt buchstabierte Gutheil lange. Buchstabe für Buchstabe fixierte er, löschte, wenn der falsche Buchstabe auf dem Bildschirm erschien, schrieb weiter in einem ermüdenden Kampf gegen die unbeherrschbaren Bewegungen, bis er endlich den Satz freigab.

»Fremder Mann. Großer Koffer. Nachts geschrien«, sagte die Computerstimme.

»Jede Nacht?«

»Eine.«

»Unsere Gespensteroma«, sagte Manuel leise. »Die Schreie waren keine Einbildung.«

»Wann war das?«, fragte Florian.

Gutheil schien hilflos. Er machte keine Anstalten, ihnen eine Antwort mitzuteilen.

Manuel beugte sich zu ihm hinunter und berührte seine verkrampfte Hand. »Haben wir schon in dem Haus gewohnt, als Sie die Schreie gehört haben?«

»Nein.«

»Haben Hornbergers den Mann umgebracht?«

»Ja.«

»Also doch die Geschwister«, stieß Manuel heftig hervor, als habe er das schon immer gewusst. Die Schreie, der verschwundene Carlos, das Blut in ihrem Keller, zu den die Hornbergers Zugang hatten, das passte alles in furchtbarer Weise zusammen. »Das Mädchen«, rief er. »Ich habe doch gesagt, dass es in großer Gefahr ist. Das Mädchen!«, rief er wieder. »Vielleicht ist sie bei den Hornbergers.«

Florian sah ihn an, unaufgeregt. Florian, der Sachliche. Auch die Schönborn verzog keine Miene.

»Es ist eilig, verstehst du denn nicht?«, rief Manuel. – Eine Stunde war mittlerweile vergangen.

Der Kommissar wandte sich wieder an Gutheil. »Noch drei Fragen«, sagte er. »Warum glauben Sie, dass Herr Hornberger den Mann umgebracht hat? Haben Sie das gesehen?«

Gutheil riss den Mund auf, als wollte er sprechen, und sein ganzer Körper beteiligte sich an den heftigen Bewegungen. Er wird es nicht begründen können, dachte Manuel. Er wird die Kripo nicht überzeugen können. Ein fremder Mann mit einem Koffer in Hornbergers Haus, irgendwann Schreie, mehr konnte er nicht wissen.

»Mann tot.«

»Haben Sie den toten Mann gesehen?«

»Ja.«

»Wo?«

»Sack.«

»Sie haben gesehen, wie ein Sack fortgeschafft wurde, in dem ein Toter gewesen sein konnte?«

»Ja.«

»Hat Herr Hornberger den Sack fortgeschafft?«

»Ja.«

»Wie hat er das gemacht?«

Wieder wechselten die Symbole auf dem Bildschirm, wechselten ein weiteres Mal. »Schubkarre«, sagte endlich der Computer.

Manuel sah auf die Uhr. Die Zeit verstrich, wertvolle Zeit. Er hätte dem Mann helfen wollen, irgendwie. Es musste schneller gehen, dachte er, aber Gutheils Kräfte schienen nachzulassen. Immer länger dauerte es, bis endlich die passende Antwort erschien.

»Meine zweite Frage: Warum sind Sie in den Bach gestürzt?«

»Nachbar.«

»Herr Hornberger?«

»Ja.«

»Hat er Sie in den Bach gestoßen?«

»Ja.«

»Meine letzte Frage: Hatten Sie an dem Tag noch anderen Besuch als den von Herrn Fechner« – Florian wies auf Manuel – »und seiner Frau?«

»Nachbar.«

»Hornberger?«

»Ja.«

Eine Weile sagte niemand ein Wort. Das Schütteln des Rollstuhls unter Gutheils heftigen Bewegungen war das einzige Geräusch in der Stille. Florians Handy meldete sich mit dem Hornsignal der Schweizer Postautos. Er warf einen kurzen Blick auf das Display und steckte den Apparat wieder ein. In dem langen Schweigen, das folgte, wurde Gutheil allmählich ruhiger. Blass und erschöpft hing er in seinem Rollstuhl.

»Haben Sie jetzt alles erfahren, was Sie wissen wollten?« Die Blicke richteten sich auf Dörfel, der diese Frage gestellt hatte.

»Ich habe keine weiteren Fragen«, sagte Florian und Lisa Schönborn nickte stumm.

Der Techniker wandte sich an Gutheil. »Möchten Sie noch im Rollstuhl bleiben oder möchten Sie wieder ins Bett?«

Gutheil antwortete nicht. Erst nach einer Weile bemühte er sich wieder, auf den Bildschirm zu blicken.

»Allein sein«, antwortete die Computerstimme.

»Die Frau ist in Gefahr«, sagte Manuel noch einmal und fühlte sich wie ein Automat, der auf ein bestimmtes Kommando immer denselben Satz wiederholt. »Sie hat schon einmal bei Hornbergers geklingelt. Sie wird es wieder tun, hat es vielleicht sogar längst getan.«

»Lassen wir Herrn Gutheil allein«, sagte Florian, und an den Behinderten gewandt. »Ich danke Ihnen. Sie haben uns sehr geholfen.«

Manuel gab Gutheil die Hand. Sie war so mager, dass sie sich anfühlte wie nackte Knochen. Warme, zuckende Knochen. »Danke«, sagte er.

»Kann man Herrn Gutheil glauben?« Lisa Schönborn stellte die Frage vor der Zimmertür, ohne jemanden anzusehen.

»Selbstverständlich«, rief Manuel erregt. »Sie haben doch selbst gesehen, dass er sich sinnvoll äußern kann.«

»Etwas äußern zu können ist das eine«, sagte die Schönborn. »Das Richtige zu äußern ist das andere.«

Florian schien nicht zu hören, was sie redeten. Er blickte auf sein Handy. »Eine SMS von einem Kollegen«, sagte er. Dann las er laut: »Der Vater des Toten vom Martinsfelsen hieß Alois Hornberger und ist vor ein paar Monaten gestorben.«

Eine Weile sprach niemand ein Wort. Sie brauchten Zeit, diese Ungeheuerlichkeit zu begreifen. Manuel fasste sich als erster. »Der Tote war also ein Verwandter von Hornberger«, sagte er leise. Dann schwieg er und versuchte vergeblich zu verstehen, was geschehen war. Herr Hornberger, dieses ängstliche und verhutzelte Männchen mit einem Vorschlaghammer? Undenkbar. Wirklich undenkbar? Oder hatte Hornberger Helfer? Dörfel vielleicht? Oder die Männer aus dem Mehrfamilienhaus? Er verstand nun gar nichts mehr. Nur eins war sicher: Hornberger war gefährlich.

»Wo ist dieser Hornberger jetzt?«, fragte die Schönborn.

Manuel zuckte mit den Schultern, als habe ihm die Frage gegolten.

»Es gibt zwei Menschen, die Hornberger fürchten müssen«, sagte Florian in das Schweigen hinein. »Der eine ist Herr Gutheil. Vermutlich hat Hornberger gemerkt, dass ihn die Polizei als ernstzunehmenden Zeugen wahrnimmt, er weiß aber nicht, dass er bereits ausgesagt hat. Der andere ist das Mädchen mit seiner Suche nach Carlos.«

»Ich sage doch die ganze Zeit, dass sie in Gefahr ist«, rief Manuel aus.

Der Kommissar nickte und legte ihm die Hand auf die Schulter, als wolle er sich entschuldigen.

Wortlos und ohne sich von den anderen zu verabschieden, verließ Manuel die Klinik. Er musste nach Hause, er musste sehen, ob der Rucksack noch im Gartenhaus stand. Er musste wissen, wo das Mädchen war.

Draußen konnte er sein Fahrrad nicht gleich entdecken und suchte eine Weile, bis er es zusammen mit drei anderen am Boden liegend fand. Die ersten heftigen Böen eines angekündigten Sturms hatte es umgeweht.

Als Manuel nach Hause kam, war die stille Straße Schauplatz eines Großeinsatzes geworden. Vor Hornbergers Haus standen bereits drei Polizeifahrzeuge, ein viertes bog eben in die Straße ein. Mehrere Beamte umstellten Hornbergers Grundstück, zwei andere klingelten an der Haustür. Manuel wandte sich ab. Der Anblick von vielen bewaffneten Polizisten war immer bedrohlich. Wo Pistolen waren, konnten jederzeit Schüsse fallen. Er schloss sein Fahrrad an und ging hinüber zum Gartenhäuschen. Durch das kleine Fenster konnte er den Rucksack sehen. Auch dieser Anblick beruhigte ihn nicht. Das Mädchen konnte längst tot sein.

Er suchte sich einen halbwegs windgeschützten Platz und versuchte Ordnung in seine Gedanken zu bringen, doch sie wirbelten durcheinander, als hätten sie die immer heftiger werdenden Windstöße erfasst. Nach einer Weile wählte er Cornelias Nummer.

Sie meldete sich nicht. Er schrieb ihr eine SMS. Nach fünf langen Sätzen löschte er alles wieder. Seine Sorgen passten nicht in eine SMS, nicht einmal in zwei oder drei. Er fing wieder von vorn an – Herbert ist wohlbehalten wieder zu Hause – und fügte gleich drei Smileys hinzu. Diese Nachricht schickte er ab. Herbert saß neben ihm am Boden und sah ihm aufmerksam zu. Manuel beugte sich zu ihm hinunter, um ihn auf seinen Schoß heben, aber der Kater fauchte leise und zeigte seine Krallen. Als Manuel ihn losließ, sprang er auf die Fensterbank des Gartenhäuschens. Dort ließ er sich nieder und schloss die Augen. Einmal glaubte Manuel im Häuschen Geräusche zu vernehmen, doch als er nachsah, war nichts zu sehen. Vielleicht der Wind, dachte er.

Er sah erst wieder auf, als er ganz in seiner Nähe Schritte hörte. Es war Sibylle, die jetzt neben ihm am Zaun stehenblieb. Sie sah ängstlich aus und nicht mehr so abweisend wie bei ihren letzten Begegnungen.

»Grüß dich, Sibylle«, sagte er und stand auf.

Sie lächelte ein wenig und erwiderte seinen Gruß. »Was ist passiert?«, fragte sie dann. »Warum ist so viel Polizei hier?«

»Hornberger hat in unserem Keller einen Mann erschlagen. Deswegen das Blut. Jetzt suchen sie ihn.«

Sibylle hatte ihre Finger in den Maschendraht gehakt und blickte Manuel mit weit offenen Augen an. »Wer ist Hornberger?«

»Der Alte aus dem Nebenhaus.«

»Der Alte?« Sie schüttelte fassungslos den Kopf. »Wirklich der Alte?«

Er nickte und legte seine Hände von der anderen Seite des Zaunes neben ihre.

Sibylle schwieg. Sie starrte auf Hornbergers Haus, dann auf Manuels. »Wie furchtbar«, stieß sie endlich leise hervor.

»Möchtest du rüberkommen?«

Sie schüttelte den Kopf. »Ich muss weiter. Fabian bekommt bald Hunger.« Dann schwieg sie wieder.

»Was war los mit dir in der letzten Zeit?«, fragte er, als sie sich nicht gleich zum Gehen wandte.

»Wieso?«

Manuel suchte nach Worten, es war nicht seine Art, solche Fragen zu stellen, noch dazu einer Frau, die er kaum kannte.

»Ich meine ...«

Sie antwortete, noch ehe er den Satz zu Ende gesprochen hatte.

»Es war nicht einfach für uns, als plötzlich die Polizei zu uns kam und uns stundenlang befragte. Hier war alles so friedlich gewesen – bis ihr gekommen seid. Ich habe gedacht, es wäre doch besser gewesen, wenn euer Haus abgerissen worden wäre.«

»Aber dann hättest du wahrscheinlich bis zu Hornbergers Tod mit deiner Familie neben einem Mörder gewohnt.«

»Aber wir hätten es nicht gewusst. Es wäre belanglos gewesen und das Blut in eurem Keller hätte uns keine schlaflosen Nächte bereitet.«

Er schüttelte den Kopf. »Alles so friedlich, sagst du. Und die Schreie? Die hat deine Mutter gehört, bevor wir hier eingezogen sind.«

Sie schüttelte unwillig den Kopf.

»Ach richtig«, sagte er. »Die Schreie gab es ja gar nicht.«

»Natürlich gab es die Schreie«, stieß sie plötzlich ärgerlich hervor. »Warum fängst du immer wieder davon an? Wir haben Mutter ausgeredet, dass sie die Schreie gehört hat, lange bevor die Polizei uns befragte.« Sie zögerte. »Deswegen hätte ich dir gar nichts davon erzählen dürfen.«

»Aber warum? Ihr habt doch mit dem Mord nichts zu tun.«

»Wir haben Mutter nicht geglaubt. Wir haben die Schreie für eines ihrer üblichen Horrormärchen gehalten und zu ihr gesagt, so etwas könne ein Zeichen sein, dass sie nicht mehr ganz richtig im Kopf ist. Dieses Urteil wollten wir unbedingt verhindern. Deswegen haben wir verabredet, dass sie die Schreie nie gehört hat.«

»Aber als bekannt war, dass es tatsächlich eine Gewalttat in unserem Haus gegeben hat, hätte sie doch dazu stehen können.«

»Kennst du das nicht? Man erzählt irgendetwas, was gerade ratsam ist, und plötzlich gibt es kein Zurück. Man verstrickt sich immer tiefer in eine Lüge, die eigentlich gar nicht nötig gewesen wäre.«

»Ja«, sagte er nur, und noch einmal »ja«, und dachte an sein eigenes Vertuschen.

Als Sybille gegangen war, hörte Manuel Autos vorfahren, Türen schlagen und fremde Stimmen. Noch mehr Polizei, dachte er. Zwei Beamte in Uniform erschienen am Zaun und baten darum, sich auch auf seinem Grundstück und im Gartenhaus umsehen zu dürfen. Er schloss das Tor auf und ließ sie ein, aber auch hier fanden sie Hornberger nicht.

Die Hoffnung auf ein gutes Ende, mit dem Cornelia wieder hier leben konnte, hatte er ohnehin längst aufgegeben. Selbst wenn Evita unbeschadet wieder auftauchte und jetzt allmählich Licht in das Dunkel um das Opfer im Keller käme, wäre der Weg für sie nicht frei. Hatte das Opfer erst einmal eine Geschichte und ein Gesicht, würde es sie noch stärker verfolgen als in seiner Anonymität. Das war es ja gerade, was Berichte über Verbrechen oder Unglücke besonders bedrückend machte: zu erfahren, was es für Menschen waren, die dabei zu Schaden gekommen sind.

Carlos war ein Reisender gewesen, nicht viel anders als der Tätowierte und das Mädchen. Sie kamen von irgendwo und wollten irgendwohin und vielleicht gab es niemanden, der sich für ihr Schicksal interessierte oder der sie vermissen würde. Alle drei waren in Freiburg gestrandet, und für zwei von ihnen war die Stadt zur Endstation geworden, die sie nicht hätte sein sollen. Er ließ seinen Blick über das schweifen, was einmal ihr Garten hätte werden sollen. Von Cornelias Sträuchern hatte der Sturm die letzten Blätter gerissen, und die mickerigen Pflanzen sahen aus, als ob sie ihm in seiner Trauer Gesellschaft leisten wollten. Ob Cornelia jemals sehen würde, wie sie grüne Blätter bekamen? Zum ersten Mal fiel im auf, dass im Nachbargarten ebenfalls am Zaun vor dem steiler werdenden Hang Sträucher standen. Es war Kirschlorbeer, und der war auch jetzt tiefgrün. Von den Büschen ging sein Blick zu Hornbergers Haus hinüber. Mit den geschlossenen Fensterläden bot es den gleichen verlassenen Anblick wie seit Tagen schon.

Manuel fror in den Böen, die in immer kürzeren Abständen um das Gartenhäuschen pfiffen. Er kehrte zum Haus zurück. Im ersten Stock im Nachbarhaus musste hinter einem der geschlossenen Fensterläden ein Fenster offen sein. Die schrille Stimme von Frau Hornberger war bis hier draußen zu verstehen, die eines Mannes nicht. Manuel trat ganz nah an das Haus heran und lauschte.

»Ich habe nichts damit zu tun«, schrie die Hornberger.

»Aber Sie haben gewusst, dass Ihr Bruder ihn dort oben gesehen hat, als er in der Nähe vom Martinsfelsen Steinpilze gesucht hat.« Jetzt war auch die Stimme des Mannes zu verstehen.

»Ich weiß von nichts«, schrie sie.

»Sie haben doch gerade erzählt, dass sich Ihr Bruder jedes Mal, wenn er dort oben war, über die Mountainbiker geärgert hat, die vom Rosskopf hinunterrasen.«

»Ich habe gar nichts gesagt.«

»Doch. Und Sie haben gesagt, dass er beim Pilzesuchen seinen Neffen erkannt hat. Und dann haben Sie gesagt, dass Ihr Bruder seither fast jeden Abend dort oben war.«

Die Frau schien nicht zu antworten.

»Wer hatte den Plan, Ihrem Neffen dort oben aufzulauern um ihn zu erschlagen?« Florian, dessen Stimme Manuel bislang nicht aufgefallen war, hatte die Frage gestellt.

Keine Antwort.

»Sie waren das. Sie haben Ihren Bruder angestiftet, Ihren Neffen umzubringen. Sie wollten damit verhindern, dass der die Erbschaft bekommt!«

Die erste Männerstimme sagte etwas, was in einer heftigen Böe nicht zu verstehen war. Florian schaltete sich erneut ein.

Plötzlich kreischte die Hornberger wieder: »Er war es«, schrie sie und ihre Stimme übertönte das Tosen des Sturms. »Er war es ganz allein. Ich habe nicht gewusst, warum er da immer wieder zum Rosskopf rauf ist am Abend. Er hat schon immer Geheimnisse vor mir gehabt.«

Eine Weile war es still.

Dann hörte er wieder die Männerstimme, lauter und eindringlicher als zuvor. »Frau Hornberger, wenn Sie sich nicht am Tod der jungen Frau schuldig machen wollen, verraten Sie uns, wo sich Ihr Bruder jetzt aufhält.«

»Er wollte zum Einkaufen«, jammerte sie. »Ich weiß wirklich nicht, warum er noch immer nicht zurück ist.«

Manuel lauschte noch eine Weile, aber er hörte nur Wortfetzen, zerrissen vom Sturm. Das Gespräch schien sich im Kreise zu drehen, und er erfuhr nichts Neues mehr. Er wollte eben seinen Lauschposten verlassen, als Florian aus dem Haus kam.

»Ich habe alles gehört«, sagte er.

Sein Freund sah ihn überrascht an.

»Da oben muss ein Fenster offen sein. Hier auf der Straße war fast jedes Wort zu verstehen. Ich weiß, dass Hornberger fort ist und ihr das Mädchen immer noch nicht gefunden habt.«

Der Kommissar nickte.

»Habt ihr in der Kommode im Keller nachgesehen?«

»In einer Kommode?«, fragte Florian verwundert. »Was sollen wir da finden?«

»Das Mädchen.«

Der Kommissar sah seinen Freund an, als hätte der nun völlig den Verstand verloren.

»Im Keller steht eine riesige Kommode, fast so groß wie ein Bett«, erklärte Manuel.

»Du meinst doch wohl nicht, Hornberger könnte dort das Mädchen versteckt haben?«

»Doch, das meine ich.« Er sah zu Boden. »Das tote Mädchen.«

In diesem Augenblick wurde die Haustür von innen geöffnet. Frau Hornberger verließ das Haus. Zum ersten Mal sah Manuel sie ungeschminkt. Alt und blass sah sie aus ohne den roten Lippenstift und das Rouge auf den Wangen. Die schwarz gefärbten Haare, die sich sonst in sorgfältig frisierten Locken kringelten, hingen strähnig und ungekämmt bis zu ihren Schultern. Ihre Kleidung, ein kanariengelber Hausanzug, stand im krassen Kontrast zu dem farblosen Gesicht. Sie sah ihren Nachbarn nicht an, als sie, flankiert von zwei Polizisten, an ihm vorüberging. Ihr Kopf verschwand fast zwischen den hochgezogenen Schultern und sie humpelte. Ihre Hüfte schien ihr Schmerzen zu bereiten.

»Soll ich dir die Kommode zeigen?«

Der Kommissar nickte.

Das Treppenhaus war ein Schacht voller Schatten und durch das kleine Fenster drang der Schein einer Straßenlaterne herein. In einer Nische hinter der weiß gestrichenen Brettertür war die Kellertreppe verborgen. Die Treppe selbst führte ein paar Stufen geradeaus abwärts und bog dann vor einer Wand rechtwinklig ab. Manuel versuchte zu verstehen, wo der Keller mit der Kommode sein musste, aber spätestens bei der gebogenen Kellertreppe war ihm jede Orientierung verloren gegangen. Er wusste nicht einmal, in welcher Richtung sein eigenes Haus lag. Hier unten roch es genauso nach Feuchtigkeit und Schimmel wie in seinem eigenen Keller, doch in den

Modergeruch mischte sich der Geruch von frischem Mörtel. Nach einer Weile fand Manuel die zugemauerte Tür zur äußeren Kellertreppe. Jetzt wusste er wieder, wo er den Keller mit der Kommode suchen musste. Als er darauf zuging, war sein Herz wie ein Hammer in seiner Brust. Ihm graute vor dem Augenblick, wo sie die Kommode öffnen würden, und er hoffte nichts sehnlicher, als dass er sich irrte.

Wieder ließ sich das obere Schubfach nicht öffnen. Gemeinsam zogen sie an dem mittleren, bis sie hineinsehen konnten. Es war leer bis auf die Bauzeichnung. Auch bei dem untersten Schubfach hatte sich nichts verändert.

»Das oberste ist abgeschlossen«, stellte Florian fest.

Das Schloss war Manuel entgangen, als er beim ersten Mal versucht hatte, die Kommode zu öffnen.

»Da ist etwas drin«, rief Manuel erschreckt aus. »Warum sonst hat dieses als einziges Fach ein Schloss?« Er fand einen großen Schraubenzieher und versuchte ihn am Oberrand des Fachs in den Spalt zu schieben, um die Vorderwand aufzubrechen. Seine Hände zitterten vor Aufregung.

»Halt!«

Manuel sah seinen Freund verständnislos an.

»Du kannst nicht einfach in einem fremden Haus Möbel zerstören, auch nicht mit einem Durchsuchungsbeschluss.«

»Ist doch egal.«

»Nein!«

Manuel ließ den Schraubenzieher sinken. Florian durchsuchte einen Werkzeugkasten, bis er einen Satz Imbusschlüssel fand. Mit dem kleinsten stocherte er im Schloss herum, bis es ihm gelang, es zu öffnen. Auch dieses Schubfach war leer bis auf ein paar große Zeichenblätter. Das Furchtbare war für dieses Mal an ihnen vorübergegangen.

»Ich bin froh, dass ich mich mit der Kommode geirrt habe.«

»Und dein Irrtum mit Dörfel: Bist du darüber auch froh?«

Manuel antwortete nicht. Er irrte sich nicht gern. Er begleitete Florian zu seinem Dienstfahrzeug. Inzwischen regnete es heftig und neben dem Haus, in dem Gutheil und sein Vater wohnten, klatschte das Wasser aus der Dachrinne auf die Straße. Er stutzte. Heute leuchteten die drei roten Grablichter in einem Fenster in der Wohnung des Alten.

Florian ließ sich auf den Fahrersitz fallen, während Manuel neben der offenen Wagentür stehenblieb.

»Es regnet rein«, stellte Florian fest. Er streckte den Arm aus, um die Tür zu schließen.

»Warte noch.«

Florian stoppte die Bewegung.

»Was habt ihr von der Alten noch erfahren?«

Florian sah seinen Freund nachdenklich an. »Also gut«, sagte er. »Steig ein.«

Als Manuel die Beifahrertür öffnete, riss sie ihm eine Böe aus der Hand. Nass wie er war setzte er sich neben den Kommissar.

»Ich glaube, es sind keine Geheimnisse, die ich dir jetzt erzähle, aber behalte das bitte vorerst für dich.«

Manuel versprach es.

»Es gibt vier Geschwister. Einer von ihnen, Alois Hornberger, ist vor fünf Monaten im Alter von dreiundsiebzig Jahren gestorben. Er war Geschäftsmann, ein einflussreicher Baulöwe in Karlsruhe, der ziemlich skrupellos und ohne Rücksicht auf die Mieter seine Projekte durchzog. Man kennt das ja aus Freiburg.«

Manuel nickte. Im Musikerviertel, ganz in seiner Nähe, hatte ein Frührentner mit einem unkündbaren Mietvertrag in einem Reihenhaus aus den fünfziger Jahren ausgeharrt, als die Nachbarhäuser längst der Abrissbirne zum Opfer gefallen waren. Die Gerichtsprozesse hatte er gewonnen, aber schließlich doch aufgegeben. Die Miete in den modernen Häusern, die jetzt in der Johann-Sebastian-Bach-Straße standen, war für ihn unbezahlbar. Das war nur ein Beispiel unter vielen.

Der Kommissar schaltete die Zündung ein und ließ die Scheibenwischer laufen, schaltete sie wieder aus. Im nächsten Moment war die Scheibe so undurchsichtig wie zuvor. Er fuhr fort: »Mit einer Frau Herwig, die vor rund dreißig Jahren seine Sekretärin war, hatte dieser Alois einen Sohn, der den

Nachnamen der Mutter trug. Eine Ehefrau oder eheliche Kinder hatte er nicht.«

»Etwa der Tätowierte?«, fragte Manuel verwundert. Er fühlte einen plötzlichen Schwindel – oder lag das an den Böen, die den Wagen schüttelten?

»So ist es«, fuhr der Kommissar fort. »Wir wussten ja bereits, dass dessen Mutter schon seit etlichen Jahren nicht mehr lebt.«

Manuel nickte.

»Zwei Geschwister von Alois Hornberger kennst du.«

»Meine Nachbarn«, antwortete Manuel wie ein braves Schulkind, das seine Lektion gelernt hat.

Dann gibt es noch einen Bruder Karl Hornberger, der vor fünfzehn Jahren nach Spanien ausgewandert ist.«

»Carlos!«, rief Manuel aus.

»Richtig. Carlos Ornedo nannte er sich jetzt. Einen ersten Brief aus Spanien hatte er noch unter dem Namen Hornedo geschrieben, dann aber das H weggelassen. Als Alois Hornberger starb, hat seine Firma für richtig viel Geld eine viertelseitige Todesanzeige in der FAZ geschaltet. Auf diese Weise verbreitete sich die Nachricht von seinem Tod weit über Karlsruhe hinaus. Ob Carlos nach Deutschland kam, weil er vom Tod seines Bruders erfahren hatte und sich seinen Teil vom Erbe sichern wollte, oder ob er zufällig gerade jetzt bei seinen Geschwistern aufgetaucht ist, wissen wir nicht. Jedenfalls kam er für die beiden im falschen Augenblick. Noch leugnet die Hornberger allerdings, überhaupt etwas von einem Carlos Ornedo zu wissen.«

»Aber den Mord an dem Tätowierten hat sie nicht geleugnet und ihn ihrem Bruder in die Schuhe geschoben?«

»Sie war so überrumpelt von unseren Fragen, dass sie mehr erzählte, als ihr hinterher lieb war.«

Manuel wischte mit der Hand über die Frontscheibe, die mittlerweile beschlagen war. Draußen hatte sich nichts verändert. Hornbergers Haus lag in völliger Finsternis.

»Ist das Mädchen auch mit den Geschwistern verwandt?«

»Wahrscheinlich nicht. Bis auf diesen Alois Hornberger scheinen alle kinderlos geblieben zu sein.«

Eine Weile saßen sie schweigend, während der Sturm den Regen gegen die Scheiben peitschte.

»Ich verstehe nicht«, sagte Manuel endlich, »wie so ein kleines Männchen wie Hornberger einen erwachsenen Mann erschlagen konnte.«

Florian nickte. »Genau das durfte damals nicht öffentlich bekannt werden, als die Tatwaffe in der Zeitung abgebildet war. Neben dem Vorschlaghammer lag ein Draht im Gebüsch und ganz in der Nähe haben wir ein Mountainbike gefunden. Hornberger hat offenbar den Mann mit einem über den Weg gespannten Draht in der Nähe des Felsens zu Fall gebracht und ihn am Boden erschlagen. Danach hat er ihn zum Felsen geschleift und ihn zwischen dem untersten und mittleren Balken des Geländers hindurch in die Tiefe gestürzt. Der Regen war Hornbergers Helfer. Er hat den größten Teil des Blutes auf dem Weg weggespült.«

»Der Hornberger«, sagte Manuel leise. »Und ich hatte immer Mitleid mit ihm.«

Sie schwiegen wieder.

»Ich rufe dich an, wenn es Neuigkeiten gibt«, sagte Florian.

»Du meinst, ich soll jetzt gehen?«

»Es wäre das Beste.«

Als Manuel ausstieg, fiel ihm ein unauffälliges Auto mit beschlagenen Scheiben auf. Wahrscheinlich saßen dort die Beamten, die auf Hornberger warteten. – Wenn sie ihn denn überhaupt sehen würden.

Er hatte gerade die Haustür aufgeschlossen, als das Telefon klingelte.

»Ich habe noch etwas vergessen«, hörte er Florians Stimme. »Frau Hornberger hat Diabetes.«

Es dauerte eine Weile, bis Manuel verstand, warum ihn Florian deswegen anrief. »... und muss Insulin spritzen«, setzte er den Satz fort.

»Genau. Sie bewahrt das Insulin im Kühlschrank in einer Ampulle auf, aus der die jeweils benötigte Menge mit einer Spritze aufgezogen werden kann.«

Manuel schwieg und dachte an den furchtbaren Krampfanfall, den Gutheil erlitten hatte. »So einfach ist das, wenn man einen wehrlosen Menschen umbringen will«, sagte er betreten.

*

Ich lebe in zwei verschiedenen Welten. Die eine ist die der vollständigen Abhängigkeit in allen Belangen des täglichen Lebens. Es ist die Welt, in der ich nichts bin als ein stummer Spielball in den Händen anderer. Immer wieder tun sich Menschen hervor und verschaffen sich Macht über ihre Mitmenschen. Dann werfen sie alle Skrupel über Bord, die sie möglicherweise einmal besessen hatten, denn nichts ist so verführerisch wie Macht. Jeder Umgang mit Schwächeren verschafft Macht, deswegen haben alle Menschen Macht über mich. Besonders mein Vater. Er nutzt sie, um sich an mir zu rächen für sein Schicksal als einsamer tauber Vater eines Krüppels. Ich fürchte mich vor ihm. Ich bin ihm ausgeliefert.

Meine zweite Welt, die mir mein Computer eröffnet, unterscheidet sich nicht von der Welt anderer moderner Menschen. Mit dem Zugang zu Google, zu Facebook oder Twitter bin ich einer von ihnen. Alle Informationen stehen mir offen und wenn ich schreibe, ist es, als wäre ich wie sie. Wenn ich Spuren auf dieser Welt hinterlassen will, muss ich es mit Worten tun.

*

Die Kommode im Keller war leer, aber Manuels Angst um das Mädchen war nicht geringer geworden. Hornberger war noch immer verschwunden und von der jungen Frau gab es keine Spur. Er hätte sie nicht gehen lassen dürfen! Er hätte sofort die Gefahr erkennen müssen, in der sie schwebte.

Als er die Haustür aufschloss, sprang Herbert mit einem Satz ins Freie und verschwand um die Hausecke, ehe er nach ihm greifen konnte. Manuel lief hinaus in den Sturm und den Regen, rief seinen Namen, aber er blieb in der Dunkelheit verschwunden. Dann sah er ihn plötzlich doch neben dem Glasbach, ein dunkles tanzendes Etwas. Als er die Stelle erreichte, war Herbert unter dem Geländer hindurch im tief liegenden Bachbett verschwunden. Er sah hinunter voller Sorge, der Kater könne in dem angeschwollenen Bach ertrinken, doch dort unten trieb nur eine dunkle Plastiktüte, die der Wind fortgetragen hatte. Herbert war nicht zu sehen. Hilflos und mit hängenden Armen wartete er vor der Haustür, ob Herbert wieder auftauchen würde. Der Sturm schien noch stärker geworden zu sein und peitschte den Regen unter das Vordach. Manuel kehrte ins Haus zurück und öffnete wieder die Luke zur Katzentreppe. Mehr konnte er jetzt nicht tun. Ob sich Herbert überhaupt noch daran erinnerte, dass er hier jederzeit ins Haus konnte? Er sah nach seinem Fressnapf. Der war leer. Bei diesem Anblick merkte er, dass er selbst seit vielen Stunden nichts mehr gegessen hatte. Im Kühlschrank fand er den Rest einer Leberwurst und Margarine, die sonst zum Kochen benutzt wurde, das war alles. Seit Cornelia fort war, hatte er nicht mehr eingekauft. Er stellte ein angebrochenes Päckchen Knäckebrot auf den Küchentisch, nahm ein Messer und einen Teller aus dem Schrank. Dann harrte er reglos aus ohne zu essen. Der Anblick der ausgequetschten Wurstpelle widerte ihn an. Er holte ein Sixpack Tannenzäpfle aus dem Keller, pulte die erste Flasche heraus, setzte sich wieder an den Küchentisch und trank das Bier aus der Flasche. Er erschrak, als sich der Kühlschrank mit einem leisen Rumpeln abschaltete. Danach war in der Küche überhaupt kein Geräusch mehr zu hören, nicht einmal der Sturm machte sich hier bemerkbar. Die Stille kam ihm heute unheimlich vor. Keine Cornelia, keine Pauline, kein Herbert, nur da draußen der Sturm und die Nacht, in der das Mädchen verschwunden blieb. Er stellte das Radio an, aber er hörte nicht hin. Er konnte nichts anderes tun, als auf die Stille zu lauschen, die kein Radio übertönen konnte.

Er sprang auf, als das Telefon klingelte, und musste suchen, bis er den schnurlosen Apparat auf dem Sofa fand.

»Hast du schon geschlafen?« Es war Florians Stimme.

Manuel ließ sich aufs Sofa fallen. »Nein. Ich musste nur das Telefon suchen.«

»Du hast gesagt, der Mann im Keller habe sich die Ordner angesehen«, sagte Florian. »Glaubst du eigentlich, dass er gefunden hat, was er suchte?«

»In der Nacht wohl nicht. Er stand später wieder am Zaun und hat mit einem Fernglas zu einem Zimmer hinübergeschaut, wo noch etliche Ordner standen. Ob er später auch dort eingedrungen ist, weiß ich nicht.«

»Ist der Raum im ersten Stock?«

Manuel bestätigte es.

»Dort lagen jetzt die Ordner am Boden. Es sah aus, als hätte jemand irgendetwas in großer Eile gesucht, vielleicht die Geschwister selbst.«

Manuel hatte gerade das Gespräch beendet, als sein Handy summte. Eine SMS von Cornelia.

Ich bin ja soooo froh!, schrieb sie.

Es dauerte lange, bis er begriff, dass sie sich über Herberts Rückkehr freute. Ihre Freude kam zu spät.

Er rief Cornelia an. »Wie geht es euch?«, fragte er.

»Es geht uns gut«, antwortete sie so ernst, dass er sich wunderte.

»Wirklich?«

»Ich vermisse dich.«

Manuel schwieg für einen Moment. »Hornberger ist der Mörder«, sagte er dann, ohne auf Cornelias Bemerkung einzugehen.

Er hörte ihren Atem. Sie schien den Apparat ganz dicht an ihren Mund zu halten. »Wer sagt das?«, fragte sie endlich.

»Der Behinderte. Sein Talker ist wieder aufgetaucht.«

»Gutheil?« Cornelia zog den Namen so in die Länge, dass seine Gedanken an jeder Silbe hängenblieben. Gut, heil: Nichts war gut, nichts war heil. Er berichtete über die letzten Stunden und staunte, was in so kurzer Zeit alles geschehen war. Manchmal unterbrach sie ihn, fragte nach, und am Ende stellte sie die Frage, die niemand beantworten konnte: »Wo ist das Mädchen geblieben?«

Manuel versprach, am nächsten Vormittag wieder anzurufen.

»Oh«, sagte sie. »Beinahe hätte ich es vor lauter Aufregung vergessen. Ich muss morgen Vormittag zum Friseur. Ich habe Wochen auf den Termin gewartet und brauche unbedingt neue Strähnchen.«

»Dann bis morgen Mittag«, sagte er und dachte an die Ungewissheit und die lange Nacht, die vor ihm lag. Cornelia dachte an Strähnchen.

Auf seinem Smartphone sah er, dass drei E-Mails eingegangen waren. Zwei löschte er gleich, eine war von Gutheil.

Sehr geehrter Herr Dr. Fechner,
Ich ddanke ihnen für ihre Hilfe. Sie haben mich befreit. Mit meinem Computer habe ich zugaang zu andern Menschen. Mein Leben wird besser werden. Ich suche mir eine Wohnung oder Zimmer in einer Wg WG für Menschen mit Handicap.

Liebe Grüße
Martin Gutheil

Manuel las die E-Mail ein zweites Mal. Er wusste, mit welch unendlicher Mühe der Kranke die wenigen Sätze geschrieben hatte. Viele Worte waren fehlerlos und wahrscheinlich hatte sie der Computer selbstständig vervollständigt. Er antwortete sofort.

Lieber Herr Gutheil,
ich freue mich, dass Sie wieder einen Computer haben und mit den Menschen in Kontakt treten können. Wann werden Sie aus dem Krankenhaus entlassen? Wird Ihnen jemand bei der Wohnungssuche helfen? Kann ich etwas für Sie tun?
Mit herzlichen Grüßen
Manuel Fechner

Im CD-Player lag noch immer »Carmen«. Manuel nahm die CD heraus. Noch quälte ihn die Angst um das Mädchen, aber das Unglück, das Carmens Kartenlesen ihm oder seiner Familie zu prophezeien schien, war zu seiner Erleichterung nicht eingetreten. Er suchte Don Giovanni heraus, goss sich ein Glas Spätburgunder Rotwein ein. Langsam trank er ein paar Schlucke, dann suchte er die Arie »O, wie so trügerisch …« Schon bei den ersten Tönen begann das Gefühl der Bedrohung von ihm abzubröckeln wie getrockneter Schmutz von glatter Haut. Das Leben genießen und sich nicht in Sorgen verzehren, das konnte er von Don Giovanni lernen. Erst gegen Mitternacht ging er noch einmal zum Gartenhäuschen. Hier schien sich nichts verändert zu haben. Er wartete eine Weile – und erschrak plötzlich heftig. Hinter dem Schuppen glaubte er Geräusche zu hören. Er hielt den Atem an und lauschte. Nein, hier war alles still. Trotzdem war jetzt die Angst wieder da, die Angst um das Mädchen und die Angst vor dem, was sich in dieser Nacht ereignen mochte. Vor Hornbergers Haus war jetzt alles ruhig.

Er kehrte ins Haus zurück und legte sich angezogen aufs Bett. In dieser Nacht würde er nicht schlafen, nicht, solange das Mädchen verschwunden blieb. Immer wieder stand er auf, richtete den Strahl einer Taschenlampe in den Garten, erfasste mit dem Lichtkegel das Gartenhäuschen und beobachtete es eine Weile. Dann legte er sich wieder hin und schloss die Augen. Als er sie wieder einmal öffnete, war es im Zimmer heller geworden, obwohl die Nacht noch längst nicht zu Ende war. Manuel stand auf und trat wieder ans Fenster. Auf der kleinen Straße hinter dem Garten hielt ein Auto mit aufgeblendeten Scheinwerfern. Die Innenbeleuchtung ging an und Manuel sah eine Frau, die ein Handy an ihr Ohr hielt. Kurz darauf fuhr das Auto weiter und das Grundstück lag wieder in völliger Finsternis. Für einen Augenblick leuchtete eine schmale Mondsichel durch eine Lücke zwischen den dahinrasenden Sturmwolken, dann war sie wieder verschwunden. Manuel leuchtete zum Gartenhäuschen hinüber. Wie ein schwarzer Klotz stand es im grauen Licht der Nacht. Er hielt den Atem an. Was er sah, war keine Täuschung. Ein Schatten bewegte sich dort draußen. Es war eine kleine Gestalt, die neben dem Häuschen in diesem Augenblick im Schein seiner Taschenlampe zu einem Standbild erstarrte. Manuel rannte die Treppe hinunter. Als er die Terrassentür öffnete, fiel seine Taschenlampe zu Boden und verlosch. Ohne Licht stolperte er durch den finsteren Garten.

Die Tür des Gartenhäuschens war nur angelehnt. Das Mädchen musste tatsächlich gekommen sein! Innen war es völlig finster. »Evita« rief er, aber sie antwortete nicht. Licht, er brauchte Licht, doch im Gartenhaus gab es keinen Strom und seine Taschenlampe war weit weg. Er streckte die Hände aus, tastete sich weiter, gefasst darauf, auf den Rucksack zu stoßen. Der Rucksack war fort. Im nächsten Augenblick fuhr ihm vor Schreck ein Kribbeln durch den ganzen Körper. Ganz in seiner Nähe hörte er ein Geräusch. Es war das kaum vernehmbare Rascheln von Kleidung bei einer vorsichtigen Bewegung. Der Schein einer starken Taschenlampe schnitt einen Keil aus der Dunkelheit, erfasste ihn und blendete ihn. Das Mädchen, dachte er, und begriff zu spät, dass er sich geirrt hatte. Nicht das Mädchen war im Gartenhäuschen, es war der Mörder, der hier auf sein Opfer wartete. Manuel wollte zur Tür, er musste hier raus, doch er kam nicht weit. Der Schlag traf ihn an der Schläfe, nicht heftig, doch er stolperte in der Dunkelheit und stürzte zu Boden. In einer blinden Wut auf Hornberger, dieses winzige Männlein, das ihn zu Boden geschickt hatte, versuchte er, wieder auf die Füße zu kommen, doch in dem blendenden Licht war er wie ein Blinder. Plötzlich fiel die Taschenlampe zu Boden und im selben Augenblick spürte er eine Schlinge um seinen Hals, die sich rasch zuzog.

Erst war es nur die Wut, dass er schrie, die Wut auf diesen Zwerg, der ihn würgte mit einem Strick, der immer tiefer in seine Haut schnitt. Er wehrte sich, aber die Schlinge zog sich fester zu. Dann spürte er nur noch den Schmerz und die nackte Angst. Vergeblich kämpfte er gegen die Schlinge.

*

»Niemand weiß, was der Tod ist, ob er nicht für den Menschen das größte ist unter allen Gütern. Sie fürchten ihn aber, als wüssten sie gewiss, dass er das größte Übel ist.« Das schrieb Platon vor zweieinhalbtausend Jahren. Die Antwort kennen

wir bis heute nicht. Niemals werden wir sie erfahren, denn wir werden nie wissen, dass wir tot sind.

Seit ich kein kleines Kind mehr bin, denke ich oft an den Tod. Er kommt früher zu Kranken wie mir als zu gesunden Menschen. In unserer Schule gab es einen Platz in der Eingangshalle, wo an unsere gestorbenen Klassenkameraden erinnert wurde. Jahr für Jahr standen dort andere Namen, hingen neue Fotos von denen, die das Ende der Schulzeit nicht erlebten.

Ich habe mich damit abgefunden, anders zu sein. Es ist normal, dass die Menschen unterschiedlich sind. Ihr »anders« ist mein »normal«. Ich brauche kein Mitleid. Mitleid erniedrigt und macht hilflos. Aber ich sehne mich nach der Nähe anderer Menschen, nach ihren Stimmen, nach Wärme, Liebe und Zärtlichkeit. Ich habe Sehnsucht nach einer Frau. Niemals werde ich Zärtlichkeit geben können, ich meine als Handlung. Heute macht mich das traurig. Es gab eine Zeit, da war Wut mein stärkstes Gefühl, und es war gut so. Wut macht stark, zärtliche Gefühle und Liebe machen verletzlich. Ach, gäbe es doch mehr Menschen, die erkennen, dass in einem hilflosen Körper wie meinem Geist und Seele wohnen können!

*

Manuel hatte plötzlich ein Licht gesehen, blendend hell, und mit dem Erscheinen des Lichtes war der Schmerz abgeebbt, er hatte atmen können und die Panik hatte ihn verlassen, als wäre er aus einem bösen Traum erwacht. Später hatte er sich daran erinnert, welche Gedanken ihn im Angesicht des Todes überfallen hatten. Das ist das Licht am Ende des Lebens, hatte er gedacht, also gab es sie doch, diese Erscheinungen, wenn der Tod kam, und an die er nie geglaubt hatte. Jetzt sah er selbst das blendend helle Licht, in das der Mensch nach dem Dunkel seines Erdendaseins hinüberglitt. Im selben Augenblick hatte er Stimmen gehört, aber das waren keine Engel, es war auch keine Musik, laute Männerstimmen waren es gewesen. Es waren Polizisten, die seine

Schreie gehört hatten und in den Garten gestürmt waren. Hornberger hatte die Schlinge an seinem Hals losgelassen, er hatte wieder atmen können, und dann hatte er begriffen, dass er noch lebte.

Florian hatte ihn ins Krankenhaus bringen lassen wollen, aber er hatte sich dagegen gewehrt. Ihm war nichts geschehen. Die Todesangst würde er auch durch eine Nacht im Krankenhaus nicht vergessen.

Spät in dieser Nacht klingelte es an der Tür. Er zögerte, dann nahm er den Hörer der Sprechanlage ab. Es war Florian.

»Ich habe gesehen, dass bei dir noch Licht brennt. Soll ich dir noch ein bisschen Gesellschaft leisten?«

»Gern.«

»Wie geht es dir?« So besorgt hatte Manuel die Stimme seines Freundes noch nie gehört. Das Mitgefühl tat ihm gut.

»Es geht so.«

Sie setzten sich an den Küchentisch. »Bier oder Wein?«, fragte Manuel.

»Bier.«

»Ich habe noch fünf Tannenzäpfle.«

»Auch das ist recht.«

Er stand noch einmal auf, holte zwei Tannenzäpfle aus dem Kühlschrank und sie stießen mit den Flaschen an.

»Auf ein langes Leben«, sagte Florian.

»Wenn es denn ein gutes ist.«

Manuel stellte seine Flasche ab. »Ich glaube, das Schlimmste für mich kommt noch.«

»Was meinst du?«

»Die Erinnerung an das, was heute Nacht geschehen ist«, sagte er ernst.

Florian nickte schweigend.

»Und dann kommt das Nachdenken.«

Florian sah seinen Freund fragend an.

»Ich meine das Nachdenken über den Tod.« Nach einer Pause sprach er weiter. »Das Nachdenken über den Tod ist vor allem ein Nachdenken über das Leben.«

Florians Gesichtsausdruck hatte sich nicht verändert. Er schien nicht zu wissen, worauf Manuel hinauswollte.

»Ich würde meiner Familie nichts als Schulden hinterlassen und ein Haus, in dem sie nicht wohnen wollen«, fuhr er fort.

»Jetzt ist aber gut, mein Lieber«, sagte Florian plötzlich energisch. »Erstens lebst du noch und zweitens ist das Haus hier in Herdern sehr viel wert.«

»Aber nicht, wenn es mit mir innerhalb kurzer Zeit gleich zwei Leichen gegeben hätte.«

»Aber allein das Grundstück!«

»Lassen wir das«, sagte Manuel. »Ich lebe ja tatsächlich noch.«

Seine Bierflasche war leer. »Soll ich dir auch noch eine mitbringen?«

»Gern.«

Sie stießen zum zweiten Mal an.

»Interessiert dich, was uns Hornberger erzählt hat?«

Manuel nickte heftig.

»Er hat hinten am Zaun Kirschlorbeer gepflanzt.«

»Ich habe die Sträucher gestern Abend bemerkt. Sie hätten aber auch schon länger dort stehen können.«

»Der Alte hat ein bisschen tiefer gebuddelt, als unbedingt nötig, ich schätze einen halben Meter über das Ziel hinaus.«

»Das Mädchen!«, rief Manuel entsetzt.

»Nein, bislang nur der Rucksack.«

Manuel schwieg einen Moment. »Warum erschreckst du mich so? Ich habe in dieser Nacht schon genug durchgemacht.«

»Ich wollte dich nicht erschrecken. Jedenfalls gab es unter den Sträuchern eine mit Brettern abgedeckte Grube, in die tatsächlich ein Mensch gepasst hätte. Hornberger hat sie uns selbst gezeigt. Er sagt, seine Schwester hätte ihn gezwungen, die Grube auszuheben.«

»Gezwungen?«

»Er hat das Wort benutzt.«

»Ich begreife nicht, wie er hier eine Grube ausheben konnte, ohne dass es jemand bemerkt hat.«

»Der Platz war gut gewählt. Für Spaziergänger, die vielleicht von der kleinen Straße oberhalb des Gartens heruntergesehen haben, dürfte seine Aktion wie normale Pflanzarbeiten ausgesehen haben. Für die Leute neben euch ist genau diese Stelle durch euer Gartenhäuschen verdeckt. Du wärst der einzige gewesen, der Verdacht hätte schöpfen können, aber du warst bei der Arbeit.«

Manuel trank sein zweites Bier aus.

»Wisst ihr inzwischen, was dieser Neffe im Keller gesucht hat?«

Der Kommissar nickte. »In einem der vielen Ordner, die von den Geschwistern gehortet wurden, befindet oder befand sich ein Brief von Alois Hornberger. Darin steht, dass der Sohn wegen seiner kriminellen Laufbahn nichts von dem sehr beträchtlichen Vermögen erben soll, sondern nur die Geschwister. Der Brief war von einem Notar beglaubigt worden, aber soweit wir wissen, ist nirgends ein Testament hinterlegt worden. Der Sohn hätte seinen Pflichtteil einklagen können – oder den Brief an sich nehmen und vernichten, was wohl sein Plan war. Ohne diesen Brief hätte er alles geerbt.«

»Und die Geschwister gar nichts?«, fragte Manuel überrascht.

»So ist es. Es gibt eine Regelung, dass Verwandte nicht erben, wenn ein vorrangig Erbberechtigter vorhanden ist, in diesem Fall der Sohn.«

»Und wer erbt jetzt, wo der Sohn tot ist?«

»Vielleicht niemand und das Vermögen geht an den Staat. Wer jemanden umbringt, um an ein Erbe zu kommen, wird normalerweise für erbunwürdig erklärt. Die Frage ist nur, ob das Gericht den Geschwistern den Mord nachweisen kann und beide für in gleichem Maße schuldig hält. Die Hornberger sagt, ihr Bruder habe Carlos unter einem Vorwand in euren Keller gelockt und ihn dort mit einer Axt erschlagen. Er hingegen bringt den großen Unbekannten ins Spiel, dessen Rufe sie plötzlich aus dem Keller gehört hatten und der, als sie nachsahen, auf Carlos losgegangen sei.«

Manuel holte die letzte Flasche und stellte sie genau in die Mitte des Tisches.

»Ich verstehe nicht, warum so ein reicher Mann kein richtiges Testament macht und es bei einem Notar hinterlegt«, sagte er.

»Ein notarielles Testament, in dem es um solche gewaltigen Summen geht, ist sehr teuer.«

Manuel schwieg. Rache oder Eifersucht, Kränkung oder einfach nur Angst, viele Motive waren möglich, wenn ein Mensch einen anderen umbrachte. Bei anderen war es die Habgier. War es auf diese Weise nicht sogar die Hoffnung auf Glück, die einen Menschen zum Mörder werden ließ? Wie aber konnte jemand erwarten, dass er nach einem Mord glücklich würde, nur weil er danach reicher war?

»Warum stellst du die Flasche in die Mitte?«

»Weil ich nicht weiß, wer sie austrinken wird.«

Florian schob sie von sich weg. »Ich muss noch Auto fahren.«

»Dann muss ich mich wohl opfern.«

»Die Geschwister haben den Brief jedenfalls nicht gefunden, wussten aber wohl auch nicht mehr, in welchem Ordner sie ihn versteckt hatten.«

Manuel öffnete die dritte Flasche. »Für wie dumm hält der Hornberger eigentlich die Polizei, wenn er meint, er könne direkt vor ihrer Nase das Mädchen umbringen und den Mord vertuschen?

»Viele Täter denken nicht realistisch. Sie haben zwar Angst vor der Polizei und fühlen sich verfolgt, trotzdem reden sie sich ein, wir werden sie nicht fassen. Die meisten irren sich.«

»Glücklicherweise.«

»Außerdem hat Hornberger nicht gewusst, dass Gutheil bereits gegen ihn ausgesagt hat. Er wusste wahrscheinlich auch nicht, dass mittlerweile vor dem Haus eine Zivilstreife stand. Und immerhin hat er sich von uns unbemerkt im Gartenhaus aufgehalten. Bis zu dem vorbereiteten Loch in seinem Garten waren es von dort nur ein paar Meter. Wenn sein Plan aufgegangen wäre, hätten wir geglaubt, das Mädchen sei einfach mit dem Rucksack verschwunden. Der Fall wäre damit für uns erledigt gewesen.«

Manuel nickte.

»Mit dem Mord am Martinsfelsen hätten wir ihn wahrscheinlich niemals in Verbindung gebracht, und ohne weitere Hinweise hätten wir ihm auch nicht nachweisen können, dass er etwas mit den Blutflecken in eurem Keller zu tun hat.«

Manuel schüttelte den Kopf. »Ich begreife nicht, warum er mich angegriffen hat. Ich wäre doch von allein gleich wieder verschwunden.«

»Auch so etwas kommt häufig vor. Sieht sich ein Täter plötzlich bedrängt, fühlt er sich in der Falle und handelt blindlings. Manch einer hat auf diese Weise einen tödlichen Fehler begangen, wie etliche Diebe, die auf der Flucht aus dem Fenster und in den Tod gesprungen sind.«

»Noch etwas verstehe ich nicht«, sagte Manuel. »Wieso habt ihr Hornberger nicht in meinem Gartenhaus entdeckt? Sucht ihr einen Täter nicht immer auch in der unmittelbaren Umgebung?«

»Bei der ersten Inspektion hatten meine Kollegen das Gartenhäuschen angesehen. Zu diesem Zeitpunkt war er sicher nicht dort. Die beiden Kollegen im Auto haben nur die Haustür beobachtet, für den Fall, dass Hornberger zurückkehrt. Hinten im Garten war niemand. Wir können häufig nicht so viele Beamte zum Observieren bereitstellen, wie es wünschenswert wäre.«

Manuel gähnte. Er sah auf die Uhr. Es war jetzt fünfzehn Minuten nach vier und er war zum Umfallen müde.

Florian umarmte ihn zum Abschied. Es war das zweite Mal, dass sie sich in den Armen lagen. Das erste Mal war es im Krankenhaus nach Florians Rettung aus dem eiskalten Schluchsee geschehen.

Als Manuel die Augen wieder öffnete, schien die Sonne ins Zimmer. Er hing mit verrenkten Gliedern auf dem Sofa, Nacken und Rücken schmerzten und die rechte Hand war eingeschlafen. Nach den Tannenzäpfle am Ende einer schlaflosen

Nacht hatte er es nicht mehr bis ins Bett geschafft. Er wusch sich das Gesicht und trank ein paar Schluck Wasser aus der Leitung. Dann wählte er Cornelias Nummer. Es meldete sich die Mailbox. Jetzt fiel ihm wieder ein, dass sie beim Friseur war. Das Handy hatte sie ausgeschaltet, wie immer, wenn sie etwas für ihre Schönheit tat. Er versuchte es nach einer halben Stunde wieder, das Ergebnis war dasselbe. Er konnte es nicht fassen. Cornelia hätte sich doch heute Morgen bei ihm melden müssen! Sie hätte spüren müssen, in welcher Gefahr er schwebte, irgendeine Ahnung zumindest. Bei dem Gedanken überfiel ihn wieder die Erinnerung an jedes Detail der schrecklichen Minuten im Gartenhaus. Was wäre geschehen, wenn die Polizei seine Schreie nicht gehört hätte? Ob Hornberger die Kraft gehabt hätte, ihn bis zur Grube zu ziehen? Hätte man ihn dort gefunden? Hätte man ihn überhaupt gesucht? Während Cornelia beim Friseur saß mit silbernen Folien im Haar für die blonden Strähnchen, zufrieden und vielleicht mit einer Modezeitung in der Hand, hätte er seit Stunden in der Grube gelegen. Ja, beinahe wäre er längst tot gewesen, während sie mit ihrem Friseur alltäglichen Klatsch austauschte.

Er rief Florian an. Von dem Mädchen gab es noch immer keine Spur.

Um halb zwölf klingelte das Telefon. Es war Cornelia. »Ich habe heute Morgen versucht dich zu erreichen, aber du hast dich nicht gemeldet. Ich habe mir Sorgen gemacht und Florian angerufen.«

»Und?«

»Er hat gesagt, ihr hättet bis in die Morgenstunden geredet und du würdest wohl noch schlafen.«

»Sonst hat er nichts gesagt?«

»Er hat erzählt, dass Hornberger gefasst wurde, aber das Mädchen noch verschwunden ist.«

»Dann weißt du ja alles.« Er hatte es ironisch gemeint, aber Cornelia merkte das nicht. Sie war völlig ahnungslos.

»Wir könnten im Seepark essen gehen«, schlug sie vor. »Ich bin sowieso ganz in der Nähe.«

Ehe er losfuhr, warf er noch einen Blick auf die eingegangenen E-Mails. Martin Gutheil hatte geantwortet:

Lieber Herr Fechner,
vielen Dank. Der Souialdienst der Klinik hilft mir. Ich bekomme bessere Betreuung und Hilfe bei der Suche nach einer Wohnung.
Liebe Grüße
Martin Gutheil

Manuel brauchte eine Weile, bis er verstand: Sozialdienst sollte das Wort heißen.

Mit dem Südwind war es wieder warm geworden. Nur ein paar winzige Felder aus zierlichen Schäfchenwolken trieben heran, Föhnwolken, Vorboten, dass auch dieser vielleicht letzte Anlauf des Sommers so schnell scheitern würde wie jeder zuvor. Eine Joggerin im ärmellosen Shirt und nackten Oberschenkeln lief an ihm vorbei, bekläfft von einem weißen Terrier, der heftig an seiner Leine riss. Ein Schwimmer zog einsam seine Bahn über den See. Cornelia traf im selben Augenblick wie er beim Bürgerhaus ein. Der Biergarten war geschlossen und Stühle und Tische waren mit braunem Kastanienlaub bedeckt. Vor dem Lago fanden sie einen Tisch, von dem der Blick nach Osten frei war. Vor ihnen kräuselte sich das Wasser im leichten Wind, so blau wie die großen Tonnen unter dem Steg durch den See. Dahinter sah man die Türme der Stadt und in der Ferne die höchsten Gipfel des Schwarzwaldes, weit rechts den Schauinsland, sein mächtiger Turm von hier spielzeugklein wie ein in den Boden gestecktes kurzes Stöckchen, mächtiger zur Linken der Schlossbergturm mit der winzigen Kanzel, die Manuel so liebte, und dazwischen im Hintergrund die Anhöhen von Stübenwasen und Tote Mann, die den Feldberggipfel verdeckten. An anderen Tagen hatte ihn dieser Blick glücklich gemacht. Heute war seine Müdigkeit wie ein graues Tuch, das der Landschaft die Farbe nahm.

»Hoffentlich ist dem Mädchen nichts zugestoßen«, stieß Cornelia aufgeregt hervor, kaum dass sie das Essen bestellt hatten.

Das Tuch über der Landschaft wurde bei diesem Gedanken noch dunkler.

Stundenlang war sein eigenes Denken um das Mädchen gekreist, bis es ihm endlich gelungen war, eine Antwort zu finden, die ihn beruhigte. »Wenn Hornberger das Mädchen umgebracht hätte, wäre es in der Grube gewesen.«

»Aber er könnte doch ...«

»Ich glaube es nicht«, unterbrach er Cornelia, noch ehe sie den Satz zu Ende gesprochen hatte. »Hornberger hat im Gartenhäuschen auf sie gewartet«, begann er, aber er kam nicht mehr dazu, die Ereignisse zu schildern. Zwei Frauen mit schulterlangen lockigen Haaren standen plötzlich neben dem Tisch. Die eine trug eine rostbraune knöchellange Pluderhose und hatte ein farblich passendes Tuch um die Stirn gebunden. Die andere trug buntgeringelte Leggins unter einem kurzen Strickkleid. Cornelia sprang überrascht auf und umarmte die Frauen. Die beiden würdigten ihn mit einem gleichgültigen Hallo und setzten sich an den Tisch ohne zu fragen, ob es ihnen recht sei. Sie redeten ohnehin nur auf Cornelia ein, als gäbe es ihn nicht. Er hörte kaum zu. Der Ärger der beiden über ihre Kolleginnen und einen ungerechten Chef interessierte ihn nicht. Cornelia warf ihm von Zeit zu Zeit einen besorgten Blick zu, aber sie schritt nicht ein.

Das Essen kam, für ihn das mediterrane Kaninchenragout mit frischen Kräutern und Weißwein. Er hatte sich etwas Gutes gönnen wollen nach dieser schrecklichen Nacht.

»Schmeckt es nicht?«, fragte Cornelia, als er den halbvollen Teller beiseiteschob.

»Doch«, sagte er. – Die beiden Frauen redeten, Cornelia nickte von Zeit zu Zeit.

Plötzlich sah sie auf die Uhr. »In zwanzig Minuten kommt Pauline aus der Schule. Ich muss mich beeilen.«

Sie war schon fort, als die Bedienung an den Tisch kam, um zu kassieren.

Jetzt endlich schenkten die beiden Frauen Manuel ihre Aufmerksamkeit, aber Manuel hatte keine Lust, mit ihnen zu reden und verabschiedete sich.

In der Mathildenstraße fiel ihm ein ungleiches Paar auf, das vor dem Gasthaus Paradies die Speisekarte studierte. Die Frau, eine Blondine mit hochhackigen Pumps und engem Minirock, war einen halben Kopf größer als ihr Begleiter, der verblichene Jeans und einen ausgeleierten Pullover mit einem Norwegermuster trug. Manuel bremste, fuhr dann aber doch weiter. Hartung war offenbar gerade dabei, sich von einer Blondine über die Enttäuschung mit der schwarzhaarigen Yvonne hinweghelfen zu lassen.

Als Manuel nach Hause kam, bot sich ihm ein vertrauter Anblick. Auf der obersten Stufe saß Herbert auf seinen Hinterpfoten. Eine Stufe tiefer saß das Mädchen. Allerdings regnete es heute nicht und der Rucksack fehlte. Herbert war wieder da und das Mädchen lebte! Außer sich vor Freude stieg er vom Fahrrad und eilte den beiden entgegen.

»Wo ist mein Rucksack?« Die Stimme der jungen Frau war voller Zorn.

Er blieb stehen. Die Freude über das Wiedersehen beruhte nicht auf Gegenseitigkeit. »Bei der Polizei.«

»Bei der Polizei? Was soll das heißen? Ich habe nichts verbrochen.«

»Sie können froh sein, dass Sie noch leben.«

Sie hörte gar nicht, was er sagte. »Ich will meinen Rucksack wiederhaben«, schimpfte sie.

»Ich sage doch: bei der Polizei.«

Sie stand auf, fluchte mit Worten, die er nicht verstand, und ging davon.

»Carlos ist tot«, rief er ihr nach.

Sie blieb stehen und drehte sich langsam um. Er sah ihr an, dass sie nicht wusste, ob sie ihm glauben sollte.

»Er wurde in unserem Keller erschlagen.«

Mit weit aufgerissenen Augen starrte sie ihn an.

Manuel überlegte, ob er ihr erzählen sollte, was geschehen war, aber er ließ es bleiben. Er war einfach zu niedergeschlagen und erschöpft für jedes weitere Wort. Er schrieb ihr die Telefonnummer der Kripo auf seine Visitenkarte. Dann schloss er die Tür auf und ging mit Herbert auf dem Arm ins Haus, ohne sich noch einmal umzusehen.

Als er das Haus betrat, hörte er das Klingeln des Telefons – sechsmal, siebenmal, achtmal. Er fand den Apparat zur Abwechslung in der Küche.

Es war Cornelia, die nicht aufgegeben hatte, während er suchte. »Denkst du daran, dass Pauline in zwei Wochen Geburtstag hat?«

»Oh«, sagte er überrascht. Er hatte mit keinem Gedanken daran gedacht, dass auch kleine Mädchen irgendwann Geburtstag haben. »Was wünscht sie sich denn?«

»Vor allem ein neues Fahrrad. Sie ist die einzige von den Mädchen in ihrer Klasse, die noch ein 20-Zoll Rad hat.«

»Ein überschaubarer Wunsch«, sagte er.

»Es soll unbedingt pinkfarben sein.«

»Oh«, sagte er. »Und wenn sie ein paar Jahre älter ist, wünscht sie sich ein pinkfarbenes Auto«, prophezeite er.

»Gefällt dir Pink nicht?«

»Es ist so sehr *typisch Mädchen.*«

»Sie ist nun mal kein Junge.« Die Worte klangen, als fehle noch ein Ätsch dahinter.

»Pauline will übrigens ihren Geburtstag im Garten und im Gartenhäuschen feiern«, fuhr Cornelia mit heiterer Stimme fort. »Anschließend wollen die Mädchen bei uns übernachten.«

»Im Gartenhaus?«, fragte er entgeistert. Der Gedanke machte ihm Angst, panische Angst. Im Gartenhäuschen lauerte noch immer der Mörder.

»Manuel, was ist denn?«

»Ich bin überrascht«, sagte er nur. Er wusste nicht, was er sagen sollte. Ein falsches Wort, und Paulines Plan würde zerplatzen wie eine Seifenblase. »Wirst du auch hier übernachten?«

»Natürlich. Ich kann die Kinder doch nicht allein lassen.«

Manuel konnte es nicht fassen. Ein Wunsch von Pauline, und sofort warf Cornelia ihre angeblich endgültigen Entscheidungen über Bord.

»Pauline fragt, ob du nicht etwas gegen den muffigen Geruch im Gartenhaus tun könntest.«

Er versprach, es zu versuchen.

Als er aufgelegt hatte, wusste er nicht, was er denken oder fühlen sollte. Freude? Hätte er jauchzen sollen, weil Cornelia ihre Meinung geändert hatte und zurückkehrte, wenn auch zunächst nur für eine einzige Nacht? Zwar war damit noch nichts endgültig entschieden, aber es war ein Anfang, auf den er nicht zu hoffen gewagt hatte. Wieder einmal kam eine glückliche Wendung, wo er sie am wenigsten erwartet hatte. Doch wie würde Cornelia reagieren, wenn sie erfuhr, was heute Nacht im Gartenhaus geschehen war? Er würde es nicht verschweigen. Die Geheimnistuerei musste endlich ein Ende haben. Jetzt fiel ihm auf, dass er trotz der Todesangst keine Sekunde daran gedacht hatte, sein Haus aufzugeben. Nur das Gartenhaus war zu einer furchterregenden Höhle geworden, in der eine tödliche Gefahr auf ihn wartete – und für alle Zeit dort warten würde.

Er blickte hinunter in den Garten. Wo Cornelia die Sträucher gesetzt hatte, war der Boden zertrampelt, aber die Pflanzen schienen unversehrt. Das Gartenhaus war windschief und morsch, und sah aus, als würde es beim nächsten Sturm in sich zusammenfallen. Plötzlich hatte er einen Plan, der sein Problem mit einem Schlag lösen konnte – wenn Cornelia ihn gutheißen würde.

Er startete den Computer, dann gab er bei google Gartenhaus mit Veranda ein. Das Angebot war so gewaltig wie die Preisunterschiede. Er fand eines mit einer kleinen überdachten Terrasse und heimeligen Sprossenfenstern, vor denen auf der Abbildung rote Geranien blühten. Fast zweitausend Euro sollte es kosten und war sofort lieferbar. Für weitere dreihundert Euro gab es einen fensterlosen Schuppen, der an das Haus angebaut werden konnte und groß genug für drei Fahrräder war. Viel Geld, aber was spielte das für eine Rolle? Seit er dem Tod so nah gewesen war, hatten Glück und Lebensfreude eine andere Bedeutung bekommen. Herbert saß neben ihm auf dem Schreibtisch und blickte interessiert auf den Bildschirm.

»Gefällt es dir?«, fragte er.

Herbert legte den Kopf schief, als müsste er es sich noch überlegen.

Er schrieb Cornelia eine Mail und hängte das Angebot an. »Wie wäre es mit einem weiteren Geburtstagsgeschenk für Pauline?«

Ein paar Minuten später klingelte das Telefon. Es war Cornelia. »Bist du verrückt geworden?«

Er fühlte sich, als hätte sie einen kalten Eimer Wasser über ihn gegossen.

»Wieso?«

»Pauline wäre überglücklich, aber das ist doch viel zu teuer für ein Geburtstagsgeschenk!«

»Dann schenken wir ihr eine Hälfte zum Geburtstag, den Rest bekommt sie zu Weihnachten.«

Cornelia ließ sich Zeit mit der Antwort. Das war ein gutes Zeichen. Für ein Nein hätte sie nicht so lange überlegen müssen.

»Meinst du wirklich?«

»Klar«, sagte er, »damit das alte Gelump im Garten endlich verschwindet.«

»Und wer baut es auf?«

»Florian und ich natürlich.«

»Ja, aber ...«

»Ich bestelle es sofort, damit es bis zu ihrem Geburtstag fertig ist.«

»Wenn du meinst ...«, sagte Cornelia gedehnt.

Als er den Hörer aufgelegt hatte, war er erleichtert, als hätte er einen langwierigen Kampf überstanden. Cornelia hatte mit keinem Wort erwähnt, dass sich das Häuschen nur lohnte, wenn sie und Pauline dauerhaft hier wohnen würden. Hatte sie nicht daran gedacht oder war sie in Gedanken schon auf dem Weg zurück in das gemeinsame Haus? Wahrscheinlich Letzteres, dachte er in seinem plötzlich erwachten Optimismus und bestellte das Gartenhaus und den Schuppen. Der

Aufbau würde eine große Herausforderung sein, eine, die ihm helfen würde, die schlimmen Ereignisse zu überwinden. – Und auf zweitausend Euro mehr oder weniger kam es bei seinem Schuldenberg nicht mehr an.

Er rief Florian an. Der versprach, rechtzeitig zu kommen und noch einen Schreiner aus seiner Nachbarschaft mitzubringen. Schließlich musste das Häuschen in zwei Wochen fertig sein.

Erst jetzt fiel ihm ein, dass er Cornelia noch gar nicht von seinem Gespräch mit der Firma Roche erzählt hatte.

Ehe er ihre Nummer wählte, rief er seine E-Mails auf. Eine war tatsächlich von Roche. Sein Herz schlug wie verrückt, als er sie öffnete. Im Anhang war tatsächlich der Entwurf für einen Kaufvertrag.

Er las ihn und schrie plötzlich so laut auf, dass Herbert erschreckt mit einem großen Satz auf das Bücherregal sprang. Dort saß er in der Falle, bis er ihm wieder auf den sicheren Boden half. Er las ein zweites Mal, ein paar Punkte waren noch offen, aber über die Einzelheiten würden sie sich einigen können.

Noch immer ganz atemlos vor Freude rief er Cornelia an.

»1,7 Millionen«, sagte er nur. – Natürlich verstand sie nicht, was er meinte.

»Roche zahlt 1,7 Millionen für einen Antikörper, aus dem sich wahrscheinlich ein Medikament gegen Darmkrebs entwickeln lässt.«

»An wen?«, fragte Cornelia ohne sonderliches Interesse.

»An uns.«

»Nein.«

»Doch.«

Cornelia sagte nichts, doch dann fing sie plötzlich an zu lachen. »Nein«, keuchte sie und lachte wieder. »Der Hartung! Und ich habe ihn immer für einen Spinner gehalten!« Es dauerte lange, bis sie sich wieder beruhigte.

»Wir lassen jetzt den Keller sanieren«, verkündete er.

Cornelia widersprach nicht.

Als Nächstes rief er Hartung an. »Jetzt gibt es keinen Aufschub mehr«, rief er in den Apparat. »Wie teuer ist denn deine todsichere Entwöhnungsmethode?«

»Sag bloß, du hast tatsächlich schon den ersten Kunden gefunden?«

»So ist es. 1,7 Millionen. Der Kunde ist Roche. Sie haben ...«

Der Rest des Satzes ging in Hartungs Freudengeheul unter.

Als sich Hartung endlich wieder beruhigt hatte, stellte Manuel die Frage, die ihn schon seit Tagen beschäftigte. »Warum hast du überhaupt eine Firma gegründet, wo du den entscheidenden Teil längst geleistet hattest? Den Antikörper hattest du doch schon entwickelt, ehe wir die ganzen Geräte angeschafft haben.«

»Den entscheidenden Teil? Jetzt geht es doch erst richtig los. Wir müssen investieren, wir brauchen größere Räume, bessere Geräte, wir werden neue Erfolge haben.«

Hartungs Antwort erleichterte Manuel. Natürlich würden sie weitermachen und er selbst hatte ja gerade erst mit der Arbeit begonnen.

Die Wellen, dachte er, als er wieder aufgelegt hatte. Unvermittelt war er ganz oben und nirgends zeigte sich das nächste Wellental. Dieses Gefühl musste er festhalten. Die Zuversicht, dass es eines Tages wieder aufwärts gehen würde, durfte er auch im nächsten Unglück nicht verlieren.

Ein Wort an die Leser

Das kleine Häuschen im alten Ortskern von Freiburg-Herdern gibt es nicht so, wie es beschrieben habe, und wenn jemand in Herdern Blut in seinem Keller entdeckt haben sollte, so entzieht sich dies meiner Kenntnis. Auch kenne ich keine Menschen, die Ähnlichkeit mit den Personen in diesem Buch haben. Sie sind ausnahmslos in meiner Fantasie entstanden, wie auch die Handlung. Keine Erfindung sind hingegen Menschen, die kein Wort sprechen können, sich auch nicht mit stummen Mundbewegungen oder Gesten verständlich machen können, wohl aber denken und fühlen wie ein gesunder Mensch. Mein ganz besonderer Dank gilt deswegen Carolin Schmid. Sie hat mir Einblick in die Welt eines nicht sprechenden Menschen gewährt und hat mir gezeigt, wie sie mittels Computer und Internet an der Welt teilhaben und kommunizieren kann wie ein gesunder Mensch, trotz fast völliger Hilflosigkeit in allen Verrichtungen des täglichen Lebens. Danke, liebe Carolin.

Manuel Fechner, der Protagonist dieses Krimis, gründet eine kleine Biotechnologie-Firma und tritt damit in eine Welt, die mir bislang weitgehend unbekannt war. Mein Dank gilt denen, die halfen, dieses Manko zu beheben, und mich hinter die Kulissen blicken ließen: Herr Prof. Dr. Liedvogel, Frau Dr. Petra Schüßler und Herr Dr. Heinz Hoschützky sowie Frau Dr. Susanne Schnekenbühl, außerdem Martina Krenz von der Universität Freiburg.

Manuel Fechner startet im Technologiezentrum Freiburg Georg Salvamoser seine Karriere als selbstständiger Unternehmer. Herzlichen Dank für die freundliche Unterstützung, die mir im TZF zuteil wurde.

Ganz besonders danken möchte ich auch Kriminaldirektor Gunther Dreher, der mir seit vielen Jahren bei jedem Krimi geduldig und mit großer Sachkompetenz meine zahlreichen Fragen beantwortet hat. Sollten sich trotz aller Sorgfalt Fehler eingeschlichen haben, so liegt das nicht an meinen Beratern, sondern diese sind allein mir zuzuschreiben.

Bevor ich ein Manuskript an das Lektorat eines Verlags schicke, haben es andere gelesen, haben kritisiert und gelobt und auf diese Weise zum Gelingen beigetragen. Hierfür danken möchte ich wiederum Herrn Gunther Dreher, außerdem, Frau Dr. Sabine Schulz, die von meinem ersten Krimi an alle Manuskripte gelesen hat und mit ihrer üblichen freimütigen Kritik auch dieses Mal eine große Hilfe war, außerdem Frau Anna-Dorothea Witte-Rotter, sowie Herrn Roland Stieber, der mir über das kritische Lesen hinaus mit seiner beruflichen Kompetenz die Augen für die Probleme einer Patchworkfamilie geöffnet hat, und last but not least meinem Mann Dr. Dieter Klöppel. Sollte ich jemanden nicht erwähnt haben, den ich hätte erwähnen müssen, so bitte ich vielmals um Verzeihung.

Dem engagierten Verlager Ulrich Wellhöfer danke ich für die hervorragende Zusammenarbeit.

Die Honigspur

von Ralf Kurz

320 Seiten, Euro 11,90

Beim Überfall auf einen Freiburger Juwelier wird eine Kundin vor den Augen ihres Mannes getötet. Kriminalhauptkommissar Bussard wird schnell klar, dass es sich nicht um einen gewöhnlichen Raubmord handelt, die Kundin wurde regelrecht hingerichtet.

Bussard vermutet eine Beziehungstat und ermittelt im privaten Umfeld des Opfers. Dabei stellt sich heraus, dass die Tote offenbar für einen ausländischen Geheimdienst gearbeitet hat. Das BKA übernimmt den Fall und Bussard ist außen vor.

Doch dann geschieht ein zweiter Mord.

www.wellhoefer-verlag.de

Im Schatten der Wahrheit

von Ralf Kurz

320 Seiten, Euro 11,90

Der kauzige Freiburger Kommissar Bussard steht einmal mehr vor einem komplexen Fall. Ein Finanzberater wurde erschossen aufgefunden. Die Liste der Verdächtigen ist lang, der Mangel an Motiven scheint diesmal wenigstens nicht das Problem für den Ermittler zu sein.
Dafür raubt ihm der Anblick eines erfrorenen Mädchens den Schlaf. Bussard glaubt an ein Gewaltverbrechen und muss erkennen: Die tiefsten Abgründe lauern im Schatten der Wahrheit.

www.wellhoefer-verlag.de

Tödlicher
Triumph
Ralf Kurz
Kriminalroman
Bussards dritter Fall

Kopf oder Zahl

von Ralf Kurz

320 Seiten, Euro 11,90

Der Freiburger Professor Baer wird grausam zugerichtet aufgefunden. Schneller, als es Bussard und seinem Team lieb sein kann, entwickelt der Mordfall eine internationale Brisanz. Unterhielt der undurchsichtige Professor, der seine Freizeit gerne an Pokertischen verbrachte, doch enge Kontakte in den Mittleren Osten. Eine E-Mail-Korrespondenz zu einem iranischen Atomphysiker führt schließlich dazu, dass die international in Verruf geratene National Security Agency (NSA) im beschaulichen Freiburg ihre Aufwartung macht – auf ihre Weise, versteht sich.
Als der brisante Fall an das BKA übergeben wird, erfahren Kommissar Bussard und seine neue Kollegin Anja Hill, dass auch die Telefone und PCs der Freiburger Ermittler von der NSA überwacht werden.
Aus der Ermittlung ausgebootet, macht Bussard den Fall zu seiner eigenen Angelegenheit. Denn längst geht es nicht nur für ihn um viel mehr, als um Schuld und Gerechtigkeit in einem Mordfall.

Breisgauner

Anne Grießer (Hrsg.)

280 Seiten, Euro 11,90

Das liebliche Markgräfler Land, die geheimnisvollen Täler des Schwarzwaldes, die malerischen Städte Freiburg, Emmendingen und Waldkirch – sie alle werden Schauplätze von mörderischen Geschichten. Begleiten Sie 26 bekannte Autorinnen und Autoren auf einer kriminellen Reise durch die Regio. Lesen Sie, wie der Münsterturm über Nacht verschwinden konnte, was es mit einem schlecht riechenden Beifahrer im Höllental auf sich hat, warum ein kopfloser Schimmelreiter in Breitnau sein Unwesen treibt und wie eine harmlose Regiokarte zur tödlichen Falle werden kann.

Breisschauer

Anne Grießer und Sascha Berst-Frediani (Hrsg.)

320 Seiten, Euro 11,90

Gibt es in Freiburg Gespenster? Spukt es im Schwarzwald? Treiben böse Geister im lieblichen Südwesten ihr Unwesen?
Ja!, sagen 24 bekannte Autoren aus der Regio.
Lesen Sie, was in den Raunächten am Kaiserstuhl geschieht, wie das Krokodil in den Gewerbebach gelangte, wer am Schauinsland so schaurig stöhnt und warum man die Johannesbuche im Münstertal des Nachts besser meiden sollte.

24 Gruselgeschichten – kriminell, besinnlich, atmosphärisch – und unheimlich spannend!

www.wellhoefer-verlag.de

Die tote Spur

von Anne Grießer

320 Seiten, Euro 11,90

Bei den Freiburger Privatdetektivinnen Myriam D. Schultz und Katrin Hellriegel hängt der Haussegen schief. In der Kasse herrscht Ebbe, die Auftragslage ist miserabel, die Zukunft ungewiss. Da kommt die aufgetakelte Dame, die ihren edlen Greyhound vermisst meldet, gerade recht. Besonders als sie ihr dickes Scheckbuch zückt.
Bei ihren Undercover-Ermittlungen auf dem Renngelände in Waltershofen, wo sich zur Europameisterschaft eine bunte Schar von Hundefreunden eingefunden hat, stechen die Detektivinnen in ein Wespennest: Skurrile Geschäfte, ein dubioser Erpresserbrief, geheimnisvolle nächtliche Begegnungen - und schließlich ein Toter im Bach.

Die jungen Frauen lassen nicht locker und kommen dem fanatischen Mörder so nahe, dass sie selbst in Lebensgefahr geraten.

www.wellhoefer-verlag.de